Les trois vies de Babe Ozouf

Là-haut, tout au bout de la France, c'est la Hague, terre de granits et de landes fauves, qui poignarde l'une des mers les plus dangereuses du monde.

Babe Ozouf, Catherine et Carole sont filles de la Hague. Leur saga — qui s'étend sur trois générations — est scandée par un même geste, un acte que l'amour inspire : faire naître la lumière et le feu dans la nuit. Par trois fois, ce geste simple et fatal provoquera un naufrage : naufrage de navires et naufrage de trois destins.

Emmenée par deux gendarmes, Babe Ozouf va vivre une mise à l'épreuve qui sera aussi une délivrance. Sa fille Catherine, mariée à quinze ans, connaîtra l'exil, de l'autre côté de l'océan. Et Carole, la fille de Catherine, sera irrésistiblement rappelée vers cette falaise, lieu de rencontre avec la nuit et le brouillard.

Trois hommes traverseront la vie de ces jeunes femmes : Michael Bernstein, le pianiste ; le peintre Louis Asfrid et le mystérieux Recruteur qui hante les quais de Liverpool. Ils apprendront que l'amour est aussi ce calme effrayant qui précède et annonce les tempêtes.

« La Hague, dit l'auteur, ne m'a pas inspiré ce roman : elle me l'a imposé. Je l'ai écrit dans la solitude, le tumulte et la passion, à l'image du pays étrange qui l'a fait surgir. »

Né à Neuilly-sur-Seine le 13 mars 1945, fils du cinéaste Henry Decoin, Didier Decoin a commencé sa carrière comme journaliste à France-Soir, *puis au* Figaro *et à* VSD.

Il est l'auteur de deux pièces de théâtre (Laurence *et* Une chambre pour enfant sage) *ainsi que de nombreux scénarii pour Marcel Carné, Henri Verneuil, Jean-Claude Brialy, Serge Leroy et Robert Enrico.*

Didier Decoin a mis en scène son premier long-métrage en 1980 : la Dernière Nuit.

Président de la Société des gens de lettres pendant deux ans, il a obtenu le prix Goncourt en 1977 avec John l'Enfer. *Il est marié et père de deux enfants.*

Du même auteur

AUX MÊMES ÉDITIONS

Le Procès à l'amour
Bourse Del Duca, 1966

La Mise au monde
1967

Laurence
1969

Élisabeth ou Dieu seul le sait
Prix des quatre jurys, 1971

Abraham de Brooklyn
Prix des libraires, 1972 ; et coll. « Points Romans », 1983

Ceux qui vont s'aimer
1973

Trois Milliards de voyages
Essai, 1975

Un policeman
1975

John l'Enfer
Prix Goncourt, 1977

L'Enfant de la mer de Chine
1981 ; et coll. « Points Romans », 1982

Didier Decoin

Les trois vies de Babe Ozouf

roman

Éditions du Seuil

TEXTE INTÉGRAL.

EN COUVERTURE : illustration Étienne Souppard.

ISBN 2-02-006832-X.
(ISBN 1re publication : 2-02-006481-2.)

A mon fils Benoît.

« Peut-être même qu'après ta mort, ta volonté servirait de guide invisible... Peut-être que, si quelqu'un comme toi n'avait jamais vécu, l'Histoire n'aurait jamais pris un tel tournant... »

Yukio Mishima, *Neige de printemps*.

Première partie

Barbe Ozouf aimait trop la beauté pour supporter longtemps le prénom qu'on lui avait infligé : à huit ans, elle en fit sauter le *r* et on la connut désormais sous le nom de Babe. Habitant une région proche des îles anglo-normandes, la Hague, certains prononçaient Babe à l'anglaise, comme un diminutif de *baby*. Cela lui alla plutôt bien jusqu'à la puberté, ensuite elle prit de la poitrine, des hanches, ses cheveux roux se mirent à pousser au point de lui battre les fesses, elle devint femme, et les gens cessèrent de dire Babe à l'anglaise pour, au contraire, insister sur le *a*, et même le multiplier comme si Babe s'écrivait Baaabe.

A six heures tous les soirs, elle se baignait sur la grève d'Ecalgrain. En 1893, il n'existait aucun aménagement, juste un sentier pour descendre de la falaise jusqu'au premier lit de galets. En avril, les ajoncs étiraient leurs pousses en travers du passage, et plus d'une fois Babe déchira sa robe à leurs épines, et souvent son jupon, ses cuisses à travers l'étoffe noire.

Elle agit aujourd'hui comme d'habitude, malgré les deux gendarmes à cheval qui l'attendent, qui la surveillent depuis la route de la falaise. L'un d'eux, Jean Le Nackeis, a déjà déroulé la corde rugueuse qui servira tout à l'heure à lier ensemble les poignets de Babe.

Elle n'a jeté qu'un coup d'œil distrait sur cette entrave.

Sur une roche elle pose sa coiffe, sa longue écharpe et ses souliers, en recommandant aux gendarmes de bien veiller à ce que le vent ne les enlève pas ; peu lui importe de retrouver ou non ses affaires quand elle remontera de la grève, parce qu'alors tout lui sera tellement indifférent, mais dans le souci qu'elle manifeste de ne pas abandonner ces quelques accessoires au vent il y a une façon de promesse : « Je reviendrai me livrer, vous avez eu raison de me faire confiance. »

Et Babe se met en marche vers la mer, qui ce soir est basse. Elle ne va ni plus lentement ni plus vite qu'à l'ordinaire : elle laisse ses pieds nus, ses jambes, son corps tout entier choisir le rythme qui leur convient le mieux pour passer de la poussière irritante des chemins de la lande à la douceur glacée du sable que les vagues ont découvert.

Entre la terre et la mer, il y a l'étape des graviers, puis celle des affleurements rocheux creusés de lacs miniatures d'où monte une puissante odeur d'iode, et c'est enfin le varech en prairie où le lacis des algues brunes annonce le désordre des vagues elles-mêmes ; des crabes fuient sous le goémon, agitant ces peaux tourmentées de frissons comme ceux des chats quand ils rêvent.

La mer s'enroule autour de ses chevilles, Babe gémit. Si on lui demandait ce qu'elle éprouve alors, elle répondrait avec sa manie du mot juste : jouissance.

Sans retrousser sa robe, elle s'agenouille. Les vagues se brisent contre son ventre et sa poitrine, jettent sur ses épaules un mantelet de mousse blanche, crépitante, qui sent bon.

Sur le chemin de la falaise, ses doigts jouant dans la crinière du cheval, Jean Le Nackeis dit à Guillaume Dubosq :

— Tu le vois comme moi, elle ne se met pas nue pour se baigner. Des menteries, tout ça !

— Parce que nous sommes là. Ceux d'Auderville et de Jobourg l'ont bien vue, eux ! Tiens, même des pêcheurs qui longeaient la côte au plus près, trop près d'ailleurs : ils ont aperçu sa toison qui brillait.

— Brillait ? s'étonne Jean qui croit se rappeler que les poils entre les jambes des femmes sont plutôt ternes et drus.

— Dame oui, puisque le bas de la motte trempait dans l'eau.

Jean n'insiste pas. Il ne va pas contrarier Guillaume alors que le voyage commence à peine, qu'on n'a pas vécu la première nuit en commun qui décidera de toutes les autres, de l'humeur qu'on aura, de la tête qu'on se fera en chevauchant côte à côte avec cette femme captive entre les deux chevaux.

Déjà qu'il ne tenait pas plus que ça à partir avec Dubosq, qu'il ruminait des prétextes pour que le capitaine en désigne un autre ! Il a fallu que les cousins insistent, lui décrivent Guillaume comme un compagnon facile à vivre, sérieux dans le travail mais capable, à la halte, de reconnaître un bon cidre d'une piquette ; voire d'en offrir une bouteille sur sa solde.

— Avec ça, est-il matinal ? s'était inquiété Jean.

Ce n'est pas qu'il craignait de se lever tôt. Mais il avait besoin d'une demi-heure bien comptée entre le moment où il se réveillait et celui où il balançait ses grandes jambes hors du lit. Si Dubosq était de ceux qui veulent voir les gens debout sous prétexte qu'ils leur voient aussi les yeux ouverts, l'aventure ne vaudrait pas la peine d'être vécue ni la prime d'être empochée.

Le plus jeune des cousins s'était mis à rire :

— Il dort ferme, va ! Il a fait son troisième garçon sans s'en apercevoir : Madeleine a relevé le drap, doucement, puis elle a troussé son Guillaume, elle a vu qu'il bandait et que c'était du solide, bon, la voilà qui s'empale là-dessus, qui se trémousse, l'autre grogne un peu, c'est du plaisir qui lui vient dans ses rêves, et neuf mois après Michel est arrivé.

— Guillaume refusait de croire que les choses s'étaient passées ainsi, dit Robert de la lande de Diélette. Il trouvait que le petit ne lui ressemblait pas tant que ça, Madeleine a été obligée de recommencer la manœuvre et de le secouer au beau milieu, histoire de lui prouver que ça pouvait se faire.

La femme les attendait, assise sur une chaise derrière sa fenêtre close. Les iris bleus étaient en fleur sur le toit de chaume. En piétinant dans la cour, énervés par la volaille qui leur filait entre les jambes, les chevaux avaient fait gicler de la boue mêlée de purin jusqu'au fronton de la porte. Il en était même venu un peu sur les carreaux derrière lesquels Babe regardait, immobile.

Elle avait repoussé sa chaise, qui était tombée sur le carrelage. Elle chantonnait en venant leur ouvrir, un cantique paisible dont elle remplaçait les paroles par des la-la-la-lère. Jean Le Nackeis se rappellerait toujours qu'elle les avait salués, accueillis comme des amis, leur offrant du lait fraîchement tiré — avec un peu de goutte dedans, question de lui donner du corps. Jean s'était senti gêné, et puis l'alcool l'avait remis à l'aise.

Babe Ozouf savait bien, pourtant, qu'ils venaient pour l'emmener : ses affaires étaient prêtes, la maison rangée comme pour une de ces longues absences dont personne ne peut dire combien de semaines, de mois ou d'années elles dureront ; elle avait jeté de l'eau sur le feu, tellement d'eau qu'il faudrait longtemps avant que sèche ce magma noirâtre qui engluait le granit de la cheminée.

— La maison est humide, avait dit Babe. Si je laissais les portes des armoires et tous les tiroirs ouverts ? Cela permettrait à l'air de circuler, n'est-ce pas ?

Guillaume, en connaisseur, avait passé un doigt sur la muraille avant de le porter à sa bouche :

— Salpêtre. On a construit avec du sable de mer, mal lavé. Du coup, le sel remonte. Vent ou pas, y a rien à faire, ça vient du dedans.

— En ce cas, mieux vaut fermer partout. Verrouiller, même. Cela fera moins désordre quand quelqu'un entrera ici.

Elle parlait d'un ton égal ; sa voix était grave, contrastant avec un visage encore enfantin. Et Jean Le Nackeis, qui bégayait parfois, admirait la façon dont la femme choisissait ses mots, organisait ses phrases, les ponctuait de locutions, disant *ceci* ou *cela* au lieu de *ça*.

Pour que Jean pût voir si Babe était jolie, il faisait trop sombre dans la salle. Et puis la fumée du feu éteint à grands seaux n'en finissait pas de retomber. Mais ses poignets, quand il les prit pour les attacher ensemble, étaient fins ; et ses ongles réguliers, arrondis et sains.

Babe aussitôt lui retira ses mains. Il les sentit glisser dans les siennes, douces. Et chaudes encore : les mains des prisonniers ne deviennent froides qu'ensuite, après avoir été longtemps ligotées, quand la pression de la corde a ralenti le flux du sang.

— Non, dit-elle. Enfin, plus tard, s'il le faut absolument. Je vous obéirai en tout, vous n'aurez pas à vous plaindre de moi. Je ne demande que deux choses : ne pas être entravée pour traverser le village et me baigner à Ecalgrain une dernière fois.

Elle regardait Jean. Sans doute parce qu'il se trouvait plus près d'elle que Guillaume, car il n'y avait aucune raison pour qu'elle fît une différence entre ces deux hommes vêtus du même uniforme et dont les yeux, de toute façon, fuyaient les siens.

— Entends-tu, Dubosq ?

— Oui, et je connais cette femme, avait répondu Guillaume sans hésiter.

Jean s'était mépris :

— Bon, on ne fera pas comme elle veut ?

— Si, on peut.

En comprenant qu'on accédait à ses désirs, Babe Ozouf avait de nouveau rempli les verres des gendarmes. Plus de lait, rien que de l'alcool cette fois. Puis elle était montée en croupe sur le cheval de Guillaume.

Et c'est ainsi qu'ils avaient quitté le village pour aller sur Ecalgrain en coupant par la lande.

Personne n'avait assisté à cette arrestation qui, dans sa conclusion du moins, ressemblait à un départ pour une noce. A cette heure, les hommes étaient en mer ou aux champs ; des voiles étroites, d'un blanc sali, dansaient au loin au-dessus des murets bas. Et les femmes de Jobourg n'avaient ni assez de haine ni assez de compassion pour s'intéresser à l'enlèvement de celle qu'on appelait *l'Invisible* pour bien marquer le peu d'importance qu'elle présentait, et que le regard pouvait passer à travers elle sans même transmettre au cerveau l'information qu'il y avait là un être humain.

Pendant sur le flanc gauche du cheval, la corde pour la lier frottait sous les jambes de Babe. Elle se pencha légèrement, la décrocha et la tint sur ses genoux. Machinalement, du bout des doigts, elle s'amusait à en suivre les torsades.

C'était le silence sur la haute lande, sans que l'événement de la capture de Babe y fût pour quelque chose. Seulement, dans le ciel, les vents allaient tourner : celui du nord cessait de souffler, et la brise d'ouest était encore là-bas sur la mer — on la devinait à cette lividité soudaine du Raz Blanchard, au-delà du phare. Jouant de ce répit comme ils jouaient des tourmentes, des oiseaux passèrent en bandes, ils s'assemblaient au-dessus de la bruyère puis se dispersaient en atteignant les vagues.

Jean fit remarquer que l'oiseau qui vole ne peut pas jeter de regard en arrière ; il disait cela parce que Babe ne s'était pas retournée sur les maisons de Jobourg, mais la jeune femme parut navrée, choquée peut-être, qu'il eût ainsi troublé ce grand silence dont elle se rassasiait. Jean n'insista pas.

Il voyait à présent Babe dans la pleine lumière, en profil perdu parce que le cheval de Dubosq allait en avant du sien. Mais quand il poussait sa monture à hauteur de celle de son compagnon, Jean pouvait contempler Babe presque de face. Une fois, alors qu'il la dévisageait longuement sans qu'elle fît mine de s'en apercevoir, une buse se mit en vol stationnaire juste derrière la nuque de la jeune femme. Les couleurs de l'oiseau étaient celles des yeux et de la chevelure de Babe, la même rousseur cendrée, et le frémissement imperceptible de la buse courait aussi sur la peau de Babe. Vraiment, la femme semblait porter le petit rapace sur sa tête comme une couronne.

Dubosq tua la buse d'un coup de fusil.

Babe remonte vers le chemin de la falaise. Elle se hâte pour sécher la robe longue, noire, qui lui claque entre les jambes. Quand l'étoffe sera sèche, le sel y laissera des marbrures blanches depuis le bas ourlet jusqu'aux seins : on pourra lire sur Babe comme sur la coque d'un bateau l'empreinte de la mer.

Frais noroît, maintenant, qui chasse devant lui des nuages minces. On les croit haut dans le ciel, ils sont à peine au ras des falaises, ils glissent sur la lande, s'immobilisent pris aux griffes des ajoncs. Ce n'est pas encore la brume, mais une grisaille lumineuse qui trouble les contours.

— Qu'elle revienne donc, s'impatiente Guillaume, et qu'on s'en aille d'ici.

Jean est descendu de cheval poser des galets sur la coiffe et l'écharpe de Babe Ozouf. Mais il se ravise, jugeant que les lourdes pierres risquent de froisser les dentelles. Même s'il ne se l'avoue pas, il sait déjà qu'il fera tout ce qui est en son pouvoir pour empêcher le voyage et ses incidents d'abîmer la jeune femme. Il demande :

— Vas-tu l'attacher, à présent ?

— Pour entrer dans les bourgs, il le faudra bien.

Au-dessous d'eux, Babe s'accroche aux rochers, une terre sablonneuse ruisselle sous son ventre.

— Autrement, ajoute Guillaume, on a assez de nos fusils. Est-ce qu'on t'a mesuré la poudre et les balles, à toi ?

— Oui, ils ont sûrement peur que j'en gâche sur les bêtes.

Et pour se concilier les bonnes grâces de Guillaume, flatter sa vanité de tueur de buses :

— Je ne suis pas adroit comme toi.

— Il y a les meilleurs, dit Guillaume, et il y a les autres. Mais je te donnerai de ma poudre, va, je t'apprendrai à tirer. Je te montrerai aussi à fabriquer des balles. Seulement, pense voir à fourrer dans ta poche une ou deux cuillères quand on s'arrête à l'auberge, c'est pour avoir de la matière première.

Babe se dresse devant eux. Elle ferme un instant les yeux pour leur faire comprendre qu'elle est prête. Ils partent en silence, la mer derrière eux commence à remonter.

Le premier jour est trop avancé, ils ne peuvent aller loin, jusqu'à Herquemoulin, pas plus, et c'est la nuit quand ils arrivent. Bien que pressés de manger et de boire, Guillaume et Jean tirent aux dés celui qui va entraver Babe et la tenir en laisse. Le dé roule sous les fougères, Guillaume sort un six, Jean fait un deux, il s'éloigne pour pisser pendant que Guillaume enroule la corde autour des poignets de Babe.

Après quoi ils se mettent en quête de l'auberge, ils ont du mal à la trouver : son enseigne a été arrachée par les dernières tempêtes d'équinoxe, personne ne s'est soucié de la remettre ; de toute façon elle avait été tellement rongée par les embruns que l'inscription n'était plus lisible.

— Peut-être, dira Guillaume, mais rien qu'à l'entendre grincer on aurait compris que c'était là.

Quand ils découvrent enfin l'auberge, dont les pierres léchées par les fumées de cuisine que le vent leur rabat dessus sont plus sombres que celles des autres maisons, Babe est déjà tombée deux fois. Les chevaux ont failli la piétiner. Guillaume a eu le réflexe de tirer sur la corde, il a relevé la femme au bout de son fil comme on redresse un pantin. Elle n'a pas dit merci, elle pense que la souffrance du chanvre qui lui brûle les mains vaut bien un sauvetage.

L'aubergiste dans la cour examine les gendarmes, les chevaux, et Babe enfin — mais d'un regard agacé, comme si elle ne méritait pas d'être ainsi soupesée par un honnête homme.

— Et elle ? demande-t-il. Que voulez-vous pour cette fille ?

Jean et Guillaume ne répondent pas. Gendarmes ou non, ils ont vaguement peur de déplaire à ce gaillard qui, si ça lui chante, peut parfaitement les envoyer au diable sous prétexte que ses chambres sont toutes occupées. Il faudrait alors traîner Babe à travers les ruelles à la recherche d'une grange, d'une bergerie, risquer qu'elle tombe encore et passe cette fois pour de bon sous les sabots.

L'aubergiste balance sa lanterne, les ombres des chevaux grandissent démesurément sur le mur de l'autre côté de la poterne :

— Il y a des chaînes et des anneaux dans l'écurie. Les chaînes sont préférables à tout, messieurs : une nuit bien tranquille, quel est le prisonnier qui ne viendra pas à bout d'une corde en la rongeant ? Les femmes encore jeunes ont des dents qui valent bien les nôtres.

— Elle couchera dans notre chambre, décide Guillaume.

— Elle mangera avec nous autres, dit Jean.

Ils n'ont pas entamé les frais que le capitaine leur a alloués pour le voyage, ils pourraient donc s'offrir la chambre du premier étage, juste au-dessus de la salle, bien chaude à cause du tournebroche dont les effluves s'infiltrent à travers les lames du plancher. Mais Dubosq l'a soigneusement inspectée :

— Pas assez sûre : deux portes, deux fenêtres, l'arbre avec ses branches qu'on peut attraper en allongeant le bras...

Alors l'aubergiste les a menés vers les combles, par un escalier étroit aux marches exagérément hautes. Il a ouvert la porte d'une petite pièce basse de plafond, que les poutres de la charpente traversent de part en part. Dubosq s'est précipité à la lucarne, l'aubergiste a ricané dans son dos :

— Vous croyez qu'elle pourrait sauter par là ? Il y a une belle hauteur, allez ! Sans compter que juste en dessous c'est une avancée du vieux cimetière, les croix rouillées font comme des lances pointées vers le ciel.

L'aubergiste a tendu une main ouverte, qu'il a ensuite lentement ramassée en coquille :

— C'est-y oui, maintenant ?

— Notre convenance, a dit Guillaume.

Ils ont payé d'avance, l'homme est descendu préparer leur souper, ils sont seuls et Guillaume délivre Babe de ses liens.

Suspendu à un ruban, un bouquet de bruyère sèche se balance au-dessus de la table étroite et fait vaciller la flamme de la chandelle.

— Puis-je écrire ? demande Babe.

— A qui ?

— Oui, appuie Jean, à qui ? Père, frère, oncle ? Vous n'êtes pas mariée, à ce qu'on dit sur la lande. Ça aurait pu se faire, mais ça ne s'est pas fait.

— Pourquoi un homme ? murmure-t-elle. Pourquoi n'aurais-je pas une cousine, une sœur ?

Si les mots lui venaient en bouche aussi facilement qu'ils lui montent à la tête, Jean lui démontrerait qu'une femme aussi belle et dans une telle détresse ne doit désirer écrire qu'à un homme, quelqu'un qui l'aimerait d'autant plus qu'elle est perdue, souillée, quelqu'un qui se lèverait de sa chaise en lisant sa pauvre lettre et se mettrait à tourner en rond en répétant : « Je peux faire quelque chose pour elle, oui mais quoi ? » et qui irait décrocher une arme, seller un cheval.

— Femme Ozouf, dit Guillaume, tant que durera ce voyage il n'y aura plus pour vous d'autre loi que la mienne et celle du gendarme Le Nackeis. Pour savoir ce qui vous est permis et ce qui vous est défendu, posez vos yeux sur nous.

— C'est comme cela que je vous regarde, monsieur. Puis-je écrire ?

— Vous pouvez. Mais pas longtemps, parce qu'il faut souper bientôt, nous coucher de bonne heure. Crevante, la route.

Il ôte ses bottes, s'allonge sur un des deux lits disposés perpendiculairement l'un à l'autre. Il lève son bras droit comme pour attraper sous le nœud des poutres un jambon qui n'y est pas, le bras semble se disloquer à l'articulation du coude, retombe sur les yeux de Guillaume. Quelques secondes après, il dort.

Jean s'assied à même le plancher, le dos contre la porte et son fusil en travers des genoux. Il observe la femme qui a dénoué son baluchon, qui en retire quelques rouleaux de papier, un flacon d'encre.

— Pour qui, la lettre ? insiste Jean.

Babe se détourne :

— C'est un livre, que je fais.

Elle a déjà oublié la présence des gendarmes, elle coule ses longues jambes sous la table, lisse soigneusement son manuscrit du tranchant de la main.

Il ne lui manque qu'un piano, car un piano jouait au début, quand elle a commencé la rédaction du livre. Et puis il s'est tu lorsqu'elle a pris possession de la ferme de Jobourg, il n'y a pas de pianos dans ces granges secouées par des vents si violents qu'on n'entendrait pas la musique de toute façon. Mais elle pouvait espérer que le piano jouerait à nouveau un jour ou l'autre ; elle avait d'ailleurs fait le projet, quand elle en arriverait aux dernières pages, de s'établir quelques jours dans un hôtel de Cherbourg réputé pour son orchestre.

Elle n'aura jamais le temps de finir son livre, il ne lui reste que ces quelques soirées de voyage pour l'avancer encore un peu. Ensuite, elle devra remettre ses rouleaux au greffe de la prison de Saint-Lô.

Cette certitude que le livre ne sera pas achevé fait que Babe l'écrit désormais sans hâte. Une phrase de plus, une phrase de moins, quelle importance ? Elle préfère se concentrer sur les mots, elle les choisit avec un soin extrême. Ainsi cette histoire qu'elle raconte devient-elle de moins en moins fiévreuse, mais de plus en plus belle. On sent que la mort, ou quelque chose qui ressemble à la mort, va en interrompre le cours, et que l'auteur a le souci un peu effrayant de lui tailler une lumière, un rythme à la fois solennels et détachés, comme ces reines dans l'Histoire qui laissaient entrer le bourreau en le priant de s'asseoir le temps qu'elles terminent de coudre leur dernière robe.

— Un synonyme pour *identique* ? demande soudain Babe à mi-voix.

Jean Le Nackeis fait mine de réfléchir.

— Ce pourrait être *similaire*, suggère Babe. Ou *conforme*. Je crois quand même que je préfère *analogue*.

— *Analogue* ira très bien, dit Jean qui n'a jamais employé un tel mot.

Des chiens aboient dans presque toutes les maisons, ils ont senti la présence des chevaux de la gendarmerie.

Précédée par Le Nackeis, suivie par Dubosq, Babe descend l'escalier. Sans sa coiffe, ses cheveux dénoués lui viennent sous les épaules.

La rugosité du bois, sa teinte grise, la manière de l'assemblage, tout indique que l'escalier provient d'une épave, celle d'un voilier probablement. En regardant sous la volée des marches, on y découvrirait peut-être le nom du navire, gravé au couteau par celui qui en a repêché les débris. Babe le dit à Guillaume, qui prétend au contraire qu'on aura effacé les traces, que les gens ne sont pas si bêtes.

Babe sourit :

— Moi, quand j'ai rapporté à la maison les fauteuils en rotin de la *Sainte-Madeleine*, j'ai marqué le nom du bateau et la date du naufrage sous les accoudoirs. Avec un clou chauffé à blanc que je tenais coincé au bout d'une tenaille. Je me rappelle que le rotin était si gorgé d'eau que le clou fumait au lieu de mordre.

De la crosse de son fusil, Guillaume la pousse dans le dos :

— Tout ça, c'est votre affaire. Nous ne voulons rien savoir, Le Nackeis et moi. Le voyage, et rien d'autre.

— A Saint-Lô, dit Jean, on vous conduit jusqu'au guichet et puis on vous laisse. On ne verra pas les juges, on n'a pas vraiment de rapport à faire : justifier nos débours, c'est tout.

— Signer la feuille d'écrou, quand même, corrige Guillaume. Mais on ne parlera à personne. Si vous causez la nuit en dormant, peut-être qu'on vous entendra, mais on ne vous écoutera pas. Et on a les moyens d'oublier. Pas vrai, Le Nackeis ?

Jean ne répond pas. Les moyens d'oublier, ils en ont longuement débattu avant de se mettre en route. Ils ont pensé à tout l'alcool qu'ils pourraient boire à Saint-Lô si leur prisonnière avait peu d'appétit, si elle n'allait pas jusqu'au bout de la pension réglementaire que le capitaine avait avancée pour elle.

C'est un des avantages qu'on trouve à convoyer une femme plutôt qu'un homme : en arrivant, il reste presque toujours un petit quelque chose qu'on se partage. Le tout est de se mettre d'accord sur la façon de le dépenser. Ayant repoussé l'idée de gaspiller ce reliquat dans un bordel (ils ont fait leur plein de plaisir avant de quitter la Hague, Jean dans les bras d'Yvonne, Guillaume en se tortillant sous son épouse qui avait d'abord couru se baigner en liquette dans un des ruisselets qui dévalent la lande au-dessus d'Omonville-la-Rogue), ayant renoncé par méfiance des marchands à rapporter du drap ou des terres cuites, les deux gendarmes ont décidé de boire tout ce qu'ils réussiront à épargner sur la part de Babe Ozouf.

Ce travail de fourmi commence dès maintenant, au moment d'entrer dans la salle : on dépense plus à une table située près du tournebroche ou de la cheminée où rugit le feu de genêts, parce que la chaleur qui vous cuit la tête incite à boire davantage. Guillaume, donc, se dirige vers une table à l'écart, contre une fenêtre sous laquelle siffle un filet de vent. Là, on sera juste assez bien pour avoir envie d'être mieux, c'est-à-dire dans son lit.

Il y a ce soir à l'auberge des maquignons de Coutances et les marins d'un voilier puant, trapu, qui fait le transport de la soude le long de la presqu'île. Le fort vent de nord-ouest a contraint les matelots à jeter l'ancre plus tôt que prévu, bien avant le havre de Portbail où ils comptaient s'abriter pour la nuit. Ces hommes mangent en silence ; mais, du bout de leurs doigts rongés par la soude, ils battent sur le bois de la table la cadence d'un chant secret ; on dirait un peu qu'un oiseau s'est pris sous cette table et que ses ailes palpitent contre le plateau comme font les papillons de nuit prisonniers d'un verre de lampe.

Absorbés par ce repas qu'ils s'offrent pour oublier la houle, dont ils savourent chaque miette en sachant mieux que personne le prix vrai qu'elle leur coûte, les marins ont gardé les yeux baissés alors que Babe passait à les frôler. Seul le patron a tourné la tête vers elle, mais il n'a vu que son dos et ses longs cheveux lisses.

Au contraire, les maquignons observent l'installation des gendarmes et de la femme. A l'invitation d'un certain Thomas Le Nouel, établi dans les marais de Gorges près de Carentan, et dont l'habit brun s'étoile déjà de taches d'œuf et de vin, ils lèvent leurs verres et les choquent lorsque Guillaume se faufile sous la table pour attacher les chevilles de Babe au pied central.

— Mes amis, dit Le Nouel, bien que cet établissement ne se donne pas des allures de cabaret, vous voyez que le spectacle est compris dans la facture. Il me semble qu'on nous demande de méditer sur la punition qu'on encourt à déplaire au gouvernement et à sa police. Mais remarquez comme tout est discret aujourd'hui, ça se joue sous la table ! *(Rires.)* Autrefois, on ne s'embarrassait pas tant, et les criminels ne soupaient pas dans la salle. Mon père en a vu que la gendarmerie tenait enchaînés pour la nuit dans des chariots bâchés. *(Applaudissements.)*

Guillaume remonte de dessous la table, ses grosses mains se posent sur celles de Jean, apaisantes :

— Attends, ne dis rien, tout ça n'est pas clair, on ne sait pas trop s'ils sont pour nous ou contre nous.

Jean regarde Babe Ozouf. Elle a rougi, elle a eu un brusque mouvement de la tète pour faire voler ses cheveux devant ses yeux. Elle ne ressentait pas vraiment son humiliation nouvelle d'être femme détenue tant que Dubosq et Le Nackeis en étaient les seuls témoins : c'était leur métier d'enfermer, d'entraver, ils voyaient si souvent des jambes ou des bras liés qu'ils n'y faisaient plus attention. Mais les maquignons n'attachent que des bêtes et des bottes de paille, alors Babe est peut-être pour eux comme une brassée de foin, comme une jument sanglée entre les brancards d'une charrette. Ça la submerge, elle dit qu'elle n'a pas faim, qu'elle veut se retirer, qu'on l'enfouisse quelque part n'importe où dans le noir.

— Faut vous habituer, dit Jean.

Il la trouve plus belle que tout à l'heure dans la chambre, quand la chandelle n'éclairait que la moitié de son visage et qu'elle lui sortait des mots qu'il ne connaissait pas.

— Vous ne pourrez pas marcher demain si vous ne mangez pas, fait Guillaume.

Thomas Le Nouel repousse son tabouret, il traverse la salle en s'arrêtant un instant près du tournebroche pour se réchauffer le dos, une vapeur grasse monte de son habit :

— Gendarmes, contez-nous voir l'histoire de la dame. La nuit est mauvaise, ça va souffler avant deux heures, c'est le moment de s'organiser entre nous. Sans quoi, cloués là, on va mourir d'ennui. *(Rires, applaudissements, et cris cette fois.)*

Jean continue de regarder Babe. Et c'est au moins autant pour elle que pour le maquignon qu'il répond, le front buté :

— Nous autres, on ne sait pas l'histoire de cette femme. On nous a commandé de la prendre à Jobourg et de l'emmener jusqu'à Saint-Lô, c'est tout.

— Si la tempête se lève, insiste Le Nouel, on pourrait bien devoir s'incruster ici jusqu'à l'accalmie. C'est ce qui est arrivé l'an passé, l'ouragan était de force à renverser nos chevaux.

— Il les a rendus fous, dit un homme du groupe de Thomas Le Nouel. Moi-même, une belle jument grise m'a désarçonné, proprement jeté bas. C'était près des dunes entre Vauville et Siouville, la bête s'est sauvée, paraît qu'elle a rejoint la troupe des chevaux sauvages.

D'un geste, Thomas Le Nouel impose le silence. Il reprend :

— Voilà à quoi je pense, gendarmes : fournissez-nous quelques éléments bien curieux, mais sans aller jusqu'au bout de la vérité. Le premier d'entre nous qui saura reconstituer sans erreur les aventures de cette femme, le premier qui pourra dire le crime qu'elle a commis, foi de Le Nouel ! je m'engage à régler sa dette ici.

— Et si tu es le vainqueur de l'épreuve ? dit l'homme dont la jument terrifiée s'est enfuie dans les dunes.

— Je ne prends pas part à la compétition.

Thomas Le Nouel a contourné le banc sur lequel est assise Babe. Il appuie son ventre contre le dos de la jeune femme qui sent les petits boutons du gilet s'incruster dans sa chair à travers l'étoffe de la robe noire. Maintenant, les doigts du marchand tressent les cheveux de Babe :

— Je suis dans le camp de la dame punie, messieurs. Après avoir reçu ses confidences *(murmures d'excitation)*, je répondrai à sa place à vos questions. Dans la situation où elle est, elle aurait naturellement tendance à trop en dire, c'est l'erreur banale des accusés : ils croient que pour se justifier il faut s'expliquer beaucoup. Système pervers, meilleur moyen d'accumuler contre soi les pires contradictions *(silence approbateur, quelques maquignons ont eu récemment affaire à la justice, c'est pour ça qu'ils viennent traiter dans ces terres écartées de la Hague)*.

Le Nouel se penche davantage sur Babe Ozouf, il respire dans sa nuque une odeur de jacinthe :

— Le jeu que je propose peut te sauver la vie, petite. Il te donnera une idée claire de la manière dont les juges t'entendront, te comprendront.

La servante apporte une omelette, l'aubergiste dépose sur la table un crabe dont il a fracassé les pinces à coups de tisonnier.

Le marchand de chevaux pétrit maintenant les épaules de Babe, et il reste bien penché sur elle à cause de ce parfum étrange qui monte de son corps. Si Babe se retourne brusquement, ses lèvres heurteront celles du maquignon.

— Nous commençons, veux-tu ? Petite, quel est ton nom ? Parle doucement, que mes amis n'entendent pas.

— Laissez-moi, dit Babe.

— Laissez-la, dit Jean.

Guillaume brise le crabe en deux. Il donne à Babe la plus grosse pince, pour bien montrer qu'il n'est pas son juge, seulement son gardien, qu'il la respecte et que tout le monde doit en faire autant.

Et après, il regarde de l'air le plus idiot du monde son fusil appuyé contre les pierres du mur.

— Ça va, dit Le Nouel.

Il se retourne, se dandine vers ses hommes :

— Sortons, ça pue ici le crabe mort et la bêtise.

Les onze maquignons traversent le cimetière, s'engagent sur la route en pente raide qui mène à la côte. Ils doivent se courber pour avancer contre le vent, glapir comme des renards fous pour se faire comprendre, et d'interminables nuées effritées passent sous la lune, des volées de pluie drue crépitent sur les ajoncs, on croit entendre au-dessus du village le galop des chevaux sauvages, mais c'est seulement le ruissellement dans les dunes d'un lit de pierrailles déséquilibrées.

— J'avais un grand projet pour vous, crie Le Nouel, il fallait me soutenir autrement qu'avec des ricanements, je comptais qu'on s'allongerait tous sur elle avant l'aube, même l'aubergiste en était, et du coup on avait des arguments demain matin pour discuter l'addition ; quant à elle je l'ai vue de tout près, je l'ai même touchée, je ne dis pas qu'elle était la merveille des merveilles, mais enfin c'était une femme fine et propre, avec une odeur dans son cou et derrière les oreilles que je n'avais jamais flairée, ah ! je nous souhaite bien de la joie, messieurs, pour les quinze jours sans putains qu'il nous reste encore à vivre dans ce désert par ici !

— Est-ce que deux gendarmes, deux seulement, peuvent nous empêcher d'avoir cette femme ?

— Essayons de savoir où ils l'enfermeront cette nuit, Thomas, et nous irons avec toi.

Les hommes hurlent maintenant tous à la fois. Leurs visages coulent de sueur et de pluie.

A l'aplomb de la falaise, la mer explose en gerbes livides. Dans cette écume qui vole, certains voient des culottes, des jupons, des corsets. C'est alors qu'Edmond Lenchanteur, marchand de bestiaux à Bricqueville-la-Blouette, se rappelle qu'on peut retrouver sur sa langue la saveur exacte des liqueurs vaginales rien qu'en suçant des algues, celles que la mer ne recouvre qu'aux grandes marées, et qui ont autrement le temps de bien se décomposer à la lumière. Il entraîne ses compagnons vers la sente qui déboule sur la crique. Plusieurs tombent dans l'obscurité, déchirent leurs habits aux plantes et aux rochers. Ils se relèvent, tâtonnent bras étendus, heurtent un compagnon qu'ils étreignent, comme ça ils tomberont à deux la prochaine fois. Le vent derrière eux mugit dans les ruelles d'Herquemoulin comme dans des tuyaux d'orgues. Les onze, en atteignant la grève, se ruent sur les algues, chacun crie qu'il a mis la main sur la touffe la plus savoureuse, et ces algues qu'ils s'enfournent dans la bouche en forçant des deux poings fermés leur pendent ensuite sur le menton comme des langues de carnaval.

A l'horizon défile un steamer illuminé qui fait route sur l'Angleterre.

Babe Ozouf a finalement mangé toutes les parties nobles du crabe, Guillaume et Jean récurent avec leurs doigts l'intérieur de la tête. Puis Guillaume demande un petit carafon de calvados qu'il verse dans la carapace qui brinquebale. L'alcool imbibe les dernières parcelles de chair blanche, les décolle de la coquille, le gendarme fait alors passer le crabe à Jean puis à Babe, et il boit le dernier.

Les marins du bateau de soude ont étendu sur le sol près de la cheminée une grande toile à voile, bistre et carrelée de reprises grossières. C'est là qu'ils dorment sur le dos, allongés les uns contre les autres, les mains jointes sur le ventre. Ils ressemblent à des noyés.

Guillaume désigne Babe et dit à Jean :

— Va, détache-lui les pieds, on monte.

Les maquignons sont rentrés un peu après minuit, dessoûlés par la tempête et les algues qu'ils ont rongées. Ils sont faibles et grognons comme des enfants qu'on tient éveillés au-delà de leurs possibilités, ils se méprisent les uns les autres, se plaignent du froid, de leurs habits trempés de mer et de pluie. En bas sur le buffet, l'aubergiste leur a préparé des chandelles, une pour chacun, mais les maquignons trouvent que ces chandelles puent trop fort le suif, que leurs mèches sont trop longues et fument excessivement, ils cherchent des ciseaux pour les raccourcir, n'en trouvent pas, brisent un verre avec les éclats duquel ils rectifient les mèches. Ils entrent dans les chambres où ils dorment à trois ou quatre, après s'être jeté des bonsoirs aigres et furieux. A travers les cloisons de lattes chaulées, on les entend gémir sur ces landes maigres, salines, où les chevaux ont des jambes noueuses et grêles pire que les chèvres.

Dans la mansarde, Babe Ozouf dort par terre. Entre les deux lits, de même qu'elle marchera demain entre les deux gendarmes. Désormais, elle aura toujours quelque chose ou quelqu'un devant elle pour lui barrer la route, et pareil derrière elle pour lui couper la retraite.

C'est ça, le grand changement.

Elle avait pris la ferme de Jobourg pour cette sensation de vivre en face d'un espace illimité, d'un presque néant de landes rases, d'eau et de nuées. Depuis la lucarne du fenil, le regard se perdait à l'infini. Parfois, sur le coup d'octobre ou de novembre, un mur de brume venait s'appuyer contre les clôtures, mais Babe savait que ce brouillard-là n'avait rien à cacher ; il était le prolongement visible du monde informe au-delà de sa ferme, terres où levaient des murets si bas que les agneaux de Pâques eux-mêmes, dès le lendemain de leur naissance, se sauvaient d'une pâture à l'autre. Sauf en été où les ombres étaient franches, les vagues de l'herbe et les vagues de la mer avaient une même couleur — un malentendu gris et bleu que rien ne fermait là-bas au bout.

En quelques jours d'humiliations et d'épuisement, elle passerait de ces immensités au clos étroit d'une cellule. Perdre sa liberté n'était pas le pire, elle n'en faisait pas grand-chose de toute façon. Mais elle avait peur pour ses yeux, ils allaient rencontrer des murailles invariables, debout à deux ou trois mètres, elle pensait qu'elle pourrait bien devenir aveugle ou se mettre à loucher comme ces enfants auxquels on pose un doigt sur le bout du nez. Ça lui était égal, relativement, la corde autour de ses poignets ou de ses chevilles. Ce qu'elle voulait, c'était voir loin.

Et cette nuit, à droite les bottes de Guillaume, à gauche les bottes de Jean, le mur en face.

Elle se redresse, une fièvre soudaine la fait claquer des dents, elle se drape dans la couverture que les deux hommes ont jetée sur elle.

— Dormez, dit Guillaume. Pas de bordel, hein, j'étais si content parce que vous ne pleuriez pas !

— Laissez-moi me mettre sous la fenêtre.

— Elle est pourrie, regardez cette flaque d'eau, tout passe à travers les jointures, même que demain on se réveillera peut-être au milieu d'un lac. C'est ici que vous êtes le moins mal.

— Si je tire la table au-dessus de moi, dit Babe, je ne serai pas mouillée, ça fera comme un petit toit, une niche.

Assis sur leur lit, le dos calé par les oreillers à rayures brunes, les deux gendarmes regardent la femme qui s'organise comme elle a dit.

— C'est pas de tout repos, gronde Guillaume. Les maquignons et maintenant cette espèce de déménagement !

— Elle avait raison, souffle Jean, ça lui fait vraiment une niche, et puis elle a un peu l'air d'un chien, de loin, avec ses cheveux rouquins qui lui tombent dessus.

— Tourne-toi de l'autre côté, qu'est-ce qui va se passer si tu as envie de la caresser ?

Jean Le Nackeis ne répond pas, il rit, ça le secoue, on dirait qu'il grelotte : c'est exactement les mots qu'il attendait comme matière première pour bien rêver. Il ramène ses genoux sous son menton, se pelotonne contre le mur.

Il ferme les yeux, il imagine qu'il se lève et traverse la chambre sans bruit, se glisse sous la table où Babe est endormie. Il approche ses mains de son visage, voilà qu'elle passe sur ses doigts une langue molle et moite, il rigole tout heureux, enfouit son nez dans la chevelure de la femme, lui parle tout bas comme à un chien :

— Belle bête, tu es fatiguée maintenant, voilà ce que c'est aussi de courir ventre à terre, de s'écorcher partout aux cailloux.

Il lui renifle le cou, les aisselles et la gorge.

— Tu sens la sauvage, ma toute jolie, les petites fleurs et la crotte de mouton. Laisse voir si tu n'as pas les mamelles qui saignent, ça arrive souvent avec tous ces pieux que les bergers oublient, et y a rien de plus traître que les fougères décapitées.

Dans son rêve, c'est comme ça qu'il en vient à lui caresser les seins.

Guillaume déboule sur son lit, le secoue :

— Elle ronfle, c'est le moment de parler sérieusement. Mais à voix basse, surtout. Le premier soir, il faut faire un bilan, le capitaine me l'a bien recommandé. J'ai des choses graves à te dire, Le Nackeis. Je n'ai pas peur qu'elle s'évade, nos précautions sont bonnes, et puis elle s'est laissé prendre sans résistance — mais, dans un sens, c'est louche.

— Pas louche du tout, murmure Jean, on a des chevaux et des fusils, on lui aurait couru après jusqu'au bout du monde.

— Le bout du monde, c'est justement là où on est.

Guillaume jette un coup d'œil désabusé à la lune malsaine devant laquelle cavalent les nuages d'ouragan. On entend parfois un claquement sec, c'est une pierre que le vent arrache aux toits et qui éclate sur les tombeaux en contrebas.

— Qu'est-ce que tu crois, alors ? demande Jean.

— Je crois qu'elle a peut-être dans l'idée de se tuer.

Le gendarme glisse ses jambes sous les draps de son compagnon. De concevoir des drames comme ça en pleine nuit, ça lui donne froid. Il ajoute :

— Si j'étais elle, je le ferais. Foutu pour foutu, tu comprends ?

Jean Le Nackeis, vaguement dégoûté d'abord par cette intrusion dans son lit, colle maintenant son flanc contre celui de Dubosq : un lit, se dit-il, on y baise, on y meurt, il y a une femme qui vous regarde ou toute une famille déjà en noir, on est nu, un lit ce n'est pas un endroit pour faire de la pudeur.

— C'est pas les occasions qui vont lui manquer, poursuit Guillaume. Demain on quitte la région des précipices et des falaises pour s'enfoncer dans les terres, mais on va passer des rivières, des forêts. Et pour peu qu'elle connaisse les champignons qui tuent...

— Toi, tu les connais ?

— Pas très bien. Qu'est-ce que ça changerait, d'ailleurs ? Que je les connaisse ou pas, elle aura tôt fait de se baisser, d'en ramasser un et de l'avaler.

Ensemble, les deux gendarmes tournent la tête vers la table sous laquelle, toute fraîche de pluie et de vent, Babe Ozouf gémit doucement dans son sommeil.

— J'ai pas fini, reprend Guillaume, elle peut faucher des choses dans les fermes en passant — parce que, des fois, il faudra bien qu'on dorme dans des fermes. Alors, des choses, ça veut dire des outils, une serpe, une vouge.

Jean laisse retomber sa tête sur l'oreiller. Guillaume tend le bras, fouille dans sa veste pendue à un clou, en sort sa pipe et du tabac.

Mais tandis que Guillaume cherche un moyen d'empêcher Babe Ozouf de se suicider, Jean se demande pourquoi elle ferait une chose pareille.

Ils réfléchissent tous deux, en soufflant bien fort comme des gens accablés.

Toute la nuit, Babe Ozouf a dormi d'un sommeil tranquille. Elle n'a pas eu de ces terreurs qui la prenaient parfois dans sa chambre à la ferme de Jobourg quand elle rêvait aux morts de sa famille.

Elle les voyait généralement assis sur des chaises autour d'une table qui n'existait pas ; et pourtant ils posaient leurs coudes sur cette table, tous leurs gestes indiquaient qu'il y avait bel et bien une table massive, surchargée de victuailles.

On donnait un festin pour un mariage, mais impossible de deviner qui étaient les époux : les gens de la noce avaient le même âge, ils n'étaient ni vieux ni jeunes, ils portaient des habits tous semblables. Peut-être les mariés n'étaient-ils pas arrivés, encore à se dandiner dans l'ombre brune des chemins sous les arbres ? Mais non ! on se levait pour trinquer à la bonne santé de madame la mariée, les plaisanteries grossières des fins de banquet fusaient de tous côtés, le cousin André, mort à vingt-huit ans d'une mauvaise chute de cheval, venait de plonger sous la table pour essayer d'enlever le premier la jarretière de la mariée.

Babe s'approchait de ses parents pour les embrasser tendrement. Leurs visages étaient flous, mais c'était bien normal avec toute cette grosse buée odorante qui montait des potages, des fricassées, des gigues de mouton.

Dans son rêve, Babe avait conscience de caresser des morts. Mais ce n'était pas tellement cela qui lui faisait peur, son angoisse venait d'autre chose qu'elle ne s'expliquait pas — sinon qu'elle n'arrivait pas à reconnaître les nouveaux époux.

Alors elle s'éveillait, haletante. Elle essuyait contre le drap ses joues qu'elle croyait encore mouillées de baisers, des baisers qui maintenant lui paraissaient abominables, vraiment contre nature.

Une nuit, l'impression fut si forte qu'elle s'habilla en hâte, attela la carriole et courut la lande jusqu'à Beaumont où résidait le docteur Grandelau. C'était fin août, la pleine lune, des éclairs silencieux striaient le ciel, une luminosité étrange et bleue nimbait la maison du médecin, la faisait ressortir du rideau de châtaigniers contre lequel elle s'appuyait. A l'étage, une lampe discrète brillait derrière une lucarne ovale. Babe en déduisit que Grandelau travaillait à son ouvrage sur les maladies osseuses ; elle se rassura en pensant qu'il ne serait pas obligé de sortir de son lit pour descendre lui ouvrir.

Elle attacha le cheval à un piquet de haie, se dirigea vers une porte basse, ajourée, qui donnait sur un jardin en désordre. Au moment de tirer sur la chaîne qui actionnait la clochette du vestibule, elle hésita : elle n'avait rien d'autre à proposer au docteur Grandelau qu'un cœur qui battait un peu trop vite à la suite d'un cauchemar, des mains moites, des cheveux collés par le vent de la course en carriole autant que par les suées froides de la peur. « Il me renverra avec une petite mousseline d'herbes à faire infuser, et son mépris par-dessus le marché », pensa-t-elle.

Mais depuis son perchoir, Grandelau l'avait devinée dans l'ombre. Il ouvrit vivement la lucarne :

— Je descends, mademoiselle Ozouf, donnez-moi seulement le temps d'enfermer le chien.

Babe vit la lumière de la lampe quitter la lucarne ovale, glisser en se courbant de fenêtre en fenêtre le long de la façade. Le médecin apparut, il était en robe de chambre, il s'arrêta sur le seuil de sa maison, appela vers lui un chien long, noir, maigre, puis il fit signe à la jeune femme de le rejoindre.

A peine fut-elle près de lui qu'il posa sa main droite sur la poitrine de Babe :

— Le cœur, je m'en doutais. Dans nos régions, il y a trois causes qui font qu'un cœur se met à cogner comme fou : l'alcool, le désir, l'effroi. Vous êtes une femme, j'éliminerai l'alcool. Après, le désir ? L'envie ? La jalousie ? Mais de quoi, de qui ? Non, pas vous, mademoiselle Ozouf. Reste la peur.

Il n'attendit pas sa réponse, lui prit le bras :

— Entrez donc.

Il referma la porte, conduisit Babe jusqu'à la pièce où il donnait ses consultations. Le chien noir les suivait, reniflant le bas du manteau, humant longuement l'empreinte des pas de la jeune femme sur les tommettes.

C'était une ancienne chambre, cela se voyait à la trace du lit à quenouilles imprimée en jaune terne contre le blanc du mur. Il y avait aussi la marque des chevilles qui avaient servi à fixer le bénitier, et le dallage s'était légèrement affaissé là où autrefois se dressait l'armoire à deux volets.

Grandelau avait donné à la pièce un air moderne et sobre en remplaçant tout ce mobilier désuet par des vitrines basses où, sur des étagères de verre, s'alignaient des instruments, des fioles, de petites cuvettes émaillées, des piles de serviettes à peine plus larges que des mouchoirs.

— Mademoiselle, dit-il, je me demandais quand vous finiriez par venir. Ne serait-ce que par curiosité. Et puis non, je vous ai parfois croisée à Cherbourg, mais vous faisiez semblant de ne pas me voir, d'ignorer qui j'étais. Ou plutôt, attendez ! vous vous disiez : « Pourquoi adresser la parole à cet homme tant que je ne suis pas malade ? » Et voilà, c'est arrivé !

Il éleva le verre de sa lampe vers le cadran de la pendule :

— A trois heures du matin, en été.

Il désigna l'espèce de couche basse en chêne noirci par le sang et les drogues, avec un gros oreiller mousseux à la tête :

— Normalement, vous devriez vous allonger pour que je procède à l'auscultation.

— Je me sens beaucoup mieux, c'est inutile. Je ne sais pas ce qui m'a pris, je suis tout à fait ridicule.

Babe Ozouf esquissa un sourire d'excuse et marcha vers la porte. Le chien noir se mit en travers de son chemin et gronda.

— C'est une bête qui n'aime pas les adieux, dit le médecin. Le matin quand je pars en tournée, figurez-vous qu'il accompagne la carriole, longtemps, il essaye de mordre les roues. Il laissera entrer des bandits, peut-être même qu'il leur léchera les mains, mais pas question pour eux de repartir.

— On m'attend.

— Non, personne.

Elle se soumit. Sans s'être jamais adressé la parole, ils en savaient assez l'un sur l'autre pour ne pas avoir à se mentir. C'était une situation plutôt confortable, comme ça au milieu de la nuit.

Il lui prit le bras comme tout à l'heure sur le seuil de sa maison, la ramena vers le centre du cabinet, pressa doucement sur ses épaules pour la faire asseoir :

— On n'offre pas de café à quelqu'un qui a des palpitations. Alors, un lait chaud ? Je connais la route de Jobourg, ça court en haut des falaises, rien n'arrête le vent. Vous avez dû être frigorifiée, surtout si vous avez pris par le Thiébot et les Moulinets. On est comme au désert, ici. Torride le jour, des fois, mais la nuit il y a ce froid de la mer. Je vous abandonne un instant, surtout ne touchez à rien.

Il quitta la pièce. Les pans de sa robe de chambre s'écartaient, dévoilant des jambes blanches et presque imberbes. De dos, il avait quelque chose d'un adolescent. Il avait emporté la lampe, mais la lune et les éclairs suffisaient à illuminer les murs, les vitrines et les appareils.

Depuis la cuisine, Grandelau cria — sa voix résonnait dans le corridor interminable comme dans une église vide :

— Mademoiselle Ozouf, je vous appelle *mademoiselle* parce que c'est ce que les gens disent par ici. Mais si c'est *madame,* je veux bien.

Elle ne répondit pas. Elle n'avait pris là-dessus aucune décision, se contentant d'un « Je m'appelle Babe Ozouf » sans jamais rien mentionner d'autre.

Entre eux, les ouvriers agricoles disaient la bourgeoise. C'était l'usage au pays. Ceux qui venaient d'autres régions l'appelaient la patronne, mais ça ne durait pas, ils en venaient vite à la bourgeoise eux aussi. Ou bien ils ne lui donnaient pas de titre du tout : s'ils avaient quelque chose à lui demander, ils laissaient leurs outils et se plantaient devant elle, le chapeau à la main, lui barrant la route.

Le docteur Grandelau revint dans la pièce, il tendit un verre à la jeune femme. Le lait qu'il garda pour lui était légèrement teinté, il avoua qu'il l'avait amélioré avec du rhum et un peu de cannelle.

Babe avait une curieuse façon de boire, elle avançait la bouche à la manière des petits enfants qui ont encore des réflexes de succion, et l'ourlet de sa lèvre supérieure était ensuite tout blanc de lait.

— Je vous remercie, dit-elle, et je suis vraiment désolée de vous avoir dérangé. Je sais que vous travaillez à un livre, un traité des maladies osseuses paraît-il, et que vous ne pouvez vous y mettre que la nuit.

Elle eut un sourire, ajouta ;

— Je comprends ce que c'est, j'écris moi aussi.

— Des contes, des nouvelles ?

Il pensait sans doute à ces courts textes humoristiques ou sentimentaux que publiaient les almanachs. Le style en était trop orné ou trop creux, mais grâce aux correcteurs recrutés parmi les curés érudits on n'y trouvait pas de fautes de syntaxe.

— Un roman, dit-elle.

Et d'un joli mouvement de la tête, elle fit voler ses cheveux.

— C'est sérieux, alors !

— Je ne crois pas, non. D'ailleurs j'ai soumis les trois premiers chapitres à un éditeur, il me les a renvoyés.

Le médecin se débarrassa de son verre et s'avança vers Babe.

Elle se disait : « Je vais jouir cette fois, pour de bon, pour de vrai. Ma petite, il ne faut pas que tu cries, non, même si tu ne sais plus où tu en es, même si tu oublies qui tu es : il y a peut-être des personnes dans cette grande maison, là-haut dans les étages, possible qu'il vive avec sa mère, avec une sœur qui serait veuve. »

Mais il commit l'erreur de parler en la pénétrant :

— Je suis tellement seul, tu n'imagineras jamais, la plupart du temps je me fais plaisir tout seul, dis-moi si ça t'excite de penser que je me caresse ?

— Oui, murmura-t-elle.

Or, ça la dégoûtait plutôt, ces mains rêches sur ses hanches puis qui cherchaient sous le corsage à libérer les seins, ces maigres doigts tachés d'encre qui pinçaient, trituraient au lieu d'effleurer ; ces mains, ces doigts que Grandelau devait souiller dès le petit matin pour n'avoir plus à y penser de toute la journée.

C'était bien ce qu'il venait de dire.

Il voulut l'embrasser pour lui prouver qu'elle était une femme à ses yeux, vivante et sensible, et pas une de ses mains. Elle sentit sa langue fade glisser sur ses paupières, descendre sa joue comme une larme molle, tiède, s'écraser en bâillon sur ses lèvres. Elle se déroba, aucun homme n'avait jamais réussi à provoquer en elle une quelconque émotion par un baiser sur la bouche.

La seule chose qu'elle aimait vraiment était qu'on la prît debout en l'enlaçant très étroitement, en la soulevant un peu, en la faisant tourner sur la pointe de ses souliers comme pour danser la valse. A ce moment-là, elle avait assez d'imagination pour entendre les violons du bal, le crépitement des chandelles sous les lustres en verre de Venise. Elle se rêvait loin de la Hague, plafonds dorés, parquet blond, une robe sanguine, un bouillon de jupons blancs, des rubans déchirés, un membre fin et droit la fouillait entre les cuisses, plus loin à une table recouverte d'un tapis vert des officiers bottés de cuir noir jouaient aux cartes, celui qui faisait le mort pivotait sur sa chaise pour mieux voir Babe doucement violée, mais elle c'était un soldat qu'elle avait dans les bras, dans le ventre, il parlait une langue étrangère, elle ne savait pas s'il était italien ou russe.

Tandis que Grandelau n'était que normand, natif d'Etretat. Il sentait le tabac, ce n'était même pas celui qu'elle aimait.

— Je viens, dit-il d'une voix sourde, je sens bien que je viens, ne bouge plus.

Elle lui en voulait de n'avoir pas baissé les yeux pour regarder son sexe, de ne pas s'être agenouillé pour y poser ses lèvres.

Il se mit alors à pousser de petits cris brefs, presque des jappements. Pour le contenter, elle cria à son tour. S'il faisait d'elle sa maîtresse pour une année ou deux, elle s'arrangerait pour qu'il y ait entre eux un peu d'amitié aussi. Elle se régalait déjà des longues soirées qu'ils passeraient ensemble, tantôt à la ferme et tantôt dans cette maison de Beaumont. Ils feraient l'amour juste à l'instant de se séparer, avant il y aurait tout le reste, peut-être pas la tendresse mais au moins la connivence. Elle se demandait s'il apprécierait sa façon d'accommoder le homard, j'y mets trop de basilic pensa-t-elle au moment où l'homme se retirait.

Il la supplia de passer près de lui la fin de la nuit. Il semblait inquiet de mal se conduire vis-à-vis d'elle, d'être de ces amants qui se satisfont d'une femme et s'en débarrassent aussitôt. Babe comprenait, mais elle ne savait pas si c'était chez lui un désir profond et vrai de la garder encore un peu ou s'il venait simplement de se rappeler qu'il était le docteur Grandelau, personnage nécessairement généreux et courtois.

Surtout, elle aimait sans amour. Elle partit donc, caressant de son fouet mince la crinière du cheval.

Évitant la route directe, Babe rejoignit la baie d'Ecalgrain par le Hameau Sauvage et les Treize Vents, empruntant ensuite le chemin des douaniers à partir de l'anse du Tas de Pois.

C'était une sente étroite, périlleuse ; la carriole escaladait en menaçant de verser des affleurements rocheux dissimulés sous les ajoncs, la roue gauche quittait parfois la route et tournait follement au-dessus de l'à-pic. Mais en maîtrisant la terreur du cheval et sa propre peur à elle, Babe apaisait cette sensation de brûlure qu'elle avait au ventre.

La mer était haute, sereine et sombre. Elle avait envahi toutes les échancrures de la côte, elle grognait dans les cavernes au pied de la falaise. Si Babe et le cheval tombaient maintenant, les vagues les engloutiraient et les broieraient contre les rochers submergés, on ne retrouverait d'eux que des entrailles confondues. Mais il n'était pas question de faire ce mauvais pas : à vingt-six ans, Babe Ozouf n'avait jamais perdu les paris qu'elle se faisait à elle-même.

Les mains et les poignets entaillés par le frottement des rênes, ivre de ce vent qui lui écartait les lèvres de force et descendait enflammer ses poumons, elle hurlait plus haut que le ressac. Dans son affolement, le cheval urinait en trottant et le vent jetait au visage de Babe des gouttes chaudes et âcres.

La carriole sauta par-dessus le ruisseau des Vaux, un coup de vent dispersa soudain les nuées basses qui stagnaient sur la mer, découvrant un ciel lavé, immensément blanc, où flottaient des grappes de moucherons.

Après l'éperon de la Côte Soufflée, Babe arrêta le cheval. Elle descendit de la carriole, essuya ses mains abîmées aux herbes de la lande. La mer se balançait dans ce large arrondi de la baie, n'éclatant qu'au lointain vers la pointe du Houpret.

Le phare d'Aurigny s'éteignit, et celui de Goury presque en même temps. Tant qu'ils tournaient, la jeune femme respirait au rythme de leurs éclats. Elle n'avait plus de repères à présent, elle sentit son cœur s'emballer à nouveau.

C'était la cinquième fois qu'elle commençait une histoire d'amour, mais comme on ouvre un livre qui vous déçoit dès les premières pages et qu'on parcourt ensuite d'une façon distraite. La curiosité l'emporte pourtant et l'on veut savoir ce qui arrive aux héros, on peste contre les longs passages descriptifs, on se réfère sans arrêt au résumé au dos du livre pour voir si on avance un peu. Un soir de lassitude, dans le panier où sont rangées les lectures, on choisit une revue qu'on feuillette, c'est fini pour le roman. Oh, pendant un jour ou deux, c'est vrai, on éprouve une sorte de remords, une insatisfaction floue, alors on s'en va cacher quelque part le livre inachevé.

Mais aussi, se demandait-elle, est-ce qu'on l'oublie jamais ?

En tout cas, c'est comme ça que les histoires se mélangent et qu'on se retrouve avec une mémoire terne et molle, en guise de passé une route de plaine sans même le point-à-la-ligne d'un corbeau, se perdant sans transition dans une basse jungle étriquée d'orties et de bardanes. Heureux, pensa-t-elle encore, ceux qui en ont sué dans la montagne.

La montagne ! alors elle grimpa sur un rocher, s'amusa un moment à prendre des poses graves ou grotesques, imitant les figures de bois qu'elle avait vues à la proue des navires de grande pêche ; elle joignait ses mains, inclinait la tête sur le côté, pliait les genoux, faisait joliment saillir sa poitrine sous le corsage inondé d'eau aigre et froide.

Un bateau brun surgit de l'anse du Culeron, louvoyant au plus près pour gagner le port de Goury. C'était la *Jeanne-Paule,* Babe pouvait même apercevoir l'espèce de bonnet ciré que portait Éric. Elle courut dans le vent, héla l'embarcation :

— Ohé ! Je veux deux beaux bestiaux pour ce soir, des mulets si vous avez...

Elle était de nouveau indifférente et lente, le visage lisse et les yeux en amande, quand le docteur Grandelau vint à sept heures, juste comme les ouvriers agricoles rentraient des herbages. Le médecin s'assit près de la cheminée, laissant Babe servir à ses hommes la soupe et la viande qui restait du midi.

Tout ce qu'elle avait à faire, elle l'accomplissait en gardant les lèvres entrouvertes, et entre ses deux lèvres dansait une perle de salive — la perle allait et venait, une vraie petite araignée ouvrageant le cœur de sa toile, on pouvait avoir envie de l'écraser ou au contraire se laisser fasciner par elle ; le docteur Grandelau ne la quittait pas des yeux, supposant que la perle éclaterait dès que Babe prononcerait une parole, et il attendait ça comme on guette le premier grondement d'un orage, mais Babe ne disait rien, et la perle n'arrêtait pas de monter et de descendre.

Après le souper, les hommes burent de l'eau-de-vie. Puis ils quittèrent la pièce pour aller se coucher, et ils saluèrent Babe d'une manière lourde et solennelle. Sauf un, Hermann, très jeune Allemand qu'elle embrassa sur les joues. Grandelau nota que le garçon s'était attardé, attendant pour se lever de son banc que les autres fussent déjà dans la cour à rire et à chahuter ; ce baiser lui donnait du plaisir, mais le compromettait aux yeux de ses camarades.

Quand ils furent seuls, Grandelau vida sa pipe dans les braises et sourit à la jeune femme.

— Pour nous, dit-elle, je ferai griller des poissons.

— Tu m'attendais donc ?

— Oui, tu vois.

En amour, il fit des progrès. Babe n'éprouvait toujours pas d'orgasme, mais tout de même un plaisir vrai quand le médecin se couchait sur elle. N'étant plus anxieuse de jouir, se suffisant alors de la chaleur piquante qui l'envahissait, elle s'ouvrait à lui sans rien retenir, ni ses sursauts ni ses cris, s'ingéniait à trouver de nouvelles caresses pour se l'attacher davantage.

Il était comme un petit garçon, à la fois avide et craintif. Il connaissait le fonctionnement profond des organes, l'organisation de tous les os du squelette, pourtant il se laissait chaque fois surprendre par ce corps si léger, si odorant. Il lui demandait qui elle avait aimé avant lui pour être si bien initiée, mais elle détournait son visage, lui refusant sa bouche et son passé.

Grandelau croyait qu'ils s'aimeraient toujours.

Il lui avoua qu'il ne vivait pas seul, qu'il exerçait autrefois dans les colonies et qu'il en avait ramené un petit nègre fluet, Maurice. Avec les poissons et les viandes de Normandie, Maurice lui mijotait des plats qui ressemblaient à ceux de là-bas. Autrement, le petit nègre acceptait de se laisser scarifier, inoculer, droguer.

— Je cherche quelque chose contre la fièvre aphteuse, je ne suis pas loin du compte. Une donnée qui m'échappe encore, mais c'est infime.

Affreusement malade, Maurice se traînait dans la maison, il écorchait sa tête crépue au granit, il finissait par s'écrouler, et Grandelau le prenait dans ses bras, le portait comme un enfant, le couchait dans son propre lit et lui jurait de ne pas recommencer :

— Que toutes les vaches crèvent, Mau', qu'est-ce que j'en ai à foutre ? Je ne te toucherai plus.

Puis Grandelau, livide, mettait des sabots de paysan pour écraser, pulvériser ses fioles. Il enterrait dans la cour, sous les pavés qu'il descellait, ses mortiers encore poudreux de poison.

— Babe, j'ai tellement honte. Il va mieux ce matin, le pauvre Mau', il est moins gris, mais il a failli mourir. Trouve quelque chose pour me punir, je ne sais pas, moi...

— Je ne sais pas non plus.

Si, elle savait. Il aimait qu'elle le fouette. Elle décrochait la lanière. Le frappait. Superficiellement, mais quand même. Elle avait prévu que leur liaison durerait deux ans, elle dura un peu plus de deux ans.

Un soir, il ne vint pas. Elle l'attendit sur le pas de la porte, pensant d'abord qu'une urgence l'avait retenu. La neige tomba de minuit à quatre heures.

Le lendemain, un samedi, Babe rencontra Maurice au marché de Beaumont. Les cinq chandails dont il s'était affublé rendaient le nègre presque difforme. Il s'appuyait sur des cannes de berger, car un fermier des Hauts Pestils avait loué la seule paire de béquilles dont disposait Grandelau.

— Mau' ? fit doucement Babe Ozouf. Mau', est-ce que tu crois que le docteur viendra souper ce soir ? Je te demande ton avis sincère.

Le noir se tordit horriblement les lèvres entre le pouce et l'index. Il désigna la charrette du marchand de volailles, signa d'une croix une caisse à claire-voie où étouffaient des poules blanches aux pattes liées.

— Il offre un banquet, Mau' ?

— Grand festin, madame.

— Il y aura des femmes ?

Maurice leva une de ses cannes, l'agita en direction de l'est.

— Des filles de Cherbourg, tu veux dire ? Des putains, Mau' ?

Il ne répondit pas, se pencha pour empoigner sa caisse de poules en faisant adroitement glisser les cannes sous ses aisselles. Des hommes en blouse ardoise riaient sur son passage. Sur la place, un géant rompit les chaînes d'ancre que des spectateurs venaient d'enrouler autour de sa poitrine. C'était déjà le redoux, la neige instable glissait des toits. Un joueur de violon coucha sa joue sur son instrument décoré de rubans, il poussa l'archet, et Babe vit les grosses maisons du bourg se déformer, se mettre à danser. Elle comprit qu'elle était en train de pleurer devant tout le monde, elle s'enfuit.

Bon, c'était clair, elle lui avait appris l'amour, et quand il avait cru savoir il était parti s'essayer avec d'autres. Il lui en restait, pourtant, des choses à connaître ! Pendant ces deux années, elle s'était contentée de le caresser. Des prémices. Il s'en allait alors qu'elle s'apprêtait à lui donner, en mouillant des mouchoirs, le plus précieux, le plus riche : tous les liquides qui coulaient d'elle, même son or rouge.

Il y eut ce jour-là un semblant d'orage, et des plaques de neige tenaient encore au crépuscule sur les fougères.

Les bêtes rentrées dans les étables, les ouvriers agricoles étaient descendus vers le sud. Ils reviendraient aux premières semaines du printemps pour réparer les clôtures, canaliser les ruisseaux, aider aux vêlages. Babe Ozouf était seule.

A Ecalgrain, elle ramassa des galets, toute une charretée. Dans le champ des Faux Durand, elle les empila pour en faire deux mausolées. L'un était dédié à Herman devenu soldat en Prusse-Orientale, l'autre à Grandelau.

Elle dressait ainsi des tumulus au hasard des prés qu'elle possédait, en souvenir des personnes ou des choses importantes de sa vie. Les gens de la Hague croyaient que ces monticules servaient à enchaîner les taureaux, ou bien qu'ils signalaient des points d'eau. Les enfants les démolissaient quelquefois.

Cette année-là, un peu avant la fin de l'hiver, Babe commit le crime singulier qui lui valait aujourd'hui d'être emmenée en prison à Saint-Lô.

En s'éveillant à l'aube sous la table qui lui a servi toute la nuit de petite maison, elle masse ses chevilles endolories par le frottement de la corde dont Guillaume l'a ligotée avant de dormir. Elle ne sait pas si le docteur Grandelau fera au moment du procès le voyage de Saint-Lô, ni s'il témoignera pour elle ou contre elle.

Aux dernières nouvelles, après la mort de Maurice, il vivait avec une femme plus âgée que lui, Marie-Joëlle, qui lui soufflait au visage la fumée de ses cigarillos.

Ils s'en vont, gardant pour quelques heures encore la mer à main droite. Pas de route, pas vraiment, mais une sente que la lande dévore par endroits à coups de plaques lépreuses où les chevaux font détaler des lapins. Guillaume en tue un pour le dîner et oblige Babe Ozouf à le porter — tout en marchant, qu'elle médite donc sur la mort, cette massacreuse ! Qu'elle éprouve ce que ça fait, la tiédeur qui vous fuit sous les doigts, la rigidité qui envahit ce petit corps, le bourdonnement des mouches tout autour.

La gendarmerie, on l'a assez rabâché à Guillaume, n'a pas qu'un rôle répressif — éducatif, aussi.

Babe a pris le lapin par les oreilles, elle balance le cadavre gris comme un encensoir. Au rythme de ce balancement, soudain, les cloches des églises de la Hague s'ébranlent et sonnent.

L'itinéraire choisi suit la côte jusqu'au port de Diélette. Ce n'est pas le chemin le plus court, mais les deux hommes sont tombés d'accord pour éviter les villages où le passage de la prisonnière risque de provoquer ce que le langage officiel appelle « des mouvements divers ». Qui peut dire en effet jusqu'où s'étend la réputation de Babe Ozouf ? La justice a été si lente, tant de longues semaines se sont écoulées entre le crime et l'arrestation de la jeune femme. Pendant ce temps, l'histoire a couru. Les jours étaient encore brefs et froids, on a dû évoquer l'affaire aux veillées où l'on manque plus souvent de sujets de conversation que de fagots.

Et alors, est-ce qu'on sait si la Hague ne s'est pas partagée en deux, ceux qui haïssent Babe et ceux qui, malgré tout, voient en elle une espèce de petite sœur ? En longeant les falaises sur cette fausse route, on évitera ainsi de provoquer les uns et les autres.

Babe semble satisfaite par cet arrangement. Tant qu'elle verra la mer, elle restera elle-même, fragile mais intacte. Aussi longtemps qu'elle entendra le souffle du ressac, qu'elle respirera les odeurs lourdes, épicées, du goémon, elle sera capable d'oublier les deux gendarmes et leur corde.

Ensuite, quand elle les suivra de haie vive en haie vive à travers les fondrières du bocage, Babe Ozouf entrera dans un autre monde, son dernier monde, terreux, lisse, gras, sans transition jusqu'à la fosse des suppliciés.

Ça ressemble au Jeu de l'Oie auquel elle jouait seule, à la ferme de Jobourg : les premières cases sont larges, la figurine en bois peint qui représente une oie n'a aucun mal à y tenir ; puis, au fur et à mesure qu'on sautille vers l'Arrivée, les cases se rétrécissent et l'Oie est à cheval sur deux cases à la fois. Avec les ultimes lancers de dés, d'ailleurs, les choses se précipitent. La partie est jouée, les incidents de dernière minute ne font que retarder un peu l'échéance. La retarder de si peu qu'après la case 50, Babe remise habituellement son cornet de dés et monte se coucher :

— J'ai gagné de toute façon...

Dans la vie qu'elle vit à présent, les choses sont différentes. Ce serait plutôt *j'ai perdu de toute façon*.

Babe n'aime que les jeux qui commencent. Le moment le plus exaltant, pense-t-elle, est celui où l'on débarrasse la table pour installer le parcours, joliment figuré sur une planche de carton vernissé. Quand les dés roulent une première fois, c'est comme un oracle. Ensuite, la route et la routine.

Au Jeu de l'Oie en solitaire, quand elle tombait sur les cases maléfiques, comme elle ne pouvait pas rester deux tours sans jouer puisqu'elle n'avait pas de partenaire, elle s'infligeait des gages. Des pénitences utiles, comme d'aller retourner le fumier si elle échouait au Puits ou nettoyer les perchoirs des poules si les dés la conduisaient au Labyrinthe.

Au large de la haute falaise, la mer est une case bleue où il y a de la place pour des oies par milliers.

A midi, le soleil est très blanc, le soleil est puissant dans un ciel nu. Jean Le Nackeis rapproche son cheval de la jeune femme qui a trébuché contre une pierre :

— Fatiguée ? Grimpez, je vous prends en croupe.

Elle ne dit pas non. Jean l'aide à se hisser, l'installe contre lui. Elle sent la sueur et la sève aigre des plantes que ses pieds ont écrasées.

Il désigne l'à-pic où tournoient des oiseaux, chuchote :

— Guillaume a peur de *ça*. C'est pourquoi il vous a passé la corde autour des reins. Il pense que vous pourriez vous jeter.

— Parce qu'il s'appelle Guillaume... ?

— Oui. Et moi, c'est Jean. Ça m'étonnerait que vous vouliez vous tuer. Je crois plutôt que vous guettez le bon moment pour vous échapper. Mais ça ne marchera pas, nous sommes vigilants. Une nuit, si nous devons coucher à la belle étoile, nous vous attacherons solidement à un pommier.

— A ma place, que feriez-vous ?

Réponse réflexe :

— Je n'y suis pas.

Elle hausse les épaules. Il admet qu'il a parlé sans réfléchir, il se concentre un moment.

— J'attendrais, dit-il enfin.

— Attendre quoi, Jean ? Je sais ce qui va arriver.

— Moi aussi, je le sais. Mais ça prendra du temps. L'instruction, le procès — des mois, six mois, un an !

— Un certain temps, rectifie Babe. Et puis il y aura un matin où ce sera la fin du temps.

— J'apprendrai ça en lisant la gazette, dit-il. A l'*Auberge du Moulin* chez Ravol, ils me gardent le journal, ils me le gardent toute la semaine. J'espère qu'ils ne mettront pas la nouvelle en première page ni en dernière ; ces pages-là sont toujours pleines de gras, déchirées, quand on me donne la gazette.

Il serre Babe contre lui, presque violemment :

— C'est que, vous comprenez, je veux tout savoir.

— *Comme une lavandière qui a frotté la chemise du comte, elle la lui rapporte propre, elle payerait cher pour voir l'effet que ça produit sur lui, peut-être que le comte voudra bien qu'elle reste dans sa chambre pendant qu'il s'habille ?* C'est une phrase de mon livre, je l'ai écrite hier soir, je cite de mémoire. Jean, on fera des chansons sur ma mort, on les chantera à Auderville le jour de la Saint-Gilles, des chansons et des dessins en couleurs — soyez tranquilles, Guillaume et vous !

Ils chevauchent un moment en silence. Mauvaise conversation, ils feraient mieux de chercher dans leurs souvenirs des choses qu'ils pourraient avoir en commun, histoires de fromages frais, d'aumônières volées, recettes d'engrais, manière de saisir les huîtres dans un frisson d'eau bouillante.

Dans les foires, Jean Le Nackeis n'a jamais tenu dans ses bras que des filles sans importance, faces lunaires, rougeaudes, qu'on saoule ou qui s'enivrent seules. Celles qui comptent pour lui, Thérèse de la laiterie, Émilie des carrières de granit, Laurence de la poissonnerie, le lorgnent encore avec une méfiance très ironique : elles attendent de voir ce que sera sa réussite dans la gendarmerie, s'il deviendra sous-officier. Elles viennent s'asseoir à sa table, mais refusent d'être embrassées et se sauvent avant la tombée du jour. Babe Ozouf est la première vraie femme du gendarme, la seule à se blottir contre lui. Comme les animaux, il la découvre surtout à travers ses parfums, ce sont des odeurs brutes et saines, et changeantes, on a l'impression qu'elle s'imprègne au fur et à mesure de tous les remugles que le vent souffle sur elle. Et Jean est soudain navré à l'idée que les puanteurs de la prison viendront l'imbiber tout pareil, il le lui dit, elle sourit :

— Vous croyez ? Je me laverai. Il y a un puits dans la cour, non ? Je me débarbouillerai comme je pourrai, tous les jours.

A deux heures après midi, Guillaume ordonne la halte près d'un calvaire. De là, sur la droite, on découvre une immense étendue de sable, hérissée d'ajoncs ramassés en vagues figées qui s'adossent aux collines. Ce sont les Mielles, on est à quelques centaines de mètres de Biville.

Aussi Guillaume décide-t-il de prendre toutes ses précautions : les bras de Babe sont entravés, la femme est liée par la taille au fût du calvaire, le gendarme ordonne encore qu'on ne traîne pas dans le soleil, de peur que les ombres n'aillent effleurer l'orée du bourg.

Mais quand même, sans doute alertés par les hennissements des chevaux, les gens de Biville sortent de leurs maisons basses et s'approchent du monument isolé. Les voilà le chapeau à la main, comme pour saluer un roi, un président, un député.

— Filez ! dit Jean Le Nackeis. Filez, y a rien à voir.

Il a saisi son fusil.

— Cette femme ligotée, demande quelqu'un, est-ce que c'est Babe Ozouf ?

— Non, crie Jean.

Des centaines d'oiseaux de mer, attirés par le reflux, crient avec Jean.

— C'est bien elle, dit Guillaume. La femme Ozouf, de Jobourg.

Parmi la foule qui piétine en soulevant la poussière de la lande, il y a quelques-unes de ces filles sans importance que Jean a l'habitude de courtiser. Il les reconnaît à leur bouche charnue toujours entrouverte, à leurs seins courts et lourds sous la blouse, à cette odeur fauve et sucrée qu'on respire dans leur sillage. L'une des filles est très jeune, treize ou quatorze ans peut-être. Le bas de sa robe est maculé de taches de bouse encore fraîche. Il lui manque toutes les dents de devant.

— C'est Gabrielle de Julevast, murmure Guillaume en prenant

familièrement Jean par le cou. Puissance, puissance ! Soyons sur nos gardes.

— Je désirais tant voir cette femme de près, dit Gabrielle. Ai-je la permission de lui causer, messieurs ?

Guillaume Dubosq sourit. Il est soulagé. Il s'imaginait que Gabrielle lui aurait demandé de pouvoir cracher longuement au visage de Babe.

— Si elle veut bien vous répondre…

Gabrielle s'avance vers le calvaire, et la foule applaudit.

Les deux gendarmes se rengorgent, se soufflent mutuellement sur les épaulettes pour les débarrasser de leur poussière et les faire étinceler au grand soleil.

— On se méfie quand même, dit Guillaume tout bas.

Il se sent comme un montreur d'ours.

D'un geste lent, avec quelque chose d'acharné, Babe tire sur sa corde. C'est un mouvement qui la fait souffrir, mais qu'elle répète exprès pour bien situer la douleur du chanvre qui la mord, l'apprendre, la contrôler. Au-dessus d'elle, le Christ en bois, mal crucifié, se baguenaude sur sa croix et grince au gré du vent.

— Madame, dit Gabrielle en saluant.

En guise de révérence, elle soulève du bout des doigts l'ourlet de sa robe crottée.

— Mademoiselle, dit Babe.

— C'est la première fois que nous nous voyons. La dernière aussi, je suppose. Hier, j'ai appris par mon oncle qu'on vous arrêtait. J'ai voulu aller jusqu'à Jobourg, mais mon cheval s'est blessé en sautant un muret.

— Grièvement ?

— Il faudra l'abattre, je le crains.

Elle lève les yeux vers le Christ dont les coudes, les talons et les épaules de chêne s'usent contre la pierre du calvaire. On trouve au pied de la croix, sur le rebord de granit, des petits tas de sciure comme sous les poutres des maisons rongées par les capricornes.

— Je n'espère plus rien des prêtres ni de mon père, madame. Ils m'ont jugée une fois pour toutes.

— On ne m'a pas jugée, dit Babe, pas officiellement. Mais, moi non plus, je n'attends rien de personne.

Elle dévisage, apitoyée, cette petite fille boueuse qui parle en sifflant à cause des dents qui ont sauté de sa mâchoire, qui s'est blottie contre elle comme dans le giron de sa mère, qui n'a ni honte ni peur de lui parler devant tous les autres qui regardent.

— J'ai un amant, dit Gabrielle.

La foule gronde : « Plus haut, la voix, plus fort ! On n'entend rien ! Attention, gendarmes, si c'était un complot entre ces deux filles ! »

— J'en ai eu plusieurs, murmure Babe.

— Je sais, madame. Mais vous ont-ils fait ce que le mien m'a infligé ? Je viens vous demander conseil pour me débarrasser de cet homme. Il me perd, mais il s'obstine. Je n'accepte pas les rendez-vous qu'il me donne, toujours au même endroit, derrière le cimetière, mais ça lui est égal, il finit par me trouver ici ou là. Il est aidé par un chien très étrange et mauvais comme la gale, une bête au museau fouineur, avec de longs poils blancs. Ce chien n'a qu'un jouet : c'est une de mes culottes. Avec ça, madame, vous pensez s'il lui est facile de me traquer !

Malgré son humiliation d'être ligotée, déshabillée du regard par les villageois qui se bousculent pour l'approcher, Babe a souri. C'est à elle, qui n'a jamais su garder un homme, qu'une fillette peut-être impubère vient réclamer le moyen de se défaire d'un amoureux compromettant. Si ça continue comme ça jusqu'au bout, la vie, je mourrai en éclatant de rire, j'aurai la fin légère, une mort en alouette.

— Mademoiselle, vous avez votre chambre. Une chambre à vous, non ? Bon, alors il ne faut pas en sortir. On va vers l'été, c'est là que vous serez le mieux de toute façon. Peut-être que son drôle de chien aboiera sous vos volets, mais quelle importance ? Il y en a partout, des chiens qui aboient.

Gabrielle de Julevast caresse la pierre du calvaire, nerveusement, à s'en écorcher le dedans des mains. Elle lève les yeux vers le Christ en bois là-haut, couleurs fanées mais inaccessible. A la prochaine battue, elle fera comme les chats et grimpera à la croix, elle se juchera sur les épaules de Jésus en hurlant *asile* ! comme au temps des cathédrales. Robert a encore un peu de religion, assez en tout cas pour ne pas oser le sacrilège d'aller la cueillir sur son Christ-asile.

— Et si je le tuais ? chuchote-t-elle.

— On vous prendra, comme moi. Vous ne pourrez pas le supporter, mademoiselle, vous êtes beaucoup trop jeune.

— Ils vous ont capturée parce que vous l'avez bien voulu. Moi, je n'attendrai certainement pas que les gendarmes frappent à la porte.

— Après ma faute, dit Babe, j'étais comme lorsque je reste trop longtemps à me tremper dans la mer. Indifférente et vide, vous savez ?

Elle respire le souffle de la petite fille édentée. A son âge, avait-elle l'haleine aussi fade et sucrée ? Personne n'a survécu pour le lui dire.

— Et puis, mademoiselle, comment pensez-vous tuer un homme ? Avec une arme dérobée ?

Jeu câlin de Gabrielle de Julevast qui se frotte contre la prisonnière, lui susurre à l'oreille, très vite :

— Tiens, j'ai tout prévu ! Je me remplis la bouche de baies vénéneuses. Sans les croquer, surtout, sans les faire éclater. Il me rejoint, m'enlace, veut m'embrasser, je laisse faire, et d'un coup de langue j'en profite pour lui refouler les petites baies tout au fond de la gorge, il les avale et il crève.

La corde qui lui lie les bras, coudes ramenés en arrière, empêche Babe Ozouf de toucher ce moucheron de fille, d'éprouver sous ses doigts la souplesse de ses joues, la douceur humide de ses gencives sans dents.

— Allez jouer, mademoiselle. Si, vite, allez jouer.

Gabrielle s'écarte. Elle regarde vers la foule des gens de Biville. Accroupis dans la poussière, les deux gendarmes disputent une partie de cartes contre le tambour du village et le charpentier de marine. Toutes les femmes se sont retournées vers la mer, pleines de joie à la vue des premières voiles des retours de pêche. Se tenant par les bras, elles se dandinent doucement comme à l'église au moment d'entonner le cantique final.

— Robert est là, madame, peut-être qu'il s'est déguisé en femme, il a toutes les ruses. Même si je ne le reconnais pas, je sais qu'il est au milieu des autres, à me guetter.

— Allez jouer, répète Babe Ozouf.

— Il ne me permet jamais de jouer avant de l'avoir satisfait. Et maintenant qu'on m'a battue si fort que je n'ai plus de dents, battue à cause de lui, je dois me servir de ma bouche.

— A la tombée du jour, arrangez-vous pour l'entraîner du côté de la Lande à la Dame.

De nouveau, elle est en croupe sur le cheval de Jean, et ses membres sont libres. Les paysans les ont accompagnés un moment en faisant siffler leur faux autour du cheval, comme s'ils voulaient désarçonner Babe et la couper en morceaux. Puis, lassés de courir sur ce chemin pierreux, ils l'ont insultée et sont rentrés chez eux.

La jeune femme a cessé de contempler la mer. Maintenant, elle garde le visage tourné vers les collines, elle scrute la bruyère, sursaute au moindre craquement derrière un muret, une haie, un rideau d'ormes.

Jean Le Nackeis essuie ses mains moites à la robe de Babe :

— Vous attendez quelque chose, hein, ou quelqu'un ? J'avais raison, vous faites semblant d'être résignée et docile, mais il y a des partisans à vous qui se faufilent sous les arbres.

Il hoche la tête, à la fois fier et navré d'avoir vu si juste. Quand on atteindra le ruisseau des Sablons, un lieu isolé qui se prête admirablement aux embuscades de ce genre, les ombres sortiront du couvert pour attaquer. Sûr que Guillaume tirera un coup de fusil en l'air, qu'il fera les sommations d'usage, mais il sera trop tard ! Les chevaux prennent vite peur dans ces cas-là, les deux gendarmes seront par terre avant d'avoir pu réagir. Assis sur les fesses, leurs bicornes emportés par le vent à travers la lande, ils ne pourront que constater le rapt, l'enlèvement de Babe Ozouf par une troupe de cavaliers aux traits masqués.

Babe rit, mais pas Jean : à présent qu'il a tout deviné, son devoir est de prévenir Guillaume qui est plus intelligent que lui, habitué aux affaires violentes, qui trouvera peut-être un moyen d'empêcher le guet-apens. Du coup, si on met les bandits en déroute, Babe sera probablement enchaînée jusqu'au bout du voyage. Mais si elle l'est au cheval de Jean, ce sera tout avantage pour lui.

La jeune femme avance les mains, saisit les rênes, arrête le cheval. Elle parle à Jean comme le font les anges de la Bible :

— Jean, Jean, ne craignez rien...

Elle ajoute, le tutoyant par amitié :

— A un moment ou l'autre, tu entendras un froissement terrible de branches, de feuilles, tu verras courir une fillette poursuivie par un chien blanc. Tue le chien. Pas la peine d'en parler à Guillaume.

Au crépuscule, ils surgissent à découvert et dans l'ordre prévu : l'enfant, le chien courant, l'homme et le cheval ne faisant qu'un. Babe crie *haro* ! et Jean lance sa monture en avant, au grand galop, pour couper la route au chien.

La course est violente, le paysage cabriole et devient flou, la vitesse étire les ombres, les étrangle par le milieu jusqu'à l'éclatement, on dirait que la mer au loin a giclé, qu'elle déborde les falaises, bascule sur la lande.

Le seul point fixe, c'est ce chien qui court.

La nuque de Babe cogne follement contre le menton de Jean, ils grondent de douleur, d'excitation, leurs doigts emmêlés se crispent sur les rênes glissantes à force de sueur, les fers du cheval font crépiter sur eux deux, enlacés, une pluie de terre crémeuse, des éclats de roches et de bruyères.

Guillaume les voit démarrer, suivre une longue courbe qui les entraîne vers un creux de vallon. Cette ruée est si belle, si fulgurante, éclaboussée par tout l'or des ajoncs que le cheval massacre en s'y déchirant le ventre, que le gendarme ne tente rien pour les rappeler. Légèrement dressé sur ses étriers, il apprécie la trajectoire de Jean et de la femme : ils viennent sur le travers du chien blanc, à quatre-vingt-dix degrés, un angle et une plongée d'éperviers.

On dévale dans l'ombre fraîche du vallon. Le chien poursuit la fillette sur le versant opposé, encore ébloui de soleil.

Abandonnant les rênes, Jean prend son fusil à deux mains. Il attendra pour tirer que le canon de l'arme arrive comme un balancier sur la nuque du chien. Comme ça, il le clouera au sol.

Il ne se demande pas ce qu'il fait, ni pourquoi il le fait. Il est joyeux d'obéir à la prière de Babe. Le vent de la course lui écarte les lèvres, lui encombre la bouche, l'empêche de parler. Babe, en le choisissant, lui a accordé une grande faveur : hier et aujourd'hui, elle a vu Guillaume tuer la buse et le lapin, elle sait que Guillaume est meilleur tireur que Jean, pourtant c'est à Jean qu'elle a dit d'abattre le chien. Ce soir à la halte, quand Guillaume dormira, Jean réclamera à Babe quelque chose en échange de la mort du chien. Il ne pense encore à rien de précis ; en enfonçant ses éperons dans les flancs du cheval, il rêve à la bouche, aux seins, aux cuisses de Babe qu'il tient serrée contre lui. Mais il se fera offrir quelque chose de plus calme, de plus silencieux, par exemple la permission de lui caresser les jambes depuis les pieds jusqu'aux genoux, pendant une heure.

C'est alors qu'il voit, dans un éclair, les yeux du chien se lever vers lui. Ce sont des yeux rouges, d'où coulent des mucosités. Il tire.

Aussitôt après le coup de feu, Jean Le Nackeis et Babe Ozouf basculent en avant, enfouissent leur visage dans la crinière du cheval, ils rient par saccades.

La petite fille poursuivie a continué de courir. Elle disparaît dans la brume légère qui suinte de la lande avec l'humidité du soir. L'homme qui la pistait passe à quelques mètres du gendarme et de la femme, il se penche sur le côté comme font les cavaliers du bouskashi afghan, pour saisir au vol le cadavre de son chien qu'il étend en travers de sa selle. Sans un mot, sans un regard, il s'éloigne au galop.

A présent le vallon est vide, comme s'il ne s'était rien passé.

Guillaume surgit, haletant ; il empoigne Jean par les épaules, le secoue rudement :

— Tu es bien ? Qu'est-ce qui t'a pris ? C'est ça que tu appelles gâcher des balles sur les bêtes ?

Quand même, il ne peut s'empêcher d'apprécier :

— C'était un sacré beau coup !

Et puis, les doigts passés sous son baudrier :

— Mais, sacrebleu ! Qui était ce cavalier dont tu as tué le chien ?

— Robert de Julevast, répond Babe.

A la nuit tombée, les gendarmes et la femme détenue rôdent à petite distance des murailles du manoir de Julevast, *La Grande Demeure*. Tout est obscur, sauf une lueur mouvante derrière l'ouverture étroite et mince d'une échauguette, sans doute quelqu'un qui fait les cent pas en s'éclairant d'un chandelier : c'est Robert de Julevast qui veille son chien, allongé sanglant sur les dalles ; parfois il s'approche de la meurtrière, regarde longuement vers la lande et, comme s'il devinait les silhouettes des assassins, jette des malédictions rauques, brusques, abominables.

— Le voilà fou, dit Guillaume.

— Il fallait qu'il le soit déjà pour chasser à courre sa propre nièce. Un jour, ne faisant plus la différence avec une biche, il lui aurait enfoncé un épieu dans le ventre.

C'est Babe qui a parlé, une main sur la bouche comme pour réprimer une nausée.

— Possible, convient Guillaume. Entends-tu, Le Nackeis ? Au

retour, il faudra peut-être aller le chercher là-haut pour le conduire à l'asile.

Il tourne le dos à la double porte piétonne et charretière, au blason illisible sur le fronton de granit gris. Il avait justement prévu de demander l'hospitalité aux maîtres de Julevast, bons bourgeois qui se sont toujours montrés très respectueux de l'ordre et de la justice. Il comptait faire enfermer Babe Ozouf dans le pigeonnier, parmi les oiseaux endormis.

De la crosse de son fusil, il taquine Jean :

— Ne rêve pas, coupe plutôt la corde en deux : un bout pour attacher les deux chevaux l'un derrière l'autre, ce qui reste pour les mains de cette femme. Pas de halte ce soir, on gagne sur nos frais.

Ils s'éloignent de la mer, s'enfoncent dans l'intérieur des terres.

Aux senteurs rêches et salines succèdent des bouffées d'humus, de paille tiède et détrempée. Et comme la lune révèle sous les herbes des sortes de miroitements qui pourraient bien être des marécages, Guillaume allume une lanterne sourde qu'il balance à bout de bras. Mais les fourrés sont trop rapprochés, trop épais, la lueur ne porte pas assez loin et ne sert qu'à attirer des rondes de noctuelles.

Guillaume remise sa lanterne.

— On fait confiance aux chevaux, décide-t-il. Tu sens, Le Nackeis, comme ils tâtent prudemment avant de lancer la jambe ?

Jean ne répond pas. Le menton sur la poitrine, il s'est assoupi. Ses bras n'enserrent plus Babe Ozouf pour la retenir, mais pour s'éviter de tomber lui-même.

On entend sonner minuit, très loin derrière les arbres, au clocher d'un bourg invisible.

Guillaume prévient qu'il va maintenant parler tout haut et sans arrêt :

— C'est pas pour dire des choses, pour raconter ma vie, mais ça m'empêchera de fermer l'œil. Ne vous croyez pas obligée de vous intéresser, femme Ozouf.

Le gendarme étend la main, frôle du bout des doigts une statuette de la Vierge, tout de guingois dans une niche ouverte au creux d'un arbre vénérable. Toute la nuit, dans cette forêt où ils chevauchent à présent, avec les hautes plantes en touffes qui leur flagellent les jambes comme des bas mouillés, ils croiseront de ces arbres sanctuaires, dont chacun porte un nom qui sonne comme une dédicace d'église.

— Celui-là, dit Guillaume, c'est Notre-Dame-de-l'Épine. La foudre l'a ouvert en deux, il y a trois étés de ça. Même qu'il a brûlé. Mais le feu s'est arrêté à la sainte statue. Et sur les parties calcinées, il y a eu des rejets, des pousses neuves où la sève coule même en hiver. La mort a du mal à faire son ouvrage, avec Notre-Dame. Tenez, j'ai envie de prier un peu. Si vous voulez m'accompagner, si le cœur vous en dit ? Parce que c'est possible que je me trompe un peu dans les paroles, ou dans l'accent. Alors, vous pourriez aussi bien me reprendre.

Mais non, il égrène ses *Ave* impeccablement. Il les chantonne sur un air qu'il invente au fur et à mesure, où passent de vagues réminiscences de grégorien, et des souvenirs de chansons à matelots.

Quand la voûte s'épaissit, quand branches et ronces se rejoignent, formant filet où les chevaux viennent donner de la tête, Guillaume braille sa prière comme un petit garçon qui a peur des ténèbres.

Une heure encore de cet opéra, et il s'endort.

Babe fait glisser la corde enroulée autour de ses poignets. Il y a longtemps qu'elle travaillait à se délivrer, évitant les mouvements brusques qui auraient pu alerter Jean dont elle ne connaît pas la profondeur du sommeil.

Se coulant entre les bras du gendarme, elle descend contre le flanc du cheval et se retrouve à terre.

Assise sur une souche, elle regarde le petite cortège continuer sans elle. Les deux hommes ronflent, bien rigides sur leur selle. Dans quelques minutes, ils auront tout à fait disparu dans la nuit. Ils ne s'apercevront pas de la fuite de leur prisonnière avant l'aube, dont la fraîcheur les éveillera.

Maintenant, il suffit à Babe de tourner les talons, de prendre indifféremment à droite ou à gauche, et elle sera libre.

Pourtant elle reste là, à masser ses poignets endoloris.

Elle a consulté les sorcières de la lande, mendiantes, traîneuses de bâtons, qui rôdent autour des fermes avec des mottes d'argile plein leurs poches, une argile dont leurs doigts malins tirent des formes de rats ou de souris ; et durant la nuit toutes ces bêtes de terre s'animent et deviennent bêtes de chair, dévorant dans les granges les récoltes des paysans qui ont refusé la charité d'une goutte de soupe. Mais pour une tranche de lard, les sorcières ont dit la vérité à Babe Ozouf : la mort n'existe pas, celui qui meurt entre dans les arbres, navigue comme en bateau sur les canaux ligneux, dort dans la peluche des bourgeons naissants, sait tout de tout, certains morts sont si légers, si *délivrés* qu'ils peuvent s'allonger sur des toiles d'araignées sans les faire fléchir. Seuls les pendus n'ont pas ces pouvoirs, Dieu et Satan l'ont voulu ainsi, c'est même le seul point sur lequel ils soient d'accord.

Babe n'a pas à s'inquiéter, puisque la France guillotine.

Mais sorcières et prêtres, pense-t-elle, c'est tout pareil, ils ne vendent pas leurs consolations, ils les bradent. Pour si peu cher qu'il est difficile d'y croire. Une louche de graisse, une livre de groseilles ou même une volaille en échange de la promesse que la mort n'est pas ce qu'on en voit — comment prendre ça au sérieux quand, à côté, on sait bien qu'on n'a jamais rien pour rien ?

Babe a raccompagné les sorcières jusqu'à la poterne effritée de sa ferme, elle les a remerciées, mais le cœur n'y était pas. N'empêche que les vieilles s'étaient passé le mot : « Il y a là-bas à Jobourg une femme, jeune encore, peut-être veuve, une fermière qui a l'air de posséder de riches terres. Est-ce qu'elle est très malade ? Elle se tait là-dessus. Aimable, douce, généreuse, elle pose des questions sur la mort et offre en échange un brave petit souper, une nuitée plutôt confortable, elle va jusqu'à te laisser dormir dans son lit — tu entends, La Maréchale ? Dans son lit... »

Quinze jours durant, les mendiantes sont venues. Chaque soir Babe en voyait une claudiquer sur le chemin. Et puis, le flot s'est tari. Adossée au pilier gauche de sa poterne, la jeune femme regardait en vain la lande à nouveau déserte.

Alors elle ferma sa porte et ne la rouvrit que le jour où la rumeur publique parla de l'arrivée imminente des gendarmes.

Un bruit flasque à côté d'elle, c'est une toute petite fauvette encore nue qu'un coucou vient de jeter hors du nid. D'un coup de talon, Babe achève l'oisillon et court vers les chevaux là-bas qui saluent son retour par de grands jets d'urine bouillonnante.

Elle tire Jean Le Nackeis par la botte :

— Je suis tombée, aide-moi à remonter.

Il n'ouvre même pas les yeux, grogne quelque chose d'indistinct, lui tend une main molle pour la hisser en selle :

Elle caresse le long visage hirsute du gendarme :

— Dors, je peux me rattacher toute seule.

Babe Ozouf n'avait pas l'intention de fuir, juste celle de se reposer un instant de ses liens.

Cet enfermement où les gendarmes la conduisent à travers la forêt, il y a longtemps qu'elle se l'inflige à elle-même. Des hommes comme Grandelau n'ont été finalement que des récréations, des promenades autour d'un cloître. Le bonheur, elle n'en veut plus. Elle a, face à la joie, cette attitude recroquevillée de ceux qui ont perdu un chien et disent qu'ils n'en reprendront plus.

Elle aurait pourtant toutes ses chances, enfin pas mal de chances, en plaidant l'innocence, en s'en tenant à la vérité :

— Je reconnais avoir allumé un feu de genêts sur la falaise. C'était pour me réchauffer, pour m'éblouir, j'étais désemparée et je croyais avoir besoin de quelque chose comme ça. Il était beau, ce feu, les flammes montaient gaiement dans la nuit, alors j'ai coupé encore plus de genêts, je les ai jetés dans le foyer par brassées entières. L'occultation ? Ce que les marins de l'*Altenbrüch* ont pris pour les éclats d'un phare ? C'est parce que je passais et repassais sans cesse devant le feu, que ma robe étalée par le vent masquait puis découvrait alternativement.

Le lendemain matin, quand les cloches de l'église avaient sonné pour annoncer un naufrage et appeler les secours, Babe était déjà aux champs. Elle avait laissé là son ouvrage, couru vers le bourg en essuyant ses mains terreuses aux pans de sa blouse, demandé ce qu'elle pouvait faire.

Un homme la prit par le bras et l'entraîna, il avait la bouche pleine d'une grappe de petits oignons qu'il faisait éclater sous ses dents :

— Suis-nous jusqu'à la grève, il y a peut-être des femmes parmi les noyés. Ce ne serait pas convenable qu'on les touche, nous autres.

L'*Altenbrüch* s'était disloqué sur les éperons rocheux qui s'avançaient sous la mer. Il ne restait rien du grand voilier que des membrures blondes charriées par le courant, qui se dressaient parfois à la verticale dans les vagues comme les dents d'animaux marins fabuleux. Le plus gros des épaves jonchait déjà la grève, surveillé par les douaniers accourus les premiers.

Enroulés dans leur capuchon bleu, les hommes du capitaine Lenfant observaient, méfiants, la petite troupe qui dévalait la falaise. Ils avaient entassé devant eux les marchandises que le flux précipitait sur le rivage au fur et à mesure, dans un vacarme assourdissant : débris de barils encore visqueux de goudron, poissons salés, pièces de toile, segments de haubans noirâtres emmêlés comme une pêche d'anguilles.

A quelques mètres, sous un lambeau de voile, reposaient les corps rejetés par la mer. Il y en avait une quinzaine.

Une rafale plus forte, parfois, soulevait la voile. Des visages apparaissaient, livides, les oreilles et les lèvres déjà mangées par les crabes. Barbes, chevelures et sourcils s'étaient proprement détachés, faisant les têtes plus petites et plus rondes.

Mais le hasard avait trop bien composé la scène. Comme un tableau, comme une aquarelle un peu sombre où pourtant une clarté diffuse venait de la confusion de la mer et du ciel. Babe ne parvenait pas à se sentir horrifiée. Impuissante, seulement. Elle ne pensait pas : « C'est moi qui suis cause de tout cela, moi qui ai entraîné cette abomination par le feu que j'ai fait flamber sur la falaise. » Elle n'était en somme responsable, coupable si l'on veut, que de l'instant du naufrage ; mais pas de cet enchevêtrement de douaniers vivants, d'hommes morts, de morceaux de bois cassés, ni de cette vaste toile bise qui palpitait au vent.

Alors que les femmes de Jobourg, d'Auderville et de Goury s'agenouillaient à même les galets pour prier, Babe resta debout.

Elle regarda ceux du village emporter les morts, chacun son cadavre qui serait mis à dormir dans un lit frais en attendant la cérémonie des funérailles. Quelqu'un lui demanda si elle en prendrait un chez elle, mais elle ne répondit pas. On n'osa pas insister ; une femme seule pouvait raisonnablement avoir peur : de la présence d'un mort dans sa maison.

Et tout le temps qu'elle contempla cette tragédie figée, silencieuse sauf la mer et son vent, Babe songeait : « Oh ! de tout ça, il faudrait bien faire une image... »

A un moment donné, elle aperçut, trébuchant sur les rochers gluants de goémon, un homme grand, maigre et juvénile, qui tenait à la main un cahier de croquis ; un crayon serré entre ses dents de devant lui faisait comme un bec d'oiseau. Elle le montra du doigt, demandant qui il était. Un sauveteur qui passait près d'elle, tout imbibé déjà de l'eau d'un noyé qu'il portait dans ses bras, lui dit que c'était l'abbé Bernard.

Mais elle ne le revit plus de la matinée.

Sans doute était-il remonté sur la falaise, d'où l'on avait une meilleure vision du naufrage.

A la requête de l'armateur allemand, il y eut une enquête sur les causes de l'échouement de l'*Altenbrüch*. C'est à Cherbourg que siégea la commission, c'est là-bas que se rendit Babe Ozouf pour y faire sa déposition.

Son témoignage déconcerta les membres de cette commission, pour trois raisons.

La première tenait au sexe de Babe Ozouf, car il est rare que les femmes soient mêlées, du moins aussi directement, à des affaires de naufrage.

La deuxième était que Babe témoignait de son plein gré, sans avoir été convoquée, sans que personne eût jamais cité son nom.

La troisième, la plus importante, résidait dans les déclarations mêmes de la jeune femme :

— Je ne sais pas, messieurs les officiers, si quelqu'un vous a signalé que la nuit de la perdition de l'*Altenbrüch*, un grand feu brûlait sur la falaise qui domine l'anse du Culeron ? C'est moi qui l'ai allumé. Il était environ vingt-trois heures, et la marée portait à la côte. Comme il arrive fréquemment sur la lande, il y avait du brouillard. Une brume assez dense pour déformer les contours et faire prendre une flambée de genêts pour le feu d'un phare — le phare du cap de la Hague, par exemple.

Elle put parler autant qu'elle voulut, sans être jamais interrompue. Tout ce qu'elle déclara fut enregistré, mais on ne lui demanda pas d'autres précisions.

A travers les vitres poisseuses d'embruns, elle voyait défiler le haut des mâts des cordiers qui partaient en pêche.

Enfin, elle ôta ses gants pour signer sa déposition. Du bout de l'index, elle effleura le papier. Elle s'attendait à le trouver brûlant, il n'était qu'humide, comme d'ailleurs toute cette longue enfilade de bureaux plus ou moins désaffectés, exposés aux pluies dominantes, où s'était installée la commission. En se penchant davantage, elle remarqua même que les galons aux manches du commandant de Gonneville étaient très légèrement verdis, comme rongés par une moisissure sournoise.

Les punitions sont inventées par des gens heureux contre d'autres gens heureux. Mais comme elles frappent la plupart du temps des gens malheureux, ceux-ci ne les ressentent pas comme prévu. Alors les punitions peuvent même les aider, par le calme immense qu'elles procurent, par le silence et l'immobilité qu'aucune drogue n'est capable de donner.

Maintenant que les chevaux ont tourné le dos à la mer, Babe Ozouf souhaite que le voyage s'achève. Je serai bien dans ma cellule. Je dis *ma* cellule, adjectif possessif, et j'insiste. Elle sera plus tranquille qu'aucune de toutes ces chambres que j'ai habitées. Je n'y toucherai pas, je la laisserai telle quelle. Pas même une inscription sur les pierres comme c'est la coutume chez les enfermés. Que toute chose en ce lieu vienne des autres, et rien de moi. Femme sans laisser de traces, oh, enfin ! Méticuleusement, chaque jour, je ferai la chasse à mes propres cheveux tombés sur le sol. J'éviterai de trop tourner en rond afin de ne pas user les dalles. Je me laverai beaucoup, moins par respect de mon corps que pour éviter d'imprégner la paillasse de mon odeur.

La seule chambre où elle ait été heureuse mesurait treize mètres sur huit. Cela paraît vaste. Mais elle n'occupait dans cette chambre qu'une sorte de niche : *une cabane à lits*, comme disait le prospectus.

C'était à bord du vapeur *Nilotique* qui faisait en 1886 la traversée du Havre à Hambourg.

La chambre réservée aux dames servait aussi de salon de musique, tant elle était agréable à cause des flots de lumière qui entraient par les fenêtres carrées donnant sur la mer. Elle ne devenait véritablement chambre que lorsque les stewards allumaient les lampes Edison et rabattaient trente centimètres de drap blanc sur les couvertures frappées aux armes de la Compagnie. Les femmes se réfugiaient alors dans leurs niches et bavardaient, assises sur le rebord des couchettes ou des sofas.

On avait attribué à Babe Ozouf une place près des roues à aubes. Cette niche ne possédait pas de fenêtre, seulement un hublot minuscule qu'il n'était pas question d'ouvrir sans ordre de l'équipage ; les vibrations y étaient parfois intolérables.

Un pianiste jouait dans cette chambre empuantie comme s'il se trouvait devant un parterre comble à Victoria Hall.

C'était un garçon d'une maigreur singulière. Aucune espèce d'habit ne lui convenait vraiment : ses os saillaient sous les étoffes minces et, dans des tissus épais, il donnait l'impression de flotter. La seule chose qui lui allait à peu près était une cape longue, brune, fermée en haut sur le devant par deux boutons de cuir. Alors, au gré du vent qui soufflait sur le pont ou qui se glissait dans les coursives du navire au point que les portes battaient sans arrêt, nuit et jour, cette cape était parcourue de mouvements amples qui laissaient croire que le pianiste avait un corps comme tout le monde.

Autrement, son visage était plutôt poupin, avec des lèvres grosses, un nez court comme celui d'un tout jeune enfant.

Somme toute, il ne vieillissait pas au même rythme, de corps et de visage.

Le premier jour, vers quatre heures après midi, il fit une fausse note en attaquant une audacieuse transcription pour piano de la *Deuxième Leçon des Ténèbres* de François Couperin le Grand.

Il s'excusa d'un sourire, l'adressant plus particulièrement à Babe Ozouf. Un peu parce qu'elle était attentive à la musique, beaucoup parce qu'elle était la plus jeune des occupantes de la chambre — de fait, Babe Ozouf et Michael Bernstein devaient avoir à peu près le même âge.

Les autres femmes remarquèrent ce parti pris. Entre deux tonnerres de l'océan qui éclatait contre les tôles du *Nilotique*, on entendit courir le mot *chouchou*. Il se crée souvent sur la mer un sens de la hiérarchie virulent qui, comme les nausées, disparaît dès qu'on pose le pied à terre. Plusieurs femmes, agacées, quittèrent la pièce. D'autres se mirent à converser, élevant exagérément la voix comme si la musique était pour elles davantage une gêne qu'un plaisir.

Babe vint s'accouder au piano, qui était blanc et que quatre énormes rivets tenaient scellé au plancher. Michael Bernstein se leva et cessa de jouer.

— Il y a d'abord, dit-il, que cet instrument est mal accordé. Mais au port, naturellement, les officiers ont mille autres choses à faire que de courir après un accordeur. Et puis, ajouta-t-il avec une humilité désarmante, les mouvements du navire font déraper mes mains sur le clavier.

— C'était quand même très beau, dit Babe.

Elle n'en pensait pas un mot. Mais le musicien paraissait si fragile, si désemparé, qu'elle voulait absolument le rassurer.

— Allez-vous jouer tous les jours jusqu'à notre arrivée à Hambourg ?

— Un concert à seize heures, un autre à vingt heures, c'est inclus dans le prix du billet. Vous n'avez donc pas lu ce qui est marqué à la rubrique *Plaisirs en mer* ?

— Distraitement, avoua-t-elle. Je sais qu'on se déguisera, un soir.

Il eut un petit rire et lui demanda si elle savait que les passagers de distinction avaient le droit de consommer autant de lait frais qu'ils pouvaient en avaler. De nouveau, elle secoua la tête :

— Vous croyez que je fais partie des passagers de distinction ?

— Certainement, madame. Les autres ne dorment pas dans des lits.

— Et vous ne jouez pas pour eux ?

— Quelquefois, dit Michael Bernstein. Mais surtout dans le sens Hambourg-Le Havre, quand nous prenons à bord des émigrants allemands qui vont rejoindre un paquebot américain relâchant en France. Je transcris pour eux des *Lieder*.

Il abaissa le couvercle de son instrument. Il prit la main de Babe et l'emmena visiter le parc à bestiaux situé à l'avant du navire. Ils arrivèrent au moment où le cuisinier égorgeait un porc. De crainte d'être éclaboussée, Babe se serra contre Michael Bernstein.

Plus tard, tandis qu'un mousse évacuait à la mer le sang qui avait coulé sur les planches, le musicien demanda :

— Qu'allez-vous faire à Hambourg ? Toutes les autres femmes

dans la chambre sont des épouses de négociants. Ou des Anglaises qui visitent le continent.

Babe sourit :

— J'aurais du mal à me faire passer pour une Anglaise, j'ai toujours confondu *good morning* avec *good afternoon*. Mais je suis peut-être la femme d'un marchand ?

— Ne commencez pas à me mentir, parce qu'alors j'en fais autant. Et ça nous prendra toute la traversée à démêler le vrai du faux.

— Un jeu qui en vaut un autre, monsieur Bernstein.

De nouveau, elle se colla contre lui :

— Emmenez-moi, partons d'ici, cette odeur d'étable et d'entrailles est trop écœurante.

Le dîner fut servi à dix-sept heures trente. Il y avait de la soupe au curry et deux viandes bouillies. Michael Bernstein ne parut pas dans la salle à manger. Mais en longeant une rangée de hublots, Babe le reconnut qui partageait le repas des officiers du bord. Le soleil était déjà bas sur la mer, la lumière trop faible pour que le pianiste pût apercevoir la jeune femme embusquée derrière le troisième hublot. Elle resta donc un long moment à l'observer, notant qu'il mangeait énormément, qu'il reprenait deux ou trois fois des plats comme s'il avait conscience de son extraordinaire maigreur et s'évertuait à grossir.

Dès qu'elle le vit plier sa serviette, Babe se dissimula dans un renfoncement. Michael quitta le carré, il titubait légèrement. Elle lui barra la route, en riant :

— Pris au piège, monsieur Bernstein ! Où allez-vous ?

— Jouer, madame, il est presque vingt heures.

— Occupez-vous de moi, monsieur Bernstein, voulez-vous ?

Elle souhaitait simplement qu'il lui prît le bras pour la conduire jusqu'à la chambre, qu'il la guidât à travers les flaques d'eau qui inondaient le pont.

Mais il se méprit, il crut qu'elle attendait de lui un service exclusif qui l'empêcherait de se mettre au piano :

— Je ne peux pas, madame, c'est impossible...

Il semblait décontenancé, il essaya de se justifier :

— L'officier en second, le lieutenant Auvray, est très strict, très pointilleux. Je serais...

Il butait sur le mot.

— Mis à pied, monsieur Bernstein ?

— Puni, madame.

Elle se demanda en quoi consistaient les punitions qu'on pouvait infliger à un musicien à bord d'un steamer. Peut-être serait-il contraint de vider et de nettoyer les latrines de l'équipage ? Cette image lui parut tellement odieuse qu'elle s'échappa et courut jusqu'à la chambre où elle arriva haletante, désespérée d'avoir failli de peu être la cause d'un supplice.

Lui, adossé au bastingage, avait déjà oublié. Il regardait un mousse lancer des têtes de poissons aux goélands. Il s'imprégnait de leur grâce et de leur vivacité, il assouplissait ses poignets et ses doigts au rythme des oiseaux : « Je jouerai bien ce soir », pensa-t-il.

Il fut classique, sans plus, se cantonna dans des œuvres faciles, valses, mazurkas, quelques polkas dont il ralentit curieusement le tempo. Tous les rideaux étaient tirés, les lampes allumées, on se serait cru dans un salon bourgeois, quatrième étage au-dessus d'une cour pavée.

Les dames regagnaient la chambre par petits groupes animés, après avoir accompagné leur époux jusqu'à la double porte du fumoir. Certaines serraient encore dans leurs mains gantées une flûte à champagne, un petit verre de liqueur. La mer tonnait contre les tôles du *Nilotique*, on entendait grésiller l'écume sous les tambours des roues à aubes, mais le mouvement de balancier du navire avait cessé.

Babe Ozouf tournait les pages de la partition. Elle ne savait pas déchiffrer la musique, mais Michael Bernstein et elle étaient convenus d'un signe : il posait les yeux sur elle quand il attaquait la dernière ligne d'une portée.

Entre deux morceaux, en essuyant ses doigts à un chiffon de velours, Michael lui demanda pourquoi elle allait à Hambourg.

— Je vais là-bas voir un bateau, dit-elle, un trois-mâts qui faisait le transport du nitrate et qu'on a désarmé. Je pourrai l'acheter, peut-être. On le vend pour une bouchée de pain, c'est mon notaire qui m'a montré l'annonce.

— Il coulera dès sa sortie du bassin !

Elle posa sur le clavier un grand couteau à manche d'ivoire :

— Je lui enfoncerai ça dans les œuvres vives, sous la ligne de flottaison, jusqu'à la garde. On verra bien, monsieur Bernstein, et au pire j'aurai fait un agréable voyage en Allemagne.

— Vous êtes donc riche, madame ?

— Un petit héritage. Mais les valeurs, franchement, ça ne me dit rien.

Ils échangèrent un sourire. L'héritage de Babe Ozouf, qui traînait depuis quelques années chez un notaire de Cherbourg, manquait d'épaisseur, de vitalité, comme d'ailleurs les dons musicaux de Michael Bernstein. Mais si l'on choisit bien son décor et son public, un peu de fortune et un peu de musique suffisent à régner mollement sur quelque petite ville. On habiterait les hauteurs, Babe ferait l'acquisition d'un tilbury pour descendre au port surveiller l'appareillage et le retour de son voilier. Elle initierait Michael aux lois du commerce, il lui apprendrait la musique. Un jour enfin, quand tous deux sauraient l'espagnol, ils s'embarqueraient pour le Chili.

Voilà à quoi elle pensait tandis qu'il soupirait et se remettait à jouer, voilà ce qu'elle brodait dans sa tête aussi méticuleusement que si elle remplissait le canevas d'une tapisserie. Et son rêve, en effet, avait une odeur de lin et de soirée d'automne.

Mais elle ne dit rien. Si Michael était digne d'elle, il ferait le même rêve, il parlerait le premier. Michael qui était si maigre qu'il ne ressemblerait jamais à ces hommes ventripotents que Babe rencontrait parfois dans la salle d'attente de son notaire quand elle allait prendre des nouvelles de l'héritage — et cela, déjà, l'enchantait.

Elle avait eu raison de sortir de chez elle et de s'inscrire comme passagère de distinction à bord du *Nilotique :* elle voyait bien, maintenant, combien sa route était calme, tracée d'avance ; les ornières, s'il y en avait, seraient peu profondes.

Le steamer traversait alors une zone de visibilité réduite, et le concert dut être interrompu à cause de la sirène de brume dont les longs aboiements dominaient la musique. Les dames jetèrent frileusement des châles sur leurs épaules nues et réclamèrent le marin chargé de bassiner les lits et d'y enfouir des briques chaudes roulées dans des linges. Babe, au contraire, se découvrit. Elle avait la nuque et les joues brûlantes.

A l'arrivée à Hambourg, Michael Bernstein essaya vainement de repérer Babe Ozouf parmi les passagers du *Nilotique* qui s'engouffraient sous l'abri de la gare maritime. Il crut l'avoir perdue. Puis il la reconnut enfin, de loin, à son parapluie bleu dont elle frappait le sol de la pointe un peu à la manière des bedeaux dans les églises, pour manifester son impatience devant les tracasseries de la douane et des services de police.

Il s'élança pour la rejoindre à travers le grand hall envahi par des centaines d'émigrants qui s'apprêtaient à monter à bord de deux navires en partance pour l'Amérique. Des familles entières dormaient à même le sol souillé de lait renversé, d'eau saumâtre et de déjections. Aidés par les matelots des bâtiments à l'appareillage, des policiers réveillaient ces gens, les aidaient plutôt brutalement à rassembler leurs colis, couraient après les enfants égarés. Les hommes étaient résignés et se composaient déjà l'attitude humble et de bonne volonté dont ils auraient besoin avant toute chose pour être autorisés à débarquer en exil, ils se laissaient mettre en rang sans protester, même quand des coups de crosse s'égaraient sur leurs épaules. Mais les femmes avaient toujours quelque droit à faire valoir, et au nom du calme, du silence et de l'hygiène, elles livraient la gare maritime à un prodigieux désordre.

Ahuris, le nez en l'air et les sourcils froncés pour tenter de déchiffrer les inscriptions en lettres gothiques sur les pancartes qui se balançaient au plafond, les passagers français du *Nilotique* se retournaient parfois pour regarder avec nostalgie la silhouette du steamer à travers les verrières.

— Madame est avec moi, jeta Michael en surgissant près de Babe.

Il lui prit le bras, l'entraîna vers un passage réservé aux officiers des navires. A ce guichet, les formalités ne duraient que quelques minutes ; les douaniers laissaient filer les malles et les valises, ne faisant ouvrir que les paquets plus ou moins biscornus.

Le lieutenant Auvray était juste devant Michael et Babe. Il sourit :

— Eh bien, madame Ozouf, on triche ?

— Madame est avec moi, répéta Michael Bernstein. Et je vous rappelle, lieutenant, que je suis assimilé officier.

— Uniquement en cas de naufrage et s'il s'agit de prendre le commandement d'une chaloupe, rectifia Auvray.

Il se pencha vers le pianiste, ajouta :

— Moi, je m'en fiche, après tout ! Cette femme et vous, vous passerez après moi. Sauf si...

Et il s'écarta, s'inclinant légèrement, pour laisser sa place à Babe Ozouf. Mais il arrêta le pianiste :

— Pas vous, Bernstein.

Il pleuvait sur les restaurants de poissons. Des bouffées de pluie, irrégulières, tambourinaient sur les baraques où l'on vendait de la soupe aux anguilles et du ragoût aux moules. Mais il n'était pas huit heures du matin, tout était fermé.

Et Babe insistait pour aller tout de suite au bassin voir le trois-mâts qu'elle achèterait peut-être :

— S'il était déjà trop tard, monsieur Bernstein ? L'annonce date d'il y a un mois.

Ils s'éloignèrent, serrés l'un contre l'autre. Michael portait leurs deux valises, Babe ne cessait pas de se lécher les lèvres, elle disait que la pluie sur Hambourg avait un goût fade après les embruns du grand large.

La première chose qui les frappa en approchant du bassin fut l'odeur entêtante qui montait de l'eau boueuse, la mer sentait par ici le laboratoire saccagé : le nitrate suintait encore des navires relégués dans ce cimetière, faisant muter les algues.

Le ciel s'était dégagé avec la marée, mais l'averse n'avait pas eu le temps de sécher sur les coques ; les bateaux ruisselaient comme s'ils venaient d'affronter les vagues de la haute mer.

Michael et Babe s'avancèrent prudemment sur le semblant de quai dont les moellons gluants de varech dérapaient sous leurs chaussures.

Le navire à vendre s'appelait le *Berliner,* ses mâts avaient été sciés, ce n'était plus qu'une longue coque creuse. D'ailleurs, il ne s'enfonçait pas dans la vase comme les autres voiliers autour de lui : bizarrement surélevé au-dessus du plan d'eau stagnante, il se balançait parfois, surtout quand une rafale de vent soufflait du nord-ouest. Ses liens de chanvre et ses chaînes se tendaient alors, puis retombaient en ébranlant les rives, chassant de leurs trous des multitudes de crabes mous.

Un petit vieillard agité qui avait sur la tête un bonnet rayé blanc et bleu sortit d'une cabane, se présenta :

— Friedrich Koehn, je suis surveillant ici.

Lorsque Michael à son tour déclina son identité, Koehn eut un large sourire et lui tendit la main :

— Juif, monsieur Bernstein ?

— Juif, dit le pianiste.

— C'est bien, dit Koehn. Parce qu'il y a quelque chose qui ne va pas, avec nous autres. Est-ce que nous n'aimons pas la mer, ou quoi ? Vous savez, monsieur, cher monsieur Bernstein, j'ai lu tous les livres et je n'y ai pas trouvé de grands marins juifs. Ou bien les avis sont partagés, c'est ce qui se passe avec Christophe Colomb. Du coup, je suis heureux que vous vous intéressiez au *Berliner.* Vous découvrirez peut-être des îles, c'est possible, quand vous le commanderez, *captain* Bernstein.

Michael se mit à rire :

— A supposer que nous l'achetions, je ne le commanderai pas. Ce n'est pas exactement mon métier.

Il était tout joyeux d'avoir été pris pour un marin, pour un officier, et cela devant Babe Ozouf.

— Qu'est-ce qu'il vaut, ce bateau ? demanda-t-il.

Friedrich Koehn haussa les épaules :

— Il vaudra ce qu'on en fera, monsieur. Il flotte encore, et je connais de bons charpentiers de marine.

— Mais il n'a plus de gréement, remarqua Babe.

— On y pourvoira, madame, comme pour le reste.

Le surveillant ajouta, d'un ton où perçait une légère déception :

— Aucun des acquéreurs éventuels qui sont venus me voir ne s'est jamais soucié de ce détail.

Ils montèrent à bord, le pont du *Berliner* sonnait sous leurs pas comme une peau de tambour.

— Prenez bien garde aux Velours, monsieur et madame, recommanda Koehn en les précédant sur la dunette. C'est le peuple des rats que j'appelle les Velours, il y en a aussi dans ma maison, mais ils sont gris, ternes et rêches. Ici, c'est différent : plutôt bruns, très agréables au toucher, voilà le danger. La seule chose, aussi, c'est leur haleine épouvantable.

Les aménagements du *Berliner* étaient à refaire à l'exception de la chambre du capitaine qui, pour une raison que le surveillant prétendait ignorer, avait conservé ses tentures, ses cuivres, ses lampes et son mobilier d'origine. La literie était en place, les couvertures correctement bordées, et l'humidité avait à peine marbré l'oreiller portant en haut à droite les initiales du capitaine Dieter von Wunderhorn. Dans l'armoire de toilette, Babe trouva un rasoir à manche de corne et un émollient destiné à relâcher les muscles noués par l'effort ou le froid excessifs. Elle prit les objets, les approcha de ses narines, dit qu'ils ne sentaient plus rien et qu'elle avait l'impression de visiter une propriété à la campagne, un rendez-vous de chasse au bord d'un lac, enfin quelque chose dans ce genre, mais certainement pas un trois-mâts qui avait effectué vingt-sept fois le voyage du Chili.

Friedrich Koehn, adossé contre une cloison dont la peinture blanche se détachait en longues pelades, observait Michael et Babe sans les quitter des yeux. Quand l'un ou l'autre signalait une défectuosité, un hublot qui ne s'ouvrait pas ou une marqueterie qui se décollait en bouclant, le surveillant soupirait :

— Le *Berliner* est vaillant, il faut me croire, ces petits inconvénients c'est le travail des Velours.

— On n'en voit pourtant pas.

— Mais vous les entendez, monsieur Bernstein.

— Ce n'est pas le bruit de la mer ?

— Pas ici, il n'y a jamais de houle dans les cimetières de bateaux. Par contre les Velours sont innombrables, juste sous nos pieds, toujours en mouvement. On dirait un clapotis, c'est vrai, mais moi je sais ce qu'il en est.

Michael chercha le regard de Babe, il craignait que la jeune femme ne fût révulsée par cette présence des rats ; mais elle continuait d'aller et venir à travers la chambre en souriant, tapotait l'oreiller du capitaine von Wunderhorn, s'extasiait sur la délicatesse d'une lampe :

— Du verre de Murano, n'est-ce pas ? C'est la première fois que j'en touche.

Elle se tourna vers le surveillant :

— Je suppose que le capitaine emmenait sa femme ?

Koehn plissa les yeux, réfléchit un instant et répondit indirectement :

— Je l'ai connue. C'était une petite fille très brune, souple comme un singe, elle faisait la course avec les gabiers pour grimper dans la mâture. Par contre, je ne dirais pas qu'elle savait organiser une réception, ça non ! il y avait toujours trop à manger, des sauçailles impossibles à conserver, ou alors il n'y avait pas assez. A ce sujet, ajouta-t-il en riant, vous pourriez interroger le consul de Turquie et celui du Danemark.

— Elle vit à Hambourg depuis la mort de son mari ?

— Dieter von Wunderhorn n'est pas mort, dit le surveillant. C'est la petite fille en question qui est partie la première, tombée d'une vergue où elle faisait la folle, un soir que ça ventait dur, c'était à Valparaiso. Si ça vous intéresse, je vous montrerai l'endroit de sa chute, la place exacte, là-haut sur le pont : le capitaine y avait lui-même enfoncé un clou à tête d'or. Je vous demanderai seulement de me donner quelques pfennigs pour conjurer le sort.

Il tendait déjà la main. Elle était sale, un voilier grossièrement tatoué escaladait la ligne de chance comme une lame.

— Merci, monsieur Koehn, fit doucement Babe Ozouf. Si nous avons besoin de vous, nous saurons où vous trouver. Je ne manquerai pas d'aller vous saluer en partant. Monsieur Bernstein et moi allons rester encore un moment à bord.

Friedrich Koehn hocha la tête :

— En principe, le règlement interdit... mais, bon, si vous n'abîmez rien...

Il se tut, le *Berliner* avait affronté des ouragans et une usure autrement redoutables que tout ce que pouvaient lui infliger cet homme et cette femme.

Une fois le surveillant parti, les Velours s'en donnèrent à cœur joie dans les fonds du trois-mâts. Mais comme l'expliqua Michael, c'était finalement rassurant de les savoir là, ça prouvait que malgré les apparences le *Berliner* n'était pas près de sombrer.

— Il peut bien couler, dit alors Babe, ça m'est égal.

— Vous n'envisagez plus de l'acheter ?

Elle s'assit sur le bord du lit, croisant sagement ses mains sur ses genoux. Durant la visite, Michael avait posé à Koehn des questions si pertinentes que Babe voyait qu'il s'y connaissait en navires davantage qu'il ne l'avait laissé supposer. Si elle devenait propriétaire du voilier, Michael proposerait sans doute de superviser les travaux de réfection et l'armement. Ainsi, peu à peu, s'attacherait-il au *Berliner*. Au point peut-être de vouloir participer à sa première traversée — il n'était pas assez passionné de musique pour ne pas sauter sur cette occasion d'abandonner son clavier. Or, le rêve tranquille de Babe Ozouf impliquait un Michael sédentaire et pianiste.

C'est ce qu'elle lui dit, sans émotion apparente.

Michael, lui, rougissait au fur et à mesure qu'elle parlait. Quand elle prononça le mot tilbury, quand elle lui décrivit le genre de cheval qu'elle aimerait y atteler et comment serait, dans la maison sur les hauteurs, l'écurie où on le logerait, il se détourna pour qu'elle ne vît pas comme il était troublé.

— Je suppose, dit-elle en conclusion, qu'il eût été plus romanesque de vous laisser l'initiative, d'attendre que vous vous déclariez. Mais je ne suis pas une hypocrite. J'espère seulement que vous ne vous sentez pas humilié d'avoir été choisi, en quelque sorte.

Il ne répondit pas. Il se demandait si elle avait pensé à tout, qu'il n'avait pas de fortune, qu'il était extrêmement maigre, et Juif. Tout cela convenait à un pianiste de paquebot à vapeur, mais était-ce l'idéal pour se faire respecter de ces bourgeois normands au milieu desquels Babe voulait vivre avec lui ?

Il entendit le froissement de sa robe, devina qu'elle se levait pour venir près de lui, pour l'enlacer probablement. Elle continuait en somme à faire les premiers pas, et il ne parvenait pas à s'ébrouer, à sortir de son engourdissement.

En chantonnant, elle noua ses bras autour de sa taille et se serra contre lui. Il sentit qu'elle déplaçait un peu sa joue droite, meurtrie par une de ses omoplates.

Il avait souvent désiré des passagères, mais toujours à leur insu et à distance. De toute façon, il jouait si médiocrement que ces femmes ne lui prêtaient pas plus d'attention qu'aux quelques tableaux de peintres locaux qui décoraient la chambre et la salle à manger. Comme le lui répétait à satiété le lieutenant Auvray : « Vous êtes notre alibi culturel, Bernstein, pas un visage. » Alors bien sûr, on se sert d'un alibi, on est content d'en avoir un, mais de là à l'aimer...

S'il se retournait maintenant, son sexe tout raide viendrait s'appuyer contre les cuisses de Babe Ozouf. S'il ne se retournait pas, les mains de la jeune femme finiraient tout de même par percevoir le renflement sous le drap du pantalon trop ample. Dans un cas comme dans l'autre, Michael devrait renoncer à se dissimuler derrière son masque d'alibi, de plante verte, et donner une suite à son excitation.

— Je ne sais ce qui vous inquiète, souffla Babe, je suis votre amie.

Il mentit, lui répondit qu'il avait fait l'amour si souvent au cours de cette traversée, et la dernière fois pas plus tard que ce matin alors que le pilote du port était déjà sur la passerelle, qu'il était choqué à l'idée qu'elle ne serait qu'une femme parmi les autres, après les autres, qu'elle valait mieux que cette étreinte à la sauvette :

— Il faudrait nous préparer, comprenez-vous ? Que ce soit un aboutissement, et pas cette espèce d'accident oh ! tellement inattendu...

Elle rit à son oreille :

— Inattendu, Michael ? Depuis le premier après-midi sur le steamer, je sais que vous me prendrez. Vous le savez aussi, sans quoi vous ne m'auriez pas cherchée dans cette foule terrible à la gare maritime.

Il écarta les doigts de Babe qui tentaient de déboutonner son gilet :

— Vous, déshabillez-vous.

— Moi toute seule ? Vous voulez faire l'amour sans quitter vos vêtements ?

Il recula jusqu'à la porte que le surveillant Koehn avait mal fermée en partant et qui battait au gré du balancement léger auquel la marée montante soumettait le *Berliner* :

— Je désire vous voir nue, vous contempler.

Elle accepta, dit que c'était très bien ainsi, qu'elle lui accorderait tout ce dont il pouvait rêver, qu'aucune folie ne la rebuterait, et que l'amour serait même le seul domaine où elle se permettrait d'être fantaisiste :

— C'est là que nous nous séparons des bêtes et des plantes, je crois, qui se reproduisent éternellement de la même façon, sans aucune entorse — tristesse des pissenlits, Michael !

Voilà, elle était nue, la chute de ses cheveux roux soulignait le rebond de ses fesses très blanches.

— C'est beau, dit-il.

Il rectifia aussitôt :

— Vous êtes belle.

Elle s'allongea en travers du lit, les bras en croix, elle avait les larmes aux yeux :

— Je ne vous crois pas, Michael, vous prétendez que je suis belle parce qu'il faut bien trouver quelque chose à dire dans ces cas-là, et ce sont les mots les plus simples, mais ça ne fait rien, je suis joyeuse que vous l'ayez dit.

Elle se redressa légèrement :

— Oh ! mon Dieu, est-ce la première fois pour vous aussi ?

— Oui. Tout à l'heure, je me vantais. Eh bien, il s'est passé deux ou trois choses à l'école de musique, mais rien qui vaille la peine d'être raconté, n'est-ce pas ?

Elle n'avait pas envie de savoir.

A son tour, il s'était dévêtu. D'une façon très théâtrale, il avait lancé ses habits aux quatre coins de la grande cabine.

— Je ne vous demande pas votre nom, puisque je le connais déjà. Mais votre âge, Michael Bernstein ?

— Vingt-deux ans, Babe Ozouf.

Il se coucha sur elle, essaya de la pénétrer, mais il était si nerveux qu'elle dut l'aider et diriger elle-même son sexe doux, très chaud. Quand il fut en elle, Michael poussa un gémissement. Elle lui caressa la nuque, appuyant son pouce dans le sillon, les cheveux bouclés du pianiste crissaient sous son doigt.

— A présent, dit-il, je vais danser, danser sur vous.

Elle lui suggéra d'attendre encore un peu, de rester comme ça à peser sur elle, de l'embrasser — miracle : embrasser, il savait ! Après, les lèvres meurtries, elle lui proposa des lècheries :

— En partant du menton jusqu'à la petite bosse entre vos deux sourcils. Évidemment, au passage, j'attraperai votre nez. Mais si ça ne vous plaît pas, ma salive sur votre visage...

— Moi, terre aride. *So, you must rain and overflow.*

Babe le lécha donc comme elle avait dit, et respira sur sa peau l'odeur un peu fade de sa propre bouche. Lui, pendant ce temps, tremblait. Elle posa une main sur sa poitrine, supplia :

— Promettez-moi que vous êtes bien, que vous êtes heureux.

Elle voulait déjà que le bonheur fût leur monnaie secrète, leur seul échange mais de tous les jours. Dans la maison au-dessus de la ville, sauf les soirs de réception des notables, on ne parlerait presque pas d'argent, jamais de carrière. C'est là que le plan de Babe Ozouf devenait véritablement ambitieux.

Michael s'enfonça davantage en elle.

Ils louèrent deux chambres dans un hôtel proche du port et refirent l'amour dans l'une et l'autre chambre. Maintenant, ils n'étaient plus aussi effrayés en s'enlaçant, ils pouvaient se consacrer au plaisir relatif qu'ils se donnaient.

Car ce n'était pas encore la jouissance, non, seulement une esquisse.

Babe était trop attentive à Michael, à lui offrir ce qu'elle croyait qu'il attendait, pour s'abandonner ; et lui, il n'osait pas avouer qu'une douleur cuisante lui brûlait le pourtour du gland. Mais ils mimaient le plaisir si fort qu'ils y croyaient presque, qu'ils se persuadaient en tout cas qu'ils allaient finir par l'éprouver.

Leurs chambres étaient très laides et très sombres, mais ils s'imaginaient que cela les mettait en valeur — car maintenant, ils se trouvaient beaux. De l'autre côté des fenêtres, c'était la forêt des mâts grêles et les croupes étriquées des toits gris, un spectacle portuaire plutôt lugubre dans le soir qui tombait, mais ils n'en voyaient rien, ils avaient tiré les rideaux ; et justement, quand ils étaient en sueur, ils s'essuyaient à ces rideaux-là parce que le linge de toilette leur semblait douteux ; le temps d'aller du lit jusqu'aux rideaux, leurs pieds moites laissaient des empreintes sur le parquet, et ils s'étonnaient en riant d'avoir de si grands pieds.

Il faisait tout à fait nuit quand Babe demanda :

— Vous n'avez pas faim ?

— Moi ? Si, un peu, et même beaucoup, où voulez-vous que nous soupions ?

— Eh bien je ne sais pas, un restaurant sur les quais, c'est drôle, je ne peux pas expliquer pourquoi, mais je ne voudrais pas perdre de vue la mer et les bateaux.

Il piochait au hasard dans la marmite, en sortait de gros tronçons de poisson, des oignons et des pommes de terre, il les laissait tomber dans l'assiette de Babe qui se garait comme elle pouvait des éclaboussures :

— Je vais sentir la cuisinière, essayez de faire un peu attention, je n'ai que cette robe, mon Dieu ! quelle allure j'aurai au retour !

— Je préfère qu'on n'en parle pas, Babe. Ce sera si pénible pour moi de vous voir deux fois par jour, à l'heure des concerts, et c'est tout.

— Nous nous promènerons souvent sur le pont, s'il n'y a pas trop de houle.

— Nous aurons de la houle. Il y a deux catégories de Juifs, les heureux et les malchanceux, j'ai peur d'appartenir à la seconde. Et même sans houle, vous oubliez qu'Auvray me persécute : il m'abrutit de travaux qui ne sont pas de ma compétence, comme de repasser à l'encre de Chine les inscriptions portées au crayon sur le cahier de punitions de l'équipage — mais c'est moi qui suis puni, je n'ai pas une heure à moi.

— A présent que nous sommes ensemble, il faudra qu'il en tienne compte.

Michael eut un geste brusque, l'agressivité du lieutenant Auvray n'était pas le plus grave, il y avait le *Nilotique* qui appareillait pour la France dans quarante-huit heures, alors il s'affola :

— Après, au Havre, où vous reverrai-je ? Vous aurez à peine défait vos malles que je devrai repartir.

— Puisque je n'achète plus le *Berliner,* je reste riche. Moi aussi je repartirai sur le *Nilotique,* je ferai toutes les traversées du paquebot jusqu'à ce qu'il entre en grand carénage. Nous en profiterons alors pour chercher notre maison sur les hauteurs.

Elle ajouta en souriant :

— Et le tilbury, Michael.

Le steamer navigua de mai à octobre sur la ligne de Hambourg.

L'été fut précoce, puis éblouissant, puis durable.

Le bonheur fit un peu grossir Michael, tandis que Babe maigrissait ; ainsi avaient-ils de plus en plus l'impression de courir l'un vers l'autre, et qu'une sorte de miracle à la fin les confondrait.

Ils louèrent un appartement au Havre et une remise d'artisan dans Pöseldorf, près de l'Aussenalster.

Au Havre, Michael profitait de l'escale pour copier de la musique qu'un éditeur lui envoyait de Paris. Il aurait sans doute touché davantage en allant lui-même chercher les partitions et en les rapportant, mais c'était alors autant d'heures loin de Babe Ozouf.

La jeune femme était heureuse de le voir ainsi occupé, travaillant parfois tard dans la nuit. Ces soirées, où elle l'attendait au lit, l'écoutant gratter son papier et jurer à voix basse quand il faisait une tache d'encre, préfiguraient merveilleusement l'avenir dont elle rêvait.

Michael divisait en deux parts l'argent qu'il recevait de l'éditeur de musique. Il en consacrait la moitié à régaler Babe de cadeaux insignifiants mais dont elle raffolait, l'autre moitié aboutissait dans un carton à chapeau élevé au rang de tirelire et dont le pécule servirait à acheter des plantes étranges et des arbres tourmentés pour le parc — car la maison aurait un parc, avec un jardin d'hiver.

Si les escales du Havre étaient déjà presque conjugales, Michael et Babe vivaient à Hambourg une vie d'amants. Dans la remise blanchie à la chaux, Babe déambulait nue du matin au soir. Sur le sol, des encoches indiquaient qu'ils avaient fait l'amour debout ici, et là, et encore là-bas. Il y avait beaucoup d'encoches, mais aussi beaucoup de place pour de nouvelles encoches.

Ils jouaient à tous les jeux que peut inventer la *furia* de ceux qui s'aiment, dont ils déterminaient les règles secrètes durant les traversées du paquebot. Car sur le *Nilotique,* ils ne se parlaient presque pas, mais ils pensaient l'un à l'autre, la discrétion qu'ils s'imposaient exaspérait leur désir et ils arrivaient au port épuisés par toutes ces idées de caresses, d'attitudes, voire de petits supplices excitants.

Le lieutenant Auvray, décidément stupide, n'avait pas remarqué que Babe Ozouf était de tous les voyages. Il est vrai qu'elle changeait de toilette à chaque appareillage et gardait constamment sa voilette baissée sur son visage. Mais la vraie raison de l'aveuglement du lieutenant était qu'il préférait les hommes aux femmes. Il appelait d'ailleurs de plus en plus souvent le pianiste dans sa cabine pour lui confier un devoir absurde, un vrai pensum de collégien, et il avait alors des mots et des gestes de surveillant général. Cette homosexualité latente de l'officier en second finit par inspirer Michael, mais pas comme Auvray l'eût souhaité : une nuit donc, il s'enfonça entre les reins de Babe. Elle avait pourtant toujours refusé qu'il la prît ainsi, elle ne trouvait pas cette voie-là plus scandaleuse qu'une autre mais elle craignait d'être déchirée. Il sut la convaincre enfin, elle releva d'elle-même sa robe bleue, retroussa ses jupons comme si elle pelait un fruit. Ce n'était ni à Hambourg ni au Havre, mais exceptionnellement à bord du steamer, derrière une chaloupe de sauvetage, un dix-sept août. Babe hurla, son cri se confondit heureusement avec celui de la sirène qui feulait à ce moment-là. Michael Bernstein en déduisit que les Juifs de la seconde catégorie pouvaient eux aussi bénéficier d'une forme de chance.

Quand vint l'automne et que le *Nilotique* fut placé en cale sèche, Michael et Babe se retrouvèrent confinés dans leur appartement du Havre pour de longues semaines. Leur passion ne diminua pas, mais la promiscuité la transforma : il n'y avait plus maintenant les parenthèses des traversées, et au bout de huit jours ils s'aperçurent qu'ils étaient restés vingt-quatre heures sans faire l'amour.

— Laissez-moi vous dire, murmura Babe, que je suis la plus heureuse des femmes.

— Je crois que je vous crois, répondit Michael.

Il ajouta :

— Je suis profondément heureux, moi aussi.

— Peut-être pensez-vous, reprit doucement Babe, que nous sommes rassasiés l'un de l'autre ? Si c'est cela que vous pensez, vous devez être triste.

Il était midi, un jour pluvieux, depuis leur balcon ils observaient les mouvements des navires dans l'arrière-port. Babe dévisagea son amant, il lui offrait d'ailleurs son regard sans chercher à se dérober, elle sourit et dit encore :

— A présent, on s'aimera comme on se rencontre, en allant l'un vers l'autre. Avant, on se cognait l'un dans l'autre.

Elle pivota sur elle-même, courut vers le fond de l'appartement, revint avec un chapeau sur la tête et, finissant d'enfiler sa capeline :

— Suivez-moi, Michael, le moment est venu de chercher cette fameuse maison. Nous prendrons le chemin de fer pour Paris où je verrai un agent de change, et de là pour Cherbourg.

Ils n'apprécièrent pas beaucoup Paris, qu'ils ne connaissaient pourtant pas ; une neige précoce tombait sur la ville et tournait en boue au fur et à mesure, l'hôtel où ils descendirent près de la gare Saint-Lazare était bruyant et mal chauffé ; à peine arrivés ils furent impatients de remonter dans le train pour filer vers Cherbourg.

Tout le temps du voyage, Babe s'amusa à souffler son haleine sur la vitre du compartiment pour l'embuer et y dessiner le plan de leur future maison.

Rue Tour-Carrée, le notaire de Cherbourg avait plusieurs demeures à faire visiter, dont une sur les pentes du hameau de Landemer à une douzaine de kilomètres de la ville. Il glissait déjà ses pieds dans des bottes de chasse pour affronter les ruissellements qui couraient à cette époque de l'année le vallon du Hubiland — mais Babe Ozouf fit non de la tête :

— Ne pourrions-nous y aller seuls, monsieur Bernstein et moi ? Je voudrais *sentir* la maison sans être influencée, dans un premier temps je voudrais avoir mille questions à poser et qu'elles ne reçoivent pas de réponses.

Le notaire ôta ses bottes, les bourra soigneusement de vieux papiers et tendit à Babe un trousseau de clefs :

— C'est parfaitement normal, je vous en prie.

Il se tourna vers Michael, lui sourit :

— Savez-vous, monsieur, que mademoiselle Ozouf gère son héritage *en homme* ? Je m'explique : l'argent bouge, vit, placements audacieux, intuitions, et une part importante de réussite.

Il gratta ses favoris d'où tombèrent quelques petites peaux sèches.

— Mon clerc vous emmènera jusqu'à Landemer. Pour respecter la volonté de mademoiselle Ozouf, il restera dans la voiture tout le temps que vous visiterez. Ne vous hasardez tout de même pas dans le grenier, dont le plancher est douteux.

C'était presque un château, enfin un manoir, un bâtiment allongé à un seul étage flanqué de deux pavillons rustiques à chaque extrémité, au bout d'une allée indécise qui serpentait sous des arbres magnifiques. Les fenêtres du corps central étaient d'une largeur inusitée dans la région, tandis que des jours étroits éclairaient les pavillons. Sur un toit on voyait encore les quatre boules qui symbolisaient les maisons nobles du XVIIe.

La porte s'ouvrit sans difficulté. Le courant d'air agita les lambeaux de tentures qui avaient autrefois tapissé les murs.

— C'est trop grand pour nous, dit tout de suite Michael, ça ne peut pas nous convenir.

La tête légèrement penchée sur le côté, balançant son chapeau qu'elle tenait à la main, Babe respirait avec une sorte de ravissement l'odeur de feuilles mortes et d'oubli qui venait à elle des profondeurs du manoir :

— Où avez-vous pris que je voulais une petite maison ? Quand ai-je jamais dit une chose pareille, Michael ?

— Avez-vous assez d'argent pour vous offrir un château ?

Elle ne lui avait pas révélé de combien elle disposait, mais Michael ne parvenait pas à imaginer cette jeune fille si rousse et si pâle à la tête d'une vraie fortune.

Babe haussa les épaules :

— Naturellement, je le peux ! Le vrai problème sera, par la suite, de réussir à y vivre.

Levant son visage vers celui de Michael, elle lui lécha le menton, les lèvres et le nez :

— Bien que vous aimiez cette caresse, celle-ci est destinée à vous punir, recevez-la comme telle. Mon amour, le plus difficile n'est-il pas de se maintenir au rang auquel on s'est hissé ? C'est le travail de toute une existence, cela. Jusqu'à l'épuisement. Mais vous m'aiderez, n'est-ce pas ?

Il se demandait comment. Copier de la musique, même en s'y consacrant jour et nuit, ne suffirait certainement pas à payer les dépenses inouïes qu'impliquait une propriété comme celle-ci.

Il eut alors un doute. Peut-être Babe Ozouf n'envisageait-elle pas réellement d'acheter une maison pour y vivre avec lui. A bord du *Nilotique* et dans les hôtels où il jouait parfois, Michael avait rencontré des centaines de gens qui vivaient ainsi, sautillant comme des grenouilles de projet en projet, oubliant un rêve déçu en se jetant aussitôt à corps perdu dans un autre. Le plus déconcertant était qu'ils mouraient satisfaits, remerciant Dieu d'avoir eu une vie si bien remplie ; ils n'avaient fait pourtant que tâtonner dans des brumes, sans jamais rien heurter qui les blessât vraiment.

— Babe, supplia-t-il alors, essayons d'être réalistes, vous et moi.

D'un coup d'épaule, il enfonça la double porte conduisant à ce qui devait être le salon. Le parquet était couvert d'une mince couche de poussière grise, compacte, veloutée, où des oiseaux avaient laissé l'empreinte de leurs pattes.

— Ici, vous voulez donner des soirées ? Mais quels meubles ? Quels flambeaux ? Quels couverts ? Nous n'avons rien qu'un peu de vaisselle de marine, nos verres sont dépareillés.

— Normal, dit-elle, vous buvez du vin et moi du lait, pourquoi aurions-nous les mêmes verres ?

— Allons-nous-en.

Elle se laissa emmener, sans un mot. En passant le seuil, elle ne se retourna même pas, et c'est lui qui referma la porte à double tour.

— Vous ne regrettez pas cette folie...

— Vous vous trompez, Michael. La raison pour laquelle je me désintéresse de cette belle maison, c'est que vous ne l'aimez pas. Je ne ferai rien contre vous, jamais. D'ailleurs, je vais me reposer et vous vous occuperez de tout. Consultez mon notaire, étudiez tout ce qu'il vous soumettra, nous ne verrons que ce que vous voulez voir.

— Il s'agit de votre héritage, Babe.

— Il s'agit d'abord de notre maison, Michael.

Elle l'abandonna dans la cour de l'étude, s'enfuit en courant dans la rue Tour-Carrée, promettant de revenir dans deux ou trois heures.

Michael ne prêta qu'une attention distraite à ce que lui disait le notaire. Sans cesse il consultait sa montre, il se demandait s'il reverrait jamais Babe Ozouf. Elle était probablement capable d'une rupture sans sommation, capable de se défaire de son amant en l'oubliant dans un bureau plein de dossiers dont la plupart concernaient des morts.

A six heures, elle n'était pas de retour. Il faisait nuit, le clerc entra pour allumer les lampes. Il s'y reprit à plusieurs fois ; Michael pensa qu'il faisait exprès de se tromper dans ces manipulations dont il devait avoir pourtant l'habitude, exprès pour avoir bien le temps de l'observer, bien le temps de voir l'inquiétude, et même déjà la souffrance, lui crisper le visage ; c'est que les clercs, souvent, ont une sorte de haine sournoise de la clientèle et n'éprouvent de sympathie que pour ceux qui viennent quémander une hypothèque sur leurs biens. Le pianiste avait une envie violente de se justifier auprès de ce gros garçon joufflu, ce faux chanoine blondasse dont le costume était tout blanchi des cendres des petits cigares qu'il tétait sans arrêt : « Ce n'est pas moi qui ai l'argent, ce n'est pas moi qui suis riche, mais cette jeune femme qui ne revient pas. »

Le clerc enfin quitta la pièce. Le notaire n'avait plus de propriétés à proposer, et surtout plus rien à dire à Michael. Il offrit du porto :

— A vous de parler, monsieur Bernstein. Voyons, quelle est votre impression d'ensemble ?

— Favorable, dit Michael.

Il avala son porto d'un trait, avoua brusquement :

— En réalité, je n'ai pas d'impression du tout.

— Je comprends, approuva le notaire en fermant les yeux et en commençant à se balancer sur son fauteuil. Des plans, des croquis, on ne prend pas la juste mesure des bâtiments. L'immobilier est aussi affaire de sensibilité sur le terrain, n'est-ce pas ?

— Où est-elle ?

— Mademoiselle Ozouf ? Mon cher monsieur, nous commerçons

beaucoup avec l'Angleterre, les vitrines de Cherbourg sont si excitantes pour une femme qui aime, qui songe à s'installer : argenterie, étoffes, des ciselures originales, une qualité soyeuse, irréprochable.

Il se pencha en avant :

— Aurai-je l'honneur d'établir votre contrat de mariage ?

— Je l'ignore absolument !

Michael avait presque crié. En tout cas, il avait parlé trop haut.

— Si vous préférez vous adresser à un notaire israélite, je comprendrais fort bien.

— Là n'est pas la question !

Michael ne parvenait pas à recouvrer son calme, il continuait de s'exprimer à la limite du cri. Le notaire l'observait avec curiosité :

— Quand vous mariez-vous, monsieur Bernstein ? Je suppose que vous laisserez passer la mauvaise saison, que vous attendrez le printemps ?

Comment répondre ? Il n'avait jamais été question de mariage. Le mot, du moins, n'avait-il pas été prononcé. Sous-entendu, peut-être ? Même pas. Le rêve de Babe Ozouf comportait une vie en commun, rien de plus. Le pivot de ce rêve était un tilbury attelé d'un cheval alezan, tout le reste virevoltait dans le flou comme un décor de foire. Michael murmura :

— Nous n'avons pas eu le temps de... c'est-à-dire que nous avons beaucoup voyagé...

Il se leva, enfila ses gants :

— Mais je dois partir, j'abuse de votre patience.

— Je vous en prie, dit le notaire, nous ne soupons jamais avant sept heures et demie. Et d'ailleurs, c'est ici que vous avez rendez-vous avec mademoiselle Ozouf. Que lui dirai-je si elle revient et que vous n'êtes pas là ?

Michael remarqua que le notaire n'avait pas dit *quand elle reviendra,* mais simplement *si elle revient.* Il se rassit, accepta un second verre de porto.

Alors, Babe entra.

Elle ne s'était pas fait annoncer par le clerc, elle avait poussé la porte de l'étude comme si elle était là chez elle. Son teint était rouge, ses lèvres sèches, elle avait probablement marché, couru peut-être, dans le vent.

Elle ne regarda même pas le notaire qui s'inclinait très bas devant elle, se précipita en riant vers Michael, lui arracha son verre et le vida, dit qu'elle venait de trouver la maison et de l'acheter.

Et là enfin, elle parut s'apercevoir de la présence de son notaire :

— J'ai traité de particulier à particulier, mon cher maître.

Un fiacre attendait dehors, deux roues sur le trottoir, mené par un petit cocher en livrée cramoisie. L'enfant n'avait que treize ou quatorze ans, mais il sut s'y prendre pour déplier le marchepied et aider Babe et Michael à s'engouffrer à l'intérieur.

La jeune femme se taisait, poussant seulement des espèces de gloussements qu'elle étouffait derrière son mouchoir. A travers les vitres ruisselantes de crachin, Michael vit défiler des portes cochères monumentales, mal éclairées par des falots que la bourrasque faisait trembloter. On suivit le quai de Caligny où des pêcheurs se chauffaient les mains autour d'un feu de planches avant d'embarquer, puis le fiacre contourna le bassin et prit la route du Val de Saire.

Il bringuebala encore une dizaine de minutes sur la chaussée ravinée par les averses d'équinoxe et s'arrêta devant un terrain vague fait de longues coulées de sable hérissé par endroits de touffes d'herbes luisantes.

Tapie derrière une formidable muraille d'hortensias, la maison n'était pas visible de la route.

— Vous me conduisez au désert ? demanda Michael.

Babe ne répondit pas, s'élança à travers les massifs d'hortensias, arrachant au passage des fleurs fanées. Elle ordonna à Michael de fermer les yeux et de ne les rouvrir que quand elle lui en donnerait la permission.

Il la suivit en aveugle, et puis elle s'écria :

— Maintenant, regardez !

Ce n'était pas du tout la demeure bourgeoise dont elle lui avait tant parlé, dont elle avait esquissé le plan idéal sur la buée dans le wagon.

Cette maison-là tenait surtout de la bicoque de pêcheur.

— Mais elle n'a pas de toit ! s'exclama Michael.

— Bien sûr que non, dit Babe en pouffant, il s'est envolé au cours de la dernière tempête. En cherchant bien, on devrait en retrouver des morceaux dans le champ qui est juste derrière.

Michael ne comprenait pas comment, en l'espace de quelques heures, Babe Ozouf avait pu s'enticher de deux habitations aussi radicalement différentes que le château de Landemer et cette chaumière effondrée de Tourlaville — car on était sorti des limites de Cherbourg.

Il s'enquit, incrédule :

— Vous avez *vraiment* acheté cette ruine ?

Elle fit oui de la tête, plusieurs fois, avec un enthousiasme de petite fille.

— Mais à qui ?

— A personne, mon amour. Ceux qui l'habitaient sont morts, il n'y a pas d'héritiers. La ville en avait la gestion, mais vous devinez comme ils sont contents de s'en défaire !

Il essaya de prendre un air sévère. Cette acquisition ne pouvait pas avoir entamé de beaucoup l'héritage de Babe Ozouf, mais Michael devait tout de même la gronder, pour le principe :

— Qu'est-ce qu'on trouve à l'intérieur ? Du vent, des champignons et des nids d'oiseaux. Combien de temps faudra-t-il pour rendre cette masure seulement habitable ?

— Dedans, avoua-t-elle, c'est encore plus délabré que dehors. C'est l'avantage : quand nous aurons tout restauré, ce sera notre maison, totalement, de la cave au grenier. Sauf, bien sûr, qu'il n'y a ni cave ni grenier.

Ils revinrent le lendemain. Michael admira la façon dont Babe retrouvait son chemin à travers les hortensias fous : la jeune femme était déjà chez elle.

A la lumière du jour, la ruine était un peu moins lugubre mais tout aussi misérable. Des chemineaux avaient déjà commencé à scier des morceaux de charpente, à desceller des moellons.

— A partir de ce soir, annonça Babe, les gendarmes monteront la garde pour écarter les rôdeurs. Ça fait partie des accords que j'ai conclus avec les autorités de Tourlaville. Vous voyez, je pense à tout.

Elle s'adossa contre un mur dont le torchis s'effritait et tombait en poussière sur son front :

— Poussière des fées, murmura-t-elle, si elle est de bonne qualité je devrais être capable de m'envoler. Mais je ne désire pas m'envoler, au contraire, prenez-moi dans vos bras et embrassez-moi, soyez un peu violent oh ! Michael, votre langue tout au fond de ma bouche, presque dans ma gorge...

Il l'embrassa comme on n'embrasse pourtant qu'une fois dans sa vie, pas la première fois, pas la deuxième, mais la troisième. D'abord il lécha et suça ses lèvres, puis heurta légèrement ses dents contre celles de Babe, et quand elle replia sa langue en bouclier il frappa contre avec la sienne comme une lance. Du pouce et du majeur, il pressait légèrement la jointure des mâchoires de façon que Babe fût obligée d'ouvrir la bouche plus que nécessaire, qu'un peu de sa salive coulât sur leurs mentons qui se touchaient, et jusque sur le col de sa chemise à lui, de son corsage à elle. Il voulait s'en cuirasser, de cette petite eau dense et brillante. C'est vrai qu'il avait la passion des liquides, qu'il aimait les plantes pour le plaisir de les arroser, qu'il avait appris le piano pour aller sur la mer (car son étrange maigreur, sinon, lui interdisait d'embarquer comme marin), que les jours de pluie l'enchantaient, qu'il avait perpétuellement soif et que les femmes enceintes le fascinaient à cause de cette eau amniotique qui dansait au fond d'elles, avec un enfant dedans comme un poisson.

Il se montrait d'ailleurs un nageur exceptionnel, surtout dans les rivières tumultueuses dont les hautes berges faisaient comme des hanches de femme entre lesquelles il luttait, se tordait, jaillissait enfin dans un cri et une gerbe d'écume :

— J'ai l'impression de renaître…

Persuadés de vivre une dangereuse expérience, ils mangèrent dans une taverne des coquillages crus. Ils les mastiquaient en fermant les yeux, leurs doigts se cherchaient, ils poussaient des soupirs d'excitation :

— Est-ce que vous sentez bien cette saveur violente, Michael ? Un goût de mort brusque, non ?

Il s'enthousiasmait :

— Ils sont fous, à Hambourg, de faire bouillir tout ça pour de bêtes raisons d'hygiène ! Quand nous serons installés, je passerai accord avec un pêcheur et nous aurons des coquillages crus aussi souvent que ça vous plaira.

Le lieu noir leur parut fade, ils renvoyèrent la viande jugée morne et insipide.

L'après-midi ils visitèrent le musée, Babe s'amusa beaucoup des *Singes au cabaret* de David Teniers tandis que Michael pleurait presque devant *la Vierge à l'Enfant* par le Maître de la Légende de sainte Ursule. Parce qu'ils étaient ensemble, tout leur était prétexte à émotion.

Au crépuscule, ils gagnèrent Tourlaville à pied pour assister au déploiement des gendarmes qui prenaient position devant leur maison. Il n'y avait que trois hommes, très jeunes et bourrus, qui manœuvraient mollement comme des somnambules, mais c'était quand même un spectacle que de voir sur les murs effrités leurs ombres qui glissaient, allongées par le couchant.

Babe avait fait provision de chiques, Michael berçait deux cruchons de cidre.

— Je suis la nouvelle propriétaire, dit la jeune femme aux gendarmes.

Elle désigna son compagnon en souriant, ajouta :

— Quant à cet homme, il est mon maître.

Elle avait failli dire mon amour, mais les gendarmes étaient à son avis encore trop enfants pour bien comprendre ce que ce mot signifiait.

Ils courbèrent la tête pour passer sous le linteau de pierre, pénétrèrent dans ce qui avait dû être la salle commune. Des œufs brisés jonchaient le sol.

— Voyons, fit Babe en jetant un regard circulaire, où allons-nous nous asseoir pour boire ce bon cidre ?

Ils essayèrent plusieurs places, finalement ils se blottirent en riant sur l'avancée de briquettes qui prolongeait le foyer de la cheminée. Derrière eux, le vent hurlait dans le conduit et leur faisait froid aux épaules et aux reins.

— Eh bien, reprit Babe après avoir distribué les chiques aux gendarmes, espérons que vous n'aurez pas à vous servir de vos fusils : depuis que cette maison a été construite, personne n'y est jamais mort, ses occupants se sont débrouillés pour aller décéder ailleurs, à l'hôpital surtout. Alors, je ne veux pas que ça change. Tirez en l'air, cela devrait suffire.

Elle se tourna vers Michael, lui souffla :

— Nous aussi, mon chéri, nous fuirons avant la fin. Nous empêcherons cette pauvre petite maison d'être attristée, souillée peut-être, vous êtes d'accord ? Imaginez qu'elle traverse les générations sans jamais avoir abrité un seul mort ? Combien de maisons peuvent se vanter de ça ?

La nuit même, ils quittèrent Cherbourg par le train. Jusqu'à Bayeux, la tempête fit rage, et le convoi fut stoppé une dizaine de fois par des arbres abattus en travers de la voie. Mais Babe s'était endormie dans les bras de Michael, son sommeil résistait aux coups de frein comme aux relances brutales de la locomotive.

Ils passèrent encore trois semaines dans leur appartement du Havre, puis les murs de la ville se couvrirent d'affiches grandiloquentes annonçant que le *Nilotique* allait reprendre ses traversées vers l'Allemagne.

— Pars, dit Babe à Michael. Mais moi, je dois me rendre au moins une fois par semaine à Tourlaville pour surveiller l'avancement des travaux.

Elle l'accompagna jusqu'à sa cabine le jour où le *Nilotique* refait à neuf appareilla pour Hambourg. Les journalistes invités à visiter les nouveaux aménagements du paquebot ne tarissaient pas d'éloges. *Ce splendide steamer,* lisait-on dans la presse, *offre par ses proportions gigantesques un luxe et un confort rarement égalés. Il serait digne de la ligne prestigieuse de New York* (prétention pour le moins excessive, s'agissant d'un vieux navire équipé de la propulsion démodée par roues à aubes). *Ses machines entièrement révisées et améliorées lui confèrent une puissance colossale.*

La *puissance colossale* du *Nilotique* allait faire long feu. Le 4 janvier 1887, avec cent trente-six passagers à bord, le paquebot fut pris dans un ouragan subit dans la baie d'Helgoland. Alourdi par ses tambours, le steamer devint vite le jouet des lames et des rafales. Les vagues effroyables martelaient et disloquaient les roues à aubes, le vent s'en prit à la cheminée et l'emporta. Des torrents d'escarbilles brûlantes jaillirent alors des entrailles du navire et enflammèrent les cordages goudronnés malgré l'eau dont ils étaient imbibés. Pendant que l'incendie gagnait, la mer acheva de fracasser les deux grandes roues. Désemparé, le paquebot se mit en travers des lames, les flots l'escaladèrent en rugissant, noyant les flammes mais aussi le charbon qui procurait encore un peu d'énergie aux machines.

Le *Nilotique* laissa fuser une sorte de long râle plaintif et commença de basculer sur tribord.

Il était à peine plus de midi. Le soleil d'hiver surgit entre les nuées chassées par le vent fou. L'espace d'un moment, il fit très beau sur la mer. Lavées par les vagues, les peintures du steamer étincelaient dans la lumière — les tambours blancs, la coque noire et orangée.

Babe Ozouf apprit le naufrage par la rumeur publique, comme tout le monde ; n'étant pas encore l'épouse de Michael Bernstein, il n'y avait évidemment aucune raison qu'elle fût prévenue d'une autre façon.

Elle se coiffa d'un châle noir et se mêla à la foule qui se massait devant les grilles du port pour parcourir et commenter les listes qu'on venait d'afficher. Les noms des survivants figuraient à droite, ceux des disparus à gauche. Sans doute à cause d'une négligence du lieutenant Auvray qui avait dû « oublier » de le recenser au moment de l'appareillage, Michael ne faisait partie d'aucune des deux colonnes.

Mais Babe savait que sa place était dans la colonne de gauche. Elle avait raison, puisqu'il ne revint jamais.

Trois semaines après, elle prit passage à bord du *Président Jules Elementaire* qui remplaçait le *Nilotique* sur la ligne de Hambourg. C'était un vaisseau moderne, sans roues à aubes, sans chambre commune (on logeait les passagers par quatre dans des cabines cloisonnées), et il y avait un véritable petit orchestre au lieu d'un pianiste.

Il pleuvait à Hambourg, comme la première fois.

Babe alla seule jusqu'au bassin des bateaux morts, chercha en vain le *Berliner*.

A la place qu'il occupait, l'eau était devenue curieusement compacte, lourde, presque métallique. Le plus impressionnant était cette sensation qu'on avait d'un manque, d'une absence illégitime, comme devant un lit vide où subsisterait encore l'empreinte d'un corps.

— Il est parti, dit Friedrich Koehn.

— Qui l'a acheté ?

— Personne, madame. Le *Berliner* s'est sauvé tout seul.

Le surveillant montra à Babe l'énorme perruque des filins emmêlés, fit rouler le chanvre entre ses doigts: les cassures n'étaient pas franches comme si on les eût faites à la hache, mais mâchurées. Les maillons des chaînes d'ancrage avaient cédé, semblait-il, à la suite d'une érosion lente et continue. Aucune morsure de scie, aucune trace d'action mécanique en général : le trois-mâts s'était arraché seul à son mouillage.

Babe suivit Friedrich Koehn dans sa cabane. Le surveillant désigna la fenêtre du fond, celle qui donnait sur le dock :

— A travers ce rideau, dans la nuit du 10 au 11, j'ai vu défiler le *Berliner.* Sans ses voiles, madame, poussé par une force incompréhensible. Voulez-vous un peu de café ?

— Oui, merci, dit Babe Ozouf.

Elle releva sa voilette noire, félicita le vieil homme :

— Quelle chance, monsieur Koehn ! Sans vous, on n'aurait pas identifié le bateau.

— Bien sûr que si : par élimination, puisqu'il n'est plus à son poste. Vous dire à la suite de quelles circonstances le *Berliner* a pu s'échapper, c'est impossible : il y a trop de boue partout, les indices sont noyés ; trop de débris aussi, parce qu'il a fait des saccages en se sauvant, il a éventré des péniches. Je lui ai couru après. Peine perdue. Les guetteurs du sémaphore l'ont vu atteindre la mer. La houle l'a pris par le travers, on le croyait bon pour faire cul par-dessus tête au prochain coup de boutoir. Mais non ! il se redresse, insensiblement, sûrement, tout mousseux d'écume comme quelqu'un sur qui on aurait craché longtemps. Il se redresse, je vous dis. Vous avez vu sa figure de proue, cet aigle de chêne rivé en haut de l'étrave ? Les vagues s'élançaient jusqu'aux ailes de l'aigle, des tonnes d'eau s'engouffraient à l'intérieur. Mais loin de couler le *Berliner,* ce poids lui a servi de lest, alors il a filé.

Elle avait accompagné le surveillant près du fourneau où il réchauffait le café. Koehn plongea un doigt dans la cafetière pour évaluer la température de sa préparation, le retira et le suça avec gourmandise.

Un peu plus tard, il offrit à Babe une gravure naïve représentant le *Berliner* au temps de sa splendeur. La jeune femme lui demanda d'entourer d'un trait de crayon la fenêtre du roof qui s'ouvrait sur la cabine du capitaine Dieter von Wunderhorn.

Le même jour, Babe rendit les clefs du logement de Pöseldorf. Elle avait convoqué un brocanteur qui lui extorqua cent pfennigs pour emporter dans sa charrette les lampes, les deux pendules, la vaisselle et toute la literie.

A la paille de fer, elle effaça les encoches qui marquaient sur le sol les places où elle avait fait l'amour avec Michael.

Elle s'appliquait à tout accomplir scrupuleusement, avec une minutie presque mystique. D'une certaine façon, quand on les reliait les uns aux autres, ces gestes domestiques représentaient en effet la liturgie célébrant la mort de Michael. C'était ainsi une interminable messe faite d'inventaires signés, de poussière chassée, d'aspersions d'eau savonneuse. Babe officiait en tablier bleu, les pieds nus, la voilette sur les yeux.

Le *Président Jules Elementaire* la ramena au Havre. Elle n'y séjourna que le temps de se défaire de l'appartement et de ce qu'il contenait de souvenirs.

Ce fut la partie la plus intense et la plus douloureuse de son Eucharistie : il y avait encore dans une panière du linge que Michael avait porté. Les sirènes des remorqueurs et des paquebots se répondaient à travers la rade pendant qu'elle enfouissait son visage dans les culottes de Michael. Avec ce linge, elle se bâillonnait pour ne pas hurler en même temps que les sirènes ; et surtout, elle perpétuait quelque chose d'intime. Ces affaires très personnelles n'allèrent pas, comme tout le reste, aux pauvres de l'église Notre-Dame : Babe les brûla dans la cour, un beau dimanche que les autres locataires étaient en promenade au bourg de Sainte-Adresse et au cénotaphe du Pain de Sucre.

Enfin, elle fit interrompre les travaux de la maison de Tourlaville, revendit la ruine et acheta une ferme à Jobourg.

Elle s'y installa un mardi, en avril. Un brouillard mouvant, humide, courait ce jour-là sur la Hague. Les femmes du village qui guettaient l'installation de Babe Ozouf ne se sentirent rassurées qu'à la nuit venue : les lampes qui brillaient derrière les croisées de la ferme étaient bien sereines, bien grasses et bien jaunes, comme il convient à d'honnêtes lumières.

Babe en est là de son livre, de son histoire qu'elle continue d'écrire en affamée malgré une corde attachée par un bout à son cou et par l'autre au tronc d'un orme, malgré l'averse qui ruisselle à travers le feuillage et brouille au fur et à mesure les mots qu'elle aligne.

Elle doit se hâter, maintenant : on a aperçu tout à l'heure, là-bas par-dessus les haies, les clochers de Saint-Lô, les deux flèches ajourées de trèfles de l'église Notre-Dame et la fine pointe de Sainte-Croix. On aurait pu y être avant minuit, mais Dubosq a ordonné la halte pour faire état d'une nuitée supplémentaire sur la feuille de route.

Au début, et même pendant les premiers jours du voyage, Babe s'obligeait à brouillonner d'abord, puis à reprendre son texte en éliminant les répétitions, en précisant les termes, en affinant le rythme. Désormais, elle n'a plus le temps de se relire ; il faut qu'elle fasse confiance aux phrases, qu'elle les accepte comme elles viennent. Pourtant, quelque chose en elle se rebiffe contre cette écriture coulée, spontanée, à laquelle elle se force. Ce n'est pas par vanité d'auteur : un greffier de prison sera son seul lecteur, s'il a au moins la curiosité de dénouer les rubans qui assemblent le manuscrit en ramettes de trente feuillets chacune. Mais une jolie tournure constitue pour Babe comme un dernier masque derrière lequel elle tasse tout ce qu'elle peut d'essentiel, comme ces gens désordonnés qui prétendent ranger les choses et se contentent en réalité de les empiler n'importe comment dans des tiroirs où on ne les voit plus.

Guillaume s'est endormi presque tout de suite, après avoir partagé la provision de pain bis, le beurre et les pommes. On a aussi gobé des œufs frais.

Voilà plusieurs jours que le gendarme ne se rase pas, qu'il ne taille pas ses moustaches. Le poil envahit son visage ; à contre-jour il a l'air d'un grand animal hirsute. Lui aussi, pense Babe, se dissimule d'une certaine façon. D'ailleurs, plus on approche de Saint-Lô et plus Guillaume est taciturne. Même, quand le chemin est partagé mi-ombre mi-soleil, c'est à l'ombre qu'il chevauche. On dirait qu'il retient une question capitale, ou un aveu.

Au contraire, Jean Le Nackeis est devenu bavard. Quand la femme trottine à côté de son cheval, Jean croise les mains sur le pommeau de sa selle et il raconte. Il *se* raconte. Babe sait tout de lui. Au point qu'elle se demande ce qu'il va trouver à dire demain, pendant les dernières heures de la route.

Il n'essaye pas de dormir, il est allé faire un tour dans la campagne sous la pluie, à présent il revient s'adosser à l'orme, il regarde Babe Ozouf :

— Si vous n'aviez pas besoin de vos mains pour écrire, je pourrais ôter la corde de votre cou et la nouer autour de vos poignets. Comme ça, vous ne seriez pas étranglée.

Elle relève la tête, lui sourit, lui explique que le lien ne l'étrangle que si elle se penche trop violemment en avant. A condition de rester tranquille, elle n'en souffre pas.

— C'est tellement important, votre livre ?

— Tellement, oui.

— Important pour la justice ?

— Il n'y a pas de justice, dit-elle.

D'un pan de sa liquette, elle éponge le mélange d'encre et de pluie qui coule sur sa feuille en grosses arabesques molles. Des mots entiers sont ainsi emportés.

— Ou plutôt, reprend-elle, tout est justice. La justice, ce n'est pas ce qui est juste, c'est simplement ce qui existe : vous, moi, Guillaume Dubosq, les chevaux et cette pluie. L'injustice, c'est l'inverse, c'est donc la mort.

Le vent passe doucement sur eux, avec des effluves de vase juteuse et de fumées. Il y a des taureaux et des pourceaux dans un champ tout proche, on les entend grogner quelquefois.

— ... Mais je vous dérange, dit Jean. Moi aussi, je vais dormir. Vous, vous arrivez demain et on vous laissera tranquille pendant quelques jours. Dubosq et moi, il faut qu'on s'en retourne.

— Vous serez vite rendus, je ne vous retarderai pas. Vous parlerez de moi, sur la route ?

Il répond très vite que non, il ne croit pas qu'il aura envie de parler d'elle avec Guillaume :

— Lui et moi, on ne voit pas les choses de la même manière.

— Je n'avais pas remarqué.

— Si. Par exemple, je trouve qu'il n'est pas très gentil avec vous.

— Pourquoi le serait-il ? Je ne suis pas une petite fille qu'il faut ménager.

Il hausse les épaules. Il se redresse, marche autour de l'arbre, enfonce profondément le bout de ses bottes dans le sol spongieux, il triture la terre comme s'il voulait la blesser.

Babe devine alors qu'il a quelque chose à lui dire. Elle croit savoir quelle est cette chose. A Jean non plus, il ne reste pas beaucoup de temps.

La jeune femme porte les mains au nœud coulant autour de son cou, le desserre légèrement :

— C'est ça qui te gêne ?

Il se retourne vers elle et la dévisage longuement, en silence. Elle glisse ses doigts entre la corde et sa peau :

— Mais c'est aussi grâce à ça que tu peux tout avouer, Jean. Je ne compte pas, je suis un objet qu'on a poussé tout au bord de la commode et qui va tomber.

— Je ne veux pas que vous tombiez.

Elle a l'impression qu'il a crié. Mais peut-être a-t-il seulement parlé un peu plus haut à cause du vent et de l'averse qui crépite, à cause de Guillaume qui ronfle fort, enroulé dans son manteau.

Elle sourit à nouveau, trempe sa plume dans le flacon d'encre que Jean lui a calé tout à l'heure entre deux cailloux et écrit quelques mots, des mots sans importance, des mots juste pour gagner du temps.

Il revient vers elle, s'agenouille, prend ses mains dans les siennes :

— Ce livre, encore ! Ça ne vous intéresse donc pas, ce que je dis ?

— Mais tu ne dis rien, justement...

— Parce que ce n'est pas un endroit correct pour parler de choses aussi graves.

— Il n'y aura pas d'endroit correct, ni demain ni plus tard. Alors, tu devrais bien comprendre que c'est maintenant ou jamais.

Ce n'est pas pour l'entendre avouer *Babe Ozouf, je vous aime* qu'elle le provoque ainsi. Il ne l'aime pas, d'ailleurs. Il la désire, voilà tout. Oui, mais avec tant de violence et de honte qu'il prend ça pour de l'amour. Et Babe veut seulement le voir violent et honteux, parce que c'est le bout de son voyage à lui et qu'il ne retrouvera la paix qu'à condition d'aller jusque-là.

Il avance son visage vers celui de la prisonnière.

Si près qu'il peut percevoir l'odeur du chanvre tout pénétré de la sueur de Babe.

La fatigue et le chagrin ont fait apparaître de très fines rides au front de la femme et sous ses mâchoires. Ses cheveux, assombris par la pluie, n'ont plus l'éclat flamboyant des premiers jours. Son haleine est devenue un peu fade, très chaude comme celle d'un petit animal fiévreux.

— Hier à midi, pendant la halte, pendant que vous vous reposiez sous le noyer, Guillaume m'a entraîné à l'écart. Est-ce que vous vous en souvenez ?

— Oui.

— Il s'agissait d'un projet vous concernant, Babe Ozouf.

Elle se recule, étonnée. Guillaume ne s'est jamais intéressé à elle que pour imaginer une façon nouvelle de l'entraver, plus confortable pour elle et plus sûre pour lui. Ou pour la faire boire et manger comme un enfant, en la forçant à bien tout avaler, mais sans pour autant lui proposer une part supplémentaire. Un soir aussi, il l'a débarrassée de quelques sangsues qui s'étaient collées à ses jambes en passant une rivière à gué. Mais il s'était détourné pour ne pas regarder ses genoux ni ses cuisses sous la robe qu'elle tenait relevée.

— Guillaume m'a chargé de vous faire une proposition, poursuit Jean Le Nackeis. Lui, il n'ose pas.

— Et toi ?

Il sourit, un peu gauche. Il hésite. Il veut être sûr qu'elle lui pardonne d'avance.

— Je n'ose pas tellement non plus.

Cette fois, elle s'écarte tout à fait :

— Bon, tais-toi. J'ai demandé quelque chose, moi ?

Jean rampe sur les genoux, elle le repousse de ses deux mains en avant comme pour se protéger. En s'agitant, elle tire sur la corde et se met à tousser.

— Quand vous serez devant le juge, dit brusquement Jean, il faudra déclarer que vous êtes grosse. Ça ne vous sauvera pas la vie mais vous aurez un sursis. Guillaume pense que, comme ça, vous pouvez gagner six à dix mois. Un an peut-être.

— Je ne suis pas enceinte. Je suppose qu'ils vérifient, non ?

Elle continue d'avancer les mains vers lui, mais ce n'est plus pour se protéger, c'est pour caresser le visage de Jean. Sans tendresse, à la façon des aveugles qui cherchent à reconnaître quelqu'un. Alors le gendarme lui lèche les doigts et le dedans des mains. La bouche et les yeux enfouis, il dit que les tribunaux vérifient en effet si les femmes qui se prétendent grosses le sont réellement, mais que Guillaume a prévu ça et le reste :

— Peut-être qu'il est trop tard à présent et qu'on a laissé passer la période favorable, mais si vous acceptez...

Elle comprend, elle rit.

La pluie cesse à l'aube. Le silence réveille Guillaume. Il sait, puisque c'était convenu, que cette nuit Jean Le Nackeis a parlé à Babe Ozouf. Il se tourne simplement vers elle pour connaître sa réponse. Il la découvre occupée à démêler ses longs cheveux et à frotter les callosités de ses coudes et de ses genoux à l'aide d'une pierre rugueuse. C'est donc qu'elle a dit oui.

Il se lève sans un mot, fouille dans son bissac à la recherche de son rasoir anglais, puis s'éloigne vers le ruisseau.

— Vous comprenez ? souffle Jean à la jeune femme. Dubosq va se raser pour ne pas vous irriter trop la peau. Ça prouve qu'il a du sentiment pour vous.

— Où ferons-nous l'amour ? demande seulement Babe. La terre est mouillée, le vent ne la séchera pas avant midi.

— Je vous répète que Guillaume a tout arrangé.

Les prés sont blancs de brume quand ils se mettent en route, tournant le dos à Saint-Lô.

Guillaume a hissé la femme sur son cheval. Il y a ici tout un pays de marécages, des fossés profonds remplis de broussailles et de ronces où elle pourrait s'enliser, se déchirer les hanches.

A huit heures, on voit surgir du brouillard un coteau boisé à la base mais dont la tête est aride, grêlée de grosses pierrailles instables. A mi-course, un hameau écroulé. Les maisons tiennent ensemble grâce à des lierres tout poudrés du torchis qui s'en va.

On suit une venelle étroite au milieu de laquelle court un ruisseau. Il doit exister là-haut une source voilée, et c'est son crachotis, à la longue, qui a délabré le village.

Alors, d'un geste large, Guillaume montre les façades aux portes rondes :

— C'est à nous tout le temps qu'on voudra y être. Mais ce sera quand même peu de temps, femme Ozouf, parce qu'il faut finir ce qu'on a commencé.

— Je prends ce que vous m'offrez, dit-elle, juste ça et rien d'autre.

— Oui, c'est une entente précise entre nous, un marché. Vous avez eu raison d'accepter.

Il arrête son cheval, aide la prisonnière à descendre :

— Choisissez la maison qui vous plaît le mieux.

Elle regarde autour d'elle. Elle rit à nouveau, comme lorsqu'elle a compris en quoi consistait le plan que lui soumettait Jean Le Nackeis. L'espace d'un instant, elle se sent reine avec une ville à ses pieds. Elle s'avance dans la venelle, laisse courir ses doigts sur les murs disjoints. Le gris uniforme des pierres, les fenêtres toutes brisées, le lierre envahissant font que les maisons peuvent être un immense palais baroque d'un seul tenant, ou au contraire un enchevêtrement de clapiers.

— Entrons ici, décide-t-elle enfin.

Les deux gendarmes la suivent dans une pièce très obscure.

C'est là qu'aboutissent les ruissellements de la source. La partie déclive de la chambre est inondée par une eau dont la limpidité est si parfaite qu'elle en devient presque effrayante.

— Miroir, dit Babe.

Puisque c'est la dernière fois qu'elle fait l'amour, elle veut aimer debout, voir ainsi son image et celle des hommes dans ses bras se refléter sur l'eau. Qu'un bouillonnement de la source, à la fin, efface tout. Et si la source ne veut pas, elle jettera dans la flaque une des pierres qui se détachent du mur ou un de ses souliers.

Guillaume et Jean se sont arrêtés dans l'encadrement de la porte, plus émus qu'ils ne l'auraient cru. A présent, si Babe se dérobait, ils renonceraient volontiers eux aussi. Mais elle se déshabille, tranquille, plie soigneusement ses affaires et les pose sur le rebord intérieur de l'unique fenêtre.

Son corps est semé de taches de rousseur, son ventre tout plein de grains de beauté très petits qu'on a envie de relier les uns aux autres, d'un trait, pour dessiner des constellations, des rosaces.

Elle élève lentement les bras au-dessus de sa tête, doigts noués, pivote sur elle-même et se montre. La toison du pubis est longue et souple, si longue et si souple qu'on continue de la deviner entre ses cuisses même quand Babe est de dos.

Elle danse en silence, elle a vu une fille faire ces gestes dans une taverne de Sankt-Pauli à Hambourg, elle se rappelle avoir été troublée — et Michael aussi, il riait, mais trop fort. Bien sûr il y avait un orchestre qui jouait à Sankt-Pauli, on n'entend ici que le murmure de l'eau, les cris et les froissements d'ailes des corbeaux qui se rassemblent autour des chevaux.

— Il faut choisir, dit Babe. Avez-vous vos dés d'ivoire ?

— Ils sont restés dans ma sacoche, dit Guillaume.

Le gendarme est soulagé de pouvoir sortir un instant. Il boira une ou deux gorgées d'eau-de-vie avant de chercher les dés.

Babe laisse retomber ses bras, cache ses seins sous ses mains ouvertes :

— Vous me prendrez l'un après l'autre. Mais qui commencera ? Chaque soir vous lancez les dés pour savoir lequel m'attache, je veux que vous les fassiez rouler pour qu'ils décident si ce sera toi, Jean, ou lui d'abord.

— Je voudrais que ce soit moi, dit Jean, je suis celui qui vous aime le plus.

— Si j'ai un enfant, ne t'inquiète jamais, n'essaye pas de deviner s'il est le tien ou le sien. Pour moi, c'est un homme sans visage qui me l'aura fait.

— Mais j'ai un visage, et Guillaume aussi.

— Je ne m'en souviendrai pas, et d'ailleurs je fermerai les yeux, il y a longtemps que je les ferme, toutes ces journées, toutes ces nuits entre vous deux, moi j'étais seule avec moi.

Quittant ses seins, ses mains descendent encore et se crispent sur le renflement du pubis :

— Oh ! ce ne sera pas inoubliable, je suis sèche, je n'ai pas de désir.

— Pensez que vous vivrez peut-être plus longtemps, quelques mois de plus, ça devrait vous donner de l'envie.

Elle sourit :

— Appelle plutôt Guillaume, il est bien long à revenir.

Jean Le Nackeis va jusqu'à la fenêtre, arrache à pleines poignées le lierre qui l'obstrue et crie pour que Guillaume vienne.

Ils lancent les dés d'ivoire qui cahotent sur la terre battue et finissent par rouler tout au fond de la flaque d'eau claire. Guillaume se penche au-dessus et annonce :

— Double six, tu ne peux pas faire mieux que moi.

— Mais peut-être aussi bien, dit Jean, on doit rejouer, c'est justice.

Ils pataugent dans la mare en cherchant à récupérer les dés, s'éclaboussent en riant. Ils sont presque nus, sauf leurs bottes et leurs fusils. Ils bandent et se moquent l'un l'autre d'être dans cet état.

Babe Ozouf s'assied sur le sol, les genoux dans les bras.

Guillaume a fini par gagner après trois parties égales. Jean est sorti sans se retourner — si, une fois, comme pour souffler un insecte ou une brindille de dessus son épaule. Guillaume, les bras ouverts, vient vers Babe. Elle recule contre le mur, fait non de la tête :

— Il va revenir.

— Jean ? Pas avant qu'on lui dise, il est régulier.

— D'accord, mais il est nu. Il va rentrer un moment, pour enfiler au moins sa chemise.

Guillaume pouffe, la main devant sa bouche.

Et Jean, elle avait deviné juste, entrouvre la porte, l'air piteux :

— J'ai froid dehors, ça pince.

Guillaume se compose une mine sévère, montre du doigt le tas d'habits :

— Va, innocent, sers-toi. Est-ce qu'il pleut, à présent ?

— Ce n'est pas tellement ça, dit Jean en passant sa culotte, mais les chevaux me regardent comme s'ils ne m'avaient jamais vu.

Il rit à son tour, de partout sauf des yeux — là, on dirait presque qu'il va pleurer.

— Va-t'en ! commande Guillaume. A quelle heure serons-nous à Saint-Lô, avec toutes ces histoires ?

Pendant que Jean s'habille, fautif et maladroit, Babe Ozouf pense à l'amour qu'elle doit faire avec l'autre. Il est bon, ce Guillaume, d'avoir songé à lui donner sa semence pour qu'elle soit épargnée encore un peu. Même si ça ne marche pas, c'est une grande idée de charité qui fait de lui un gendarme et un homme au-dessus des hommes et des gendarmes communs. C'est un projet d'amour qui n'est pas destiné à engendrer la vie, mais à la prolonger. Et ça ressemble à sa course à elle qui n'a jamais abouti nulle part, qui a simplement suivi des tracés de quelques mois, parfois de quelques jours ; elle est une femme au temps mesuré, au contraire de toutes les autres femmes qui ne voient pas tomber la nuit, qui errent ennuyées, paresseuses, dans un crépuscule fade, interminable.

Une vie qui finit par la mort qu'on sent venir, c'est une vraie vie, Babe Ozouf ne se plaint pas.

Il faut alors que Guillaume soit récompensé. Ça, bien sûr, elle est la seule à pouvoir le faire. On prétend que les hommes jouissent de toute façon, que leur main droite leur suffit souvent. Mais elle veut qu'il jouisse comme un petit puceau la première fois, qu'il ait après l'amour un de ces regards qu'on ne triche pas, à la fois émerveillé et étonné.

Malheureusement, elle est sèche entre les cuisses, elle craint qu'il ne puisse pas la pénétrer assez profond. Et même s'il s'enfonce d'un seul élan brutal, ce qu'il fera probablement, quelle joie aura-t-il si elle reste comme ça, étriquée et aride ?

Il lui tourne encore le dos, houspillant Jean qui s'embrouille dans ses boutonnages. Elle crache sur ses doigts, et humecte de salive, autant qu'elle peut, ses grandes et ses petites lèvres. Si ça ne suffit pas, se dit-elle, je penserai à Michael quand Guillaume me prendra, c'est le visage de Michael que je verrai tout près du mien, j'ai tellement aimé ce garçon, quand il m'arrive de rêver à lui je me réveille les bras en croix avec quelque chose qui cogne dans mon ventre ; à Jobourg il fallait que je sorte en courant, que j'aille m'apaiser sur la lande, c'était surtout terrible en été quand il n'y avait pas de vent, rien que la brumasse moite qui me faisait des perles partout du front jusqu'aux chevilles. Le problème, c'est de décider quel visage, quel moment de Michael choisir. Son visage doux, presque lointain, dans les restaurants de Hambourg quand il piochait machinalement dans son assiette creuse, avalait autant d'arêtes que de chair de poisson, me parlait déjà du retour à la remise de Pöseldorf, et qu'il m'embrasserait dans la rue, et qu'il commencerait à me mordiller les seins dans l'arrière-cour juste sous les fenêtres de Frau Stuppenhöffer ? Ou bien le visage de Michael sur le pont du *Nilotique*, vers trois heures de relevée, il somnolait sur une chaise longue, c'est un homme qui a toujours eu besoin de beaucoup de sommeil, il claquait des doigts, sifflait, enfin faisait mille bruits comiques avec sa bouche et tout son corps dégingandé pour qu'un steward lui jette une couverture sur les genoux, il s'amusait de me voir jouer aux anneaux, au palet, à la course en sac avec les passagères, il disait : qui est cette jeune femme élégante, un peu nerveuse, juste là derrière le tuyau de la cheminée, qu'elle prenne garde à ses cheveux roux, le vent chasse des escarbilles brûlantes ?

Il y a un autre visage de Michael qu'elle n'évoque pas, enfoui au fond d'elle, et même tapi comme une petite bête sauvage prête à hurler dès qu'on faufile la main dans la cage. C'est Michael renonçant à lutter contre la mer Baltique, cessant de se débattre, roulant sur le dos et montrant son ventre blanc, gonflé d'eau à présent, elle se demande si des goélands épuisés se sont un instant posés sur ce ventre avant qu'il soit englouti.

Mais quand Guillaume la pénètre, violemment comme elle s'y attendait, elle a beau faire : c'est la tête du gendarme qu'elle voit se dandiner au bout de son long cou, puis se renverser en arrière, brusquement très pâle parce que le sang s'en retire pour affluer dans le bas-ventre.

Elle pousse un petit cri pour rappeler à elle les traits de Michael qui se décomposent, qui s'effacent derrière ceux de Guillaume. Le gendarme se méprend, il croit qu'elle jouit, alors il la prend aux épaules et la plaque contre lui.

— Même si ça ne sert à rien, dit-il, même si tu meurs dans les délais prévus, écoute-moi ce bonheur !

Son orgasme à lui a été presque immédiat. Il n'a plus d'autre désir que d'offrir à Babe tout ce qu'il peut de semence. C'est pourquoi il reste en elle. Et, dans le même temps, il prie Dieu de la rendre féconde : que les matrones de Saint-Lô en présence du greffier Louis Vicquetot la trouvent grosse quand elle se déclarera comme telle, et moi je promets devant Toi de m'inquiéter de l'enfant quand il lui sera retiré, je ne dis pas que j'en ferai un des miens parce que Madeleine n'en voudrait pas chez nous, je crois qu'elle m'arracherait les yeux si elle savait ce que j'ai fait ici dans ces ruines avec cette femme, mais je verserai une rente à l'enfant, j'irai moi-même à cheval lui porter les pièces d'or à chaque fête carillonnée.

Il est si bien dans sa prière qu'il se rend à peine compte que Babe Ozouf s'est séparée de lui. Agenouillée devant l'eau qui clapote à l'autre bout de la chambre, elle nettoie ses cuisses.

Quand elle est dans les bras de Jean et que c'est au tour de Guillaume de faire les cent pas dehors en chiquant, Babe murmure :

— Il n'a rien remarqué, et de toute façon il n'aurait pas compris, mais je veux que tu saches ; tu vois cette eau ? Je m'y suis lavée. Alors si j'ai un enfant, il ne sera pas de lui.

— Est-ce qu'on sait ? dit Jean. Pas mal de filles au pays, six ou huit je crois, ont été enceintes de Dubosq. Elles jurent pourtant qu'elles avaient pris toutes les précautions. Mais il y a une chose avec Guillaume que personne ne peut expliquer : il mettrait sa verge dans un trou de taupe qu'il engrosserait la prairie. Le joli tour est peut-être déjà joué. Et ça m'amène, Babe Ozouf, à vous demander si vous voulez encore de moi ?

— Tu y tiens ?

Il ne répond pas. Il préférerait peut-être ne pas s'unir à elle, mais pouvoir raconter par la suite que ça s'est fait, au moins le laisser entendre. Les filles le regarderaient autrement, le respecteraient comme quelqu'un qui a connu la passion, une grande passion malheureuse. Comme ça, il arrangerait ses souvenirs à sa guise sans être contredit à tout bout de champ par des détails trop précis, fraîcheur de la peau de Babe Ozouf, petites blessures de ses ongles griffant sa nuque, odeur d'acétone de son haleine qui lui donne un côté nouveau-né, et ce cérumen qui jaunit ses oreilles ; car elle est charmante mais mal soignée, à cause de la route bien sûr ; il n'empêche que tout ça risque de peser lourd sur la mémoire de Jean Le Nackeis. Car il a curieusement le dégoût du corps humain, il doit se faire violence pour boire au goulot que vient de téter Guillaume, pour s'asseoir sur sa selle encore chaude quand ils échangent leurs chevaux. Il vit dans la Hague parce que c'est une terre très peu organique, où le roc est à fleur de lande et de vagues : la pierre vieillit en poussière, ne se décompose pas. Un jour qu'il aura touché une belle prime, le petit gendarme arrachera brin à brin le chaume de son toit qui commence à pourrir et le remplacera par de fines feuilles d'ardoise. C'est en février qu'il fera cet échange, sous la pluie pour que l'ardoise soit très froide et très bleue.

Au contraire de l'ardoise, Babe Ozouf blottie contre lui est tiède et blanche. Tant qu'elle était engoncée dans sa robe, il ne la croyait pas ainsi. Elle l'effraye un peu.

— Est-ce que tu y tiens, Jean ? demande-t-elle encore. Tu étais excité tout à l'heure en jetant les dés.

— C'est que je comptais bien gagner !

— Je te répète que je me suis lavée. Et aussi, pendant tout le voyage, tu voulais m'avoir près de toi. Sur ton cheval, des fois.

— Je ne pensais pas qu'on irait jusqu'au bout, j'étais sûr que tu t'évaderais avant ou que tu avalerais du poison. Enfin, Dubosq en avait peur.

Ses lèvres effleurent celles du gendarme :

— Qu'est-ce que ça changeait, dis-moi ? Puisque j'ai triché, puisque j'ai rejeté là-bas dans l'eau le sperme de Guillaume, tu es ma dernière chance.

Il croit qu'elle a peur de la mort. Ce n'est pas ça, elle a calculé qu'à condition d'avoir assez de temps pour implorer et pour ruser elle finirait par obtenir qu'on lui rende son manuscrit. Ou à défaut qu'on lui accorde une plume, de l'encre, du papier pour écrire des lettres. Elle en écrira aussi longtemps qu'il fera jour dans sa cellule, elle les enverra à n'importe qui, s'inventera des oncles et des filleuls, toute une famille. Chaque lettre sera en réalité une page clandestine de son livre. Elle a mis au point un stratagème : une phrase sur deux sera destinée à son correspondant imaginaire, la phrase suivante fera partie du livre à la suite des quatre-vingts feuillets déjà composés :

> ... et j'espère, cher cousin, que tu vas le long des haies vives cueillir les mûres qui seront très sucrées cet automne,
>
> POUR MOI, JE N'AI JAMAIS MANGÉ DE BAIES AUSSI SAVOUREUSES QUE DANS CES GRANDES FORÊTS PRÈS DU HAVRE, IL ME SOULEVAIT DANS SES BRAS POUR QUE JE PUISSE LES ATTRAPER.
>
> n'oublie pas, dans l'hypothèse où tu voudrais en faire des confitures, de bien ôter tous les pépins,
>
> JE LES FILTRAIS ENTRE MES DENTS DE DEVANT QUI SONT UN PEU ÉCARTÉES COMME CELLES DES LAPINS, JE NE GARDAIS DANS MA BOUCHE QUE LE JUS NOIR QUE MICHAEL BUVAIT D'AILLEURS SOUVENT A MÊME MES LÈVRES...

La main de la jeune femme descend, se referme autour du sexe de Jean qu'elle dirige vers le sien. Elle ne cherche pas, cette fois, à évoquer le visage de Michael Bernstein : le gendarme lui ressemble, avec cette gravité d'enfant intrigué qu'avait aussi le pianiste des paquebots à vapeur, la même façon de frissonner de joie tandis que ses paupières se ferment, des paupières presque sans cils un peu comme celles des poissons.

Il s'abandonne, violemment cambré, et c'est elle qui va et qui vient autour de lui. Il pousse de petits gémissements qui ont l'air de plaintes, c'est pour se faire pardonner d'être ébloui au point d'oublier de la caresser — ou alors il lui pétrit le corps n'importe comment, et surtout n'importe où.

Il se laisse aimer en femme. S'il me fait un enfant, pense Babe, ce sera une fille.

Elle se tiendra devant ses juges comme elle se tient devant elle-même : calme, rugueuse, presque muette. Au deuxième jour de l'audience, son avocat excédé lui fera passer un petit papier avec ces mots : « Vous vous suicidez ! » Elle lui répondra d'un sourire, d'un geste d'apaisement de ses mains gantées de gris — les gants sont un présent d'une codétenue libérée pour la Noël, le seul cadeau que Babe ait accepté avec reconnaissance parce qu'elle éprouvait une répulsion violente à l'idée de devoir étreindre à mains nues la rambarde du box des accusés.

Son système de défense — *j'ai allumé un grand feu, je l'ai entretenu jusqu'à une heure avancée de la nuit, pratiquement jusqu'à ce que le voilier* Altenbrüch *s'éventre sur le récif* — ne fait qu'appuyer l'image qu'on a d'elle : une naufrageuse.

Sur ce thème, la presse s'est surpassée. Un journaliste du *Petit Phare* a entrepris des recherches sur la généalogie de Babe Ozouf, et il prétend avoir découvert que la femme descend des Fabien de la Fouèdre, une famille d'Auderville, tout près de Jobourg justement, des gens qui se vantaient de pratiquer le métier de naufrageurs, et dont on dit qu'ils auraient été anoblis par Henri III. L'affaire Fabien de la Fouèdre a beau dater de la fin du XVIe siècle, le propriétaire-directeur du *Petit Phare*, soucieux de publicité, a invité la Cour à appeler son enquêteur à la barre. Requête repoussée. En attendant, l'article a fait grand bruit et déchaîné les passions populaires. Le prétoire est comble, mais curieusement silencieux et discipliné, à l'unisson du mutisme de la ville noyée depuis quatre jours sous les chutes d'une neige épaisse et qui tient. La dignité un peu hautaine du président Jean-François Maresquet en impose, c'est vrai, mais moins sans doute que les réserves de Babe Ozouf, sa manière de regarder bien en face ceux qui l'interrogent, le buste droit mais en tournant légèrement la tête vers eux. Un caricaturiste la croque en s'inspirant d'ailleurs du portrait d'Isabelle Cobos de Porcel peint par Goya : les mèches de cheveux ont la même façon de s'écarter pour découvrir un triangle de front, la bouche est pareillement gonflée et les yeux grands ouverts. On s'attendait à une échevelée, à une harpie, ce n'est qu'une femme douce et fière qui ne sourit jamais, qui ne pleure pas non plus. Paradoxalement, elle est tellement absente que c'est elle la plus présente. Elle seule semble réelle, tandis que la Cour prend des poses comme au théâtre et que le public a bien l'air de ce qu'il est : une association de spectateurs, mais comme on dirait une association de malfaiteurs.

Dans la salle circule un portrait présumé du vieux Fabien de la Fouèdre, apporté par Léonard Berigoult, marchand d'estampes. On compare le nez du bonhomme, fin, droit, assez court, avec celui de Babe Ozouf. La défense sent le danger, et maître Bayard-Olonde convoque en catastrophe un généalogiste, professionnel celui-là, qui fait voler en éclats les déclarations du reporter du *Petit Phare* et affirme qu'il n'y a aucune relation entre les Ozouf et les Fabien de la Fouèdre.

Ce qui intrigue singulièrement le tribunal, c'est que l'accusée paraît incapable d'expliquer pourquoi elle a allumé ce feu sur la lande, face au large et aux navires possibles.

— Si toutes les personnes qui se sentent exaltées au milieu de la nuit, dit le président, allumaient ainsi des foyers dans la campagne, la France ne serait plus qu'une vaste terre calcinée.

— Je n'ai pas dit que j'étais exaltée, rectifie Babe, mais que j'étais en proie à un sentiment bizarre qui me faisait rechercher la chaleur et la lumière. J'aurais voulu qu'il fît jour et soleil.

Est-ce dans la joie, ou au contraire dans la détresse, que les êtres humains éprouvent ce besoin de chaleur, de lumière, évoqué par l'accusée ? Là-dessus les avis des témoins appelés à la barre, principalement des médecins, seront contradictoires.

Pour les uns, la joie tend à déborder, à se déverser dans une manifestation festive. Et la fête s'accompagne de phénomènes liés au feu : lampions, braises incandescentes où l'on met à griller des nourritures exceptionnelles, processions aux flambeaux, spectacles pyrotechniques.

Pour les autres, le feu est le dernier recours contre le désespoir. On évoque les bûchers funéraires qui sont l'ultime protestation des hommes devant la mort, on cite le cas de paysans ruinés par une mauvaise récolte qui ont transformé la grange ou le silo en brasier et se sont jetés au milieu des flammes.

Alors, maître Bayard-Olonde se contorsionne pour souffler à l'oreille de sa cliente :

— Voilà qui est plaidable ! D'autant que le président refuse de voir finir le siècle, c'est un lyrique qui s'ignore. Dites que vous étiez malheureuse, souverainement malheureuse...

Mais cette nuit-là, c'était justement la première nuit de Babe Ozouf sans émotion, sans vrille au cœur. Elle avait enfin accepté la disparition de Michael. Elle avait intégré la mort de Michael à toutes ces autres choses de sa vie sur lesquelles elle était impuissante. Le pianiste des paquebots appartenait au même règne inéluctable que les récifs du Raz Blanchard et du Passage de la Déroute, que les granits dressés dans les champs pour permettre aux vaches de s'y gratter les flancs, que les ormes tenaces et rabougris qui faisaient obstacle au vent, il était du cycle des agneaux à tête brune qu'elle s'amusait à nommer au début et puis qu'on abattait trop vite pour qu'elle ait seulement le temps d'apprendre à les distinguer les uns des autres. Michael, tu as tout envahi, je n'ai plus à me souvenir de toi en tant qu'homme, et même ce serait une erreur probablement, tu es partout, tu es tout. Elle s'était empalée sur un des trois cent sept pieux qui supportaient les barbelés de ses clôtures, empalée par la bouche, faisant lentement pénétrer le pieu jusqu'au fond de sa gorge, ses dents creusant des sillons dans le bois tendre. Car c'était un pieu vert, taillé dans du pommier encore frais, j'avais sur ma langue des petits pétillements de sève sucrée, encore qu'un peu salée aussi parce que le pieu était exposé au vent de mer porteur d'embruns. Si un cavalier attardé galopant vers Beaumont m'avait surprise en train de sucer un piquet de clôture, il m'aurait tenue pour folle. Mais les religieuses qui voient Dieu jusque dans une lessive de charpie ayant épongé des plaies gangrenées sont-elles folles ? Je suis ta moniale, Michael. Comme les vraies petites Sœurs, j'ai mes délires amoureux, ma mystique. C'est pourquoi j'écris un livre, notre livre. Exactement comme on demande à la nonne qui va mourir de griffonner vite, par obéissance, quelques souvenirs sur un cahier. *Fioretti* pour servir à la notice nécrologique qui sera imprimée et envoyée, accompagnée d'une image pieuse et d'un fragment de bure, aux personnes importantes de la ville où est le couvent.

Aucun cavalier n'a couru la lande de Jobourg, j'ai lentement retiré ma bouche fourreau de dessus le pieu.

C'était bien, je t'avais retrouvé.

Mais il me manquait ce qui chez nous suivait l'amour, ce que j'aimais par-dessus tout : ta peau très chaude, presque brûlante. La salive d'un baiser ne tenait pas longtemps sur ta joue, Michael, elle s'évaporait tout de suite comme la brume sur les galets en août à midi. J'ai eu des amants qui se recroquevillaient, qui devenaient froids comme des morts après avoir joui. Je leur parlais, ils répondaient d'une voix rauque, lointaine, une voix désincarnée, je t'assure. Toi, tu étais plus vivant après qu'avant. Tu ne l'as pas su, mais c'est aussi pour ça que je t'ai aimé passionnément. Pour ce pouvoir que j'avais de te faire renaître, ou même naître tout court. Mieux que ta mère, parce que moi c'était chaque fois.

J'ai donc allumé ce feu, et je me tenais à une distance très précise des flammes, une distance où j'avais chaud exactement comme dans tes bras.

— On ne m'ôtera pas ma conviction, dit le président Maresquet. Accusée, vous avez vécu trop longtemps dans la Hague pour ignorer les conséquences possibles d'un feu de cette importance allumé face aux récifs.

Il se penche un instant sur son dossier :

— Vous avez reconnu avoir évolué devant le feu, et avoué que votre robe occultait les flammes, puis les découvrait, selon un rythme qui était à peu près celui du phare de Goury.

Alors, le président sent qu'on s'agite sur sa droite. Ses yeux quittent l'accusée, ils se posent sur le procureur :

— Vous voulez la parole, monsieur le procureur ?

— Je vous remercie, monsieur le président. Je voudrais faire remarquer ceci à la Cour, qui me semble d'une importance capitale : la nuit du naufrage, la lune était pleine, le ciel parfaitement dégagé, la visibilité excellente — on apercevait à l'horizon les contours de l'île d'Aurigny. Ce qui signifie que la femme Ozouf a nécessairement vu le trois-mâts *Altenbrüch* au moment où il passait le Nez de Voidries. Le bâtiment était chargé en toile, ses voiles devaient refléter la lumière de la lune. Si donc l'accusée distingue le navire allemand dans la nuit, ce dont pour ma part je ne doute pas, pourquoi ne se hâte-t-elle pas d'éteindre son feu ? Il lui suffit pour l'étouffer de quelques pelletées de terre. Mais non, elle jette au contraire de nouvelles brassées d'ajoncs dans les flammes !

— Le feu n'était plus assez chaud, dit Babe à mi-voix.

— Elle regardait vers la lande, s'écrie maître Bayard-Olonde, et pas du tout vers la mer ! Parce qu'elle est femme de la terre. Elle tenait une ferme à Jobourg, pas un bureau d'armement. Pour elle, la mer est un accident qui interrompt brusquement la terre, les cultures et les herbages.

— Drôle de terrienne, qui a pris vingt-huit fois passage à bord du paquebot *Nilotique* et un aller-retour sur le *Président Jules Elementaire !* Je suppose que c'est son état de fortune, et lui seul, qui l'a empêchée d'embarquer sur les navires de la *Peninsular and Oriental,* ou sur un des steamers de nos lignes transatlantiques.

Il y a quelques rires dans la salle. Mais, dans l'ensemble, le public reste grave. La plupart de ces gens n'ont vu les grands bateaux que sur des chromos. La coque et les superstructures seulement. Ils ignorent tout des aménagements intérieurs, qu'ils se figurent ténébreux et soyeux comme des bordels, avec des nègres qui vont et viennent, vêtus de pourpre, portant des chandeliers. Une femme célibataire qui s'offre vingt-huit traversées sur un paquebot ne peut donc être qu'une personne trouble.

— Accusée, demande le président Maresquet, pour quel motif n'avez-vous pas étouffé le foyer en apercevant la haute voilure ou les feux de l'*Altenbrüch ?*

— Je ne regardais ni la mer ni la lande, dit Babe Ozouf. Mes yeux étaient fermés, et je les ai gardés comme ça jusqu'à la fin.

— Qu'appelez-vous la fin ? L'éventrement du navire, les cris des hommes ?

— Ça, je ne l'ai su que le lendemain. J'étais partie bien avant.

C'est vrai que le feu n'était plus assez chaud malgré toute la peine qu'elle se donnait pour le raviver. Ou alors, se disait-elle, j'ai pris froid. De toute façon, elle ne parvenait plus à rêver à Michael. Quelque chose s'était brisé avec l'aube qui blanchissait le ciel à l'est, avec les brumes qui montaient des bruyères, aussitôt couchées par le vent. Elle avait tourné le dos au feu, et donc à la mer où l'*Altenbrüch* courait vers sa perte, incapable à présent de manœuvrer pour éviter l'échouement. Mais les marins allemands ne criaient pas encore, elle en était sûre, elle les aurait entendus.

En retournant vers sa ferme, elle était passée près du pieu qu'elle avait sucé tout à l'heure. Il était encore humide de sève et de salive. Elle l'avait baisé, mais cette fois seulement du bout des lèvres, un hommage distrait. Non, je ne suis pas une démente. J'en connais qui ont dans la tête des folies, des aberrations pires que ça. La seule différence, c'est que ça leur reste dans le cerveau où ça bouillonne. Jusqu'au jour, naturellement, où ça pète comme un volcan, où ça abîme tout comme un volcan : ils brûlent les seins des prostituées ou se font coudre des petits boutons de nacre tout le long de la verge. Tandis que moi, je me délivre sans faire mal ni honte à personne. Je suis apaisée ce matin, très lucide, simplement j'ai un peu sommeil. Je vais réveiller mes ouvriers, les faire manger, ensuite je les payerai puisque c'est aujourd'hui jour de salaire.

Elle marche, les chevilles mouillées par la rosée.

Michael ne priait pas, ne célébrait pas le schabbat, n'était à peu près religieux qu'une fois l'an, pour Kippour. Pas tant par conviction personnelle que pour manifester son appartenance, historique sans plus, au peuple juif.

— Parce que, disait-il, si je dois choisir, je prends la réincarnation. Oh ! pauvre Babe, pauvre chérie, si je disparais le premier, tu ne pourras plus faire un pas sans te cogner à moi. Mais quitte le Havre, liquide Pöseldorf. Rendez-vous sur la lande. Être spectre dans des rues pleines de ces sales asphyxies des fumées de paquebots, non merci ! Les morts ont déjà assez de mal comme ça à respirer sans que ça se voie, la poussière de houille me ferait tousser, du coup on devinerait que je suis un faux mort.

Elle s'offusquait, il riait. Parce que, dans le fond, il ne croyait pas devoir jamais s'en aller. Il n'imaginait pas du tout ce qui pourrait le tuer. Comme tout le monde, quand il se réveillait la nuit, il faisait des hypothèses. Mourir victime d'un assassin ? Cette idée l'avait obsédé à l'âge de dix ou douze ans, mais aujourd'hui il était devenu trop insignifiant pour ça. La maladie ? Il devait avoir dans le corps de trop petits organes pour que des virus s'y intéressent ; d'ailleurs, statistiquement, ce sont d'abord les gros, les obèses qui meurent. La guerre ? Sa maigreur excessive le ferait probablement réformer.

Rassuré, il roulait sur lui-même dans le lit qui avait bien deux mètres de large, glissait ses mains sous la nuque de Babe, lui soulevait légèrement la tête pour approcher ses lèvres des siennes.

— Tu entends crier les goélands ? Les chalutiers sont rentrés, il va faire jour, souffle sur moi, j'aime ton haleine le matin parce que personne d'autre que moi ne l'aimerait à ce moment-là.

Un soir, dans un bassin du Havre, il lui avait montré une barque bleu et noir, ventrue, dont personne ne dénouait jamais les amarres :

— Si je meurs, cette barque s'échappera toute seule, elle gagnera la haute mer, ce sera le signe que je suis avec toi.

Sur l'instant, Babe Ozouf avait haussé les épaules.

Mais après le naufrage du *Nilotique,* elle était quand même venue voir si la barque avait pris le large. Elle était toujours à sa place. Par contre, à Hambourg, le *Berliner* s'était arraché au cimetière de bateaux de façon inexplicable.

Le quatrième jour, à dix-huit heures, la Cour se retire pour délibérer. Il neige encore, au point que ce matin le fourgon cellulaire a dérapé dans la forte pente de la rue Porte-Torteron et l'un des chevaux de l'attelage a cogné du flanc contre la pile de vaisselle exposée sur des tréteaux instables devant la maison Bouland. Des pensionnaires de l'École Primaire Supérieure de Jeunes Filles qui se promenaient en longue blouse et bottines à lacets ont prêté la main pour fouiller la neige fraîche à la recherche d'assiettes et de bols intacts.

Même si les délibérations sont brèves, le verdict sera rendu trop tard pour figurer dans les journaux du matin qui sont déjà sous presse. Les chroniqueurs judiciaires ont dû se contenter de pronostics, de remplir leurs colonnes en citant d'abondants extraits du réquisitoire et de la plaidoirie, et surtout en proposant un ultime *pris sur le vif* de la femme Ozouf.

Celle-ci n'a jamais été plus silencieuse qu'au cours des dernières heures de son procès. Non pas comme quelqu'un qui n'est pas concerné, mais comme si elle avait renoncé à trouver les mots justes pour éclaircir les mystères de son affaire.

— Accusée, avez-vous quelque chose à ajouter pour votre défense ?

Elle s'est penchée vers son avocat :

— Maître, j'ai peur qu'ils ne comprennent pas. Je ne peux parler que par allusions. Parce que, voyez-vous, il y a des choses qu'on ne peut pas dire comme ça devant tout le monde. Ces choses, je n'en ai pas honte à condition qu'elles ne sortent pas de moi. Et puis, que ce soit par amour, par bêtise ou par vice, j'ai tout de même allumé ce feu, j'ai dansé devant, l'Allemand a cru qu'il doublait le cap de la Hague et il a abattu sur tribord. Trop tôt, beaucoup trop tôt !

Devant ce tribunal, ce sont les conséquences de mon acte qui comptent, pas la justification de l'acte. Quand ce sera l'inverse, quand la justification sera plus importante que les conséquences, l'humanité aura tellement évolué qu'on ne reconnaîtra peut-être plus les hommes, et l'ère industrielle qui fabrique et consomme plus de paquebots que de pianistes sera livrée aux archéologues.

— Je suppose en effet, dit Bayard-Olonde d'une voix consternée, qu'il est préférable que vous vous taisiez.

A vingt et une heures douze, les jurés ayant répondu oui à toutes les questions sauf à celle évoquant les circonstances atténuantes, le président Jean-François Maresquet prononce la condamnation à mort de Barbe, Amélie, Suzanne, Marie Ozouf.

Le public est plus clairsemé que durant les débats, la plupart des femmes ont dû quitter la salle pour aller préparer le dîner. Les hommes qui restent se lèvent, en se frottant vigoureusement les fesses et les cuisses endolories à force de peser sur les bancs de bois. Ils se dispersent sans hâte, frileux d'avance : le bruit court qu'il fait dehors onze degrés en dessous de zéro. Des gendarmes canalisent cette petite foule, la guident à travers le palais de justice plongé dans la pénombre. Les femmes de ménage se rangent contre les murs, essayant de déchiffrer le verdict sur les visages des spectateurs qui les bousculent. Une odeur de lessive et de violettes flotte dans les escaliers, les couloirs qui se vident. Les relents de lessive sont logiques ; quant à l'odeur des violettes, on apprendra que la plus jeune des femmes de ménage, Isabelle Guillon, s'est offert un petit flacon de parfum avec ses premiers gages, qu'elle l'a négligemment fourré dans la poche de devant de son tablier, et l'a brisé en s'appuyant contre une rampe de toutes ses forces tellement elle avait peur que des hommes excités par la condamnation à mort ne lui touchent les seins en passant.

Pour la dixième fois au moins, le cocher du fourgon cellulaire débarrasse le verre des lanternes de la neige croûteuse qui s'y accumule. Ces lanternes sont la seule source de lumière devant les quatre colonnes et le fronton à l'antique du palais de justice. Elles seules éclaireront Babe Ozouf quand elle descendra les sept marches.

La gendarmerie à cheval met sabre au clair, fait reculer les curieux. Non pas que le capitaine Tabard, qui commande l'escouade, redoute une quelconque action en faveur de la condamnée ; mais en s'ébranlant, le fourgon pourrait bien blesser des spectateurs. Il y a malheureusement parmi eux des permissionnaires du 136ᵉ de ligne, et Tabard craint que ces ahuris ne cherchent à approcher la jeune femme, à la palper, à découper peut-être d'un coup de canif sournois un morceau de sa chemisette à manches bouffantes. Les militaires sont friands de souvenirs absurdes, qu'ils négocient ensuite contre des chopines. Tabard se souvient d'un jour où devait avoir lieu place des Alluvions l'ascension d'un ballon : des permissionnaires comme ceux qui sont ici ce soir s'étaient précipités au moment où on insufflait une dernière bouffée d'air chaud dans le sphérique et avaient tranché à vif dans l'enveloppe de l'engin.

A vingt et une heures trente, Babe Ozouf apparaît enfin en haut des marches. A la lueur des lanternes du fourgon, son visage est lisse, décrispé. Un des gardes qui la conduisent se penche vers elle et lui recommande de faire très attention aux marches qui sont particulièrement glissantes. Babe remercie d'une inclinaison de la tête, et commence à descendre en posant d'abord le talon. Sa jupe évasée balaye le sol, alors l'ourlet s'alourdit de neige, elle voudrait bien le relever mais ses mains sont enchaînées.

Bayard-Olonde, qui s'est attardé au vestiaire où il a discuté avec le procureur des étranges silences de Babe Ozouf, que l'un appelle *des pudeurs* et l'autre *des dissimulations,* rejoint sa cliente au moment où les gardes l'aident à gravir l'étroit marchepied du fourgon :

— Je passerai vous voir demain, je vous porterai à signer le pourvoi en Cassation.

Elle a un mouvement brusque, comme un frisson, pour faire tomber de sa chevelure un petit peu de neige qui vient de glisser du fronton et de s'écraser sur elle.

— Au fait, dit-elle, je suis enceinte.

Deuxième partie

Quand la petite fille aux bras chargés de cierges s'avance dans la nef de la cathédrale, l'organiste à sa tribune joue la Toccata de la 5e symphonie de Widor.

Il la joue pour elle toute seule, il la joue chaque fois qu'elle vient garnir les chandeliers de l'autel et des chapelles latérales. Alors la petite, c'est invariable, se tourne vers lui. Sans le voir, car il se déchaîne à ce moment-là sur son clavier, elle lui adresse un salut de la tête. Lui, il s'est bricolé tout un jeu de miroirs pour pouvoir la regarder.

Il ne sait pas qui elle est.

Il l'appelle la-petite-fille-tout-court, ou la-petite-fille-du-vendredi puisque c'est ce jour-là qu'elle est chargée de remplacer les cierges usés.

Le souffle et les vibrations de l'orgue sont tels que les miroirs astucieusement disposés en sont ébranlés, et l'image de la fillette se déforme, devient presque illisible. Quand elle est partie et que le dernier accord de la Toccata n'en finit pas de sonner sous les voûtes, l'organiste se précipite vers ses miroirs et s'acharne à les consolider pour les empêcher de trembler. Il utilise du papier gommé, une colle de sa composition à base d'entrailles de poissons, du fil de fer.

Un soir, Monseigneur de Bayeux est monté comme un chat jusqu'à la tribune, il a surpris l'organiste et lui a demandé à quoi servaient toutes ces glaces ligotées, dégoulinantes de colle. L'organiste a senti passer le vent du boulet : un « voyeur » dans la cathédrale, « voyeur » de petite fille par-dessus le marché, il est perdu ou peu s'en faut ! Mais l'évêque, habitué à ne trouver devant lui que des timides qui avalent leur langue, fait machinalement les questions et les réponses :

— Ah ! oui, je devine : ainsi, rien ne vous échappe de la liturgie. Que l'office se déroule dans le chœur, ou par exemple dans la chapelle axiale de la Vierge, vous continuez de voir le prêtre dans tous les cas.

Subjugué, il suit des yeux l'enchaînement des quatorze miroirs (dont certains ne sont que des éclats fichés dans une faille des pierres) qui reflètent la lueur des cierges que la-petite-fille-du-vendredi vient justement d'allumer.

— C'est remarquablement ingénieux, dit Monseigneur, j'en toucherai un mot à votre homologue de Saint-Patrice.

Bien que les orgues se soient tues, les rafales de vent sur les verrières font courir dans la cathédrale une étrange musique, lourde et continue.

Par la rue de la Juridiction et celle des Ursulines, l'enfant se hâte de regagner la demeure cachée, mi-hôtel et mi-manoir, où la Congrégation de Sainte-Lucie a installé les chaudières à double fond chauffées à la vapeur qui servent à fondre les pains d'acide stéarique dont on fait les cierges. Catherine se dépêche par discipline, sinon elle aime marcher dans la nuit, surtout quand la tempête souffle sur Bayeux. La mer n'est pas si loin après tout, et il arrive que la petite fille lèche sur ses lèvres quelque chose d'un peu salé.

Quand elle travaille aux chaudières, et d'une façon générale quand elle se trouve dans l'enceinte de la Congrégation, Catherine porte une ancienne robe de religieuse qu'on a raccourcie à son usage, et qu'elle protège d'un tablier qui évite que la robe ne soit brûlée par des projections de stéarine. Mais lorsqu'on l'envoie livrer les cierges à la cathédrale ou dans les églises de la ville, on lui donne une robe bleue, d'un bleu que les lessives ont rendu si pâle que la sœur lingère la surnomme « la toilette de mariée ». En disposant les cierges dans les grands bougeoirs d'autel et en les allumant pour les essayer, Catherine ne peut pas toujours éviter qu'un peu de cire chaude ne coule sur elle et n'imprègne profondément les fibres déjà fragiles de la toilette de mariée. On ne la punit pas pour autant, alors que des religieuses âgées, pour des fautes tellement plus minimes, reçoivent des pénitences parfois très sévères.

Mais à la Chandellerie, comme on appelle le bâtiment occupé par la Congrégation, Catherine est constamment protégée.

Ce n'est que lorsqu'elle sort avec ses cierges dans les bras pour aller faire ses livraisons qu'elle apprend ce que sont la douleur, l'humiliation.

Prenant les cierges pour des friandises, des gamins l'ont souvent poursuivie, acculée dans une ruelle et jetée à terre. Ensuite, déçus, ils l'ont bourrée de coups de pied.

Il y a aussi un homme, quand elle cavale vers l'église de Saint-Loup-Hors, le lundi, qui a relevé très précisément l'heure où elle passait sous sa fenêtre. Il la guette, il se penche de son troisième étage pour l'injurier, elle ne sait pas pourquoi.

On l'appelle le Bonhomme-étoiles parce qu'il se prétend astronome. Il prédit la fin du monde pour le 21 janvier 2087, ça fait loin, on n'est encore qu'en 1905, mais ça n'empêche pas les voisins du Bonhomme-étoiles de lui témoigner du respect, de lui faire ses courses quand il est retenu chez lui par une quelconque observation du disque du soleil, et de sourire d'un air entendu quand un commerçant de la rue fait des projets d'agrandissement de sa boutique : « N'oubliez pas qu'en janvier 2087 tout sera dit, et effacé... » Catherine déteste le Bonhomme-étoiles. Mais elle n'a jamais pensé à changer de trottoir.

— Mère Prieure vous attend au parloir, dit Sœur des Saints-Innocents en ouvrant la porte à Catherine. Vous pouvez certainement garder la toilette de mariée pour y aller, Mère Prieure aime que vous soyez à votre avantage.

Il n'y a pas, à la Chandellerie, de clôture à proprement parler : la fabrication des cierges oblige les moniales, les divers fournisseurs et les techniciens chargés de l'entretien des chaudières à trop de rencontres et de croisements pour qu'il soit raisonnable d'envisager un territoire restrictif. Mais les religieuses ont pris le pli de ne s'entretenir de choses profanes que dans la pièce dévolue au rôle de parloir.

La Prieure, qui était paraît-il une grande et belle femme autrefois, que l'âge a courbée comme une bossue, dévisage Catherine en souriant :

— Comment était la livraison ?

— Très bonne, ma Mère.

— Les mèches n'étaient pas trop courtes, comme la dernière fois ?

— Non, ma Mère. C'est bien arrangé, maintenant. J'ai aperçu Monseigneur, l'organiste lui montrait quelque chose.

— Il t'a parlé ?

— Monseigneur ? Oh ! non, ma Mère. Lui, il ne m'a pas vue. Et d'ailleurs, je ne suis pas sûre que c'était lui. Il ne faisait presque plus jour du tout.

La Prieure se recroqueville dans son fauteuil à haut dossier. Ici aussi vient la nuit. Double nuit, physique et spirituelle. Et, avec elle, le traditionnel cortège des petites misères : une sœur se brûle au fourneau, une autre, très âgée, hurle dans les étages, comme tous les soirs, qu'elle est en train de devenir aveugle, une novice sanglote dans la bergerie. Enfin il y a le froid, car les chaudières à stéarine ont été éteintes à dix-huit heures.

— Catherine, je pense que tu dois souffrir de ne pas avoir de nom ?

— Je m'appelle Catherine, ma Mère.

La Prieure a un geste d'agacement. La docilité de cette petite fille, sa manie d'être toujours satisfaite de tout et de tous sont parfois exaspérantes. Catherine n'est pas grandiose.

Mère Jeanne-Scholastique était faite pour un nouveau Port-Royal et des tragédies de la conscience, pas du tout pour diriger une fabrique de bougies où les drames étriqués sont surtout d'ordre technique et commercial. En deux ans le prix du suif, et donc de l'acide stéarique, a augmenté de huit pour cent. Et alors ? Il n'a pas d'âme, l'acide stéarique !

— Catherine, Catherine, murmure la Prieure, c'est un moyen commode de te faire venir ou de te renvoyer : Catherine, ici ! Ou bien : Catherine, va là-bas ! Ce n'est pas un vrai nom. Moi, j'ai un vrai nom, un autre nom que Mère Jeanne-Scholastique.

— Germaine Rébuffet.

— Germaine Rébuffet, oui. Et toi, tu n'as pas l'équivalent de Germaine Rébuffet.

Elle se détourne légèrement, tire sur un cordon de sonnette :

— J'ai très soif, c'est toujours ce sucre que j'ai dans le sang, je vais demander à Sœur de la Visitation de m'apporter à boire. Désires-tu quelque chose ?

— Peut-être du lait, ma Mère.

— Tu vas en avoir, nous avons trait les deux chèvres, mais il fait une telle tempête dehors que je n'ai pas voulu envoyer porter le bidon à l'hôpital.

La Prieure cherche un instant sa respiration, comme si elle était à bout de souffle. Elle réussit tout de même à sourire :

— Tu m'en voudras si j'allume ma pipe ?

Elle sort de son habit une pipe en terre blanche, très fine, au long tuyau recourbé. Du pouce, elle bourre le fourneau d'eucalyptus : le médecin lui a ordonné de fumer cette plante pour assainir et décongestionner ses bronches.

— Décidément, dit Jeanne-Scholastique en incendiant les fragments de feuilles sèches qui dégagent aussitôt une fumée bleuâtre et qui sent bon, décidément cette maison est sous le signe du feu. Écoute, j'ai donc décidé que tu aurais un nom comme tout le monde. Comme toujours, Dieu choisira. C'est-à-dire que la Communauté fera des propositions, et nous voterons. A moins que tu n'aies dans ta tête un nom que tu désires porter ? Je ne voudrais te forcer d'aucune manière, Catherine. Le temps qu'on apporte ton lait, tu peux réfléchir.

Catherine écoute le léger crépitement de l'eucalyptus qui se consume dans le fourneau de la pipe blanche.

Toutes les religieuses se sont assises dans la cour, en cercle à l'ombre des ormes. Chacune doit inscrire sur un petit rectangle de papier le projet de nom qui, à son idée, conviendra le mieux à Catherine. La plupart des moniales cherchent au hasard des Écritures Saintes, on leur a d'ailleurs recommandé de se munir de leur évangéliaire ; dans le silence du jardin, les feuilles de papier bible manipulées avec respect, mais avec aussi une certaine fébrilité car chacune veut être la première à trouver le plus beau nom, remplacent le bruit du vent absent dans les ormes.

Sœur des Saints-Innocents est la seule à ne pas se servir de son livre. Elle se dit que Catherine ne fera jamais une bonne religieuse. La petite a trop d'étourderie pour cela. Le goût du silence, ça oui peut-être, mais pas celui du jeûne, ni de la veille, ni du cilice. Elle n'a été confiée à la Congrégation que pour le temps de son enfance, de toute façon, et les Autorités qui l'ont conduite à la Chandellerie ont insisté pour qu'on ne l'influence pas, qu'on ne viole sa conscience d'aucune manière. Alors la moniale lui cherche un nom qui ne fasse pas trop couvent, afin que Catherine n'en soit pas embarrassée quand elle rejoindra définitivement le monde.

A force de la respirer, Sœur des Saints-Innocents ne prêtait plus attention à l'odeur un peu écœurante du suif de mouton dont on fait l'acide stéarique. Aujourd'hui pourtant, cette odeur la frappe à nouveau. Comme une évidence, dira-t-elle.

Elle écrit *Catherine des Cierges* sur son morceau de papier.

Et glousse par avance des réactions prévisibles de la communauté.

Mais personne ne rit quand la Prieure tire de l'aumônière la suggestion de la religieuse. Quelques sœurs disent même que c'est bien trouvé. Surtout ce *des* plus loin *Cierges*. Avec un nom pareil, certains états périlleux, courtisane, femme de lettres ou comédienne, seront d'emblée interdits à la petite.

On s'empresse autour de Sœur des Saints-Innocents, on la congratule, on lui demande comment lui est venue cette belle idée, on se moque beaucoup des autres propositions, on fait appeler Catherine pour lui apprendre son nouveau nom.

La Prieure impose le silence à toutes lorsque l'enfant vient vers les ormes, traversant la cour en gardant sagement les mains derrière le dos pour ne pas être tentée de cueillir un fruit en longeant le verger.

Les cloches de la cathédrale sonnent à toute volée, provoquant de tels ébranlements que des écailles de mastic se détachent des vieilles fenêtres de la rue des Cuisiniers.

Catherine demandera tout à l'heure à la Prieure la permission d'être mutée. Elle n'aime pas le travail aux chaudières auquel elle est astreinte trois heures par jour. La vapeur qui fuse des soupapes de sécurité pénètre son bonnet, imbibe ses cheveux qu'elle rêve d'avoir très lisses et qui, sous l'effet de la moiteur humide, s'obstinent à friser : elle a l'impression qu'ils ressemblent alors à ces cotons chiffonnés, torsadés, imprégnés d'une solution d'acide borique additionnée d'un peu d'acide sulfurique qui font les mèches des bougies. Grande, mince, droite, Catherine trouve qu'elle a déjà assez l'air d'une chandelle.

Et puis, maintenant qu'elle a un nom et un an de plus, elle a peut-être droit à un caprice.

Sœur des Saints-Innocents l'y encourage, en tout cas :

— Pendant les treize premières années de votre vie, vous avez appris à vous conformer à toutes nos volontés. Voilà un exercice que vous maîtrisez désormais parfaitement. Il vous reste quoi ? Deux, trois ans à passer parmi nous. Sans vous révolter, vous devriez essayer de vous affirmer. De vous armer, je veux dire. Quand il fait trop chaud l'été et que je ne dors pas, je pense à vous. Je crains que vous ne soyez fragile. Tenez, vous écoutez mon discours à genoux, la tête inclinée. Est-ce que c'est une attitude, ça, devant une bonne amie ?

Alors, Catherine s'est relevée :

— Suis-je jolie, ma Sœur ?

La moniale s'est mise à rire. Elle a fait pivoter le tour dans lequel le commis du boulanger venait de placer du pain pour deux jours — on n'a pas le temps d'en cuire à la Chandellerie où le travail des cierges est trop accaparant. Les grosses boules farineuses ont roulé sur les dalles, la religieuse et Catherine se sont accroupies pour les ramasser.

— J'étais sûre que vous finiriez par poser cette question, dit la Sœur. Depuis tout ce temps, vous pensez si j'ai réfléchi à la réponse ! Eh bien, vous n'êtes pas du tout le modèle rêvé pour une *Nativité* ou quelque chose de ce genre. Ni pour une *Vénus au bain,* d'ailleurs. Plutôt entre les deux. Les pieds un peu grands, les mains un peu longues. Trop jeune encore pour avoir de vraies hanches. Le cul plat, mais ça c'est la faute à ce que nous mangeons ici : les farineux, ça gonfle, ça ne rembourre pas. Chez vous, le mieux, c'est le visage. Et dans le visage, le mieux, c'est la bouche. La bouche, pas les lèvres. Les lèvres, on ne sait pas comment elles tourneront. Il y a quelque chose d'ourlé qui est attrayant, encourageant. Comme une feuille avant qu'elle se développe. Mais les feuilles manquées, ça existe aussi.

Sœur des Saints-Innocents se tait, essoufflée.

— Qu'est-ce qu'elle a de bien, ma bouche ? demande Catherine.

— Je ne sais pas. Difficile à décrire. Ce ne sont pas les dents, après tout elles ne sont pas si régulières que ça. Mais la souplesse et la teinte, peut-être ?

— Peut-être, convient Catherine.

A la Chandellerie, quand elle n'est pas de garde à la porte, la religieuse peint des images pieuses. Elle travaille jusqu'à une heure avancée de la nuit, à la lumière d'un curieux buisson de cierges fait des rognures de cire qu'elle a récupérées ou que les autres lui apportent.

Sœur des Saints-Innocents cherche le visage de la Vierge.

Il y a trente ans qu'elle le traque, qu'elle s'épuise à sa poursuite. Mais quand elle l'approche enfin, elle s'effraye et, saisie de vertige, masque de peinture noire, déchire, brûle parfois l'image bouleversante qu'elle a fait surgir.

Alors, quand elle évoque la beauté, la laideur ou l'entre-les-deux, la moniale sait de quoi elle parle.

Catherine court presque à présent pour rejoindre la Chandellerie. Il faut que ce soit aujourd'hui qu'elle obtienne de la Prieure d'être affectée à l'atelier au fond du parc où l'on fabrique encore les cierges à l'ancienne, les plus grands, ceux qui serviront pour Pâques. Bien sûr, elle n'est pas assez habile pour arroser de stéarine et de paraffine le lacis des mèches suspendues autour d'un cercle, ni pour utiliser le polissoir qui donne aux cierges leur forme légèrement conique. Mais elle se sent très capable de plonger les cierges terminés dans le bain d'eau dégourdie, puis de les porter à sécher au soleil où ils prendront leur teinte pâle.

Malgré son impatience de voir la Prieure, Catherine doit s'arrêter un instant dans la boutique verte du marchand d'estampes, à l'angle de la rue des Chanoines. Sœur des Saints-Innocents a usé toutes ses couleurs, or le marchand d'estampes consent à céder des pastilles d'aquarelle qu'il a déjà frottées pour rehausser de vieilles gravures et dissimuler les traces de moisissure.

En échange, Catherine pose pour lui jusqu'à ce qu'il fasse nuit.

Elle doit s'asseoir sur une chaise placée légèrement en biais par rapport à une table plus longue que large, poser sa joue sur son coude replié et regarder vers un crâne dont le front touche presque le sien. Le marchand d'estampes loue la tête de mort à un étudiant, et quand l'étudiant en a besoin le marchand d'estampes la remplace par un fruit. Après la séance, Catherine est autorisée à manger le fruit.

En s'en allant, la petite s'arrange pour jeter un coup d'œil à la toile. Elle considère que c'est une horreur, aux touches trop appuyées et surtout aux couleurs agressives. Mais le marchand d'estampes paraît content. C'est peut-être lui qui a raison, pense Catherine. L'essentiel est qu'il lui donne des pastilles, beaucoup de pastilles.

— Il va pleuvoir, dit l'homme en levant à demi son rideau de fer pour laisser entrer Catherine. Je pensais que tu ne viendrais pas ce soir.

— Si, si, il fallait bien. Sœur des Saints-Innocents est sur une *Annonciation* qui lui donne du souci. La Sainte Vierge a les yeux bleus comme elle voulait, mais maintenant ce sont les joues qui ne vont pas : elles manquent de carmin. Si vous n'en avez pas, Sœur des Saints-Innocents croit qu'un peu de terre de Sienne fera l'affaire.

— J'ai un carmin de premier choix, et la pastille est quasiment neuve. Viens là-haut.

Ils montent le petit escalier qui conduit à l'étage. Le marchand d'estampes marche derrière Catherine, il en profite pour enfouir son nez dans les plis de la toilette de mariée.

— Tu as combien de temps à me consacrer ?

Elle répond à la question par une autre question :

— Qu'est-ce qu'il y a sur la table, aujourd'hui ? Le crâne ou une pomme ?

— Une orange.

— Je n'ai jamais vu d'orange.

— Je m'en doute, dit le marchand d'estampes. Ça te plaira. Je l'ai achetée très cher, mais tu vois : j'ai fait ça pour toi.

Quand ils pénètrent dans la grande pièce qui sert d'atelier, les cloches de la cathédrale sonnent à nouveau. Une fine poussière tombe du plafond bas. Sur les poutres, le marchand d'estampes a peint des fresques étroites. Ce sont des scènes à la gloire de la médecine moderne, de la chirurgie surtout, inspirées par les chromos que publient les journaux illustrés. Les malades sont presque toujours des femmes.

Catherine considère l'orange avec méfiance.

— Tu peux la toucher.

— Je préfère pas. Tout à l'heure. C'est rond comme une pomme.

— Sauf que c'est une orange, nom de Dieu ! Et je te répète que ça coûte les yeux de la tête. La première différence avec une pomme, c'est que les vers ne se mettent pas dans les oranges. Enfin, à ma connaissance.

— Il faut qu'on se dépêche, dit-elle, la nuit tombe vite.

Elle s'assied sur la chaise, prend la pose. Le marchand d'estampes enfile un tablier comme ceux des charcutiers. Il attendra pour commencer que les cloches cessent de carillonner. Leurs vibrations risquent de faire déraper le pinceau. Et, ce soir, le marchand d'estampes a décidé de peindre les cils de Catherine révélés par le contre-jour. La finesse même. Ils ont aussi des reflets roux qui seront particulièrement délicats à reproduire.

Il quittera souvent son chevalet pour s'approcher d'elle, rectifiant l'inclinaison de la tête, tripotant de ses doigts tachés d'encre les commissures des lèvres pour les écarter en une sorte de sourire vague.

Quand il se penche ainsi sur Catherine, il respire un parfum très étrange : l'odeur de l'orange mêlée à celle de l'haleine de la petite. Alors il triche. Il pousse son index sous les lèvres qu'il retrousse, touche les gencives, dit excuse-moi, c'est fou ce que je suis maladroit aujourd'hui, se sauve avec son doigt humecté de salive dont il se barbouille vite derrière la toile qui fait écran. De toute façon, Catherine n'y verrait que du feu : quand elle pose, elle rêve. Il lui est même arrivé de s'endormir. Dans ces cas-là, le marchand d'estampes ne la réveille pas. Il nettoie ses pinceaux, rabat un grand drap sur le tableau en cours, se pose à califourchon sur un tabouret en face de Catherine. A son tour de rêver. Ou plutôt de se préparer des rêves pour après, quand elle sera partie. Vilaine ruse : cette façon d'utiliser Catherine à son insu, c'est peut-être pire que s'il la caressait et l'embrassait pour tout de bon. Le marchand d'estampes a des scrupules. Mais il se dit que les artistes ont des besoins que les autres n'ont pas, il faut des stratagèmes pour combler ces besoins, et il ne fait en somme de mal à personne en contemplant une très jeune fille endormie.

Ce soir, Catherine ne s'est pas assoupie. Elle est nerveuse, elle a des difficultés à garder la pose. En suçotant les poils de martre de son pinceau, le marchand d'estampes pense que c'est à cause de l'orange : ça intrigue la petite. L'étudiant est un traître, il a toujours besoin de sa tête de mort quand il ne faut pas.

L'ombre de l'orange s'allonge maintenant sur la table, c'est signe de nuit précoce, l'atelier n'est plus éclairé que par les quatre lampes à pétrole alignées sur le rebord d'un vaisselier.

Avant de se lever pour partir — il est entendu que c'est elle qui décide de la fin de la séance de pose —, Catherine allonge le bras. Une brusque détente, sa main se referme sur l'orange.

— Oui, dit le marchand d'estampes, elle est à toi, emporte-la.

— Vous me donnez aussi les pastilles, n'est-ce pas ?

Il pleut à verse quand elle se faufile sous le rideau de fer. Une fois, en marchant sous la pluie, Catherine a gâché tout un stock de pastilles. Un vrai désastre, les couleurs diluées lui dégoulinaient sur les poignets, souillant les manches de la toilette de mariée. Alors, tant pis si elle arrive trop tard à la Chandellerie pour voir la Prieure avant l'adoration du soir : l'aquarelle de Sœur des Saints-Innocents est plus importante que tout le reste.

Soucieuse de sauver les pastilles, Catherine s'abrite sous l'auvent de la boutique, se colle contre la vitrine. Les nuages courent vite dans le ciel, ils s'effilochent déjà, la giboulée ne durera pas.

Le marchand d'estampes a ouvert la fenêtre de l'atelier, il se penche pour appeler la petite qui sautille d'un pied sur l'autre, jouant avec le ruisseau boueux qui dévale la rue.

— Rentre donc, tu mangeras tranquillement ton orange.

— Merci, non, dit Catherine en levant la tête.

Et elle prend sur le nez toute une giclée d'eau froide qui déborde de la gouttière.

Le marchand d'estampes n'insiste pas. A la tombée du jour, il y a des regards embusqués derrière chaque rideau. Sans compter les vieilles qui fuient la cathédrale dont le bedeau verrouille les lourdes portes ; elles n'ont rien à se dire, ces vieilles, elles se parlent tous les jours, et tous les jours se ressemblent, mais elles en profitent pour guetter les imprudents, ceux qui s'imaginent qu'ils peuvent enfin s'échapper de chez leur maîtresse, qu'on ne pourra pas les identifier dans l'ombre, mais les vieilles ont des yeux terribles et les reconnaissent. Le marchand d'estampes se dit qu'il vaut mieux que les vieilles ne voient pas la silhouette d'une petite fille aller et venir au premier étage de sa boutique.

Catherine ôte son bonnet, s'en sert comme d'un mouchoir pour essuyer l'eau qui lui coule sur la figure. Elle observe ensuite son reflet dans la vitrine, remet de l'ordre dans ses boucles embrouillées.

Elle aperçoit alors, sur la gauche du présentoir tapissé de moire verte où sont exposées les estampes, une gravure plus petite que les autres. Le marchand l'a sans doute jugée trop insignifiante pour l'encadrer, il l'a simplement fixée par quatre points de colle sur un morceau de carton.

En haut de l'image, sous un ciel excessivement tourmenté, une femme se tient au bord d'une falaise, près d'un feu où elle jette des branchages.

La falaise alentour est couverte d'une végétation rase, griffue, comme Catherine n'en a jamais vu. Les quelques failles dans le roc laissent deviner des entrelacs qui pourraient bien être des nids, pour l'instant désertés.

A mesure que le regard descend, la falaise se creuse comme un ventre qu'on rentre, ses parois se hérissent de surplombs inclinés vers le vide, d'aiguilles dont certaines, tronquées, finissent en éboulis. Et tout en bas la falaise a comme un sursaut, s'avance dans la mer sous forme d'un éperon déchiqueté dont les arêtes, blanches d'écume, font exploser les vagues.

Là, on découvre les oiseaux qui ont abandonné leur nid. Ils exécutent de grands cercles concentriques autour d'un navire échoué, un navire en bois — des fragments de sa charpente, très belle et complexe, apparaissent à travers l'ouverture béante de sa coque à peu près à hauteur de la dunette. Deux des trois mâts du bateau ont été brisés net au moment où l'étrave a donné sur le récif. En s'abattant sur tribord, ils ont entraîné la coque dans un irrésistible mouvement de bascule. Le mât d'artimon, seul intact, porte encore toute sa toile. Les autres voiles ont été arrachées, précipitées à la mer qui les a englouties. Il y en a quelques-unes qui flottent encore, roulées sur elles-mêmes par les vagues comme une monstrueuse lessive. Les hommes qui montaient le navire essayent de prendre pied sur le chaos rocheux. La plupart, on le devine, seront emportés par la prochaine lame qui se ramasse et gonfle déjà, là-bas tout à fait à gauche du dessin.

A bien observer le visage de la femme près du feu, il semble qu'elle ne discerne rien de la tragédie qui se déroule à ses pieds, quarante mètres en contrebas. Elle est éblouie par les hautes flammes du brasier qu'elle nourrit avec une sorte de fureur. Les cris probables des naufragés, elle ne les entend pas, assourdie par le tonnerre du ressac. Une partie de son visage reste dans l'ombre tandis que l'autre prend, jusqu'à la surexposition, la lumière du feu.

Dans le lointain de la lande, accourant d'un village dont on distingue vaguement les maisons basses et enchevêtrées, des hommes agitent des lanternes. Un prêtre les précède, le vent fait voler les pans de son étole, il cherche dans son livre de prières un psaume pour les agonisants.

A droite et au tout premier plan, pour indiquer que la scène a été dessinée depuis un promontoire plus élevé que la falaise elle-même, il y a la nuque et les épaules d'un homme en uniforme, sans doute un douanier. Lui aussi brandit une lanterne, et c'est cette lumière maigre qui révèle le spectacle dans toute son épouvante.

Il y a bien dix minutes qu'il ne pleut plus, le carillon de la cathédrale s'ébranle pour la troisième fois. Mais Catherine n'a pas bougé. Le front appuyé contre la vitre qui tremble au son des cloches, elle fixe la gravure sans pouvoir en détacher ses yeux.

— A présent, dit le marchand d'estampes qui est sorti sur le pas de sa porte, il faut que je baisse le rideau. Je croyais que tu étais pressée ?

Il ajuste sa manivelle à l'axe du mécanisme, le rideau de fer descend en grinçant, masque la gravure.

— Quelque chose qui ne va pas ? demande le marchand d'estampes en s'approchant de Catherine toujours immobile.

— J'ai vu une image, dit-elle.

— C'est toute ma fichue marchandise, sourit l'homme. Rien que des images. Certaines sont très belles, mais ce ne sont pas forcément celles-là que les gens achètent.

Catherine remet son bonnet sur sa tête. Le marchand d'estampes l'aide à nouer sous son menton le lien de coton blanc. Il en profite pour frôler à nouveau les lèvres de la petite. Elle ne le repousse pas, la seule chose qui l'obsède est cette image qu'elle croit voir encore malgré le rideau de fer.

— Ça serait combien, monsieur, pour cette gravure ?

— Une œuvre trop récente pour que je puisse la vendre cher. C'est un prêtre qui l'a faite, il travaillait pour une encyclopédie. Sa partie à lui, c'était les oiseaux du littoral. Mais il a été témoin du naufrage, enfin il était dans les parages quand on a porté secours aux marins. Il a griffonné la scène et c'est un graveur de Coutances qui s'est chargé de la plaque. Ça n'a rien d'une merveille, tu sais.

— C'est quand même combien ?

— L'abbé m'a laissé libre de fixer le prix qui me paraîtrait le plus convenable. Franchement, je ne me suis pas posé la question. Voyons, qu'est-ce que tu peux donner ?

Il n'écoute même pas le chiffre qu'elle balbutie : c'est très inférieur au seul prix du papier, forcément, Catherine ne possède que les quelques sous nécessaires pour prouver, en cas de contrôle, qu'elle n'est pas une vagabonde ; à roder dans les églises, elle s'expose souvent à être prise pour une mendiante.

Il rit :

— Qu'est-ce qu'une petite fille comme toi ferait d'une gravure pareille, morbide, lugubre et tout ça ? Un sujet religieux, d'accord, on te permettrait peut-être de l'accrocher au-dessus de ton lit. Mais *ça*... Oh ! je suis bête, moi ! C'est la mer qui te plaît, pas vrai ? Un de ces jours, promis, je fouinerai dans mes illustrés, je te trouverai quelque chose sur le sujet, je te le découperai. Et il y aura de belles couleurs, ma chère !

— Non, dit-elle.

Le marchand d'estampes a trop serré le ruban du bonnet. Catherine se met à tousser, un petit peu étranglée. Elle s'écarte, penchée en avant, frappant du talon contre le pavé ; Sœur Sophie de la Résurrection prétend que c'est une méthode souveraine contre le hoquet, les éternuements à répétition, la toux, les points de côté et les oppressions de poitrine.

Le marchand d'estampes rattrape Catherine par le bras, la ramène à lui, libère le ruban :

— Je n'ai pas l'habitude de jouer à la poupée, ça va mieux ?

Elle est aussi rouge que les pastilles d'aquarelle qu'il lui a données. Lui, ça l'amuse. On n'a jamais vu quelqu'un mourir d'un bonnet trop serré sous le menton.

Elle toussote encore une fois, demande :

— Vous savez où elle a été dessinée, cette image ?

— Pourquoi ?

— Non, pour rien.

Il lève la tête vers le ciel. Ce n'est pas un ciel gris-noir comme sur les gravures, mais vert, vert et vert, avec des boules de nuées violettes qui dévalent entre les tours de la cathédrale.

— Va-t'en, dit le marchand d'estampes à la petite.

Elle le dévisage, étonnée qu'il soit brusque et qu'il la chasse. Elle croyait qu'il l'aimait bien, enfin qu'il l'aimait d'une certaine façon, qu'il n'était jamais complètement rassasié de l'avoir près de lui.

Même, elle était persuadée qu'il lui donnerait la gravure juste parce qu'elle en avait très envie.

— Va-t'en, répète-t-il, la pluie va recommencer, c'est un gros orage qui nous arrive dessus, et tu n'es pas un petit poisson.

Catherine se tourne vers le rideau de fer sur lequel, en effet, tambourinent les premières gouttes de la nouvelle averse.

— Écoute, dit l'homme, cette image a été faite pas loin d'ici. Où exactement ? Je ne sais pas, mais je me renseignerai.

— Il a un nom, l'endroit ?

— Tout a un nom, Catherine.

— Moi, je n'en avais pas.

— Probablement que si. Et on l'a perdu. Ce sont des choses qui arrivent. Les Sœurs l'ont perdu, précise le marchand d'estampes, quand tu étais toute petite et que tu n'en avais pas besoin. Mais je ne l'ai pas connu, s'empresse-t-il d'ajouter.

Deux heures plus tard, la foudre tombe sur le jardin de la Chandellerie, partage un hêtre par le milieu et l'enflamme. Les religieuses ont peur, tapies dans leurs cellules. Seule Catherine est dehors sur le pelouse. Tête nue sous l'averse qui ne parvient pas à éteindre l'arbre en feu, elle se demande quel bruit ça fait, la mer.

Le quatorze juin, voyant Catherine entrer dans la cathédrale, le marchand d'estampes la suit jusqu'aux petites chapelles jumelées du transept. Il y a vingt-deux jours qu'elle n'est pas venue poser pour lui, il l'a crue malade, il a envoyé prendre de ses nouvelles par un messager qui apportait aussi des fleurs et un bouillon de queue de bœuf, Sœur des Saints-Innocents a fait répondre que tout allait bien, qu'elle n'avait pas besoin de couleurs pour le moment, son *Annonciation* était achevée, elle travaillait maintenant au trait d'un *Martyre de saint Thomas Becket*, sujet qui exigerait beaucoup de bleu et d'or, mais on n'en était pas là.

Le marchand d'estampes s'agenouille devant la grille des deux chapelles, la robe de Catherine qui dispose les cierges dans les chandeliers lui balaye le visage. Il peut parler haut, sans crainte d'être entendu : l'organiste joue sa Toccata, comme d'habitude.

— J'ai le renseignement, dit-il. J'ai écrit à ce prêtre, il se rappelle parfaitement l'endroit où il a fait le dessin : c'est dans la Hague, près du village de Jobourg. Il pense qu'en douze ou treize ans, ça n'a pas dû tellement changer.

— Je vous remercie beaucoup, dit Catherine.

Elle se retourne et lui sourit. Il s'étonne : qu'est-il donc arrivé à ses cheveux ? Ils sont lisses à présent, partagés par une raie au milieu du front. Comme ça, l'enfant est plus jolie. Plus dure aussi, c'est vrai.

— J'ai changé d'atelier, explique-t-elle, je ne dégouline plus comme avant.

Elle s'amuse à souffler sur les flammes des cierges pour les entendre crépiter avec une drôle de petite rage impuissante.

— Pour le prix, reprend le marchand d'estampes, j'ai réfléchi. Je te laisse la gravure ce que je l'ai payée : trois francs soixante. Évidemment, si tu peux monter jusqu'à quatre francs, je mettrai un cadre autour.

Catherine ne veut pas de cadre. Ni même de ce morceau de carton fort où est collée l'image. Elle la préfère comme une simple feuille de papier qu'elle pourra plier en quatre et glisser sous sa chemise, contre sa peau.

— Méfie-toi, dit le marchand d'estampes, ce n'est pas quelque chose de grande qualité. Tu vas l'abîmer, à la longue. La sueur, c'est acide, ça ronge les encres.

— Je vous apporterai les trois francs soixante dès que possible, répond seulement Catherine.

Elle enjambe la table de communion, s'éloigne vers une autre chapelle. Elle s'arrête dans la lumière de toutes les couleurs qui filtre à travers le vitrail de saint Gerbold. En sortant, elle ira regarder l'image dans la vitrine. La gravure lui appartiendra bientôt, elle ne sait pas encore comment elle réunira la somme prodigieuse, ces trois francs soixante que réclame le marchand, mais elle trouvera.

Dans l'oratoire au fond du jardin, Sœur des Saints-Innocents se met en prière. C'est une nuit d'été qui vient, avec des criquets partout dans l'herbe et des hiboux perchés.

— Je serai bien, dit Sœur des Saints-Innocents, je ne suis pas comme notre sœur lingère qui a si peur des sauterelles ! Ça me fera grand plaisir, de toute façon, de voir le soleil se lever.

Catherine s'agenouille à son tour, écarte les bras en croix :

— Vous allez vraiment rester là toute la nuit ?

— Pour que Dieu vous donne trois francs soixante, je suis sûre qu'il faut au moins ça.

La religieuse sourit. Elle sait qu'on ne marchande pas avec Dieu, mais c'est rassurant d'inventer comme ça des tarifs, de les faire exorbitants et de s'y plier. Un contrat unilatéral, ça vaut mieux que pas de contrat du tout. Naïveté, rétorque la Prieure, enfantillages à la limite de la superstition. Sœur des Saints-Innocents est bien de cet avis, mais Dieu n'est-il pas lui-même le premier des naïfs avec sa conviction qu'un monde d'hommes peut être un monde réussi ? Si Dieu avait seulement peuplé la terre de panthères nébuleuses *(Felis nebulosa)*, il n'aurait sans doute pas eu les déceptions que l'on sait.

— Il y a si longtemps que je n'ai pas prié pour quelque chose de concret, dit-elle, quelque chose de presque trivial. Mais ne restez pas là, Catherine, relevez-vous et allez vous coucher.

— Il s'agit de *mes* trois francs soixante.

— Vous vous écroulerez avant qu'il soit minuit. Je suis assez forte pour assumer ça toute seule.

Catherine s'éloigne, se frottant le visage contre son épaule à cause d'une mèche qui lui agace la joue.

A l'aube, elle regarde sous son oreiller, fait voler les draps du lit, palpe le matelas.

Les trois francs soixante ne sont pas là, la nuit de prière de Sœur des Saints-Innocents a échoué.

— Pas du tout, dit la religieuse en s'asseyant sur le tabouret près du tour. A présent, je suis sûre que vous les aurez. Où, quand et comment, ça je n'en ai aucune idée !

Son visage est fripé par la veille, sa voix est éraillée.

— Je vous aime, dit Catherine.

La moniale fait comme si elle n'avait pas entendu.

— Ce que Mère Prieure ignore, dit-elle, c'est que vous quitterez ce couvent aussitôt que *nous* aurons été exaucées. Ne vous défendez pas. J'ai toujours deviné avec une exactitude stupéfiante le jour et l'heure du départ des hirondelles et des vanneaux. Cette nuit, vous devez bien vous douter que je vous portais en moi. Alors, vous m'avez confié votre secret.

— C'est quoi, mon secret ?

— Vous ne le connaissez pas ? Oh ! décidément, vous êtes tout à fait la petite fille de mon âme : j'en sais davantage que vous sur vous-même.

Tintement prolongé d'une clochette actionnée de l'extérieur, Sœur des Saints-Innocents lance la niche pivotante du tour puis plonge le bras dans l'alvéole qui se présente, fouille, ramène un paquet mal ficelé où l'on a écrit, en travers et à l'encre bleue : *Congrégation de Sainte-Lucie, la Chandellerie, Bayeux.* Et en dessous, débordant légèrement sur la tranche du paquet : *Ora pro nobis*.

— Une offrande, dit la moniale. Un couteau, Catherine, que je voie ce que c'est.

Le colis contient un oiseau sans tête, plumé, enveloppé de barde. Sœur des Saints-Innocents le renifle :

— Merle ou corbeau ? Pas facile à dire, quand ces bestioles sont toutes nues. Je le ferai cuire en cachette et vous l'emporterez pour le manger en route, ça peut vous faire deux ou trois repas. Regardez, ajoute-t-elle en ouvrant la porte d'une niche creusée dans la muraille, je le mettrai là. Il y aura aussi de l'eau dans une gourde et du linge de rechange. Important, ça ! Dans le monde, ce n'est pas comme ici, il faut être impeccable. Et vous sentez un peu, mademoiselle des Cierges.

— Mais non, proteste Catherine en rougissant, c'est l'oiseau.

— C'est lui, admet la religieuse. Alors, il s'agit d'un vieux faisan.

Catherine guette ses trois francs soixante. Elle se figure les bâtiments de la Chandellerie comme une énorme galette dont la petite fortune qu'elle attend serait la fève. Elle fouine partout, soulève les couvercles des marmites, patauge dans les baquets de lessive, feuillette les pages des missels, secoue la boîte à sucre dont se sert l'Aumônier pour conserver sa provision d'hosties. Malgré la répulsion que lui inspire la mort, elle insiste pour veiller deux moniales qui sont à l'agonie là-haut dans le grenier transformé en infirmerie : elle a entendu dire que les saints opéraient parfois un dernier miracle à l'instant de mourir, l'une des deux religieuses malades est justement considérée par la communauté comme une femme exceptionnelle, et Catherine pense que ce serait réussir un joli miracle que de lui procurer ses trois francs soixante.

Mais elle a beau passer et repasser sa main sous le traversin de la mourante, ses doigts ne rencontrent que du drap moite. Le miracle n'a pas lieu, et Sœur des Saints-Innocents elle-même se montre préoccupée.

Le vendredi suivant, alors que Catherine porte ses cierges à la cathédrale, le marchand d'estampes l'interpelle depuis le pas de sa porte :

— Tu es toujours aussi sûre de vouloir cette image, petite ?

— Oui, monsieur.

— Alors, il va falloir te décider. Tu vois, je l'ai enlevée de la vitrine parce que je considère que nous avons fait affaire toi et moi. Mais si tu ne peux pas payer, je la remettrai sur le présentoir. Et, ma foi, si un client s'y intéresse...

— Est-ce que je peux la regarder encore une fois ?

L'escamotage de la gravure affole Catherine. Si le marchand lui mentait ? S'il n'avait pas cru qu'elle voulait vraiment ce dessin, s'il l'avait vendu ?

Elle n'a jamais rien désiré à ce point. Pourtant, dans les églises qu'elle va garnir de cierges, elle a vu des peintures, des objets infiniment plus beaux que la gravure. Il lui est fréquemment arrivé d'être encore à travailler dans la cathédrale alors qu'un office commençait. Elle a pu contempler, et parfois toucher en s'excusant d'être maladroite, les toilettes des dames agenouillées sur les prie-Dieu des premiers rangs. Le soir, elle décrivait minutieusement les robes, les capes, les voilettes à Sœur des Saints-Innocents qui s'en inspirait pour les costumes de la Vierge, de Marie-Madeleine, de Véronique, de Claire d'Assise. Catherine, plus d'une fois, a envié ces étoffes chaudes, souples, brillantes. Et quand la religieuse lui prédisait : « Allons ! je sais que vous en porterez un jour de semblables, de plus somptueuses encore ! » elle s'enfuyait au jardin, enfonçant son poing dans sa bouche pour ne pas crier de dépit, de doute et d'impatience. Mais ces crises de jalousie ne duraient guère, Catherine était la première à en rire.

L'image du naufrage, c'est différent. Elle a beau être lugubre, avec un trait malhabile sinon grossier, des jeux de perspective et d'ombre plutôt approximatifs, Catherine ressent comme une angoisse à l'idée qu'elle risque de lui échapper. Il lui semble que l'image, de son côté, éprouve la même attirance irraisonnée : une violente rafale de vent dans la boutique du marchand d'estampes, et la gravure se décollerait de son morceau de carton pour venir s'abattre, toute palpitante, aux pieds de l'enfant.

— Montrez-la-moi, insiste-t-elle.

Le marchand d'estampes la conduit dans l'arrière-boutique, il approche une lampe du mur :

— La voici.

Alors Catherine sourit, rassurée.

— Tu peux la regarder autant que ça te plaira, dit l'homme.

Il va s'asseoir sur une chaise et se sert à boire. Il s'en veut d'avoir effrayé la petite, de lui avoir laissé croire que quelqu'un, peut-être, avait acheté *son* dessin. Mais, depuis ce matin, il se promet de faire pleurer Catherine : « Quand elle pleure, je parie qu'elle avance les lèvres. La moue, quoi ! Mais une moue plus franche que quand elle s'endort devant le crâne. J'aime les moues, bon Dieu ! est-ce que c'est un crime ? »

Vivant seul, le marchand d'estampes a tout le temps d'échafauder des plans. C'est ainsi qu'il a envisagé d'offrir la gravure à Catherine en échange d'une série de moues que la petite lui ferait. Pendant une heure par exemple, et assise sous la lumière des quatre lampes du vaisselier afin qu'il puisse bien distinguer le bourgeonnement rose de sa bouche et les sillons minuscules des gerçures. Mais ce marché, auquel Catherine consentirait probablement, a deux inconvénients majeurs : d'abord, le marchand d'estampes n'osera jamais le lui proposer ; ensuite, pour une heure de satisfaction, il perdra ces longs jours de plaisir trouble qu'il passe à imaginer comment la petite fille se débat pour trouver trois francs soixante. C'est le côté infime de la somme qui donne à la chose tout son piquant.

Le marchand d'estampes n'est pas un monstre : il a toujours refusé des places de faveur pour assister aux exécutions capitales, tout le monde à Bayeux ne peut pas en dire autant. Il n'a de vraie passion que pour les petites souffrances dérisoires, il aime l'agonie des mouches sur le papier collant parfumé au miel, les hannetons qui se noient dans une cuvette d'eau vinaigrée. Chez lui, on ne trouve que des verres à dégustation.

— Vous aurez l'argent demain matin, je vous l'apporterai à sept heures, dit brusquement Catherine.

— Sept heures ? Je n'ouvre jamais la boutique avant neuf.

— Pour trois francs soixante, vous pouvez bien faire un effort, non ?

Il jubile : ça y est, elle a fait la moue. Une moue de colère, une moue scandalisée, mais une moue superbe. Brève, inoubliable.

Même la nuit, quand scintille seulement la veilleuse rouge du tabernacle, la cathédrale est claire. Les verrières qui remplacent les vitraux brisés autrefois par les calvinistes permettent à la lumière de la lune d'inonder la nef sans être atténuée ni transformée.

Cachée dans la chaire, Catherine se croit en forêt. Il y a des colonnes feuillues et des bêtes sculptées dans la pierre, un loup pour saint Loup, un serpent pour saint Vigor. L'odeur de la grande église s'est épanouie dès la fermeture des portes et l'extinction des cierges, elle a des relents de sous-bois. Et des oiseaux enfermés comme Catherine, mais eux ne l'ont pas fait exprès, piaillent là-haut près des écoinçons.

D'abord, quand le bedeau est sorti par la sacristie dont il a verrouillé l'entrée, la petite a eu peur : elle est maintenant là-dedans seule avec Dieu qui ne parle pas et le vent qui siffle par les fenestrages. Elle se rappelle l'histoire de la vieille femme qui jurait à Monseigneur avoir vu un chevreuil s'avancer furtivement entre les travées. La vieille avait agité son chapelet, l'animal s'était enfui. Catherine n'a jamais vu de chevreuil ni de daim ni rien de comparable. Mais même si ce n'était qu'un lapin, ce serait déjà assez horrible, ça prouverait qu'il y a des êtres non repérés qui vivent clandestinement dans la cathédrale, sûrement des créatures mortes qui ont souffert ou qui sont maudites.

Catherine se redresse, elle scrute la pénombre des chapelles et du chœur, examine les balustres : elle est seule, l'immense maison de pierre lui appartient avec tout ce qu'elle contient.

Malheureusement, aucun des trésors de la Cathédrale ne vaut *exactement* trois francs soixante. Et ils ne sont pas fractionnables. Elle éprouve un sentiment de gâchis à l'idée de dérober un ostensoir en vermeil ou même un simple chandelier de bois tourné. Il lui faut quelque chose dont la valeur excède le moins possible la somme dont elle a réellement besoin.

Alors elle pense aux troncs. Il y en a partout, accrochés aux grilles des chapelles, scellés aux fûts des colonnes. Le bedeau a mission de les vider tous les soirs, mais il s'acquitte rarement de sa tâche.

Les troncs doivent être bien garnis, le vendredi est jour de pénitence, Catherine connaît des bourgeois qui ne se privent pas de manger de la viande et qui compensent en glissant de beaux billets dans les fentes. Elle sait aussi comment procèdent les pilleurs de troncs, elle les a vus opérer plus d'une fois : il suffit d'introduire dans le trou une languette de bois imprégnée de glu, et on pêche autant d'argent qu'on veut. Seules les pièces d'or, trop lourdes, ne se prennent pas à la glu.

S'aidant de la reliure d'un lectionnaire, Catherine détache de la chaire un long éclat de bois qui ne demandait qu'à partir. A défaut de colle, elle l'enduira d'une coulée de cire brûlante.

Reste à choisir le tronc.

Pensive, elle va de l'un à l'autre, déchiffre les inscriptions calligraphiées qui mentionnent à qui ou à quoi sont destinées les offrandes. Quitte à voler, elle veut éviter de léser les plus pauvres : saint Joseph, l'éternel éclipsé par la gloire de Marie, à qui on ne donne presque jamais, sauf de la menue monnaie, et c'est souvent pour se débarrasser de ces petits sous crispants qui déforment les poches ; les Ames du Purgatoire, que les gens regardent plus ou moins de travers, qu'ils redoutent comme ces vagabonds qui avouent sortir de prison — on n'aime pas les punis, on ne se résout pas à les considérer comme de vraies victimes ; les Missions Étrangères sonnent le creux elles aussi, c'est si loin l'Afrique, la République de M. Fallières n'a qu'à assumer ses responsabilités, entretenir ses *danseuses* — qu'elles soient noires ne les rend que plus coûteuses, plus capricieuses dit-on.

Catherine hésite alors parmi les nantis, les quelques richards.

Le tronc pour l'Entretien et les Restaurations de la Cathédrale, alimenté surtout par les visiteurs britanniques, renferme trop de coupures étrangères délicates à monnayer. Les Œuvres de la Charité de saint Vincent de Paul ont le plus gros tronc de la nef, mais le saint ayant été aumônier général des galères, on évite généralement de le « visiter ». Il en est de même du tronc Messes et Intentions pour les Défunts, qu'on respecte à cause d'une vengeance toujours possible des fantômes.

Catherine s'immobilise devant l'autel de la Vierge.

Alors que tous les autres troncs sont en bois verni, celui de Marie est peint en blanc et souligné d'un fin liséré d'or. Sur son socle, la statue écarte les bras dans un geste de bienvenue : « Je t'attendais, petite fille, tu es pareille aux autres, n'est-ce pas ? Tu t'agites, tu cherches, tu erres, et puis tu finis par venir à moi ! »

Catherine sourit, glisse délicatement son éclat de bois dans la fente. Elle a du mal à le faire pénétrer profondément, car le tronc est plein à déborder. Elle laisse à la cire chaude le temps de durcir, puis retire son piège.

Il y a un billet au bout, presque neuf, encore craquant.

Avec ça, Catherine a largement de quoi payer le marchand d'estampes. Pourtant, elle insère à nouveau son morceau de bois dans l'échancrure du tronc. Pas par nécessité, donc, ni par cupidité, mais juste parce que le jeu est amusant. D'ailleurs, elle se promet de réintégrer dans la boîte tout ce qu'elle en aura tiré. Ce sera la seconde phase du jeu, Catherine fera semblant d'être riche et de dépenser sa fortune en offrandes pieuses.

Impossible que la Mère de Dieu s'en offusque. Sœur des Saints-Innocents a souvent raconté à Catherine combien les mamans étaient joueuses avec les enfants, qu'elles inventaient des parties et faisaient semblant de perdre, et la petite y croit ferme.

A la fin, quand le jeu n'est plus drôle parce qu'elle est devenue habile et qu'elle gagne à tous les coups, Catherine s'endort sur le tapis usé qui recouvre les marches de l'autel.

Trois heures du matin, problème absurde : Catherine a soif.

S'il y a des prises d'eau dans la cathédrale, elle en ignore l'emplacement. La réserve de vin de messe est à l'abri des chapardeurs. Reste l'eau des vases qui ornent les autels. Elle doit être passablement croupie, car on ne la change que le samedi soir en même temps que les fleurs.

Cette fois, au lieu de s'en prendre aux autels les mieux garnis, Catherine va droit au plus pouilleux : moins il y aura de fleurs dans le vase, moins l'eau sera gâtée. Elle s'excuse auprès de la Vierge qui continue de lui ouvrir les bras :

— On dit, Madame, que les fleurs blanches sont les pires, que ça pourrit plus vite et plus fort que les rouges ou les jaunes. Je ne sais pas si c'est vrai, mais je ne peux pas être malade, ou alors un tout petit peu, parce que c'est demain que je dois acheter ma gravure, et demain c'est bientôt.

La première messe est dite à six heures trente. Assoupie dans un confessionnal, Catherine n'entend pas le bedeau ouvrir les portes, ni le piétinement des fidèles qui envahissent la cathédrale.

Ce sont les orgues qui la réveillent, au moment de l'*Introït*.

Elle attend encore un moment. *Introibo al altare Dei*, je m'approcherai de l'autel de Dieu, dit le prêtre. Le mot autel évoque pour Catherine une saveur écœurante, l'eau du vase était si fade, si nauséabonde. Elle s'enfonce deux doigts dans la gorge, essaye de vomir, ne réussit qu'à crachouiller sur le plancher poussiéreux.

— Au revoir, Madame, dit-elle en passant devant l'autel de la Vierge. Et pardon pour tout, ajoute-t-elle.

La statue très pâle, au moins autant que Catherine qui a décidément bien mal au cœur, frémit sur son socle à chaque envolée des grandes orgues.

Le marchand d'estampes s'approche de la lucarne, déplie le billet que lui a remis Catherine et l'applique contre le carreau. Le filigrane est indiscutable.

— Parfait, dit-il, je vais te rendre ta monnaie. Tu as tellement exaspéré la Prieure qu'elle a fini par te faire cette charité, c'est ça ? En tout cas, elle ne s'est pas moquée de toi !

— La monnaie, ça m'est égal. Donnez-moi mon image.

— Pour tout cet argent, tu peux choisir plusieurs dessins.

Mais Catherine secoue la tête. Alors le marchand d'estampes dit qu'il va donc lui rendre sa monnaie même si elle ne sait pas qu'en faire, il ne veut pas passer pour une fripouille. Il n'a pas besoin de ses yeux pour compter les pièces, ses doigts sont habitués, il observe la petite :

— Tu vas t'en aller, n'est-ce pas ? Nous ne terminerons pas le tableau de *l'Enfant au crâne*.

— Il est très avancé, dit-elle.

— Tu crois ça ? J'ai surtout travaillé le crâne. Le visage de l'enfant, ton visage, je pensais avoir tout le temps.

— C'est embêtant pour vous ?

— C'est triste. Enfin, j'essayerai de te faire de mémoire. Et puis tu reviendras peut-être. C'est loin, où tu vas ?

Elle ne répond pas. Ce n'est pas pour se donner des airs

mystérieux, mais elle ignore où se trouve exactement la Hague telle qu'elle figure sur l'image.

Le marchand d'estampes prend la gravure, la tend à Catherine :

— Ne la perds pas. Et toi non plus, ne te perds pas. Fais-moi la moue encore une fois.

— Non, dit-elle. La ville, on en sort comment ?

Le marchand d'estampes se plante au milieu de la pièce, les bras en croix. Il agite d'abord sa main droite :

— Pour Caen, Évreux et Paris, c'est par là.

Il secoue ensuite sa main gauche :

— Par là pour Isigny, Carentan, Valognes et Cherbourg.

— Et la Hague ?

— La Hague, oui. La Hague, c'est tout au bout.

Jules Vagans a quitté tôt ce matin Isigny-sur-Mer pour être à Sainte-Mère-Église avant la nuit. Ce n'est pas que la distance soit bien longue, vingt-cinq kilomètres environ, mais Jules doit souvent s'écarter de la route principale pour hasarder sa carriole dans les sentes qui mènent aux fermes isolées au bord des marais.

Comme le facteur, comme le médecin, comme le curé ou les gendarmes, le ramasseur de lait est un homme qui doit savoir aller partout quels que soient le temps et l'état de la chaussée.

Sur un autre itinéraire, il ne s'arrêterait que les quelques secondes nécessaires à hisser les bidons sur le plateau de la voiture, il pourrait même ne pas interrompre la marche du cheval : mais les gens du pays guettent le passage de Jules qui fait alors fonction de convoyeur de nouvelles, de ces nouvelles feutrées qu'on a trop de pudeur ou de méfiance pour les confier, même scellées, à la poste officielle. L'honneur de Jules, c'est qu'il a tout dans la tête : il ne note rien par écrit, sa mémoire est si bien entraînée qu'il délivre les messages presque mot pour mot et surtout sans jamais se tromper de destinataire. Heureusement, parce qu'il détient certains secrets capables de mettre le feu au marécage.

Il faut dire qu'en hiver le brouillard qui stagne sur les terres basses prête à bien des confusions. Autrefois, quand on voyait glisser une silhouette sur la crête d'un remblai, on pensait fantôme ou Dame

Blanche. Aujourd'hui, on sait qu'il s'agit d'une amoureuse qui choisit l'heure de faible visibilité pour changer de lit.

Les fortes roues de la carriole ont été taillées pour écraser la boue sans s'y laisser engluer. Mais le cheval renâcle quand le sol est trop spongieux, et Jules Vagans craint aussi pour la caisse suspendue par des chaînes sous la voiture et où il met à sécher les fromages frais qui s'égouttent à force d'être balancés. Alors il descend de son siège haut perché, prend le cheval par la bride et marche à ses côtés en lui disant des mots sans suite, des mots parfois carrément inventés, mais sur un ton rassurant que le cheval comprend.

Le pire, c'est quand on déchire un rideau d'ajoncs, quand on débusque une volée d'oiseaux aquatiques : ils ont des décollages rageurs qui ébranlent l'air, brassent la brume sans réussir à la chasser, leurs battements d'ailes font sonner comme des cloches les bidons de lait sur le plateau de la carriole ; Jules saisit à pleines mains la tête du cheval, lui masque les yeux, appuie ses naseaux sur son chandail.

Il est déjà tard quand l'homme découvre la petite fille.

Elle divague sur le chemin de halage qui court le long de la Douve.

Des souliers à la taille, on dirait une fille en terre tellement ses jambes et sa jupe sont raides de boue séchée, une boue pâle et finalement lisse où l'on aimerait poser des couleurs gaies comme sur un santon.

Jules Vagans se penche et laisse traîner la main, il croche dans la ceinture de la petite et la hisse sur la carriole comme il ferait d'un bidon de lait vide.

— Je parie que c'est à Liesville que vous allez, dit-il.

— C'est loin, ça ?

— Vous voyez le grand pigeonnier, là-bas ?

Elle se frotte les yeux, affirme qu'elle le voit :

— Bon, merci monsieur, si vous m'y descendez, ça me va.

— Je pousse jusqu'à Sainte-Mère-Église, dit Jules.

— C'est loin ? répète la fille.

— Plus vraiment, maintenant. Mais on aura la nuit, j'ai encore trois ou quatre fermes à ramasser.

A coups d'ongle, elle épluche le limon qui colle à ses genoux.

Jules se souvient d'une histoire comme ça, où une sirène malade, échouée du côté d'Angoville-au-Plain, incapable de retrouver le chemin de la mer, aurait toute une semaine gratté ses écailles pour se donner une apparence plus humaine, mais n'aurait abouti qu'à s'écorcher cruellement et serait morte d'hémorragie diffuse dans les marais.

Jules surveille les jambes de la petite, il s'attend confusément à voir perler le sang. Mais elle est prudente et ne se blesse pas. Jules lui conseille quand même de se frotter les jambes avec du lait frais :

— Prenez le dessus du bidon, là où il y a de la crème, ça fait la peau douce. Si vous avez faim, attrapez donc un fromage dans le panier. Ma carriole c'est comme un bateau, on peut y vivre des jours et des jours sans rien demander à personne. D'ailleurs, ajoute-t-il en riant, mon cheval s'appelle Noé.

— Moi, c'est Catherine des Cierges.

A la nuit tombante, ils font halte dans une ferme aux murailles de terre battue mélangée de paille.

L'eau maigre des marais s'insinue partout, on en trouve des flaques jusque dans le corps d'habitation où elle coule en minces rigoles noires sous les meubles élevés sur des cales pour éviter le pourrissement.

En apprenant que Catherine vient de Bayeux, les paysans l'accueillent avec empressement : que dit-on là-bas des négociations en cours à Paris concernant la réquisition des chevaux en cas de nouvelle guerre ? Les Huquet ont une vingtaine de juments de trait qui feront tout l'héritage de leurs enfants car les eaux dormantes — malheureusement pas si dormantes que ça — ont tendance à envahir toutes les surfaces d'herbage et à miner les bâtiments.

— La ferme n'en a plus que pour dix ans, dit Huquet. Le marais finira par tout engloutir. Mais les poulinières ont l'air de vouloir donner, en ce moment. On peut tabler là-dessus, à condition qu'on ne nous les enlève pas.

Catherine secoue la tête :

— Je ne sais rien. Ce qui est sûr, c'est qu'on ne prie pas pour la paix dans la cathédrale. Ça veut dire peut-être qu'on ne craint pas la guerre.

Elle profite de ce que la femme Huquet, pour l'honorer, vient d'allumer deux lampes supplémentaires, elle sort son dessin de dessous sa chemise, le fait circuler de main en main et demande :

— Est-ce que quelqu'un connaît cet endroit ?

L'aîné des Huquet a pris une paire de ciseaux, et lui aussi profite de la lumière : il égalise les pointes de ses moustaches.

— C'est un paysage loin d'ici, dit-il. Peut-être même que ça n'existe pas. L'année dernière, un artiste est venu de Carentan pour peindre une de nos juments qui allait mettre bas — il voyageait sur la carriole de Jules. J'ai vu le tableau, après. Eh bien, ça ne ressemblait à rien de ce qui s'était passé. Les couleurs n'y étaient pas, surtout. Pensez ! cet homme avait peint le poulain tout en bleu !

— Seulement, dit Catherine en récupérant son image, je suis sûre que mon dessin à moi existe pour de bon. Parce que c'est un abbé qui l'a fait.

Les Huquet se regardent, et le père tranche :

— En tout cas, nous autres on ne connaît pas. Ici, c'est les maisons qui coulent, pas les bateaux. Où est la mer exactement ? On n'en sait rien.

— On ne sait pas non plus où est la terre, dit l'aîné.

Jules Vagans a allumé l'unique lanterne de la carriole. Mais la brume est si grise et si épaisse que la lueur ne porte pas au-delà de la tête du cheval. Le ramasseur de lait et de fromages se désintéresse alors de la route et se tourne vers Catherine.

Elle lui paraît plus grande, plus élancée que quand il l'a aperçue sur le chemin de halage. Débarrassées de leur gangue de boue, ses jambes peuvent la mener loin.

Habitué à fréquenter des gens pour qui dix kilomètres sont un périple, Jules est impressionné par cette petite qui prétend marcher jusqu'à une image. Au début, il croyait lui en remontrer avec sa carriole et son cheval, avec sa science des sentiers perdus, son flair pour se diriger à travers les espaces incertains des marais avec de l'eau jusqu'aux moyeux. Il comprend maintenant qu'il n'est qu'un amateur : même si elle n'a pas de bagage et si elle s'égare, même si elle n'arrive jamais à destination, c'est elle la voyageuse.

— Après Sainte-Mère-Église, vous irez où ?

— Tout droit, dit-elle, je continuerai.

Il fouille dans le coffre aménagé sous son siège, en tire une couverture qu'il étend sur les genoux de Catherine :

— Est-ce que vous accepterez quelque chose de moi ?

— Ça dépend quoi.

— A Sainte-Mère-Église, je couche à l'écurie. Sur la carriole, je m'arrange un lit. Mais vous, je voudrais que vous dormiez à l'hôtel.

Il a bien dit hôtel, pas auberge. Il a prononcé ce mot avec un grand respect. Il n'y est jamais entré que pour traiter le prix d'une collecte. Sous prétexte d'aller pisser, il est monté jeter un coup d'œil aux chambres, il les a trouvées grandes, belles, avec même en plein jour une odeur de bonne nuit. Les lits surtout, en bois sombre avec un édredon rouge d'un côté et couleur feu de l'autre, l'ont ému au point d'en avoir le nez qui piquait et les larmes aux yeux. Dormir là-dedans et, au matin, entendre rouler les charrois dans la rue principale — il se promettait de se payer un jour cette folie, cette joie.

Mais ce sera plus extraordinaire encore, et aussi plus juste, si c'est Catherine qui couche dans une de ces chambres.

Il l'accompagnera jusqu'à sa porte tapissée de papier fleuri, encadrée d'une baguette beige où court un discret filet marron, il attendra avec elle que la servante monte le broc d'eau chaude, le linge, la carafe et le verre pour la nuit. Il attendra peut-être même jusqu'à ce que Catherine tire l'édredon, découvre les draps et lui dise :

— Voulez-vous fermer les volets, Jules ? Je n'ai pas les bras assez longs, je n'y arrive pas.

A l'aube, enfin disons au petit matin, il la verra descendre l'escalier ciré, encore ensommeillée, bâillant derrière sa main aux doigts écartés. Il s'approchera d'elle, il l'embrassera sur les joues pour sentir son odeur de chambre d'hôtel, de savon d'hôtel, de nuit d'hôtel. Pendant qu'elle trempera de longues tartines beurrées dans son bol de café, il ira à la caisse régler la note.

Ce sera cher.

Mais il sait précisément ce que ça lui coûtera. Il n'y aura pas de suppléments : cette grande voyageuse n'est tout de même encore qu'une petite fille, pas le genre à siroter un calva en se glissant entre les draps.

Ensuite tout sera dit, et Catherine des Cierges s'en ira seulement vers Montebourg, Valognes et au-delà.

La rue principale de Sainte-Mère-Église faisant un coude, la petite fille disparaîtra brutalement de la vue et de la vie de Jules. Mais chaque fois qu'il passera devant l'hôtel, il pensera à elle, il reverra la chambre chaude et prête pour la recevoir, et il évoquera le lit où elle aura si bien dormi comme si c'était désormais un peu son lit à lui.

Les jours suivants, Catherine s'écarte de la grand-route : c'est sur les chemins de l'intérieur, pense-t-elle, qu'elle aura le plus de chances de rencontrer un nouveau Jules Vagans. Elle peut s'y aventurer sans risques, la région des marécages a laissé place à un pays de champs gras entourés de haies vives, centrés autour de grosses fermes aux allures de villages.

Mais les laitiers aux lourdes carrioles à quatre roues ont disparu. Catherine croise surtout des charretiers dont les tombereaux débordent de fumier, de varech pourrissant ou de bois mort. A cause des mouches, de la puanteur et des échardes, les fermiers dissuadent l'enfant de grimper sur leur chargement : elle pourrait s'entailler les jambes, ses écorchures s'infecter, il vaut mieux qu'elle suive sa route à pied.

Quelle route, au fait ? Catherine vérifie, montre son image à tous ces hommes, et tous lui font la même réponse : si ça existe quelque part, c'est tout là-haut après Cherbourg.

— La Hague, non ? Moi, on m'a dit la Hague...

— Va déjà jusqu'à Cherbourg, ma fille. Là-bas, ils t'en diront plus que moi.

— Et c'est loin, Cherbourg ?

Les hommes debout sur les charrettes haussent les épaules, sans répondre. Pour la plupart, ils n'y sont jamais allés. Mais ils ont vu filer dans la campagne les trains transatlantiques qui emmènent les passagers pour l'Amérique jusqu'aux passerelles des paquebots, et ces trains n'avaient pas l'air de ralentir encore.

Grâce à l'argent que lui a rendu le marchand d'estampes sur le prix de la gravure, Catherine trouve à se nourrir, à se loger pour la nuit. Malgré sa robe crottée, elle n'est pas la vagabonde qu'on croit. Alors elle refuse la compagnie des chemineaux qui essayent de l'attirer avec du saucisson ou une poule volés, qui lui disent qu'elle est trop jeune pour aller seule sur la route et qu'ils s'offrent à l'escorter, à la protéger — parce qu'ils savent bien qu'une petite fille boueuse mais pas sournoise incitera les bourgeois à se montrer charitables.

Elle accepte pourtant d'un moine qu'il la prenne sur son dos.

Il a un pied nu et l'autre chaussé d'une sandale trouée, il prétend se nommer Frère Simon, un lièvre vivant se débat encore dans son havresac.

Une fois grimpée sur lui, Catherine regarde les veines bleues qui courent sous la peau de son crâne tonsuré ; c'est comme une carte où l'on n'aurait fait figurer que les fleuves, les rivières et les ruisseaux.

— Je vais à la Trappe de Bricquebec, explique le moine, mais je ne sais pas s'ils me prendront. Et s'ils me reçoivent, pourrai-je rester ? Ce sera mon quatrième couvent. Je finis toujours par déplaire. J'ai des idées qui ne sont pas dans l'air du temps, comprends-tu ? C'est-à-dire que je ne crois pas à l'Enfer, je n'y crois pas du tout.

Catherine y croit, mais n'y songe guère. Il fait beau, le manteau de bure de Frère Simon est tiède sous le creux de ses genoux.

Le moine hoche pensivement la tête, et les petites veines de son crâne se mettent à gonfler :

— Une punition, par définition, ça sert à réformer les punis. Sinon, c'est de la cruauté gratuite. Mais qui veux-tu que l'Enfer réforme, puisqu'il est éternel ? S'il existe, les damnés souffrent pour souffrir. Alors, ma petite sœur Catherine, il y a deux hypothèses : ou l'Enfer est ce qu'on nous dit qu'il est, auquel cas Dieu est fou, tellement fou que j'en arrive à douter de sa réalité — ou l'Enfer est un leurre, et ce sont des milliards d'hommes depuis le commencement du monde qui sont fous d'y avoir attaché une telle importance. Dans l'un et l'autre cas, il y a de quoi désespérer.

— Je ne suis pas désespérée du tout, dit Catherine, je n'y comprends rien et ça n'est pas mon problème.

Elle voudrait que le moine se taise, maintenant, pour entendre crépiter ces tas de feuilles qui brûlent au bout d'un champ. Parce que ça lui rappelle Bayeux, le grésillement des cierges, les premières impressions sonores de sa très jeune vie.

Frère Simon s'ébroue, et son rire ressemble à un hennissement. Il est un peu cheval, d'ailleurs, par la couleur de sa robe et par Catherine sur son dos.

— Tu parlais d'un problème ? dit-il. Tu as un problème ?

Catherine dénoue un instant ses bras qu'elle a croisés autour du cou du moine et exhibe son image. Sans cesser de marcher, Frère Simon examine l'estampe avec attention :

— Tu es sûre que c'est une œuvre de prêtre, cela ? Drôle de prêtre ! La femme qu'il a reproduite ici est encore jeune, encore belle.

— Oui, je la trouve très belle moi aussi.

— Un jour, tu seras semblable à elle.

— La question n'est pas là ! dit Catherine, un peu agacée. Ce que je veux, c'est savoir où elle habite, qui elle est, ce qu'elle fait sur cette image...

Le moine hausse les épaules, si vivement qu'il manque désarçonner sa cavalière :

— Ça se voit, ce qu'elle fait ! Elle réchauffe ses jambes. Sinon, pourquoi ce grand feu ? Les marins qui réussiront à se sauver du naufrage viendront se réchauffer à leur tour.

— Ce n'était pas la peine, alors, d'allumer le feu tout en haut de la falaise. Sur la plage même, c'était plus pratique.

— Et que fais-tu de la violence des vagues ? Regarde l'océan, ma petite sœur, il aurait éteint le feu presque tout de suite si on l'avait allumé sur la grève. Mais, évidemment, je suis mal placé pour te répondre : songe que j'ai passé des années derrière des murs — les médecins auscultaient les Frères malades à travers un rideau mauve, je suis très peu au courant des affaires du monde, j'ai vu ma première automobile hier soir seulement en arrivant à Montebourg.

C'est à la ferme du Brévil, à l'entrée de Colomby, que Frère Simon plie les jambes et s'accroupit comme un chameau pour laisser descendre Catherine. C'est ici qu'ils se séparent, elle monte vers le nord, lui va vers l'ouest. Elle le remercie de l'avoir ainsi portée, il dit qu'elle était trop légère pour être un vrai poids de pénitence et qu'il espère à présent dénicher une grosse souche gorgée d'eau, une bûche pénible à mettre sur son épaule.

Catherine s'éloigne, et le moine sait comment s'appelle la femme sur l'image.

Sans l'avoir jamais vue, il l'a formellement reconnue : la nuit précédant l'exécution de Babe Ozouf, les religieux de la communauté à laquelle appartenait alors Frère Simon ont prié pour elle ; afin de donner plus de corps et plus d'élan à la prière, le Supérieur Michel de Buhotel a lu aux moines agenouillés le réquisitoire de l'avocat général ainsi que le plaidoyer de maître Bayard-Olonde.

Frère Simon se souvient de l'étrange impression qu'il éprouvait en entendant sonner dans la chapelle ces phrases païennes, mais solennelles et excessives comme des psaumes. Le Supérieur déchiffrait d'un ton monocorde, appliquant la même intonation aux paroles de haine et à celles d'indulgence, réduisant le drame de sang de Babe Ozouf à un carambolage de mots.

Frère Simon avait cessé d'écouter pour contempler.

Alors Babe Ozouf l'avait envahi tout en restant invisible, inaccessible. Comme Dieu.

A plusieurs reprises, dans les stalles près de lui, des moines s'étaient mis à chuchoter : « Il faudrait bien pousser du coude notre Frère Simon, voilà qu'il s'est endormi ! » Agacé, il s'était levé pour aller s'étendre sur les dalles du chœur, la face contre terre et les bras en croix. Non pas par esprit de pénitence, mais pour avoir la paix.

Vers cinq heures trente du matin, un lourd piétinement de foule et de chevaux de l'autre côté des ogives apprit aux religieux que la condamnée était morte.

Un peu plus tard, on entendit rouler la charrette qui emportait son corps à la fosse commune.

Michel de Buhotel, après avoir fait éteindre tous les cierges de la chapelle, avait alors dirigé une nouvelle série de prières et de chants — à l'intention cette fois de l'enfant que la suppliciée avait mis au monde en prison.

Il croyait savoir qu'il s'agissait d'une petite fille.

Frère Simon aurait pu raconter tout cela à Catherine, quand elle lui a montré l'image. Il a failli le faire, d'ailleurs. Et puis il a pensé que ce n'était pas une histoire pour une enfant.

Ses derniers mots à Catherine qui s'en va sont pour lui conseiller de filer sur Valognes et d'y prendre le train de Cherbourg. Aux approches des grandes villes, les laitiers sont maussades et ne font que des tournées omnibus, les moines sont rares, les gens de toute façon moins complaisants.

Frère Simon espère que la petite se penchera par la fenêtre du train malgré les avis d'interdiction, que le vent de la course écartera sa chemise et lui arrachera son image.

A Valognes où Catherine arrive à la nuit tombée, il paraît que le train ne passera pas avant l'aube, ce qui laisse encore de longues heures à languir, à traîner dans la ville éteinte. Le sous-chef de gare, occupé à surveiller le chargement de cinq wagons à bestiaux, dit qu'il n'ouvrira certainement pas la salle d'attente pour une seule voyageuse, une petite fille en plus de ça ! parce qu'il lui faudrait alors remplir les réservoirs et régler les mèches des lampes, charger et allumer le poêle, passer la toile à laver sur les banquettes. Il a déjà suffisamment de travail avec les trente-sept veaux qui refusent de monter dans les wagons.

Catherine n'insiste pas. Elle ne tenait pas tellement à prendre ce train. Toutes les religieuses de la Chandellerie qui ont fait l'expérience d'un voyage en chemin de fer sont rentrées sales, assourdies, avec des bleus partout parce que des gens vous bousculent sans arrêt dans les trains, et vous prenez leurs bagages dans les reins au moindre cahot. Sans compter que l'eau du petit cabinet n'est pas potable.

Mais l'intérêt d'être venue jusqu'à cette gare, pense Catherine, c'est la voie ferrée : en la suivant, elle est certaine d'arriver à Cherbourg sans s'égarer.

Marcher sur le ballast est distrayant, on peut compter le nombre de traverses qu'on enjambe.

Parfois, Catherine croise ou rejoint quelqu'un qui circule aussi le long de la voie. La plupart de ces personnes vont aux foires, elles ont des choses à vendre, surtout des œufs, des légumes, des pommes et des tabliers brodés. Elles ne sont pas bavardes, on ne peut pas à la fois causer et surveiller les traverses qui dépassent, les cailloux qui roulent sous les sabots.

Catherine chemine depuis vingt minutes au milieu d'un groupe de paysannes courbées sous des hottes pleines de beurre dans de la gaze, lorsqu'une vibration longue, modulée comme un chant, fait sonner les rails.

— L'express, dit une femme avec respect.

Alors tout le monde gagne l'abri du talus, s'aplatit dans l'herbe.

Seule Catherine regarde.

Avant même d'entendre le souffle de la locomotive, le bruit soyeux des bielles, il y a l'odeur âcre du charbon brûlé et l'on voit un beau nuage d'étincelles rouges monter là-bas au-dessus des ormes.

Les phares de la machine, que brouille parfois une goulée de vapeur, illuminent les rails, le ballast devenu blanc, et les femmes apeurées dans le fossé.

L'express a ralenti en abordant la courbe, à travers les fenêtres Catherine distingue les passagers du train qui tranchent des miches de pain, partagent des oignons, remplissent des moques de café fumant. Maintenant, elle donnerait tout l'argent qui lui reste pour avoir une place dans une de ces voitures qui passent devant elle en grinçant, pour croquer un oignon elle aussi et boire un peu de café — même s'il a été fait avec la fameuse eau non potable du cabinet de toilette. Il doit faire merveilleusement chaud dans les wagons, une chaleur sèche et fourmillante comme celle du fond du lit. Catherine s'allongerait sur le dos, de tout son long sur la banquette. Les voyageurs se pousseraient pour lui faire de la place, parce qu'elle est épuisée. Des hommes se pencheraient sur elle, lui chatouillant les joues de leurs moustaches aux bouts mouillés de café-calva, mais une femme les écarterait — *allons ! laissez-la tranquille ! Sont-ils bêtes, ces hommes ! Vous n'avez jamais vu d'enfant, peut-être ? Les vôtres, vous ne les regardez pas, sauf pour les talocher. Mais cette petite fille, pas touche ! Elle est à moi, j'ai décidé...*

Il n'y a que dans un train qu'on puisse comme ça être brusquement à une femme, une femme autoritaire et douce, qu'on ne connaissait pas la minute d'avant.

Parce que c'est seulement dans un train, seulement dans un voyage, qu'on peut avoir l'air d'une petite fille perdue au point qu'une femme inconnue vous ramasse et vous prenne avec elle.

A celle-là, Catherine serait bien capable de dire maman.

Alors la femme donnerait aux hommes de grands coups avec son sac à main, elle les chasserait du compartiment, elle s'agenouillerait près de la banquette :

— Répète ce que tu viens de dire. Le train a sifflé juste à ce moment-là, et...

Sans réfléchir au danger, sans entendre les cris des paysannes qui sont sorties du fossé et qui la poursuivent pour la protéger contre elle-même, Catherine s'élance derrière l'express.

Elle trébuche deux fois, se relève deux fois.

Elle rattrape le train, se rétablit à califourchon sur le tampon du fourgon de queue. De la main, elle fait au revoir aux femmes du fossé.

La graisse dont est enduit l'axe du tampon traverse l'étoffe déjà détrempée de sa jupe, lui englue les cuisses. C'est peut-être sale, mais agréable, lisse, mou comme du savon. Le tressautement des roues sur les jointures des rails résonne jusque dans la tête de Catherine.

Elle n'est pas dans le train, elle est sur lui.

Fermant les yeux pour échapper au vertige des rails qui défilent à quelques centimètres de ses pieds, elle appuie sa nuque contre la lanterne rouge du fourgon. Ses cheveux ont alors les mêmes nuances, les mêmes reflets roux que ceux de sa mère.

Quand on sort de la gare, il faut marcher longtemps avant de voir la mer. Parce qu'on ne peut pas appeler mer cette eau morne et noire qui clapote au fond du bassin du Commerce et de l'avant-port de Cherbourg.

— Pas compliqué, c'est par là, tout droit jusqu'à la rade, dit le lampiste un peu intrigué par cette petite fille aux yeux cernés qui veut voir la mer à même pas six heures du matin.

Alors Catherine longe les quais, pataugeant dans la masse gélatineuse des encornets qui vont servir de *beite* aux pêcheurs et qu'on déverse en vrac sur les pavés où les hommes les trient, écartant à grands coups de bottes les appâts les moins frais.

Des tentacules poisseux atterrissent parfois contre les chevilles de la fillette. C'est elle qui s'excuse, et elle a raison : elle ne devrait pas se trouver là, un mousse ahuri serait bien fichu de la héler : « Où t'en vas-tu comme ça, mon lapin ? » or le lapin, vivant, en gibelotte ou simplement nommé, est un porte-malheur absolu pour un navire, son équipage et ses espérances de pêche.

Ce matin, quatre cordiers vont sortir avant le jour.

Un autre, le *Stegerlu* (nom composé à partir des prénoms des trois enfants du patron : Stéphane, Gervais, Lucienne), débarque sa pêche. Le poste du *Stegerlu* est le seul endroit réellement bruyant du bassin, à cause des grandes raies prises au cours de la nuit qui font claquer leurs ailes sur le bois des coffres. Quelques-unes, glissant sur l'écume sanglante et les mucosités, ont déjà basculé dans l'eau où elles planent, livides, entre les coques des canots. Le mareyeur et son aide essayent de les récupérer en les frappant avec des gaffes munies de crocs. Catherine trouve qu'on dirait des harponneurs, elle a vu chez le marchand d'estampes des scènes de chasse à la baleine où des marins avaient ces gestes-là.

Sur le pont des cordiers il y a les mannes, vastes corbeilles d'osier renfermant plusieurs centaines de mètres de corde brune où sont attachés les ravelins qui portent les hameçons ; il y a les gueules déchirées des grandes raies ; il y a les mains des pêcheurs, entaillées par la glisse de la corde ou l'accroc brutal, atrocement douloureux, d'un hameçon — ici tout se fait par la souffrance et pour la souffrance, par la mort et pour la mort, ce n'est pas ainsi que Sœur des Saints-Innocents, qui avait eu la chance d'aller une fois à Honfleur, parlait de la mer.

Pour être plus sûre, Catherine redemande son chemin à des mareyeurs qui attendent le retour d'un chalutier. Par la même occasion, elle se renseigne : est-elle enfin près de la Hague, et comment y va-t-on ?

La mer, on lui répète que c'est toujours tout droit. Pour la Hague, le mieux serait de prendre le tramway à vapeur et de descendre à Querqueville. On peut dire que c'est là que commence la Hague, enfin une certaine Hague.

— Parce qu'il y en a plusieurs ?

— Dame, oui ! Une par village. Peut-être même une par maison.

— C'est celle-là que je veux, dit Catherine en sortant son image.

On se groupe autour d'elle, on incline la gravure de manière qu'elle soit frappée par les deux lumignons du café *Au retour du large* qui vient juste d'ouvrir, à l'encoignure du quai.

— Ça se discute, dit quelqu'un.

Les autres approuvent. Ce qu'il faudrait, c'est pouvoir étaler le dessin bien à plat sur le comptoir du *Retour du large* avec un verre de calva sur chaque coin, et puis se pencher là-dessus comme sur une carte d'état-major, étudier les rochers, les vagues. Déjà, emportant l'image, les mareyeurs se dirigent vers le café. Catherine les suit, avançant le bras pour reprendre son image :

— Mais non, ce n'est pas la peine, je finirai bien par trouver. Rendez-moi mon dessin.

Mais ils ne l'écoutent pas, ils s'engouffrent au *Retour du large* en la laissant sur le seuil, le dernier qui entre lui demande si elle a de quoi payer la tournée, alors elle lui met quelques pièces dans la main.

Il y a dix minutes qu'ils sont là-dedans à boire et à se chamailler au sujet de la gravure quand un homme surgit, sa vareuse est marbrée de traînées de saumure, il se fait appeler Langlois. Il écarte Catherine, traverse la salle en agitant ses grands bras pour chasser la fumée, s'accoude au comptoir :

— Qu'est-ce que c'est que cette histoire ?

On lui montre l'image, qu'il observe un long moment en silence.

Et puis il murmure un secret à l'oreille de chacun des hommes, ceux-ci hochent gravement la tête et se dépêchent de vider leur verre.

Langlois s'est tourné vers Catherine :

— Reprends ton dessin, petiote. Et va-t'en. C'est moi qui règle la tournée. Les gars et moi, on pense que ce qui est sur le dessin n'existe pas. C'est notre avis, et tu peux interroger qui tu voudras — on ne te dira jamais le contraire.

Il lui tend la gravure. Mais elle n'ose pas s'avancer, Langlois lui fait peur, l'odeur dans la salle du *Retour du large* lui soulève le cœur.

C'est donc Langlois qui vient vers elle.

Elle remercie, s'éloigne sans avoir touché au café brûlant que les mareyeurs avaient commandé pour elle.

— Maintenant, dit Langlois, mieux vaut fermer la porte.

— Où veux-tu aller dans la Hague ? la questionne le contrôleur du tramway à vapeur.

— Tant qu'à faire, dit-elle, tout au bout.

— Alors, et tu vas voir comme c'est logique, tout au bout ça s'appelle le cap de la Hague. Tu trouveras un hameau près d'un phare blanc, tu ne peux pas le manquer, c'est Goury.

Catherine est seule dans le tramway. Elle s'assied tout à l'arrière, appuie son front contre la vitre qui tressaute.

— Voilà la mer, dit le contrôleur.

Les gens qui voient la mer pour la première fois éprouvent généralement un sentiment d'immensité. Catherine, non. Cette impression d'infini, elle l'a déjà ressentie à Bayeux dans la cathédrale déserte dont les pierres d'ailleurs étaient crayeuses et courbes comme la mer aujourd'hui. Le ressac d'ici n'est rien à côté du souffle des grandes orgues de là-bas.

Un navire de guerre quitte l'Arsenal, des remorqueurs halent un paquebot anglais hors de la darse des transatlantiques, Catherine saute en marche du tramway à vapeur :

— Je prendrai le suivant, crie-t-elle au contrôleur, j'ai encore plein d'argent.

Elle s'avance vers le rivage, escalade des rochers où elle marche les bras étendus comme des balanciers pour garder l'équilibre.

Elle dit qu'elle est un aigle, elle enjambe des vallées déshéritées, des lacs encaissés, imagine que les coquillages en forme de chapeaux chinois sont des huttes, des cases nègres comme celles dont parlaient les missionnaires qui venaient parfois faire des causeries pieuses à la Chandellerie.

L'horizon si loin, dans le fond elle s'en fiche. Ce qui lui plaît dans la mer, c'est ce qui est à ses pieds : les crevettes dans une flaque qui s'évapore, les bigorneaux, les algues et là, sur le sable grossier à portée de la main, le bateau échoué, pourri, très bleu, d'où les vagues chassent de la sciure et des crabes.

Elle a si peu dormi, si peu mangé qu'elle est faible. Elle glisse et se râpe méchamment le ventre. Le nez sur un galet strié, avec un peu de sang qui lui coule de la narine droite et qu'elle recueille au bout de sa langue, Catherine se demande ce que Sœur des Saints-Innocents trouvait de si remarquable, de si exaltant à la mer.

Mais la mer trop près de Cherbourg — si ce n'était pas encore la mer ?

Le temps qu'elle franchisse à pied les trente kilomètres à peu près séparant Cherbourg du cap de la Hague, la tempête s'est levée.

Il fait nuit quand elle sort d'Auderville et trébuche sur la route qui descend jusqu'au port de Goury.

Dans les rues la nuit, à Bayeux et ailleurs, il y avait des chiens qui aboyaient. Par ici aussi on aboie, mais c'est la mer. Elle se lamente, elle hurle à la mort. A droite, tout au bout du damier des champs entourés de murets bas, Catherine aperçoit de grandes plumes d'écume qui voltigent dans la lumière intermittente du phare.

Et l'odeur n'est pas du tout comme à Cherbourg : violente, elle vient du crépitement de l'eau salée sur les déjections d'animaux — moutons, vaches et chevaux libres — qui donnent à la lande ses couleurs trompeuses de terre riche, elle vient du mélange du goémon et des champignons.

Il suffit de quelques secondes pour que Catherine soit trempée par une pluie déroutante, une averse qui ne tombe pas du ciel mais qui court à l'horizontale sur la terre, une sorte de mer arrachée à la mer, très fine.

— Cette fois, dit Catherine, c'est ma mer.

Une auberge ferme la route, après le port dont la digue disparaît ce soir sous le tonnerre des vagues. Près de la maison-abri du canot de sauvetage *la Germonière,* le patron et quelques volontaires de l'équipage hésitent à rentrer chez eux : balancée par le vent, la cloche de l'église d'Auderville a sonné tout à l'heure — ce qui est un présage de malheur, de naufrage : *Quand cette cloche tintera, grande tristesse l'on verra.*

Alors on a guetté le canon du sémaphore de la Marine qui donne le signal de l'alerte, on a même dépêché un éclaireur chez les militaires :

— Des bâtiments au large ?

— Pas facile à dire ! Aucun feu n'est visible, mais derrière ces murailles qui montent, qui montent, va-t'en savoir s'il n'y a pas une petite bête malade, démâtée, par le travers de la lame...

— Y aura alerte avant l'aube, c'est du sûr, dit le patron du canot quand on lui rapporte les paroles des sentinelles.

On renvoie l'éclaireur, à Auderville cette fois, prévenir les femmes qu'on reste en bas encore un moment.

C'est en regardant filer leur messager que les hommes de *la Germonière* aperçoivent la petite fille que les rafales font chanceler sur la route.

Malgré l'obscurité mal déchirée, et surtout trop brièvement, par le faisceau du phare, ils voient qu'elle n'est pas du pays.

Le patron continuant de surveiller les préparatifs de mise en œuvre du canot, c'est le sous-patron qui va à la rencontre de Catherine. Ils sauvent tout ce qui se présente, ces gens-là, que ça vienne des vagues ou des champs.

— Perdue?

— Au contraire, monsieur : je suis arrivée. Merci bien, monsieur.

Malgré les trombes d'eau qui s'écroulent sur elle chaque fois que la mer frappe la digue et jaillit par-dessus, Catherine sourit.

L'auberge a un nom, sans doute banal. Hôtel de la Marine, hôtel du Cap ou hôtel du Phare. Mais à peine la petite l'a-t-elle lu au fronton délavé qu'elle l'a déjà oublié. Curieusement, elle ne parviendra jamais à se le rappeler, elle confondra. Elle finira par dire *l'auberge,* voilà tout.

La salle est aussi tumultueuse que la jetée du port. Non pas à cause des clients, il n'y en a pas. Mais parce que la bourrasque est effroyable et les cloisons trop minces, des cloisons rajoutées pour créer de nouvelles pièces, de nouveaux couloirs dans la grande bâtisse. Là-dedans, ça cogne, ça siffle et ça grince comme sur un voilier. Les tenanciers, Gustave et Jeanne-Marie Lecadrot, se déplacent d'ailleurs comme sur un sol instable, ils se retiennent aux tables et aux chaises, se balancent semblables à ces poupées de foire dont le socle est une demi-sphère.

— Une omelette aux coques et un gâteau aux pommes ? propose Jeanne-Marie en essuyant le visage de Catherine à l'aide d'un torchon.

— Une chambre aussi, peut-être ? fait Gustave, engageant.

Avec cette tempête qui souffle, Catherine représente une clientèle inespérée.

— Oui, tout ça, dit la petite fille en s'asseyant sur un banc.

Le sourire qu'elle adressait il y a un instant au sous-patron de *la Germonière,* maintenant c'est un rire. Jusqu'à présent, elle n'avait connu que des contentements, des apaisements.

Et cette nuit, voilà le bonheur.

Parce que ici où c'est obscur et où ça hurle, près du feu dans cette cheminée qui dépare la pièce comme une bouche trop grande sabote un visage, ça ressemble à chez elle.

Elle soupe sous l'œil d'abord attendri, puis intrigué, des Lecadrot : ils n'ont jamais vu une petite fille manger avec autant de voracité, se gaver de pain à ce point-là sans même prendre le temps de le tartiner de beurre — il est vrai qu'ils n'ont pas souvent eu de petites filles à l'auberge.

Leurs clients sont surtout des fonctionnaires des Phares et Balises, des entrepreneurs sollicités pour aménager la nouvelle cale de lancement du canot de sauvetage, pavée et cimentée, ouverte du côté extérieur du port. Il leur arrive bien aussi quelques peintres venus là étudier des paysages sauvages et maritimes, mais ils ne restent pas longtemps à cause du vent qui renverse leurs chevalets, des embruns qui troublent et diluent leurs couleurs. Quant aux naufragés ramenés à terre par *la Germonière,* peut-on parler de clients ? Gustave Lecadrot n'a pas le cœur à les faire payer, et il pourrait pourtant, parce que ces pauvres gens sont choqués, muets, comme anesthésiés, ils se serrent sur le même banc près de la cheminée où l'on fait ronfler pour eux un feu excessif.

Jeanne-Marie se coule derrière le comptoir du bar, tirant son mari par la manche. Sous prétexte de vérifier l'étanchéité du bac, ils disparaissent de la vue de Catherine.

— Est-ce qu'il n'y a pas un pensionnat à Biville, après les dunes de sable ?

— Oui, dit Gustave, mais c'est pour les séminaristes.

— Séminaristes ? J'ai quand même dans l'idée qu'elle vient de là-bas. En fuite, quoi !

Dans le désœuvrement des mois d'hiver, Jeanne-Marie s'empiffre de feuilletons illustrés. Elle s'imagine, c'est sûr, que la gamine affamée est fille de prince assassiné, qu'elle court après son trône quelque part dans un pays gothique de l'autre côté de la mer.

— Faut lui baiser les doigts, tu crois ? demande Gustave en riant.

Jeanne-Marie hausse les épaules :

— Bon, tu es bête, qu'est-ce qu'on lui donne comme chambre ?

— Celle tout au bout de l'escalier, dit Gustave sans hésiter. Elle n'a pas de bagage, cette petite. Alors, des fois qu'elle voudrait s'en aller sans payer, on entendrait craquer les marches.

La femme et l'enfant sont à peine entrées dans la chambre, et Jeanne-Marie s'active déjà pour faire partir une brève flambée dans la cheminée à l'anglaise, encadrée de bois, que par la fenêtre donnant sur la terre on aperçoit des lumières, des lanternes balancées à bout de bras. On galope, on s'interpelle sur la lande.

Jeanne-Marie se relève vivement, tire Catherine en arrière :

— Ce n'est pas un spectacle pour vous, fourrez-vous sous les couvertures et n'en bougez plus. Allons, je vous laisse, *la Germonière* va sortir, il faut que je prépare ma salle.

En cas de naufrage, les Lecadrot disposent le long du mur le plus éloigné du feu des bancs recouverts de draps où l'on couchera, où l'on enveloppera les noyés. Près du foyer, ils installent un cercle de chaises et empilent de vieux lainages pour les survivants. Ensuite ils mijotent une soupe épaisse et brûlante, c'est comme un pudding de Londres : ils jettent dedans tout ce qui leur tombe sous la main.

Mais la femme sortie, Catherine reste à la fenêtre.

Le bonheur la reprend, comme tout à l'heure. Avec l'impression de n'avoir plus d'effort à faire, de pouvoir enfin s'abandonner : l'image, son image, déborde du rectangle de papier, elle est immense, elle est partout.

En bas, sur la grève, le patron regarde *la Germonière* qu'on tire de sa maison-abri. Il se tourne vers Léonard, le sous-patron.

— Par mer, dit celui-ci, on arrivera trop tard. Si on ne chavire pas avant. Le bon coup, c'est d'y aller par terre, d'aller au plus près, de mettre à l'eau à Saint-Germain, quasiment en vue de la goélette.

— Qu'est-ce qu'ils ont dans leur cale, les Norvégiens ?

— Du charbon, dit Léonard. Qui va s'imbiber, riper.

En principe, seuls les dix premiers rameurs arrivés sur la digue embarquent sur le canot. Cette nuit, le patron et Léonard décident, malgré le temps qui presse, d'attendre que tous les hommes soient là : il va en falloir, des bras et des poitrines, pour aider les chevaux à emmener jusqu'à Saint-Germain le chariot qui porte *la Germonière.*

Cinq minutes plus tard les grandes roues ferrées sonnent sur la caillasse.

Catherine regarde jusqu'au bout, jusqu'à ce que les fanaux accrochés à la lisse du canot aient disparu derrière la montée d'Auderville.

Puis elle s'approche de la cheminée, relève le bas de sa robe et chauffe ses jambes au feu superbe qu'a allumé Jeanne-Marie avec du bois de gravage — c'est-à-dire des fragments de bois trouvés au hasard du rivage, rejetés par la mer, et dont il faut une longue habitude pour deviner l'origine.

Sa fortune épuisée en trois jours et quatre nuits, Catherine a demandé aux Lecadrot s'ils ne la prendraient pas chez eux comme fille de salle. Elle a remarqué qu'ils n'avaient personne pour le linge, ni pour la pluche ni pour la plonge.

— L'été, des fois... a dit Gustave d'un ton évasif.

Ça s'est discuté le jour où les hommes de *la Germonière* se sont réunis à l'auberge pour remplir les paperasses d'après sauvetage, le rapport du patron et le questionnaire de l'Inscription Maritime. La tempête avait fui vers l'intérieur des terres, laissant ici un ciel blanc et des plages labourées, des rubans de varech jusque sur les toits.

— Ma fille, a dit Jeanne-Marie, si vous voulez donner un coup de main, évidemment on n'a rien contre. Mais avant, réfléchissez bien : vous ne pourrez pas garder la belle chambre où je vous ai mise, et comme il n'y a pas de place ailleurs...

— ... vous devrez dormir avec nous, a précisé Gustave. C'est une servitude, a-t-il ajouté, sans compter que nous vous dirons *tu*.

— Je veux bien comme ça, a décidé Catherine.

Pour s'aimer, les Lecadrot émigrent — le sommeil de la petite n'est pas assez profond, et Jeanne-Marie gémit très rauque.

Le dimanche soir, veille du jour de fermeture, dès qu'il fait aussi sombre sur la mer que dans l'auberge, Gustave et Jeanne-Marie se plantent devant le tableau où sont accrochées les clés des chambres.

Ils chuchotent.

— On montera au dix-huit ?

— Plutôt au onze, dit Jeanne-Marie, parce que le dix-huit est sur le port, j'ai toujours l'impression qu'on va nous voir.

— Ça ne se peut pas, et ça fait bien pour la réputation de la maison, cette fenêtre éclairée en janvier. Mais, bon, si tu n'y tiens pas... alors, le cinq ?

— C'était déjà le cinq, la dernière fois.

— Et le douze ? C'est tranquille, le douze. D'ailleurs, le commissaire de l'Inscription réserve toujours le douze.

Ils rient, se donnent des bourrades quand ils se croisent dans les portes battantes qui font communiquer la salle avec la cuisine. Et toute la soirée, ils se murmurent : « Le douze, hein ? Tu n'oublies pas le douze ?... »

Avant de grimper au douze, ils demandent à Catherine — bien sûr, ils lui présentent ça comme une faveur — de se coucher dans leur grand lit, de le leur chauffer un peu ; car il règne un froid de cave dans leur chambre officielle où Gustave, qui a peur des voleurs, entrepose les réserves de vin dans des casiers qu'il a bricolés contre le mur exposé au nord.

Dès que la petite dort profondément, ils s'éclipsent. Ils se déshabillent dans l'escalier, jetant leurs affaires en vrac sur les marches derrière eux.

Avant l'amour, Catherine, à cause des précautions qu'ils prennent pour qu'elle ne se doute de rien, les oblige à se comporter comme des amants illégitimes, et ça leur fait du bien, ça aiguise leur désir.

Ensuite, en redescendant du douze, Jeanne-Marie prend la fille dans ses bras pour la déposer sur sa couche, un bon matelas perpendiculaire au grand lit. Elle se sent mère. C'est comme si, en moins d'une heure, elle avait parcouru tous les stades de l'amour, depuis la première nuit jusqu'au premier enfant.

Au cours de cet hiver où l'auberge tourne au ralenti, l'utilité de Catherine comme fille de salle est discutable, mais elle ne sera pas discutée : semblable à la Hague sans cesse remodelée par les rafales et les marées et qu'on croit pourtant avoir toujours connue ainsi, Catherine est Catherine, Catherine est là, et l'on ne se souvient déjà plus d'avoir vécu sans elle.

Les pêcheurs de l'île anglo-normande d'Aurigny que les ouragans entraînent au-delà du Raz Blanchard et qui relâchent à Goury le temps de raccommoder leurs voiles l'ont surnommée Cat, ce qui signifie chat en anglais. Elle fait d'ailleurs le petit chat pour eux, joue à leur griffer la vareuse, leur donne des coups de langue sur les mains.

Quelques bâtiments du pays ont profité d'un carénage pour changer de nom, ils s'appellent maintenant *la Catherine, Sainte-Catherine* ou *la-Jolie-Catherine.*

— Elle ressemble à quelqu'un, dit parfois Gustave.

A deux heures de l'après-midi, un peu plus tard quand il y a des clients à l'auberge, la petite s'en va sur la lande.

Elle disparaît derrière le sémaphore. Après le nez Bayard et la pointe des Grouins, elle file sur le chemin des douaniers vers Port-Racine et l'anse Saint-Martin. Elle n'emporte rien qu'un bout de papier qui dépasse de son corsage. Les douaniers qui l'ont vue passer disent qu'elle consulte une carte, mais ce n'est pas une carte.

— C'est une illustration, révèle Jeanne-Marie. Même que je l'ai tenue entre mes mains un jour que Catherine s'est déshabillée devant moi pour me montrer son dos où elle croyait sentir pousser un furoncle. C'est une gravure horrible. Mais j'ai à peine regardé, elle me l'a arrachée pour la fourrer sous son jupon.

Gustave Lecadrot hoche la tête. Les gravures, ça fait bien dans les chambres des clients, ça fait rupin et hôtel pour de vrai. Il n'a pourtant jamais osé risquer un pareil investissement. Ses murs sont donc restés nus, mais voilà que sa servante a un dessin sous son jupon. Le nouveau siècle est déconcertant.

Maintenant qu'elle est dans la Hague, et que la Hague est conforme à son rêve, Catherine cache son image : elle veut découvrir seule la grève et la falaise, et peut-être aussi la retraite de la femme qu'on voit sur le dessin.

Ce n'est pas facile : pour quelqu'un qui n'est pas habitué, les rochers et les vagues se ressemblent tous. Le pays, d'ailleurs, se défend sournoisement ; selon les heures du jour il change d'aspect, ou bien se dérobe sous la brume.

Et ce qui fausse tout, c'est l'absence d'acteurs. Le décor est vide. Or, pour s'y reconnaître, il faudrait le navire empalé sur la roche, les nageurs dans la mer, les cadavres et les voiles emportés par le reflux, la femme près du feu. Et la nuit, puisque la scène est sous la lune.

Mais la nuit, Gustave verrouille toutes les issues.

Au printemps, Catherine a exploré la côte est jusqu'à Gréville.

A deux ou trois reprises, de loin, elle a cru reconnaître la femme de son image. Elle a couru vers elle, relevant à deux mains les pans de sa robe, la bouche ouverte prête à crier. Mais c'était une erreur, une vieille qui ramassait du varech.

A présent, elle ne peut plus s'éloigner aussi souvent ni aussi longtemps : avril et mai, c'est une période de brouillards et de pluies fines qui empêchent d'ouvrir grands les yeux, et puis les clients sont plus nombreux à l'auberge.

Cet été ce sera pire encore, Jeanne-Marie projetant de servir du cidre et des crêpes aux enfants désœuvrés et aux estivants qui attendent sur la digue le retour des pêcheurs.

Un dimanche de juin, jour de grande marée, une tante de Jeanne-Marie meurt à Caen. C'est-à-dire qu'elle est déjà morte depuis cinq jours quand on apprend la nouvelle, mais Jeanne-Marie veut y aller malgré tout — si la maison mortuaire est vide, on pourra du moins porter une couronne au cimetière :

— Puisque demain c'est jour de fermeture, on n'y perdra pas.

— On n'y perdra pas, répète Gustave, et Catherine saura garder la maison.

Par plaisanterie, car après tout ce n'est pas une de ses tantes à lui qu'on a enterrée, il imite les aboiements d'un dogue furieux :

— Tu feras le bon chien, ma Catherine, hein ? Déjà que tu nous réussis si bien le chat...

Catherine tombe à quatre pattes sur le plancher, elle s'apprêtait de toute façon à lessiver les tommettes, joue à aboyer elle aussi, et c'est très convaincant.

— Vous deux, dit Jeanne-Marie en fouillant parmi ses robes pour en trouver une qui convienne à un deuil, vous ne respectez rien.

Après une nuit maussade — par égard pour la mémoire de sa tante, Jeanne-Marie a refusé de monter au douze —, les Lecadrot s'en vont à l'aube. Un char à bancs les conduit jusqu'à Landemer où ils prennent le tramway pour Cherbourg, et de là l'express de Caen.

Alors à sept heures, les clés de l'auberge ficelées autour de sa taille, Catherine marche vers l'ouest en longeant le rivage, passe le rocher dit du Casse-Tête juste sous le hameau de La Roche et s'engage sur l'étroit chemin des douaniers qui domine la petite baie de Sary et le creux Mauvais-Argent.

La mer se retire, découvrant les récifs de la pointe du Houpret. Ils sont plus luisants, plus noirs que les écueils de la côte est. La végétation aussi est différente, plus drue, plus rase, plus désordonnée aussi et comme couchée de force sur la lande par les vents dominants. « Cette Hague est la bonne, pense Catherine, maintenant je trouverai, ce n'est peut-être déjà plus qu'une question de minutes. »

Mais elle ne court pas, mais son cœur ne bat pas plus vite.

Au contraire, elle ralentit le pas, observe chaque détail du paysage avec cette curiosité à la fois un peu naïve et retenue qu'on a en franchissant le seuil d'une demeure inconnue.

La Prieure de Bayeux disait que la joie fulgurante n'existe pas, que la joie s'approche et se prépare, que la joie est peut-être à Dieu ce que la peau est à l'homme : ce que l'on touche en premier.

Alors il faut se purifier avant d'y mettre les doigts, et la plus certaine des purifications, c'est la patience.

Elle y est.

Éblouie bien qu'à cet instant un nuage masque le soleil, elle n'a même pas besoin pour être sûre de sortir l'image de son corsage, ni de peupler de silhouettes la lande, la mer et les rochers.

Elle voit.

Il lui suffit de baisser un peu ses longs cils pour obscurcir la grève, pour que ressorte seule l'écume blanche où les petites pastilles de lumière qu'elle a devant les yeux figurent à merveille les têtes et les torses des marins du trois-mâts.

Elle écoute.

Un vol de goélands suit le sillage du cordier anglais *Boy-of-the-Mill* immatriculé à Jersey et qui pêche en squatter à moins de deux encablures de la baie d'Écalgrain. Les oiseaux crient. Mais au rythme des vagues qui s'écrasent sur les éperons, le ressac domine leurs plaintes.

Catherine s'assied au bord de la falaise, des papillons encore fragiles montent en spirale autour d'elle.

— J'ignore où vous irez plus tard, lui chuchotait parfois Sœur des Saints-Innocents quand elles étaient ensemble à garnir les vases de la chapelle, mais je vous imagine assez bien organisant des fêtes, des kermesses, des bals de charité dans des villes comme Paris, Prague ou Berlin. Vous porterez un chapeau gris. Mais ce qui est sûr — soyez assez bonne pour me passer ce glaïeul rouge —, ce qui est absolument indiscutable, c'est que vous vous laisserez guider par la beauté. Tenez, ajoutait-elle en riant, je vous prédis que vous épouserez un homme *beau*. Alors que les novices qui nous quittent avant de prononcer leurs vœux, eh bien, c'est plutôt que ces bourriques convoitent des hommes riches, ou des puissants.

Ce bout de Hague est-il plus beau que la cathédrale de Bayeux, que l'admirable réfectoire du XVe à la Chandellerie, que la vieille maison ventrue sur la route de Saint-Loup-Hors d'où l'astronome l'insultait ? Où est l'harmonie, ici ? Dans l'extrême violence de la mer, dans le fracas hargneux des lames, il y a comme une laideur.

Sœur des Saints-Innocents, qui se fait sur la mer des idées de cartes postales, n'a pas vu clair.

Ce n'est pas la beauté qui a mené Catherine jusqu'à ce promontoire déchiqueté, c'est quelque chose de sombre et d'enfoui — ça ressemble à un enfant qui ne sait pas encore parler mais qui jubile dans sa chambre.

A midi, la petite est debout, elle se démène pour rassembler des brassées d'ajoncs. Elle les enflamme, le feu prend mal et fume énormément.

Elle tousse.

Si le cheval n'avait pas henni d'impatience, Catherine fascinée par son feu difficile ne se serait pas retournée.

Le cavalier se détache à contre-jour.

Il porte un pantalon garance comme ceux des zouaves, mais il n'est pas un zouave ; une chemise aux poignets bouffants comme ceux des mousquetaires, mais il n'y a plus de mousquetaires ; un chapeau noir à larges bords comme ceux des cow-boys américains, mais on est loin de l'Amérique.

Une mouette est posée, tranquille, à proximité du cheval, preuve que l'homme et sa monture sont là depuis un moment, rigoureusement immobiles et silencieux.

— Pour que ton feu parte, dit le cavalier, il faudrait plus de vent. Ou qu'on soit en été, avec une lande qui grille à la moindre étincelle. Tout de même, il vaut mieux l'étouffer.

D'une pression des genoux, il fait avancer sa monture vers le bûcher d'ajoncs. Le cheval se dérobe, mais l'homme se penche sur l'encolure, le flatte et lui parle d'une voix douce.

— Les chevaux ont peur du feu, dit Catherine.

— Pas Baldung, dit l'homme.

Il accentue sa pression et ses caresses, la bête se cabre et écrase sous ses sabots le foyer d'ajoncs, disperse les brindilles noircies que le vent chasse à travers la lande.

Le cavalier lance un morceau de sucre à Catherine :

— Donne-le à Baldung pour le récompenser. Ta main bien à plat, surtout.

Catherine s'avance vers le cheval et lui offre la friandise.

— Je m'appelle Louis Asfrid, dit alors l'homme. Asfrid est un nom viking, ça vient de *Ass* qui veut dire Dieu, et *Fredur* la paix.

— C'est très beau, reconnaît Catherine.

Elle répète plusieurs fois, à voix basse : « *Ass* veut dire Dieu, et *Fredur* la paix. »

— Tu as entendu parler de moi ?

— Non. Et on ne vous a jamais vu à l'auberge.

— Je ne sors que le matin, toujours à cheval. Je suppose que ça ne plairait pas tant que ça à Jeanne-Marie de me voir caracoler dans sa salle, les pieds dans les étriers. Je suis peintre, ajoute-t-il après un instant de silence. Tu comprends maintenant pourquoi j'ai baptisé mon cheval Baldung.

Catherine gonfle ses lèvres et réussit une moue dubitative qui aurait enchanté le marchand d'estampes.

— Baldung Grien, autrement dit Baldung le Vert — oui, il avait la passion du vert, il aurait aimé la mer en Normandie.

La moue de Catherine s'épanouit davantage.

— Il avait quelque chose comme vingt-sept ans quand il a peint *les Trois Ages de la femme et la Mort.* On voit une petite fille par terre près d'une chouette, elle n'a pas de seins. Et une autre fille debout à gauche. C'est une adolescente, elle te ressemble, elle a un peu de seins, mais pas beaucoup. Au milieu, il y en a une autre, très décharnée.

— Avec des seins comment, celle-là ? demande Catherine par pure politesse.

— Décharnés, je te dis. Et après, c'est la Mort. Elle a l'air d'un garçon, elle n'a absolument pas de poitrine, mais les côtes apparentes. Baldung Grien était un démoniaque, un Allemand démoniaque et macabre. Mais tu n'as rien à craindre, sa peinture et la mienne sont deux mondes différents. Tu comprends, je fais surtout des aquarelles. C'est ce qui convient le mieux aux paysages d'ici où les couleurs n'arrêtent pas de glisser les unes sur les autres, de se chevaucher, des teintes pâles, détrempées.

Il regarde Catherine avec une extrême attention. Elle est la première personne qui l'écoute divaguer sur Hans Baldung Grien sans bâiller, sans se sauver sous prétexte d'une lessive à étendre. Les cheveux de cette petite attentive sont aussi rouquins que ceux de la jeune fille sur le tableau *les Trois Ages de la femme et la Mort,* du moins sur la reproduction que Louis Asfrid a vue de ce tableau et dont on lui assure qu'elle tire exagérément sur le rouge.

— J'aime les dessins, dit Catherine. J'en ai acheté un à un marchand d'estampes, je l'ai payé trois francs soixante.

— C'est une somme exorbitante pour une petite fille, dit Asfrid avec sympathie.

— Vous voulez le voir ?

Sans attendre la réponse, elle sort la gravure de son corsage et la tend au cavalier.

Louis Asfrid constate que l'image est toute chaude d'avoir été nichée contre la peau de Catherine. Alors il se la colle sous le nez :

— Je suis myope.

Ce n'est pas vrai, il veut seulement vérifier si une quelconque odeur corporelle a imprégné le papier. Mais le vent d'ouest disperse le parfum — si jamais il y en avait un — et le papier devient sec et froid contre la joue du peintre. Il ne lui reste plus qu'à examiner l'image en professionnel. Il la recule, la tient à bout de bras.

— Vous n'êtes plus myope, observe Catherine.

— Ça dépend de l'incidence de la lumière, invente Asfrid.

Artistiquement, la gravure à trois francs soixante est plutôt grossière. Des fautes partout, fautes de graphisme, fautes de composition et de perspective, fautes dans les jeux d'ombre, travail de reproduction bâclé.

Mais Louis Asfrid a reconnu la petite œuvre : *la Naufrageuse,* d'après un fusain hâtif de l'abbé Bernard. Comme beaucoup de gens en Basse-Normandie, il possède un tirage de la gravure ; le sien porte au verso les bouts rimés d'une chanson qu'on reprenait en chœur à l'époque du procès de Babe Ozouf.

Sans un mot il rend son image à Catherine, qui y jette un bref coup d'œil avant de l'enfouir à nouveau sous son corsage.

— C'est ici que ça s'est passé, n'est-ce pas, monsieur ?

— Oui, ici. L'anse du Culeron.

— Il y a longtemps ?

— Quinze ou seize ans.

Catherine s'est tournée vers les récifs d'où la mer ruisselle avec un bruit de cascade.

— Je crois que tu ferais mieux de ne pas rester dans le coin, dit brusquement Louis Asfrid. De retourner d'où tu viens. Bayeux, c'est ça ? Et, au fait, pourquoi pas Paris ? Tu pourrais travailler dans un atelier d'encadrement. Tu as des doigts assez fins pour ça, à condition que tu ne les abîmes pas définitivement à l'auberge. La manipulation des feuilles d'or, c'est un métier enrichissant : il en reste toujours un petit peu sous les ongles, le soir on gratte, on recueille la poussière dans une enveloppe, et au bout de cinquante ans on a de quoi se faire faire une chaînette. Tu vas me dire que tu ne connais personne à Paris. Mais moi, je te donnerai des lettres d'introduction.

Tout en parlant, il est descendu de cheval. Il s'approche de Catherine, noue ses mains derrière sa taille. Son corps écrase la poitrine de la fille, il entend crisser la gravure sous l'étoffe froissée du corsage.

— Vous me faites mal, dit-elle.

Elle a parlé sans frayeur, c'est une simple constatation. Louis Asfrid marmonne une excuse, s'écarte légèrement sans cesser de la tenir enlacée :

— Baldung n'a jamais eu deux personnes à la fois sur son dos. Mais tu es si légère, il n'y verra que du feu. En coupant à travers les landes, on peut être à Cherbourg avant le départ du train de nuit.

J'expliquerai aux Lecadrot que... Enfin, dit-il avec un haussement d'épaules, je trouverai une raison, ils ne t'en voudront pas d'être partie.

Elle le dévisage, étonnée :

— Pourquoi voulez-vous que je m'en aille ? Qu'est-ce que je vous ai fait ?

Il baisse les yeux :

— Rien, c'est vrai. Je me mêle de ce qui ne me regarde pas.

Alors il prend Catherine dans ses bras et, sans lui laisser le temps de protester, il la hisse sur la selle. Il donne une claque sur la croupe du cheval :

— A la maison, Baldung !

Et à Catherine :

— Cramponne-toi.

Le cheval trotte vers le cap de la Hague, avec la lande de Verbec à sa droite et les galets de la baie sur sa gauche.

Baldung est un brave cheval, et Catherine est brave aussi. Maintenant, ils attendent tous les deux, elle sur lui, devant le double portail d'une maison de granit dans le haut de La Roche.

Les dents jaunes de Baldung saccagent les herbes du fossé le long du mur. Catherine, la joue sur la crinière du cheval, rêve les yeux ouverts.

Louis Asfrid dévale les champs sous la ferme du Gros Mont, enjambe le ruisseau sans nom, tourne le coin de la rue et dit :

— J'ai couru...

Précision inutile : il est à bout de souffle, sa chemise de mousquetaire plaquée contre lui par la sueur.

— ... mais j'avais besoin de réfléchir à quelque chose d'important, et l'anse du Culeron était l'endroit idéal pour ça.

Il sourit à Catherine, ajoute :

— C'est haut, un cheval. La première fois, ça fait comme une prison. J'étais sûr que tu n'oserais pas en descendre toute seule.

Elle pose un pied dans ses mains qu'il a réunies en coquille, saute à terre.

— Je vous aurais bien suivi sans ça, dit-elle. J'ai toute la journée pour moi, mes patrons sont au cimetière de Caen. Et je n'ai pas peur des gens bizarres.

Pour la deuxième fois depuis qu'il l'a rencontrée, indifférent aux fermiers du Gros Mont qui peuvent l'apercevoir depuis leur perchoir, il la serre contre lui. Il va même jusqu'à poser ses lèvres sur ses tempes, et dit :

— Sois la bienvenue chez moi, Catherine Ozouf.

Le cheval traverse le jardinet, et de lui-même pénètre dans le bâtiment qui fait office d'écurie. On l'entend fouler la paille de sa litière, puis boire à longs traits.

La maison du peintre, ce sont en réalité deux bâtiments jumeaux réunis par la percée de leur mur mitoyen. Celui de gauche était habité par un pêcheur, celui de droite par son fils. Le père posait des casiers, le fils vendait les captures. Autrement, amoureux de la même femme, qui elle n'aimait ni l'un ni l'autre, les deux hommes ne s'adressaient pas la parole.

— Ils ont quitté la mer, ils sont devenus maçons à Équeurdreville, explique Louis. Ils ne se parlent toujours pas, mais quelle importance quand tout le travail consiste à faire la chaîne pour se passer des briques ?

— Alors, vous avez racheté les maisons.

— Loué seulement. Nous sommes une sale race, par ici, une race d'encornets — une espèce de bec d'aigle et des tentacules pour nous agripper aux choses. Je doute que les maçons ennemis acceptent jamais de me vendre la propriété. Quand ils seront tout rigides à force de poussière de ciment dans leurs entrailles, ils la légueront aux Œuvres de Mer.

Il montre la double façade, dont la partie gauche comporte une fenêtre de plus que la partie droite ; sinon les deux portes, basses et surmontées d'un linteau de granit, sont rigoureusement identiques.

— Par laquelle veux-tu entrer ?

Catherine choisit la porte gauche, celle de la maison du père.

Le plafond est si proche que la petite, d'instinct, a courbé la tête. Mais elle la relève vite, pour voir si les poutres sont décorées de fresques comme chez le marchand d'estampes. Mais il n'y a pas de poutres, tout est lisse et blanc. L'odeur non plus n'est pas comme à Bayeux. Là-bas, ça sentait la peinture qui s'oxydait, les huiles, les vernis, la colle sur le fourneau. Ici, c'est plutôt la fumée de charbon et l'eau — car l'eau finit par avoir une odeur quand elle est partout, quand elle coule en gouttelettes fines et têtues sur les murs, les meubles.

— Qu'est-ce qui mouille comme ça votre maison, monsieur ? La mer, la pluie ?

— N'est-ce pas que c'est curieux ? dit Louis. Les architectes n'y comprennent rien. Serait-ce parce que je travaille l'aquarelle et que je détrempe énormément ? Mais l'écurie de Baldung est bien sèche. Et ici, ajoute-t-il en désignant les serpillières lovées le long des murs, j'éponge. Tu ne veux pas t'asseoir ?

Il n'y a qu'un fauteuil, Catherine hésite.

— J'ai un tabouret dans l'autre pièce, dit Louis, mais le temps que j'aille le chercher tu pourrais te sauver. Tu n'es pas encore une petite fille apprivoisée.

— Vous m'avez donné un drôle de nom, tout à l'heure. Quel nom, au fait ?

— C'est le tien, dit doucement Louis Asfrid. Tu t'appelles Ozouf. Mais ça n'a d'importance que pour des gens sans importance. Allons, je vais tout de même chercher ce tabouret.

— Vous êtes fou, non ? Oh, ça non plus, ça n'a pas d'importance. J'ai connu beaucoup de gens qui étaient fous.

Elle compte sur ses doigts :

— Un astronome, un organiste, un collecteur de lait, un moine qui n'avait qu'une sandale. Et le marchand d'estampes, que j'allais oublier !

Asfrid a compté en même temps qu'elle.

— Ça fait cinq, dit-il.

Il sort un instant, rapporte le tabouret dont un pied a été recollé à l'aide d'un emplâtre de charpie et de goudron. Il s'assied dessus, balançant ses longues jambes sous le pantalon garance

— En quoi le marchand d'estampes était-il fou ? Parce qu'il t'a compté trois francs soixante une gravure qui ne valait que quelques sous ?

— Il aimait que je lui fasse des moues, dit Catherine.

Elle en fait une, juste esquissée, pour montrer. Puis revient au seul sujet qui l'intéresse vraiment :

— Comment pouvez-vous connaître mon nom alors que Mère Prieure a dû faire voter la Communauté pour qu'on m'en trouve un ?

— Je me trompe peut-être, dit Louis avec lâcheté.

Il n'avait que dix-sept ans quand les gendarmes Jean Le Nackeis et Guillaume Dubosq sont allés chercher Babe Ozouf dans sa ferme de Jobourg. Il n'était pas encore peintre, ses yeux n'étaient pas habitués à mémoriser les formes et les couleurs. Il se tenait sur le bord de la route, et les chevaux des gendarmes soulevaient une poussière excessive qui troublait tout comme un brouillard.

Par chance, il était habillé ce jour-là de bleu et de gris — les couleurs de la lande. En se camouflant dans le paysage, il avait suivi le cortège jusqu'à la grève d'Écalgrain.

Certain que Babe Ozouf avait obtenu des gendarmes la permission de se baigner une dernière fois dans la mer, il espérait qu'elle se déshabillerait complètement. C'était important pour lui, elle serait la première femme qu'il verrait nue.

Mais si les chevaux immobiles ne soulevaient plus de poussière, Louis prenait le soleil en plein dans les yeux et il y avait l'éloignement.

Il ne vit donc pas sa première femme nue.

— Monsieur, je ne vous ai pas dit que mon prénom était Catherine.

— Non, tu ne me l'as pas dit, mais je l'ai probablement lu dans le journal.

— On a parlé de moi dans le journal ?

— Tais-toi, supplie Louis Asfrid.

Il est sûr de ne pas se tromper. Il le sent à cette brûlure qu'il éprouve à présent dans la gorge, comme lorsqu'on avale d'un trait un alcool trop rude.

Combien de gens ont reconnu en Catherine la fille de Babe Ozouf ? Pourquoi n'ont-ils rien dit et jusqu'à quand se tairont-ils ? A quinze ans, Catherine n'est pas faite : elle peut encore échapper à la ressemblance avec Babe, se modeler un visage et un corps si personnels qu'on ne pourra les rattacher à rien ni à personne.

Mais à des signes évidents, Louis Asfrid voit bien qu'elle sera comme Babe. Tout à l'heure, au bord de la falaise, s'évertuant après son feu qui ne prenait pas, elle était Babe.

Il repousse son tabouret, s'approche de la petite, effleure ses genoux. Elle sursaute :

— Il y a longtemps que vous ne parlez plus ? demande-t-elle. Je me suis endormie pour de vrai, j'ai même eu le temps de rêver.

Il se tourne vers la fenêtre. L'averse bat les carreaux.

— La pluie qui nous vient d'Angleterre, dit-il. On en a pour jusqu'à demain. Veux-tu passer la nuit ici ?

C'est la première fois qu'il dort avec quelqu'un d'autre dans sa maison. Alors il se réveille toutes les dix minutes et se met aux aguets. Allongé sur son lit dans la chambre à l'étage, il écoute monter à travers le plancher le souffle régulier de la petite — pour laquelle il a improvisé au salon une sorte de nid avec le panier du grand chien qu'il espère avoir un jour et des couvertures. Des fentes ont été aménagées dans le parquet pour permettre à la chaleur de la cheminée de filtrer jusqu'à la chambre, c'est grâce à ces ouvertures minces que Louis peut entendre respirer Catherine ; mais si elle devait rester plus longtemps dans sa maison, au-delà d'une nuit, il élargirait les fentes pour la regarder.

En attendant, il doit se contenter de l'imaginer.

Elle est trop grande pour sucer son pouce, mais sa main n'est sûrement pas loin de sa bouche. Posée sur sa poitrine, pense Louis, recroquevillée, ou alors les doigts pointés vers les lèvres comme des canons et prêts à y monter à la moindre alerte.

A trois heures du matin, alors que le vacarme de la pluie est terrible sur le toit, il n'en peut plus, il enfile sa robe de chambre ornée par-derrière d'un dragon et sur le devant d'idéogrammes chinois signifiant le bonheur, la gloire et la prospérité.

Il s'agenouille devant la corbeille du chien, Catherine y tient à l'aise, c'est une corbeille pour danois, pour dogue allemand, ce qui se fait de plus vaste.

Il y a des mois que Louis Asfrid a repéré Catherine Ozouf.

Grâce à Baldung, cheval discret, il l'a suivie dans ses courses à travers la lande. Elle cheminait en bordure de mer ou dans les vallons creux, lui trottait sur les falaises, sur les hauteurs, bien caché par les ajoncs. Plus d'une fois il a failli éperonner le cheval, galoper jusqu'à elle : vue de si haut, de si loin, elle faisait plus que son âge, elle avait l'air d'une vraie femme aux heures troubles de la journée.

De retour dans sa maison de La Roche, assis à califourchon sur une chaise, il répétait inlassablement le geste, la technique de l'enlèvement : déporter le corps sur la gauche de Baldung à la limite de la perte d'équilibre, arrondir le bras en faucille et cueillir Catherine à la taille, hurler pour relancer le cheval, hisser la fille et la serrer contre lui. C'était la méthode classique, celle des chevaliers teutoniques et des ogres.

Mais on ne croirait pas comme c'est habité, une lande réputée déserte et farouche ! Chaque fois, il y avait un témoin pour l'empêcher, un voyageur de commerce, un curé, une femme avec une brouette.

— On file, Baldung ! Tant qu'elle ira vers l'est où les fermes et les hameaux sont nombreux, je ne l'aurai pas. Mais qu'elle se risque seulement sur la côte ouest...

Il se méfie de ce qu'on pourrait dire, et surtout médire de lui. Car il intrigue ceux de la Hague : vivre d'images aux couleurs indécises et glauques, en vivre seul, en vivre bien, mieux en tout cas que la plupart des gens — depuis qu'Asfrid s'est installé dans la région, le poissonnier vend enfin des homards —, c'est suspect, forcément. D'autant que Louis n'est pas liant, pas bavard. Et quand il parle, c'est avec une fausse humilité plus agaçante encore que ses silences. Il demande quoi ? des nouvelles de la mer, du vent, comme s'il ne pouvait pas apprendre à voir et à déduire par lui-même. Mais non, les jours de foire à Beaumont il rôde en habit noir, soulève son chapeau même devant des morveux :

— Déjà décembre, tout est moite, chez moi le papier gondole, la neige ne tombe donc jamais par ici ?

La neige est devenue une obsession chez lui.

Car c'est à Amsterdam sous la neige qu'il a aimé sa première jeune fille — mon infante, dit-il —, Amsterdam où il expose ses tableaux, pas dans une galerie mais dans l'appartement même des van Dewoucker où on ne reçoit les amateurs que sur rendez-vous. Il prétend qu'à Amsterdam, quand il fait très froid en hiver, des fiacres culbutés dans les canaux sont pris par les glaces, les roues en l'air au-dessus de la rivière.

Il parle souvent d'Amsterdam pour se souvenir de Sarah et d'Hanna van Dewoucker. Les portraits de Sarah, presque tous exécutés *post mortem*, envahissent les murs de l'appartement sur l'Amstel.

A force d'entendre Hans et Riborg van Dewoucker raconter Sarah, Louis croit avoir connu la jeune fille.

— Vous l'auriez aimée, dit Hans.

— Tout le monde l'adorait littéralement, ajoute Riborg en joignant les mains.

Elle prie en silence pour l'âme de Sarah.

— Elle n'avait que quatorze ans au moment de sa mort, mais nous savions de toute façon qu'on ne la garderait pas longtemps.

— Hans veut dire qu'elle se serait mariée très jeune, précise Riborg.

Chez les van Dewoucker, il y a partout des rideaux de mousseline blanche, très fine. Devant les fenêtres, bien entendu, mais aussi dans les vitrines, entre les portes, autour des lits. Sarah raffolait du blanc ; ces rideaux sont ses drapeaux, ils signifient qu'elle continue de régner, malgré l'absence, sur l'appartement et ceux qui l'habitent.

La sœur de Sarah s'appelle Hanna, elle est moins fascinante que Sarah parce qu'elle est vivante, un peu forte, avec des boutons. Elle joue pourtant admirablement de la guitare et accompagne en musique les amateurs de peinture qui font le tour de l'appartement pour examiner les œuvres exposées. Mais on n'aime pas Hanna, on lui en veut secrètement d'être là avec ses kilos, son acné et sa guitare, à la place de Sarah.

Une nuit, Louis s'est faufilé dans la chambre d'Hanna, il s'est introduit dans son lit. Elle ne l'a pas repoussé. Les draps étaient brûlants, Hanna sentait un peu la transpiration, sa peau ne glissait pas sous la bouche de Louis, au contraire elle accrochait les lèvres de tous ses petits boutons.

— Pourquoi me faites-vous l'amour ? A quoi ou à qui pensez-vous en me caressant ? A cette chipie de Sarah ?

Elle avait noué ses mains derrière la nuque de Louis, le griffant de ses ongles usés pourtant par la guitare — mais elle les enfonçait jusqu'à l'écorcher, s'imaginant probablement que c'était en amour le fin du fin.

— Hanna, protesta Louis, vous me blessez.

Il voulait dire : avec vos ongles. Mais Hanna comprit que c'était psychologiquement qu'elle le blessait, parce qu'elle évoquait Sarah.

— Sarah est morte, et bien morte ! s'écria-t-elle en arquant son corps.

Excellent mouvement, qui permit au sexe de Louis de pénétrer plus profondément celui d'Hanna.

Aussi imparfaite qu'elle soit, Hanna van Dewoucker donnait à Louis une idée de ce que pouvait être l'amour avec une très jeune fille : attouchements à la fois naïfs et délicats, fermeté puis élasticité du fourreau, parfums d'abord fades et devenant violents, musqués, ensuite une odeur légère d'urine et de lait, avidité de la bouche qui aspirait maladroitement plus qu'elle n'embrassait, une langue souple mais courte, fiévreuse mais gainée d'une salive inépuisable.

Louis fut ébloui.

Après l'amour, Hanna sauta du lit, lui prit la main et l'entraîna à travers l'appartement. Ils couraient. Les fenêtres défilaient comme celles d'un train qui s'éloigne. On apercevait, nimbés par l'écran de mousseline des rideaux, les reflets des réverbères sur les eaux figées de l'Amstel.

— Tu dois voir la chambre de Sarah, Louis mon amour, on n'a pas déplacé la moindre chose dans cette chambre, même la poussière date de Sarah.

Elle se haussa sur la pointe des pieds pour saisir une clé dissimulée dans la faille d'une corniche en plâtre, ouvrit la porte.

— Je ne veux pas, dit Louis qui avait l'impression de commettre un sacrilège, ce n'était qu'une enfant.

— Ma sœur ? se moqua Hanna. Tu veux rire ! Elle saignait déjà.

Elle prétendit arracher les couvertures du lit pour lui montrer les taches révélatrices sur les draps. Il refusa. La chambre de Sarah était bien assez troublante comme ça, avec les petits cyclones de poussière qui tourbillonnaient au-dessus des meubles dès qu'on respirait, dès qu'on faisait du vent en s'agitant.

— Les joujoux de Sarah, dit Hanna en désignant des toupies et le mobilier en papier mâché d'une maison de poupées alignés sur une étagère. Les lectures de Sarah, dit-elle encore en passant le doigt sur un rayonnage de livres.

Il y avait quelques auteurs hollandais, un peu de Goethe, du Zola en édition française.

Hanna virevoltait dans la pièce. Malgré sa corpulence, elle avait l'air d'un *kabouter*, d'un lutin. Elle passait d'un objet à l'autre si vite que Louis en était étourdi :

— La brosse à dents de Sarah, voici la poudre avec laquelle Sarah frottait son argenterie, voici l'argenterie elle-même : une cuiller et une timbale, et maintenant le linge de Sarah, à gauche le linge lavé et repassé, à droite le linge fripé et sale...

Elle lui mettait les objets dans les mains avec une insistance de marchand de souk — pour le plaisir des yeux, effendi ! —, l'obligeait à palper, à flairer. Il tripotait, docile, pris surtout d'une sorte de vertige, reposait les choses n'importe où. Les affaires de Sarah, surtout celles qui étaient en étoffe, donnaient une sensation de friabilité, dégageaient une senteur d'argile comme ces reliques qu'on arrache aux sépultures antiques.

— Le journal intime de Sarah, ne l'ouvre pas, ne dénoue pas le ruban, même maman n'a pas osé... Ça c'est sa montre, les taches sur le bracelet ne sont pas dues aux années qui ont passé, c'était déjà du temps de Sarah, ma sœur et moi nous transpirons beaucoup...

Après avoir recensé tout ce qu'il y avait dans la chambre, Hanna laissa retomber les bras le long de son corps.

— Voilà, dit-elle, tu sais tout. C'était une fille épatante. Tu as vu sa chambre, tu as vu la mienne, tu peux comparer.

Il voulut lui dire que c'était avec elle, Hanna, qu'il avait fait l'amour, que c'était surtout cela qu'il retiendrait de la nuit qui s'achevait. Mais était-ce bien vrai ? A présent, il confondait tout : Hanna et la verroterie, les colifichets de Sarah.

Il réclama un baiser, et encore un, et encore un autre, puis il quitta l'appartement d'Hans et Riborg van Dewoucker. Les glaçons que charriait l'Amstel étaient déjà moins bleus, une lueur grise irisait les pignons des maisons, on entendait craquer la neige croûteuse sous les sabots des commis gagnant les magasins et les entrepôts, on allumait les queues-de-rat derrière les fenêtres de l'épicerie juive d'Utrechtesestraat.

Louis avait rendez-vous à neuf heures avec George Hendrik Breitner qui devait lui montrer ses dernières études sur les écluses enneigées et les tramways à chevaux. Mais il paya un enfant pour porter un message à Breitner, s'excusant de ne pouvoir venir.

Il n'avait pas envie de parler transparence de la lumière, modelé de la neige. Composer des paysages ou des scènes de la vie urbaine lui paraissait soudain sans intérêt. Il rêvait désormais, en tout cas ce petit matin-là à Amsterdam, de peindre des filles très jeunes dans des chambres secrètes, des chambres sans ouvertures sur le dehors, des chambres un peu comme des cachots mais où l'on serait bien.

Il prit le premier train pour Paris. Jusqu'à Bruxelles, il fut seul dans son compartiment. Il souffrait d'une violente migraine, il ne savait plus si c'était avec Hanna ou avec Sarah qu'il avait fait l'amour.

A Paris, où il dut attendre longtemps une correspondance pour Cherbourg, il s'aperçut qu'il ne regardait plus les femmes mais seulement les jeunes filles. Celles-ci étaient peu nombreuses sous les verrières empuanties par les fumées des locomotives, et presque toutes accompagnées. Il s'arrangeait pour les approcher, les bousculer et enfouir furtivement le nez dans leurs cheveux.

L'aube sur la Hague chasse l'aube d'Amsterdam, la pluie cesse.

— Catherine ? appelle doucement Louis.

Elle s'étire sans ouvrir les yeux.

— Le matin, tu prends du café ?

— Du lait.

— Mais tu mets bien un peu de café dans ton lait, non ?

— Non, du lait.

A peine a-t-elle prononcé ces mots qu'elle se réveille tout à fait, rougit d'être si mal élevée ; elle se souvient d'avoir dormi chez un homme singulier, distingué, qui l'a invitée pour la nuit.

— Pardon, murmure-t-elle, je veux bien du café si c'est votre habitude.

— Absolument pas, dit Louis, nous boirons du lait tous les deux. Je voulais juste que tu saches que j'avais du café, au cas où.

Elle reste pelotonnée dans la corbeille à chien tandis qu'il passe dans la cuisine. Elle est quand même contente d'avoir décliné l'offre du café, d'avoir tenu bon pour avoir seulement du lait.

Sœur des Saints-Innocents avait raison : les gens ne vous en veulent pas d'être une jeune fille qui affirme clairement sa volonté, ses désirs. Au contraire, ils vous respectent. En tout cas, ils vous cèdent, ce qui est une sensation extrêmement agréable quand on émerge d'un profond sommeil.

— Tu me donnes cette matinée ? quémande Louis en déposant deux bols sur les briquettes étroites qui prolongent dans la pièce le foyer de la cheminée.

Elle ne répond pas tout de suite, se frotte les yeux, arrondit ses mains autour du bol fumant.

— Tu restes avec moi jusqu'à midi ? insiste Louis ; et à son ton, on sent que c'est important pour lui.

— Qu'est-ce qu'on fera ?

— Moi, rien. Toi, tu te laveras, tu t'habilleras, tu coifferas tes cheveux — parce que tu ne peux pas les laisser en broussaille, ils sont d'ailleurs assez longs pour faire un chignon.

Elle rit. Le marchand d'estampes voulait qu'elle fasse la moue, celui-là la supplie de porter le chignon, il en faut décidément bien peu aux hommes pour être heureux. Vivre est peut-être plus facile que ne l'imaginaient les religieuses de la Chandellerie. « Bientôt, se dit Catherine, je chercherai moi aussi ce qui pourrait me rendre heureuse, et quand j'aurai trouvé je demanderai qu'on me le donne ou qu'on me le fasse. »

— Tu es très jolie comme ça, dit Louis en piquant une dernière épingle dans le chignon.

Tout à l'heure elle était nue, jouant avec les volutes de vapeur qui montaient de la baignoire. Mais il ne l'a pas vue ainsi, il attendait derrière la porte, il lui avait lui-même montré comment fonctionnait le verrou. Le bain fini, elle s'était enveloppée dans un peignoir immense et lui avait ouvert la porte :

— Vous pouvez entrer, monsieur.

Alors Louis avait eu ce geste étrange : il avait pressé sur ses lèvres l'éponge dont elle s'était servie pour se laver. L'eau savonneuse avait coulé sur son menton, un peu de cette eau pénétrant même dans sa bouche car il s'était mis à tousser.

Mais il s'essuie vivement le visage, lance l'éponge à travers la pièce comme on se débarrasse rageusement d'un objet contre lequel on s'est cogné :

— Non, ce n'est pas cela, pas cela du tout ! Je ne suis pas un de ces détraqués qui... oh ! j'ai quand même voulu essayer, parce qu'un homme qui n'a pas l'audace de se courir après jusque dans ses derniers retranchements n'est pas un homme. Pardonne-moi, Catherine.

Il sautille sur le plancher éclaboussé, écrase et vrille l'éponge sous son talon. Il en sort un peu de mousse qui fait comme la lymphe qui gicle d'un gros insecte broyé.

— Note bien, dit-il (et il a l'air maintenant d'avoir recouvré tout son calme), note bien que la situation n'est pas plus claire pour autant. Quelle situation ? Eh bien la nôtre, pardi ! Toi et moi. J'ai passé la plus grande partie de la nuit accroupi devant ta corbeille, moi que les pires tempêtes n'ont jamais empêché de ronfler. Et j'éprouvais, à te regarder dormir, à la fois un grand bonheur et une grande angoisse. L'angoisse, je la comprends, je crois savoir d'où elle vient. Mais c'est le bonheur que je ne m'explique pas.

Il se tait. Elle se frictionne. Elle aussi ressent un bien-être, mais ça ne la trouble pas plus que ça, elle pense d'ailleurs que c'est l'effet du bain chaud, son premier vrai bain dans une vraie baignoire, dans une vraie maison qui n'a pas de fonction commerciale comme la Chandellerie, les hôtels de la route, l'auberge de Goury.

— Je pourrai revenir chez vous ? demande-t-elle. Mes patrons ne s'absentent pas souvent, mais enfin ils vont à des foires, à des fêtes, tout ça. Par exemple, je sais qu'ils ont très envie d'aller voir les fondeurs de cloches à Villedieu-les-Poêles.

— Merci, ma chérie ! dit Louis en éclatant de rire. S'il le faut, je les y conduirai moi-même. Je les perdrai parmi les forges comme le bûcheron perdit Poucet — avec mauvaise conscience, mais en sachant que c'est un mal pour un bien. Quitte à crever Baldung, je galoperai dare-dare à la maison, tu y seras, tu m'attendras.

Catherine ne répond pas. Protégée par son peignoir, elle se colle malgré tout contre le mur pour enfiler ses vêtements.

— Mais, au fait, s'écrie soudain Louis, pourquoi me raconter que tu reviendras ? Quel intérêt, pour toi ? Même pas de lit... D'accord, j'ai la baignoire, et les Lecadrot n'ont qu'un évier. Mais ça n'est pas une raison, pas suffisante en tout cas — depuis quand les jeunes filles aiment-elles se débarbouiller ? C'est par gentillesse, par politesse d'ex-pensionnaire de couvent que tu parles de revenir. Si je ne vais pas te chercher, je ne te reverrai pas.

Il a de bons motifs de dire ça : Hanna van Dewoucker ne lui a jamais écrit malgré ses promesses, le fantôme de Sarah ne s'est pas manifesté bien que Louis ait pris la précaution, juste avant de monter dans le train, d'aller dérober un peu de terre sur sa tombe.

— Je reviendrai, dit Catherine, parce que je veux savoir pourquoi vous m'avez donné hier ce nom bizarre. Quel nom, déjà ? Je m'en souvenais en me réveillant, et à présent...

— Ozouf, le nom était Ozouf.

— Drôle.

— Des tas de gens s'appellent comme ça par ici, dit Louis en haussant les épaules.

— Et je leur ressemble ?

Il s'empare de la gravure que Catherine, pour se baigner, a posée sur le rebord de la fenêtre. Il élève l'image, la présente à la lumière :

— Je comprends ce que tu as ressenti en voyant pour la première fois ce dessin chez le marchand d'estampes. Parce que c'est exactement ce que j'éprouve, moi, en te regardant. Approche-toi que je te fasse le chignon.

Catherine partie, Louis Asfrid tente de peindre. Il s'y efforce douloureusement, quarante-huit heures durant. Il ne réussit que des barbouillages d'enfant, et même deux ou trois études franchement laides qui lui donnent la nausée. Pour se détendre, il parcourt les lambeaux de vieux journaux qu'il étale sous ses feuilles de lavis, sous ses godets. Il lit qu'une communauté religieuse de Bayeux a signalé la disparition d'une très jeune fille présentée comme *presque novice, ayant postulé pour être admise parmi les moniales*.

Ensuite la police s'en est mêlée, publiant dans ces mêmes journaux des portraits de Catherine dus à une certaine Sœur des Saints-Innocents.

Portraits emphatiques, indulgents à tout prendre, que Louis n'a pas remarqués quand ils sont parus.

Et puis on n'a plus parlé de la fugitive. Jusqu'à un dernier avis encadré de noir, demandant la plus extrême vigilance aux habitants des marécages et aux pêcheurs côtiers, *le remuement des eaux douces ou saumâtres habituel au printemps pouvant faire remonter à la surface le cadavre de la fille échappée* — que les autorités religieuses et policières s'accordaient maintenant à considérer comme noyée.

C'est à cheval que Louis Asfrid, le lendemain, pénètre dans l'auberge ; il tient autant à sa légende de centaure dans la Hague qu'à sa réputation de peintre de la lumière dans les galeries scandinaves.

D'ailleurs les gens d'ici sont fiers d'avoir quelques bouffons, plus rudes, plus insolents que ceux de Paris. Surtout s'ils savent boire et se taire ensuite.

— Le pire qui puisse arriver, dit Jeanne-Marie, c'est que sa bête me fasse du crottin. Mais, bah ! j'enlèverai ça avec la sciure d'hier.

— Sauf que c'est moi qui le ferai, dit Catherine.

— Naturellement, dit Gustave, que ce sera toi : l'homme vient pour toi, ses dégâts seront tes dégâts.

Louis Asfrid s'est découvert. Frôlant les flancs de Baldung du bout de ses éperons, il conduit le cheval au milieu de la salle, juste sous la suspension que Gustave a bricolée à partir d'une roue de gouvernail.

— Vous savez ce qu'on raconte à mon sujet ? dit-il. Il paraît que je suis né sur un cheval. Mais à l'envers, la tête tournée vers la croupe. L'animal avait une queue soyeuse, fournie et bien plantée comme les poils d'un pinceau. Voilà pourquoi je suis cavalier le matin, peintre le tantôt.

— Est-ce que vous entrez aussi à cheval dans les églises ? demande Gustave.

— Seul un Grand d'Espagne a ce privilège, Gus. Et, bien entendu, ça ne vaut que pour les églises espagnoles.

— Dieu sait que nous en sommes loin, dit Jeanne-Marie en essuyant une moque qu'elle remplit de café et offre à Louis. Pour vous refaire un bout de santé, ajoute-t-elle, ça souffle rudement de l'ouest aujourd'hui.

— Le fait est qu'on vous attendait, dit Gustave en élevant le sucrier à la hauteur du cavalier. Catherine nous a tout conté. C'est une sincère, cette gamine. Paraît que vous auriez une baignoire, monsieur ?

— Venez la voir quand vous voudrez.

— Je viendrai sûrement, monsieur. Une baignoire à l'étage des chambres, c'est un de mes projets.

— Son idée fixe, renchérit Jeanne-Marie. A cause des gens bien qu'on reçoit. Tous ces ingénieurs, vous comprenez ?

Catherine a contourné le comptoir pour s'approcher de Baldung. L'odeur du cheval et du cuir lui rappelle son enlèvement (c'est le mot qu'elle emploie devant les Lecadrot) et la nuit qui l'a suivi. Elle pose son front sur le montant de la botte droite du cavalier, comme un enfant fiévreux s'appuie contre une vitre.

— A part ça, monsieur, dit Gustave, qu'est-ce qu'il y a pour votre service ?

— Je vais épouser Catherine, dit Louis.

Sa main s'abaisse et repousse le visage de la petite :

— Ne lèche pas ça, je t'en prie, tu pourrais attraper une terrible maladie de la bouche qui te défigurerait.

Mais Catherine n'obéit pas. Louis n'essaye plus de l'empêcher : Babe Ozouf faisait de même, quand elle avait le sang à la tête à force de piétiner entre les chevaux des gendarmes elle recherchait la fraîcheur de la pluie ruisselant sur la botte de Guillaume ou sur la botte de Jean.

— Il faut peut-être que vous causiez tous les deux, a dit Jeanne-Marie en aidant Catherine à monter en croupe. Va, petite. Gustave m'aidera pour les légumes. Quand tu rentreras, il n'y aura que les tables à dresser.

Louis fait opérer un demi-tour cabré à Baldung, une figure de haute école que le cheval exécute en faisant sonner sur le plancher les fers de ses sabots.

Au moment où Baldung passe sous le linteau, Catherine et le peintre baissent la tête ensemble. Ils sont déjà un couple.

— La question que tout le monde se posera, dit Louis, et que tu te poses peut-être toi-même, c'est : comment vais-je t'aimer ? Tu es si jeune qu'on peut penser que je t'aimerai comme un père ou comme un ogre. Un ogre pervers qui ne songerait, dans cette affaire de mariage, qu'à se régaler de ta fraîcheur tellement émouvante, en somme de toute cette enfance encore en toi. La possession d'une très jeune fille ne ressemble pas à la possession d'une femme. Les boucles de cheveux, par exemple. Chez une femme, ces boucles, même extrêmement légères, se disciplinent dès que la femme soulève sa nuque de dessus l'oreiller, elles ont une tendance naturelle à se ranger en arrière du visage. Chez une très jeune fille au contraire, les boucles roulent sur le front et sur les joues, elles viennent parfois chatouiller le bout du nez ou les commissures des lèvres. Oui, pour peu que la petite ait les cheveux assez longs. Je te cite les boucles, mais je pourrais aussi bien te parler de la bouche qui ne s'entrouvre pas de la même manière, ou de la conversation, des loisirs, des exigences, du sommeil et de l'appétit.

» Ceux qui croient que j'aurai un amour de père, tu les verras pulluler à nos noces. Ils occuperont les premiers rangs, les stalles autour de l'autel. Ce sont des gens qui croient en Dieu. Avec Dieu, ils béniront notre union parce qu'ils sont sûrs qu'un père ne reniera jamais son enfant. Ils seront sereins : le mariage de Catherine et de Louis durera autant que les jours de Catherine et de Louis.

» Ceux qui parient que je t'aimerai en ogre, ceux-là n'entreront pas dans l'église. Ils refuseront d'être complices de ce qu'ils considèrent comme un blasphème. Ils attendront la sortie de la messe à l'auberge, en buvant énormément. Les plus ivres iront aux cabinets derrière la haie et avec un éclat de charbon ils dessineront des choses répugnantes sur les murs, sur l'envers de la porte. Oh ! ils n'auront pas pitié de toi pour autant, tu sais ! Ils te traiteront de poupée, la poupée du peintre vicieux et fou. En rêve, ils verront déjà la poupée disloquée, humiliée et disloquée. Écoute-moi bien, Catherine : certains espèrent être les premiers à découvrir le bout de lande où j'aurai jeté mon jouet, pour achever de le casser en s'amusant un moment avec ce qu'il en reste.

» Tous se trompent : je t'aimerai comme un homme. Avec ce que ça suppose pour toi de chances d'être heureuse. Le bonheur ? C'est facile à comprendre : je serai émerveillé de respirer un air qui contiendra un peu de ton souffle, je boirai dans ton verre et je te demande de ne mettre sur notre table qu'une seule assiette et qu'une seule cuiller pour deux les soirs où tu feras du potage. J'avais l'habitude de prendre mes repas face à la fenêtre donnant sur la mer. Je garderai ma place mais je ne verrai plus la mer, je te verrai toi. Ce sera pour moi une grande exaltation. Car on a beau dire, Catherine, une très jeune fille change plus que la mer. L'océan est gris et blanc par ici, et les couleurs qui te vont le mieux sont aussi le gris et le blanc. Mais quand tu es nue, et je t'ai vue nue dans la baignoire, tu es rose. Qui a jamais vu un océan rose ? Je t'avoue que j'ai essayé d'en peindre un, il était à vomir.

» Mais tu te dis peut-être : il va bien, lui, il me parle de son émerveillement, de son exaltation, c'est égoïste, car ce qui m'intéresse c'est mon émerveillement, c'est mon exaltation à moi. Je te répondrai : tu les auras. Tant que tu me fascineras, tu pourras tout obtenir de moi. Que je te touche quand tu veux et où tu veux, et même que je ne te touche pas du tout. Ou l'inverse, si tu désires que je t'apprenne de nouvelles formes d'amour. Si ça vient de toi, sache que rien ne me répugne, que rien ne me révolte. Avec Hanna ou Sarah, je n'aurais pas dit pareil. Tu ignores qui sont Hanna et Sarah.

Elles avaient ton âge à peu près, l'une morte, l'autre vivante, mais en ce qui concerne ces petites sœurs je me suis emmêlé dès le début, et aujourd'hui je ne sépare plus la morte de la vivante. Là n'est pas la question, d'ailleurs. Je voulais seulement dire que j'accepterai de toi des choses que je n'aurais jamais eu le courage de subir venant d'Hanna ou de Sarah. Je parle de choses contenues dans la tête aussi bien que de choses contenues dans le ventre — en un mot, tous ces jeux cruels dont est capable une enfant, et elle seule.

» Je t'aimerai mieux qu'un homme. Car si un homme rassure une femme en lui répétant qu'elle est bien celle dont il rêvait, moi je peux te dire que tu es toutes celles dont je rêvais. Il y a en toi la première femme qui m'a troublé. Tu n'as pas besoin de savoir son nom. Quand je l'ai vue, elle trébuchait sur un chemin qui n'est pas loin d'ici. On l'emmenait, elle était pâle comme je suppose que jamais personne n'a été pâle. C'est depuis ce jour que je fais des aquarelles, c'est la seule peinture qui permette d'atteindre ce degré de pâleur — quand la pâleur est presque une lumière. Et il y a encore en toi tout ce qui me bouleversait chez ces petites filles dont je t'ai parlé, Hanna et Sarah. Vos boucles et vos aisselles de petites filles sentent toujours la même chose : l'odeur de la vraie chair telle que Dieu l'a créée, j'en suis sûr.

Ses lèvres tout contre l'oreille de Catherine de peur que le vent n'emporte ses paroles, Louis a guidé Baldung à travers la lande jusqu'à l'anse du Culeron.

— Et toi, demande-t-il enfin, tu n'as rien à me dire ?

Il y a un moment qu'elle pleure, serrée contre lui. Mais il aurait fallu qu'elle le regarde en face pour qu'il remarque les larmes sur ses joues — et encore ! il aurait mis ça sur le compte des embruns.

De toute façon, elle ne fait rien pour qu'il sache. On ne lui a pas appris que pleurer était une manière de réponse, les religieuses l'ont dressée au contraire à se méfier des pleurnicheries qui sont une offense directe à la Providence ; ou alors il faut suer carrément des larmes de sang comme le Christ au jardin d'oliviers.

Babe Ozouf non plus n'était pas une larmoyante. Catherine l'ignore, mais ses chromosomes s'en souviennent pour elle.

Louis insiste :

— C'est donc que tu refuses ? C'est ton droit. Et même, peut-être ton devoir. Pourtant, sais-tu, je suis certain d'obtenir les papiers nécessaires au mariage. Je verrai le procureur Fresselin pour qu'on t'accorde une dispense, c'est indispensable parce que tu es mineure.

— Quel nom faudra-t-il donner ?

Il ne s'aperçoit pas tout de suite que cette phrase c'est en quelque sorte le oui de la petite. Tout à son affaire de paperasses, de dossiers à constituer, voire de pattes à graisser pour accélérer les choses, il ne pense qu'au procureur.

— Le nom dont vous m'appelez quelquefois ? poursuit Catherine. Ou le nom que m'ont inventé les Sœurs, sous l'orme à Bayeux ?

Fresselin n'était pas encore muté dans la région à l'époque du crime de Babe Ozouf. Et puis les Ozouf sont nombreux dans le Cotentin, il n'y a aucune raison pour que le procureur fasse un rapprochement et retarde la délivrance des autorisations. Tandis que le patronyme de secours, *des Cierges,* est trop beau pour être vrai.

— Ce sera Ozouf, décide Louis. Mais juste le temps de remplir les imprimés, de publier les bans. Après, ajoute-t-il en riant, tu seras Catherine Asfrid.

Elle rit aussi, mais sans pour autant cesser de pleurer.

— Allons bon ! dit Louis. On ne t'a jamais demandée en mariage, peut-être ?

Une rafale de vent lui arrache son chapeau, il doit sauter à terre et le poursuivre sur la lande. En se redressant après l'avoir plaqué au sol, et même un peu écrasé, il voit Catherine cramponnée à la crinière de Baldung :

— Ah ! je suis bête, tu es un bébé, je n'y pensais plus. Je t'aime tellement que ça m'était sorti de la tête. Une chose est sûre, c'est que les hommes font les bébés, mais il est rare qu'ils en épousent.

Il se campe bien d'aplomb dans l'ouragan, les poings sur les hanches, la tête de côté comme s'il jugeait une de ses œuvres :

— C'est cette grande carne de Baldung qui te fait paraître si petite, Catherine. Le cheval, les falaises... en réalité, tu n'es pas *très* petite.

Allongez-la sur un lit : les pieds de mon adolescente ne toucheront sans doute pas le bout de la couche ? Et alors ? Je ne mesure pas mon droit d'aimer à la longueur que fait mon amour par référence au sommier, pense Louis. Je crache à la figure de quiconque voudrait me forcer à calculer comme ça. D'ailleurs, il suffit qu'elle se laisse glisser, qu'elle pose un peu plus bas sa tête sur l'oreiller...

— Je t'en prie, arrête de pleurer. *Baby,* c'est un mot gentil. J'ai entendu un docker de Rotterdam le dire à sa mère qui avait soixante-quinze ans, et personne n'était ridicule sur les quais. C'est important, tu ne dois pas oublier que bébé est un mot d'amour. Je veux que tu le saches parce que ça pourrait m'échapper une fois ou deux, ce serait un désastre si tu te sentais humiliée à cause de ça.

D'une pression des genoux, Catherine emmène Baldung un peu plus loin. Si elle savait, elle lancerait le cheval au galop. Pour s'étourdir. Et tomber douloureusement n'aurait pas d'importance. Tellement moins d'importance que ce qu'elle est en train de vivre au-dessus de l'anse du Culeron.

Pour elle, le plus extraordinaire n'est pas qu'un homme veuille l'aimer mais qu'il l'ait appelée bébé. Car d'autres hommes l'ont désirée, enfin d'une certaine façon, ils ont voulu la porter sur leur dos comme le moine, toucher les draps où elle avait dormi comme le collecteur de lait ou qu'elle leur fasse des moues comme le marchand d'estampes, mais aucun ne lui a jamais dit bébé. Une femme l'a dit peut-être, il y a très longtemps, et de cette femme elle a tout oublié.

Parce qu'elle n'a jamais été nommément le bébé de personne, sauf de cet homme-là, Catherine s'ouvre et se donne à lui. Elle tire sur les rênes pour bloquer la course de Baldung et attend que Louis, échevelé et hurlant, la rejoigne, l'attrape et la prenne contre lui. Elle voudrait l'embrasser sur la bouche, mais elle ne sait pas comment on fait. Lui il sait, mais il n'ose pas. Et puis il y a son chapeau noir à larges bords qui l'embarrasse. S'il le met sur son crâne, le vent le lui chipera à nouveau. S'il le garde à la main, il ne pourra pas orienter vers les siennes les lèvres de Catherine et presser à la jointure des mâchoires pour lui faire ouvrir la bouche.

— Nous allons nous en retourner, dit-il.

— Déjà, monsieur ? Il fait encore plein jour.

— Ce sont les jours les plus longs de l'année, on ne peut pas se fier à ça.

— En rentrant à Goury, on s'arrête chez vous.

Un soir, elle allait à la cathédrale avec des cierges plein les bras, tellement de cierges cette fois-là que Sœur des Saints-Innocents avait dû l'accompagner pour en porter quelques-uns. Un homme s'était mis à crier dans une maison à pignon. « Ne crains rien, avait dit la religieuse sans modifier son allure, ce n'est pas un homme qui souffre, c'est un homme qui aime. Ces vieilles demeures de paille et de boue ne valent pas grand-chose pour l'intimité des gens. »

Catherine veut être sûre que Louis criera bébé en l'aimant.

— Mon Dieu, prie Louis à genoux près du lit, je n'ai pourtant aucun regret au moment où je vais T'offenser.

— Vous n'allez pas L'offenser du tout, dit Catherine couchée sur le côté, les genoux repliés sur son ventre nu et un peu bombé.

— Qu'est-ce que tu sais de Dieu ? Ah ! oui, ton couvent...

— Non, ce n'est pas là-bas que je L'ai vu.

L'orage se propage sur la mer dans un bruit de soie qu'on déchire. Louis ne sait pas s'il doit enlever son caleçon tout de suite ou attendre un peu. Il hésite, deux doigts glissés entre l'élastique de la ceinture et sa peau.

— Parce que tu as vu Dieu ? C'est intéressant, ça, et puis c'est nouveau ! Où, quand, comment ?

— Juste maintenant. Tu es Lui, ajoute-t-elle en le tutoyant pour la première fois.

Humblement, il lui lèche les pieds. Un peu de la laine de ses chaussettes s'est accroché aux ongles des orteils. Le souffle de Louis fait voler les brins bleus comme de minuscules étendards. Ma langue serait un nuage, ma salive une pluie, je fertiliserais ces pieds menus, ces talons fendillés qui crevaient de soif dans des godillots impossibles.

— Louis, tu me vois le dessous des pieds ? Écoute, je n'ai jamais regardé, est-ce qu'il y a des lignes comme dans le creux des mains ?

Il dit qu'il a fermé les yeux.

Sa bouche monte aux genoux de la petite, qui ont des crevasses eux aussi. Il cambre un peu la tête pour ne pas poser son front sur le pubis. Les genoux ont un goût âcre, Catherine s'est trop traînée sur les planchers à l'eau de Javel de l'auberge Lecadrot. A force, sa peau s'est imprégnée.

Lançant les bras en avant, il lui prend les mains. Alors elle l'attire à elle, le hisse comme un noyé. Son menton mal rasé laboure le ventre, Catherine sent les joues et les mâchoires de l'homme écarter ses petits seins, et la tête vient se nicher dans son cou. Elle perçoit le battement de ses propres artères sous le poids de ce visage en sueur qui veut rester enfoui.

— Tu as ouvert les yeux, maintenant ?

— Toujours pas.

— C'est comme tu crois, dit-elle. Mais j'aimerais que tu me regardes. J'aurais moins peur. Oh ! je ne sais pas de quoi j'ai peur.

Il ne répond pas. Blotti dans le creux du cou, il devine la respiration de Catherine qui file au-dessus de lui, soulevant quelques-uns de ses cheveux. C'est une haleine un peu miellée. Avec, quand la fille parle, d'infimes particules humides qui retombent sur les tempes de Louis. Comme beaucoup d'enfants, Catherine a les dents de devant légèrement écartées.

D'un côté il voudrait qu'elle se taise, enfin qu'elle ne trouve plus rien à dire et laisse le rêve s'épanouir en lui — librement, comme son sexe qui va se dilater en elle. Mais il aime aussi qu'elle le mouille ainsi, un peu et sans le faire exprès. Il a l'impression qu'elle le marque, que le haut de son visage d'homme devient un territoire de petite fille. Et alors, d'être possédé par une si faible personne lui donne un merveilleux vertige.

Louis ramène entre les siennes les jambes de Catherine. Il n'a pas ôté son caleçon, elle a gardé son jupon, ils font semblant de croire qu'on peut faire l'amour sans être nus, sans se pénétrer, et c'est d'ailleurs vrai. L'orage à présent est abominable. Baldung rue contre la porte de son écurie. Une pierre descellée dévale et rebondit interminablement sur le toit.

Alors Louis, se soulevant sur les genoux, retourne Catherine et l'étend sur le ventre.

— Ah ! cette fois, dit-elle, je ne te verrai plus du tout !

Il lui enfonce légèrement le visage dans le creux de l'oreiller. Les narines et la bouche obturées, elle étouffe, gémit, se débat. Ses reins se cambrent, faisant saillir les fesses. Quand il relâche sa pression, elle se tord vers lui et lui sourit. De part et d'autre du sillon de sa nuque, il mordille. Elle enfouit à nouveau sa tête dans l'oreiller. Elle pleure, pour la deuxième fois depuis qu'il est venu la chercher à l'auberge.

A la nuit tombée, Baldung la ramène à Goury.

— Quand tu seras arrivée, a dit Louis, noue simplement les rênes au pommeau de la selle, le cheval rentrera tout seul.

Haut perchée, ses pieds ne touchent pas les étriers, Catherine se laisse emporter sur le chemin qui longe les champs aux murets de pierres. Au loin les derniers éclairs de l'orage se confondent avec les éclats du phare. Ravivé par la pluie tiède, le goémon sent fort, surtout dans l'anse de la Valette où il s'étale sur les galets en longues nappes luisantes.

Louis n'a pas crié bébé en jouissant, mais Catherine est sûre qu'il l'a pensé. Elle n'a pas cessé un instant d'être attentive à ce qu'il ressentait, elle a presque vécu l'étreinte comme si elle était lui, éprouvant dans son corps le terrible frisson qui a secoué l'homme au moment du plaisir. C'est parce qu'il l'a serrée d'une façon qui ne trompe pas qu'elle sait qu'il a pensé à elle comme à un bébé. On aurait dit qu'il avait peur pour elle, qu'il essayait de l'enrober pour la protéger. Ses mains brûlantes se posaient partout sur elle comme pour la sceller. Il l'avait même assourdie, appuyant ses pouces sur ses oreilles pour qu'elle n'entende pas les petits grondements rauques qui lui échappaient alors que son plaisir refluait par saccades et qu'il disait : « Oh, oh, c'est encore ça, ça continue, pardonne-moi, je suis encore heureux. »

Elle aussi, elle est heureuse. Tout à l'heure, meurtrie, soûlée par la violence de Louis, elle ne savait pas. Elle se retrouvait comme après un évanouissement, avec le souvenir de quelque chose d'affolant et de délicieux à la fois. A présent, ballottée sur le dos du cheval, elle est envahie d'un étrange bien-être. Elle est apaisée. Il lui semble que le monde autour d'elle s'est peu à peu ralenti, qu'il pourrait même aller jusqu'à se figer tout à fait. Les lames qui déferlent sur la digue n'en finissent pas de retomber, elles restent longtemps suspendues entre ciel et granit. Et Catherine devine que son amant — n'est-ce pas le beau titre qu'elle doit lui donner maintenant ? — n'a toujours pas bougé de derrière la fenêtre d'où il l'a regardée partir. Il tenait une chandelle à la main droite, presque entièrement consumée, la chandelle s'est peut-être affaissée, répandue sur ses doigts et sur son poignet, mais Louis n'aura pas senti la brûlure de la cire, il ne se sera même pas aperçu que la flamme est éteinte, simplement ses pupilles se seront dilatées comme celles des chats quand la lumière baisse.

Elle ne refera pas l'amour avec lui avant qu'ils soient mariés. Louis en a décidé ainsi. Car il laisse toujours sa porte ouverte, que penseraient les gens s'il se mettait subitement à la verrouiller à des deux-trois heures de l'après-midi ? Jusqu'à l'obtention de la dispense, il faut se montrer prudents.

Mais Catherine revivra ces instants avec Louis autant de fois qu'elle le voudra.

Jusqu'à aujourd'hui, elle n'a jamais vraiment mis sa mémoire à contribution : les événements de sa vie se répétaient de toute façon, il n'y a rien de tel qu'un monastère ou une salle d'auberge pour vous donner la sensation du perpétuel recommencement. Quand on a appris par cœur le rythme et le contenu des heures, on n'a plus besoin de sa mémoire. Quelquefois, la petite en oubliait son âge. Elle se croyait semblable aux vieilles moniales tellement courbées qu'on avait toujours l'impression burlesque qu'elles s'inclinaient devant des gens et des choses invisibles. A force, Catherine les imitait ; c'était tout juste si elle savait encore marcher sans surveiller ses pieds.

Mais ce soir dans son lit à l'auberge, quand les Lecadrot dormiront, elle sortira de dessous ses couvertures, s'étendra sur le dos avec ses bras croisés sous la nuque. Du bout de la langue, elle se léchera les lèvres comme si c'était Louis. Lentement elle dénouera ses bras, et ses mains descendront le long de son corps. Elle respirera violemment. Elle s'enfoncera les doigts dans le ventre, cherchant à reproduire l'éblouissante douleur de tout à l'heure. Elle dira tout bas : « Louis, Louis, Louis », comme elle aurait dû le dire quand il l'étouffait sous son poids, elle ne l'a pas dit parce qu'elle était encore une petite fille avec des pudeurs, avec des je-ne-voudrais-pas-vous-déranger de petite fille.

Le nez contre le carreau tout poisseux de sel et de débris d'algues, Jeanne-Marie et Gustave Lecadrot regardent leur servante enfantine longer la digue, somnolente sur son grand cheval.

— Tu sais quoi ? fait brusquement l'aubergiste. J'irai voir la baignoire de monsieur Asfrid, et dans la foulée je lui commanderai un ou deux tableaux pour le couloir des chambres. Des homards au court-bouillon, ouverts en deux pour qu'on voit bien leur chair blanche, voilà ce que je veux qu'il peigne pour la maison. Après avoir monté leurs bagages, les ingénieurs se cogneront la physionomie contre mes homards. Sûr que ça leur donnera l'envie d'en commander pour le repas du soir. Un de ces jours, d'ailleurs, je creuserai un vivier dans les rochers.

— Pas sur la Longue Équette, en tout cas, avertit Jeanne-Marie. Ça porte malheur : *Homme qui me perce, le diable lui bêche la tombe !*

Elle s'écarte de la fenêtre, jette au passage une brassée de bois dans l'âtre, sort dans la nuit à la rencontre de Catherine.

Quand elle la prend dans ses bras, Jeanne-Marie flaire sur la peau de la petite une odeur qu'elle reconnaît, légère, mais qui pourtant l'empêchera désormais de traiter Catherine en fillette. Du coup, au lieu de l'asseoir à table devant une crème aux œufs et à la vanille, dessert juvénile, elle ouvre pour elle l'armoire énorme dans laquelle jaunit la robe qu'elle portait pour ses noces.

Le mariage a lieu à Saint-Germain-des-Vaux le dix septembre.

Il fait un temps équivoque, ciel clair mais vent de force sept, l'église est à l'écart du bourg au sommet d'une colline.

Des invités sont venus de Paris, Hanna van Dewoucker en toilette jonquille représente les marchands d'Amsterdam, un prêtre ami dira la messe à l'issue de laquelle l'harmonium jouera la Toccata de Widor pendant que les nouveaux mariés et leurs témoins signeront le registre paroissial.

Pour amener les gens jusqu'à la colline, Louis Asfrid a organisé une grande réquisition de toutes les charrettes des villages et hameaux environnants. Les crinières des chevaux sont tressées, des rubans flottent accrochés aux rayons des roues.

Le visage chiffonné par l'interminable voyage en chemin de fer, Hanna s'accroche au bras de Louis au moment où celui-ci traverse le cimetière devant l'église.

— Tout est tellement ravissant ! s'exclame-t-elle. Est-ce que tu ne vas pas en faire un tableau ?

Elle rabaisse aussitôt sa voilette et, pour plus de sûreté, ferme aussi les yeux.

— Excuse-moi, murmure-t-elle encore. Je cherchais quelque chose d'innocent à te dire. J'ai passé la nuit à préparer des phrases toutes plus bêtes les unes que les autres. Celle-ci est la moins stupide. En réalité, je songe à des millions de choses et...

— Comment va Sarah ? coupe-t-il brusquement.

— Toujours aussi morte.

Comme elle aurait dit : « Toujours aussi délicieuse. »

— C'est ce qu'il faut, n'est-ce pas ? approuve Louis. Annonce à tes parents que je me rendrai bientôt à Amsterdam. J'ai pas mal travaillé, ces temps-ci.

— Tu viendras avec ta nouvelle femme ?

— Ce n'est pas ma nouvelle femme, Hanna, c'est ma femme tout court.

Elle se mord les lèvres derrière sa voilette. Pourquoi ne parvient-elle pas à mieux maîtriser ses paroles ? Si Louis en épouse une autre, c'est qu'elle-même n'a rien fait pour le retrouver après leur nuit dans la chambre sur l'Amstel. Elle a longtemps pensé à lui, pourtant. Mais comme à un fantôme. C'est normal, après tout, quand on vit dans un appartement-mausolée. Le souvenir de son visage s'estompait, elle allait l'oublier quand le faire-part est arrivé avec un mot gentil. La lumière devenait grise sur les canaux, l'occasion était trop belle de fuir deux ou trois jours les miasmes de Sarah. Mais maintenant qu'elle est là, Hanna souffre. Une jalousie va-t-elle en chasser une autre ? Elle enfonce ses ongles dans le bras de Louis, demande :

— Et où est cette merveille ?

Il sourit, se retourne légèrement. Hanna accompagne son mouvement. Elle découvre Catherine qui descend à l'instant d'une charrette et ôte les épingles qui attachaient sa robe pour lui éviter de se froisser ou de se prendre dans les roues pendant le trajet.

Le vent déploie aussitôt sa toilette. La dentelle blanche s'évase, formant corolle autour du buste. Le long voile se soulève aussi et flotte derrière la nuque de Catherine.

Les autres femmes qui entourent la mariée ont eu le réflexe de plaquer leur robe contre elles, les empêchant de s'envoler.

Alors, seule à être vêtue d'une dentelle vivante qui danse autour d'elle, Catherine a l'air d'une fleur comme il n'en existe pas.

— Mais c'est une enfant ! s'exclame Hanna.

— Et c'est peut-être à toi que je le dois, dit Louis. Elle a quinze ans.

Il abandonne Hanna van Dewoucker pour courir vers Catherine. Il veut être le premier à assagir toute cette dentelle qui joue aux pétales autour du corps de sa jeune fiancée. Personne d'autre que lui n'a le droit de frôler la poitrine, la taille de cette fille immobile qui rit en voyant sa robe enchantée palpiter, se soulever jusqu'à dévoiler ses jupons.

— Le vent est fou, Louis !

Il la contemple en silence, les larmes aux yeux.

— Peut-être, dit-elle encore, que je n'aurais pas dû retirer les épingles avant d'entrer dans l'église ?

Il la prend dans ses bras et lui murmure de se taire, que le vent et elle ont créé en un instant ce que lui n'a pas seulement été capable d'esquisser depuis qu'il a commencé à peindre.

Ceux de la Hague sont arrivés les premiers, ils se sont hâtés d'occuper le chœur, obligeant ainsi les étrangers à s'entasser au fond de l'église jusqu'à déborder sur le parvis. C'est leur façon de montrer qu'ils ont fait de Louis Asfrid un des leurs, que son mariage est aussi leur mariage.

Ils ignorent que les Parisiens sont ravis du complot qui leur permet de s'entretenir des bruits divers qui courent la capitale, sans être à tout propos interrompus par le Suisse qui fait sonner le fer de sa hallebarde contre les dalles — parce que Louis a voulu un Suisse, un vrai Suisse en redingote bleue et bicorne, il a fouillé toute la Normandie pour en dénicher un. Quoi qu'il en soit, on raconte à Paris qu'Asfrid a modifié sa technique, qu'il affine ses recherches sur la lumière : il ne croit plus à la transparence de celle-ci, ce qui supposerait qu'elle est inconsistante, il affirme qu'elle est composée de grains infimes d'une extrême pâleur qui s'imprègnent des vibrations des surfaces colorées. Les prochaines œuvres que Louis Asfrid exposera au Salon de Mai seront déconcertantes, car on n'y discernera à première vue aucun contour stable — rien qu'un jeu de couleurs livides.

Peindre la lumière sans les formes qu'elle éclaire, voilà à quoi s'acharne l'homme agenouillé là-bas devant l'autel et dont le visage vient de se tourner vers celui, radieux, de la petite fille à ses côtés.

— Mon amour, chuchote Louis, tu entends ce que dit le prêtre ? Tu n'es plus Catherine des Cierges !

— Ozouf, Catherine, Lucie, Gabrielle, voulez-vous prendre pour époux...

— C'est fini, s'écrie Louis, tu n'es même plus Catherine Ozouf !

Après lui avoir passé l'alliance au doigt, il se retourne et regarde la foule comme s'il la défiait.

Parmi ces hommes rougeauds qui maintenant baissent la tête, combien ont deviné qui était Catherine ? La multitude, pense Louis. Mais ils se sont tus, et ils continueront.

Parce que la plupart ont connu Babe.

Sous des prétextes divers, ils ont un jour ou l'autre franchi la poterne de la ferme de Jobourg, ils ont claudiqué comme des canards dans la boue de la cour de Babe, ils sont entrés et se sont assis près d'elle, le chapeau sur les genoux, les mains serrées sur un verre d'alcool. Elle, dit-on, se tenait à contre-jour. La lumière dessinait admirablement l'ovale de son visage, ses cheveux roux paraissaient plus dorés. Tous l'ont désirée, pense encore Louis. Certains ont peut-être même tenté leur chance. Babe Ozouf s'est-elle souvent donnée ? Non, sans doute. Car si elle n'était pas farouche, elle était triste. La tristesse d'une femme est un obstacle plus difficile à franchir que sa vertu.

A défaut de la posséder, ils l'ont épiée. Aux nuits de la Saint-Jean, l'usage voulait que Babe fût la première à sauter par-dessus le feu, quand celui-ci était encore très vif. Les hommes en avaient décidé ainsi parce que Babe portait une robe noire, mais d'une étoffe si fine que les flammes étaient visibles à travers, et ses cuisses aussi.

Ces mêmes hommes, quand ils ont appris que Guillaume Dubosq et Jean Le Nackeis faisaient route vers la ferme pour arrêter Babe, se sont éparpillés dans les champs, sur la mer. Ce jour-là, des bateaux de pêche ont appareillé alors qu'ils n'avaient pas achevé de vider leurs cales, des charrues ont creusé deux fois le même sillon.

Louis fut seul à suivre sur la lande, aussi loin que ses jambes voulurent bien le porter, le misérable cortège de Babe Ozouf et des gendarmes. C'est vrai, il n'a pas osé s'approcher d'assez près pour lui parler, l'encourager. Mais il y a bien des péchés par omission qui n'en sont pas moins de vrais péchés, alors pourquoi n'y aurait-il pas aussi des mots d'amour par omission qui seraient de vrais mots d'amour ?

— Aujourd'hui, dit Louis à la foule, je vous ai rachetés.

On tire en l'air des coups de fusil pour annoncer l'arrivée de la charrette des mariés.

Sa maison de La Roche n'étant pas assez grande, Louis s'est entendu avec des cultivateurs de Danneville qui ont accepté de mettre leur ferme à la disposition de la noce.

Catherine traverse la cour en retenant des deux mains la traîne de sa robe. Elle rit quand des volées de plombs à bout de trajectoire retombent en crépitant sur la paille qui jonche la terre. Elle rit d'ailleurs de n'importe quoi, nerveusement, comme un enfant un matin de Noël.

— Morphologiquement, dit un critique d'art qui a fréquenté Degas, cette jeune personne est taillée pour la valse. Asfrid serait bien inspiré de la peindre en robe Second Empire, virevoltant parmi les volailles. Avec la boue, le contraste serait saisissant. On pourrait intituler le tableau *la Femme-buvard.* L'œuvre poserait en somme la question suivante : combien de temps faudra-t-il au purin pour imbiber en totalité une fille qui danse sur la merde comme sur le plancher de l'Opéra ?

Catherine court toujours, elle va vers l'immense table drapée de blanc qu'on a dressée près de la bergerie.

Cette galopade qui souille un peu sa toilette, mais tant pis ! c'est encore un de ses sevrages : courir était interdit sous les voûtes et dans les jardins de la Chandellerie, interdit aussi à l'auberge de Goury, Gustave Lecadrot pensant que le spectacle d'une servante agitée serait préjudiciable à la digestion heureuse de sa clientèle.

Catherine s'abat enfin contre la table, les bras écartés et son corsage écrasé contre la nappe. Elle chante. Les seuls chants qu'elle connaisse sont grégoriens. Le vent pousse vers elle la buée des potages, le grésillement des gigues de mouton et des poulets fricassés. Elle relève son visage, admire toutes ces victuailles alignées. Si la noce voulait bien tourner le dos une minute ou deux, qu'elle puisse promener lèvres et langue sur les peaux croustillantes...

— Fais-le, dit Louis qui l'a rejointe. Si tu en as envie, fais-le. Lèche. On te regarde, et après ? C'est à toi, tout ça. Ils ne sont que tes invités, si tu le désirais tu pourrais leur lâcher les chiens aux trousses. Ta bouche n'est pas dégoûtante, Catherine. C'est même ce qu'il y a de plus pur aujourd'hui sur la terre.

— Mais nous ne sommes pas chez nous, mon petit dieu chéri.

Il gronde :

— Pas chez nous ? Moi peut-être. Mais toi, tu es partout chez toi car tu leur reviens de loin.

Elle ne comprend pas ce qu'il a voulu dire, du bout de l'index elle s'amuse à lui rebrousser les sourcils :

— Je veux surtout être seule avec toi.

— Plus tard. Avant le coucher du soleil, je te le promets.

Il sourit, lui désigne une haute grange :

— Baldung est là-dedans depuis minuit, je l'y ai enfermé moi-même, il nous emmènera.

— Je ne réussirai jamais à lui grimper dessus sans déchirer ma robe.

— Je compte bien que tu la déchires, dit Louis en la prenant dans ses bras. Cette robe-là, on ne la met qu'une fois. Maintenant, veux-tu placer nos invités ?

— Asseyez-vous à ma gauche, propose alors Catherine à une jeune fille arrivée d'Angleterre par le bateau du matin.

Elle se trouve mêlée à la noce parce que ceux qui la reçoivent en France font partie des convives. Elle a suivi le cortège sans se séparer de son sac de voyage, l'ouvrant parfois pour en tirer un mouchoir, une boîte de pastilles, un poudrier. Elle a un joli sourire fatigué qui n'étire que les commissures supérieures de ses lèvres :

— Je m'appelle Jennifer Dickson. Je vous suis reconnaissante, madame, mais je ne peux certainement pas prendre cette place : vous devez vous asseoir entre deux hommes, c'est la tradition, je crois.

— Il faut que vous m'obéissiez, insiste Catherine en tendant la main par-dessus la table pour attirer Jennifer.

— Non, dit l'Anglaise en reculant.

Catherine se tourne vivement vers Louis, et dans le mouvement qu'elle fait son long voile s'accroche à une écharde de sa chaise et se partage par le milieu :

— Pourquoi résiste-t-elle, petit dieu ? Fais quelque chose !

— Et toi, murmure Louis à son oreille, pourquoi la veux-tu ?

— Mais parce qu'elle est juste un tout petit peu plus vieille que moi, dit Catherine. Toi, tu as tous tes marchands, tous tes critiques pour parler. Moi, je vais m'ennuyer, je ne connais personne. La petite *miss* me racontera des histoires.

Louis s'empare alors d'une bouteille cachetée de cire verte. Il la brandit par le goulot, l'abat et la brise sur le tranchant de la table. Le vin se répand à gros bouillons.

— Jennifer Dickson, ce mariage est mon mariage. C'est donc mon droit de décréter ce qui est traditionnel et ce qui ne l'est pas. Posez votre fichu baluchon et prenez la place qu'on vous désigne. *All right ?*

— *All right, sir. Thank you, sir.*

— *You're welcome.*

— Merci, petit dieu, dit Catherine.

Elle embrasse Jennifer sur les deux joues. Et une troisième fois sur l'extrême bout du nez.

La toison baie du cheval se confond avec le brunissement subit des terres à l'instant où le soleil s'efface. La seule lumière qui résiste encore, c'est le reflet du ciel sur la robe blanche de Catherine. On rentre par le chemin des écoliers — la Vallée des Moulins, les Ruettes, la Chasse à Percy. Loin derrière, les fumées de la noce montent au-dessus des haies. Le martèlement des sabots de Baldung domine les cris et les rires.

Et puis il n'y a plus que le vent, les appels rauques de quelques goélands très haut sur la lande.

— On s'aimera toute la nuit, dit Catherine en nouant ses bras autour de la taille de Louis. Tu pourras m'aimer toute la nuit ?

— Je peux. Mais tu t'endormiras avant.

— Tu as déjà aimé toute une nuit, petit dieu ?

Il se retourne légèrement vers elle :

— Qu'est-ce que tu entends par aimer ? Baiser, c'est ça ?

— Baiser, murmure-t-elle en lui soufflant au visage.

Ce verbe l'enchante, il est fait pour elle : verbe de femme quand il signifie l'amour sexuel, verbe d'enfant quand il veut dire donner un baiser.

— Alors, avoue Louis, je ne sais pas. Je n'ai jamais essayé de baiser toute la nuit. Mais j'ai passé des nuits entières à essayer d'aimer.

— Tu sais que moi aussi j'ai essayé d'aimer ? Ça aurait pu marcher si j'avais seulement eu quelqu'un à aimer. Il y avait bien Sœur des Saints-Innocents, mais elle ne voulait absolument pas que je l'approche, que je la touche. *D'âme à âme,* c'était sa formule. Je veux bien, peut-être que les âmes arrivent à s'aimer. Mais alors, c'est dans le noir. Parce qu'elles n'ont pas d'yeux. Je crois que les âmes s'aiment quand tout le reste est mort. Au fait, tu voudras bien, n'est-ce pas, qu'on garde toujours une petite lumière allumée dans la chambre ? Juste pendant l'amour, après c'est moi qui me lèverai pour l'éteindre. Toi, pas question que tu marches pieds nus : tu pourrais t'enrhumer, et tu as ton travail.

— Ne t'inquiète pas, dit Louis, on y verra bien assez clair. Le faisceau du phare de Goury entre dans la chambre, celui d'Aurigny aussi.

— Oui, mais ils tournent. Je pensais à une lumière qui serait là tout le temps.

Il peint de mieux en mieux, elle l'aime de plus en plus.

A Noël, elle cherche ce qui lui ferait plaisir. Comme elle n'a pas d'argent personnel, elle ne peut lui offrir qu'une attention, un geste héroïque. Alors, armée seulement d'une lame de tournevis, elle ouvre quatre douzaines d'huîtres rien que pour lui. Il les adore mais n'ose pas s'y attaquer de peur de s'entailler les doigts. N'est-il pas un travailleur manuel au sens le plus absolu du terme ?

Quand il découvre les coquillages rangés dans un plat à tarte, naïvement décorés d'éclats de glace et de guirlandes d'algues, il ne dit rien. Catherine le suit du regard, perplexe : est-il content de son cadeau ? C'est qu'elle n'a rien prévu d'autre !

— C'est pour moi ? dit-il enfin.

Elle fait oui de la tête, plusieurs fois et très vite. Il lui demande de bien vouloir lui passer le premier torchon qui lui tombera sous la main. Elle lui tend celui dont elle s'est servie pour maintenir les huîtres pendant qu'elle les ouvrait. Il le frotte sur son visage.

Elle met cinq minutes avant de comprendre qu'il pleure, l'idiot !

— Moi, dit-il, je ne t'ai rien acheté. Parce que, comme un animal que je suis, je pensais que de ton côté tu n'aurais rien pour moi. Je ne voulais pas t'humilier en étant le seul à...

Cette idée d'arriver les mains vides, elle trouve que c'est encore plus beau qu'un cadeau dans un paquet. Elle le lui répète en battant des mains, mais il joue au flagellant, se cingle méchamment le buste et les cuisses à grands coups de torchon :

— Laisse, je ne suis qu'un stupide ! Aucune imagination, voilà ce qu'il y a ! Ce n'est pas comme toi. Mais pourquoi es-tu toi ? Comment es-tu toi ?

— Les huîtres, ce sont des Saint-Vaast. On vendait aussi des Gouville. Mais les Saint-Vaast sont plus laiteuses. J'ai bien choisi, petit dieu ? Parce que si tu préfères les Gouville, tu dois me le dire. Évidemment, il est trop tard pour rendre celles-ci. Mais la prochaine fois, je saurai.

— Avant de les manger, annonce-t-il, je vais peindre ces huîtres.

Alors Catherine est tout à fait sûre qu'il est heureux.

Il neige fin février, ce qui n'arrive presque jamais dans la Hague qui jouit d'un climat si doux qu'on peut voir pousser de petits bananiers dans quelques jardins d'Auderville et qu'il y a un bouquet de palmiers pas si maigres que ça à Saint-Germain-des-Vaux, en face de la buvette.

Un matin, peu avant l'aube, Louis sort de la maison et traverse le jardin pour aller allumer un brasero dans l'écurie de Baldung.

Venant de l'étroit cabanon qui abrite les w.c., il entend des gémissements. Il se précipite, arrache la porte de ses gonds. Catherine gît à moitié nue sur le caillebotis. Elle le regarde avec une sorte de terreur, comme si elle ne le reconnaissait pas. Il essuie son visage livide, l'emporte dans ses bras. Comment ne s'est-il pas aperçu qu'elle avait quitté le lit ? Comment n'a-t-il pas entendu la neige crisser sous ses pas ?

Il l'allonge sur le divan. Elle a les pieds bleuis par le froid. Et, naturellement, le bois dans la cheminée fume au lieu de s'embraser !

Louis secoue sa femme par les épaules :

— Qu'est-ce que tu as ? Mais qu'est-ce que tu as ?

Elle reprend peu à peu conscience, balbutie :

— C'est normal, je t'assure, je vais rester couchée un moment et après tout ira bien.

Il se courbe pour se faufiler sous le manteau de la cheminée. Il piétine rageusement les bûchettes, sans se soucier des étincelles qui criblent son pantalon de brûlures.

— Quoi, normal ? crie-t-il. C'est normal de te trouver évanouie dans les cabinets, peut-être ? Et à l'aube, par-dessus le marché !

Malgré son malaise, Catherine sourit : qu'est-ce que l'aube vient faire là-dedans ?

— Louis, des fois tu oublies...

Il s'extrait péniblement de la cheminée, secoue la suie de ses vêtements :

— J'oublie quelque chose, moi ? Ah ! oui, de t'attacher au lit pour t'empêcher d'aller toute nue dans la neige attraper des congestions !

Elle étend le bras, lui pose une main sur les lèvres :

— Tu oublies que je n'ai pas encore seize ans, voilà ce que je voulais dire.

Il la dévisage, interloqué :

— Et alors ?

Elle se laisse aller en arrière, le cou tendu comme si le poids de sa chevelure l'entraînait. Elle est sûre d'être ainsi charmante — et peut-être même émouvante :

— Tu devrais savoir que les jeunes filles s'évanouissent, Louis. C'est une chose que personne n'ignore, il me semble. Enfin, c'est dans pas mal de livres.

Il lui administre une série de petites tapes sur les joues pour s'assurer que son sang circule à nouveau normalement, qu'elle reprend des couleurs. Puis il passe dans la cuisine et, coinçant le moulin entre ses genoux, il moud rageusement le café.

Il a eu peur pour elle, c'est vrai, mais pour lui aussi. Parce qu'il a cru un instant qu'elle était enceinte. Non seulement elle n'a pas l'âge d'attendre un enfant, mais lui-même ne se sent pas pas prêt. Il a épousé Catherine pour se marier, pas pour fonder une famille.

D'ailleurs, l'ombre de Babe Ozouf habite avec eux et lui suffit.

Et Babe Ozouf grand-mère, même à titre posthume, ça lui fait l'effet d'un sacrilège. Les souvenirs ne doivent pas avoir de descendance.

— Donc, hurle-t-il depuis la cuisine, c'était tout bêtement une syncope ? Tu es sûre, hein ?

La syncope des jeunes filles ! Hanna ne lui en a jamais parlé. Pas même une allusion. Le fait est que, depuis la mort de Sarah, Hanna a d'excellentes raisons de détester les corps inertes et les paupières closes. Quant à découvrir dans les livres un paragraphe sur la syncope des jeunes filles, Louis n'avait aucune chance : quand il lit, il ne s'intéresse qu'aux descriptions minutieuses qui peuvent l'inspirer pour sa peinture, il saute les lignes où l'auteur divague sur les émotions de ses personnages. Or, c'est précisément dans ces passages sentimentaux que les romanciers, il en jurerait, donnent des détails sur la syncope des jeunes filles. Et sur bien d'autres choses mystérieuses, sans doute.

Louis considère avec un mélange de dégoût et de respect les vingt ou vingt-cinq livres alignés sur le vaisselier à la place des assiettes héritées de ses parents — et qu'il a cassées certains soirs où il était à la fois trop seul et trop ivre.

Désormais, sitôt que la lumière tend à baisser, Catherine frappe à la porte de la pièce dont Louis a fait son atelier. Elle entre sans attendre la réponse et s'accroupit à l'angle du mur le temps qu'il nettoie ses pinceaux et ses doigts.

— C'est l'heure, déjà ? demande-t-il du ton sourd d'un condamné qu'on réveille.

Catherine l'enlace pour descendre l'escalier.

Au salon, elle a ranimé le feu et battu un jaune d'œuf dans un verre de porto.

Il y a un livre ouvert sur la table galloise.

— Allons-y, dit-il, je t'écoute.

— Tu te rappelles que je te punirai si tu t'endors, petit dieu ?

Il aime les pénitences puériles qu'elle invente pour lui, alors il fait semblant parfois de s'assoupir.

Catherine lit à voix haute, sur ce ton monocorde qui lui vient des religieuses de la Chandellerie.

En quelques mois, Louis en apprend davantage sur les jeunes filles que s'il avait épousé Catherine impubère. Pourtant, aucune des petites héroïnes ne ressemble à sa femme : ces filles sont trop mièvres ou trop exaltées. Seule Mlle Nickleby, de Dickens, lui semble présenter quelques similitudes. Il est vrai qu'elle aussi se prénomme Catherine — « c'est sûrement ça qui m'influence », pense-t-il. Cette Nickleby a de toute façon un côté oie blanche tout ce qu'il y a de détestable.

Après la lecture, Catherine referme le livre en le faisant claquer. Elle envoie promener ses souliers à l'autre bout du salon (une fois, ils ont atterri dans la cheminée où ils ont brûlé), dégrafe sa jupe et son corsage. Elle a tellement marmonné que sa bouche est toute sèche, ses lèvres encore un peu tremblantes.

Ils se font un amour sans violence, ayant eu cette longue heure de lecture pour s'y préparer. Louis laisse souvent Catherine le dominer, il se dit que Babe aussi aurait aimé se coucher sur un homme.

Un soir, au cours de leur premier été, Louis refuse de descendre. Il travaille péniblement sur une aquarelle humide, il a appliqué sur la partie supérieure gauche, le ciel, un gris clair qu'il dégrade avec de l'eau limpide. La couleur se fond bien. Mais Louis n'est pas satisfait. Peut-être devrait-il poser une pointe de carmin ? Ou enrichir son gris initial d'un autre gris plus chaud ? Il doit se décider vite, tant que le papier est encore mouillé et absorbe correctement les couleurs.

Catherine l'observe, debout derrière lui. Il n'en est qu'au tout début du tableau, il ne perdra pas grand-chose à l'abandonner pour le recommencer demain.

Mais il murmure, sans se retourner :

— Non, laisse-moi, tu vois bien que j'ai des problèmes.

— Alors travaille un peu, je t'attends là.

— Justement pas, tu dois sortir, je ne peux pas me concentrer avec toi.

Elle quitte l'atelier, ferme doucement la porte. « Tout de même, pense-t-elle, il a hésité avant de me chasser. »

En bas, elle regarde le feu s'éteindre et ne le rallume pas.

Elle trempe ses lèvres dans le verre destiné à Louis, puis finit par avaler d'un trait le mélange d'œuf et de porto. Sur le moment, cela lui fait du bien. Comme d'habitude, bien qu'elle soit seule, elle se déshabille. Louis sera content de la trouver ainsi quand il descendra. Il ne devrait plus tarder, d'ailleurs : un paysage à l'aquarelle doit être exécuté en deux heures, trois au plus, sinon il est manqué.

Mais le vent s'engouffre par la cheminée où le feu est mort, un vent froid comme il y en a parfois en juillet après le coucher du soleil. Au lieu de se rhabiller, Catherine se pelotonne sur le divan. Elle se recroqueville, en fait. Le souvenir du jaune d'œuf nageant dans le porto l'écœure brusquement. Elle sent monter la nausée. Je vais m'évanouir comme en janvier, se dit-elle. Quand Louis me découvrira sans connaissance, il sera très amoureux de moi.

Malheureusement, elle n'a pas la syncope espérée. Elle vomit stupidement. Il faut nettoyer.

Tout est vite lamentable : plus de feu, plus de porto, son corps grelottant souillé d'éclaboussures, la serpillière et le seau au milieu du salon.

— Ah ! ma petite fille, s'écrie Louis qui la rejoint enfin, tu as fait des sottises, ma pauvre petite fille !

Il l'emporte jusqu'à la salle de bains, déverse des brocs d'eau chaude dans la baignoire. Le contraste est si violent que Catherine se met à frissonner sans pouvoir se ressaisir. Louis se penche pour la frictionner, leurs visages se frôlent.

— Embrasse-moi, quémande-t-elle.

— Plus tard.

— Je te dégoûte.

Pas du tout, il ne l'a jamais trouvée aussi désirable depuis le jour de leur mariage. Mais elle est dans une telle détresse qu'il mesure pour la première fois à quel point elle est restée enfantine. Et ça l'effraye subitement. Combien de temps encore avant qu'elle soit son égale, avant qu'il ose être avec elle franc, sévère, exigeant ? Il ne peut pas vivre continuellement avec l'angoisse de la blesser.

Peut-être est-ce une erreur de la faire vivre dans ce pays où le moindre coup de vent prend des allures de tempête, où la brume façonne des monstres avec trois plants de fougères déplumées, où il faut brandir des torches pour mettre le nez dehors sitôt la nuit venue tant l'obscurité est profonde. Et puis, cette Hague n'est jamais en silence : il y a toujours quelque chose qui souffle ou qui glapit, la mer et les ouragans d'abord, mais aussi les bêtes sur la lande où même de paisibles moutons sont capables de retourner à l'état sauvage, et ne parlons pas des chevaux libres qui mènent la sarabande dans les épines au-dessus du Gros Mont ou du rocher du Calenfrier...

« Qui montrera ici à cette petite fille comment on devient femme ? Pas moi, reconnaît Louis, car je n'ai pas une idée assez précise de ce qu'est une vraie femme. Alors, comme certains arbres qui restent nains chez nous tellement ils sont martyrisés par les tourmentes et mis à vif par le sel, Catherine risque de ne pas grandir.

» Je ne peux pas me permettre, pense Louis, de passer toute ma vie près d'une adolescente. Ces petites-là sont bouleversantes pendant quelques heures, excitantes durant quelques semaines, déroutantes plusieurs mois. Mais ensuite, épuisantes. On leur en veut de ne pas changer, de renifler dans leur sillage, en soulevant leur drap, en pliant les affaires qu'elles laissent traîner dans la chambre, leur obsédante odeur de faiblesse. »

Babe Ozouf aussi, d'une certaine façon, était fragile entre Jean Le Nackeis et Guillaume Dubosq. Mais elle irradiait en même temps une sorte de puissance — n'avait-il pas fallu deux gendarmes, des chevaux et plusieurs mètres de corde pour la faire prisonnière ? Le bas de sa robe semé de crottin, elle régnait quand même. La nuit suivant son arrestation, quand Louis avait évoqué son image, ce n'était pas une pénitente qu'il voyait mais une femme fière, la tête légèrement rejetée en arrière dans une attitude de défi. Les chroniqueurs des gazettes l'avaient écrit : cette femme-là, on l'avait finalement exécutée davantage pour la punir de son orgueil, de son mutisme, de son indifférence, que pour avoir attiré l'*Altenbrüch* à la côte. Babe devait être capable de respirer des années près d'un homme sans parler, sans presque bouger. Sentinelle, en somme. Tandis que les escaliers de bois sonnent sous les galops de Catherine, que la maison vibre et avec elle les pinceaux de Louis, au point qu'il a renoncé à peindre des petits formats qui pourtant se vendent bien mais qui exigent une minutie dans les détails que rendent impossible les ébranlements perpétuels du plancher.

Devant Catherine, boule tremblante dans le lit où il l'a déposée, la panique saisit Louis à l'idée qu'il pourrait tomber malade, qu'il devrait alors s'en remettre entièrement à elle, qu'elle interdirait peut-être à des gens du village de venir voir comment il va, ce qu'on peut faire pour lui. Les enfants ont horreur de prêter leurs jouets. Alors Louis finirait par mourir dans les bras de Catherine, léché par son admirable langue dont il n'est pas encore parvenu à reproduire le rose exact.

Ainsi, au fur et à mesure que la nuit s'avance, Louis se persuade-t-il que tout le mal vient de la Hague.

Bon, il faut fuir. S'établir à Paris si possible avant la fin de l'année. Là-bas, Catherine trouvera des amies de son âge qui l'entraîneront sur les boulevards, dans les pâtisseries et les grands magasins. Elle grossira, fera des dettes. Louis veillera à ce que ses initiatrices soient des arpettes, de jeunes bonnes — enfin, pas des effarouchées.

Il les suivra de loin. Et puisqu'il pleut aussi souvent à Paris qu'au bord de la mer, il se fera confectionner un parapluie géant qui l'abritera en même temps que le carnet de croquis qu'il tiendra à bout de bras.

A Paris, fini de peindre l'océan dans tous ses états. Je garde le style, la patte, mais je change de décor, de mouvances : je ferai des sorties d'ateliers, des foules agglutinées devant des loteries, des chenils où l'on vend des chiens saupoudrés d'une mixture jaune contre les puces, des débarquements d'étoffes dans la rue des Jeuneurs. Récemment, Catherine lui lisait Zola, *Au bonheur des dames,* et il se demandait précisément comment triturer les couleurs mates de l'aquarelle pour leur faire rendre le luisant, le chatoyant, le moiré.

Il se lève de sa chaise, ramasse le corset que Catherine a abandonné près du lit, l'emporte dans son atelier. Longuement, il fait jouer la lueur de sa lampe sur la gaine :

— Un sacré défi, reproduire ça ! Et plus vrai que nature ! Comment rendre la lumière légère des grosses fleurs de satin qui brillent sur le taffetas ?

Il commence, enthousiaste, à détremper une feuille de lavis.

— Si je réussis, ce sera ensuite trop facile de glisser des chairs dans l corset. Je croquerai des putains, des demi-mondaines, les amazones des allées cavalières.

Il note : *Penser à prier le procureur Fresselin de me donner une lettre d'introduction pour pénétrer dans une prison de femmes. Sujet aussi sombre, aussi véhément que* les Mangeurs de pommes de terre *de Van Gogh.*

Absorbé par son travail, il n'entend pas Catherine qui geint à l'étage inférieur et vomit à nouveau.

Le jour le surprend affalé sur la table inclinante où il épingle ses lavis. La clarté a surgi de derrière la maison, mais son reflet plomb fondu sur les vagues oblige Louis à cligner des yeux. Il est ébloui, douloureusement comme après une ivresse. Le scintillement traverse ses paupières qu'il a vite rabaissées, fouille son crâne, lui brûle la nuque.

Pas la peine de ruser avec une lumière pareille, Louis titube jusqu'à la lucarne, regarde par-dessus les toits du hameau bas la mer qui submerge les rochers.

Une femme marche dans la ruelle, tirant un bouc par le licou. Le peintre la connaît bien, il l'emploie comme femme de ménage à ses retours d'Amsterdam — la fréquentation des van Dewoucker et l'argent frais lui donnent des envies de confort, sinon de grandeur. Danièle est une effrontée qui se fourre l'avant-bras sous le tablier quand elle aperçoit un homme qui lui plaît, qui peut se caresser des heures sans cesser de travailler. Crasseuse, sa tête absolument sphérique éclairée par deux yeux globuleux, toujours suivie ou précédée d'un animal qu'elle change de pâturage selon les phases de la lune (mais ne possédant pas le moindre carré d'herbe elle fait brouter ses bestiaux chez les autres), Danièle ne se bat pas : c'est le village qui lutte pour elle, pour la maintenir à flot d'existence.

En passant devant chez Louis, elle s'arrête un instant, salue d'un sourire la silhouette du peintre derrière le carreau. Elle crie quelque chose qu'on n'entend pas, on voit seulement ses grosses lèvres s'écarter et un rayon de soleil illuminer furtivement ses dents.

Alors Louis se met à rire. Il se balance d'avant en arrière. Son épaule cogne contre la lucarne, si violemment que la vitre se brise. En bas dans la ruelle, Danièle regarde tomber les morceaux de verre. Elle rit à son tour. Saccagée depuis sa naissance, c'est une femme que toutes les destructions enchantent. « Vous verrez ce que je vous dis, répète-t-elle à qui veut l'entendre, monsieur Asfrid finira par tuer son épousée. Peut-être même qu'il m'appellera au milieu de la nuit pour nettoyer le sang. »

Louis lui envoie un baiser. Il sait maintenant qu'il n'échangera jamais cette énorme bouche à éclats et à grimaces contre les lèvres irréprochables mais putassières qu'il a imaginées tout à l'heure. Perdre la vie n'est pas seulement mourir, c'est aussi perdre la vue qu'on avait sur la vie. Et Danièle est une forme de vie qui se rapproche étrangement de la Vie même. Elle ressemble à la Hague très farouche et très pitoyable, la Hague crapaud avec sa peau d'eau et de croûtes : si la terre démange Dieu quelque part et s'Il se gratte, c'est ici.

— J'aime les crapauds, dit Louis à Catherine qui vient d'entrer dans l'atelier. Quand le crapaud mâle étreint sa femelle, rien ne peut lui faire lâcher prise. Un terrible jésuite dont j'ai perdu le nom accouplait des crapauds, puis il amputait le mâle avec une lame portée au rouge, et la bête continuait quand même d'enlacer sa compagne. Plus le crapaud souffrait, plus il serrait fort.

Il tourne le dos à la fenêtre, prend sa femme dans ses bras :

— Alors comme ça, tu vas mieux ?

Elle se blottit contre lui, sourit :

— Je suis ressuscitée.

— Moi aussi.

Tout de suite, elle s'inquiète :

— Pourquoi toi aussi ? Tu as vomi comme moi ?

Il se frappe le front du plat de la main :

— C'est là-dedans que c'était indigeste. J'ai eu un trou dans la confiance, une voie d'eau. Pour un peu, je nous déménageais à Paris. Dans une vraie rue où on allume des becs de gaz, où on peut se pencher à la fenêtre pour crier au secours.

Elle le dévisage, stupéfaite :

— A Paris ?

— Rassure-toi, c'est passé. Je ne sais pas ce qui m'a pris. Une crise, quoi ! J'ai gâché la nuit à peindre ton corset. Brusquement, j'avais besoin de fiacres, de lumignons, de grandes filles vulgaires.

Il la repousse doucement, balaye d'un geste les brouillons qui encombrent sa table :

— Tu brûleras tout ça dans le brasero. Et ton corset avec. Je ne veux plus que tu en portes.

— Mais, Louis, toutes les femmes...

— Tu n'es pas une femme. Il faut qu'on se mette ça dans la tête, nous deux. Peut-être qu'un jour tu en seras une, mais je ne suis plus pressé que ça arrive. Joue. Demain, je pars pour Amsterdam, j'ai une centaine d'aquarelles à vendre. Quand je reviendrai, nous engagerons Danièle. Tu n'auras plus à te soucier de rien. J'achèterai aussi une petite carriole, et Baldung t'emmènera à Cherbourg. Je veux que tu sois l'enfant la mieux habillée du pays. A présent, petit poussin roux, vite un châle sur tes épaules et file nous faire du café, pour la dernière fois avant le règne de Danièle. Il est temps que tu aies un père.

Louis est aux Pays-Bas depuis trois semaines. Il n'a pas vraiment écrit, se contentant de glisser dans une enveloppe des coupures de journaux qui parlent de son exposition. Catherine ne comprend pas le néerlandais, mais les articles les plus importants sont illustrés d'une photo, toujours la même, où l'on voit Louis heureux, comblé, appuyé négligemment contre le parapet d'un pont sur l'Amstel.

Danièle rôde aux abords de la maison comme un renard autour d'un poulailler. Ou plutôt comme un chien : avant de partir, Louis a dû lui recommander de veiller sur sa jeune femme, d'aboyer en somme si Catherine n'ouvrait pas ses volets à sept heures du matin ou ne les fermait pas le soir quand le soleil a l'équateur au ras de l'horizon.

Une autre garde est assurée par Jeanne-Marie Lecadrot qui vient une fois par jour porter des provisions à la petite. Catherine chancelle sous les homards, les dormeurs, les ormeaux que l'aubergiste lui met dans les bras :

— Mais je ne peux pas manger tout ça ! D'ailleurs, quand Louis n'est pas là, je ne sais plus faire la cuisine, je pense à autre chose, je rate tout.

— Monsieur Asfrid a payé d'avance, dit Jeanne-Marie, il a dressé une liste de ce que je dois vous fournir. Cet homme-là, ajoute-t-elle avec respect, il vous gâte.

Une fois, c'est Gustave qui est venu. Il a demandé à voir la fameuse baignoire. Il s'est accroupi, il en a longuement caressé la porcelaine :

— Tu dois te sentir une reine, là-dedans.

Elle a admis que oui, et du coup lui a fait palper l'immense peignoir douillet dans lequel Louis l'enveloppe et la frictionne :

— Comme un bébé, murmure-t-elle, certaine que Louis aurait aimé qu'elle dise ça.

— Ce serait une grande faveur, a dit alors Gustave, si tu me montrais votre chambre.

Elle a ouvert la porte en souriant. Gustave a ôté le chapeau dont il ne se sépare pourtant jamais, c'est tout juste s'il ne s'est pas agenouillé comme à l'entrée d'une église.

La chambre est blanche et bleue, très Sainte Vierge, vaste, et c'est vrai qu'il y règne une fraîcheur de chapelle. Ça tient à l'épaisseur extraordinaire des murs.

— Vous pouvez visiter, patron, a dit Catherine.

Gustave a fait non de la tête :

— Je voulais juste me rendre compte. Parce que les gens racontent tant de choses ! Tu ne sais pas ? Eh bien, on en parle jusqu'à Beaumont, de cette chambre. Les uns disent qu'elle est pleine de bibelots, avec des miroirs, des suspensions. Enfin, ils s'imaginent ça comme une chambre de bordel — faut pas avoir peur des mots, hein, ma Catherine ? Les autres, ils la voient en désordre avec des verres pas bien propres et les pipes de monsieur Asfrid posées n'importe où. Mais tu peux être tranquille, je n'irai pas raconter ce que j'ai vu.

Il a de lui-même refermé la porte :

— Je crois que les gens vous prennent pour une histoire, monsieur Asfrid et toi. Du diable si je sais laquelle !

Il s'est sauvé si brusquement qu'il a oublié son chapeau.

A dix heures cette nuit-là, le vent se lève au sud. Il chasse de grands nuages sur les étoiles qui brillaient jusque-là. Il s'insinue par la fenêtre entrouverte et fait trembler la flamme des lampes.

— Nous allons avoir une de ces bonnes grosses tempêtes de la Hague, vous voyez ce que je veux dire ? gronde Catherine en imitant la voix de son mari.

C'est le premier ouragan qu'elle va devoir affronter sans Louis.

Elle connaît les dispositions à prendre : noyer les braises dans la cheminée — mais elle n'a pas allumé de feu ce soir, le feu est gai, c'est une présence réconfortante, mais elle avait déjà trop chaud ; ensuite, assujettir les volets et tendre une corde résistante en travers de la porte de l'écurie pour l'empêcher de battre ; monter enfin à l'atelier et vérifier que le morceau de tôle qui remplace le carreau cassé est bien appliqué contre la lucarne, que les réserves de feuilles blanches ne risquent pas d'être inondées au cas où la bourrasque déferlerait malgré tout dans la pièce.

La mise en place des lourds volets, déjà pénible en temps normal, est rendue plus difficile par la soudaine violence des rafales. Si Catherine oriente mal les panneaux, le vent les lui rabat sur la figure. Elle vient de subir cette punition, quelque chose de chaud coule de sa narine gauche, elle pense que c'est un peu de sang.

Dans l'atelier, la pluie fait rage contre la lucarne, se glisse sous l'huisserie, forme une flaque semblable au mercure d'un thermomètre brisé qui rampe vers les cartons où Louis range ses feuilles à dessin. Catherine piétine furieusement la petite inondation, court à la cuisine chercher des torchons qu'elle applique contre le chambranle.

Dressée sur la pointe des pieds, elle regarde les faisceaux des deux phares, celui de Goury et celui de l'île d'Aurigny, se croiser au-dessus de la mer, puis effleurer les toits de pierres du hameau.

Cette nuit, des arbres se fendront par le milieu, et des bateaux surpris au large par la tornade chavireront ou seront drossés sur les récifs, l'aspect des côtes sera modifié du fait des bancs de galets transportés par la mer, on retrouvera des petits animaux fracassés contre les murets, incrustés entre les pierres. Mais la lumière des phares continuera de passer sans que l'ouragan ait aucune prise sur elle. Car la lumière est la plus forte, toujours. Il est écrit dans les textes sacrés que Catherine lisait pour s'endormir le soir à la Chandellerie que la lumière a été créée avant la matière, qui elle-même précédait la vie.

La femme sur l'image ne réchauffait pas ses jambes aux flammes comme le croyait le moine : car elle n'avait pas allumé un feu pour faire du chaud, mais un feu pour faire de la lumière. La femme sur l'image avait un trop beau visage pour avoir cédé à quelque chose d'aussi primaire que l'envie de se chauffer. Non, la lumière lui convient mieux. Et cette lumière, pense Catherine, était sans doute destinée à éclairer la grève où la mer rejetait les survivants et les morts du naufrage.

J'aurais beaucoup aimé cette femme qui a dû se déchirer les mains en arrachant les brassées d'ajoncs et de genêts nécessaires pour faire une aussi grande lumière, pense encore Catherine, mais Louis dit que ce n'est pas la peine de la chercher, qu'elle n'est plus ici.

Poussant devant la lucarne la table abattante sur laquelle travaille son mari, Catherine y dispose tout ce que la maison recèle de lampes, de lanternes et de chandelles.

Elle va faire de la lumière elle aussi, elle va jouer au phare pour aider les papillons de nuit et les hiboux à circuler dans la tourmente.

Elle retrouve les gestes précis et un peu solennels qu'elle avait dans les églises de Bayeux pour allumer ses mèches une à une avec une queue-de-rat.

Légèrement opacifiés par les embruns, les carreaux lui renvoient un peu de sa lumière. Celle-ci est d'abord timide, jaunâtre, fuyante. Mais au fur et à mesure que les mèches prennent, elle devient blanche, et même éblouissante. Bien sûr elle ne rivalise pas avec le phare de Goury, un feu de cent mille bougies qui porte à vingt-trois milles en mer, mais Catherine peut être satisfaite. Perchée sur une chaise, elle suit les progrès de la nappe lumineuse qui a envahi le jardin jusqu'au portail, qui se glisse par-dessus et par-dessous, s'étale dans la ruelle, monte à l'assaut de la grange du père Enquebecq de l'autre côté de la chaussée ravinée par les cataractes, forme d'étranges halos autour des orties géantes dans la sente qui descend vers le bas du village.

Agitant une feuille de lavis devant sa touffe de lumières, Catherine simule les éclats d'un phare.

Alors une ombre apparaît dans la ruelle, longe la grange Enquebecq et s'avance vers le portail.

A cause des bourrasques, cette pauvre ombre vacille comme une barque remuée par le gros temps. Et de loin, c'est vrai qu'on dirait une chaloupe qui va se perdre ; il y a même une sorte de voile qui claque au-dessus — la voile est mauve, bordée de pompons, c'est une ombrelle de plage.

La silhouette remonte la maigre allée de terre battue qui sépare le jardin et lui fait deux grosses joues herbeuses de chaque côté.

— On vient ! crie Catherine en déplaçant la plaque de tôle qui occulte le carreau brisé.

Elle est stupéfaite et heureuse. Elle croyait n'attirer que des noctuelles avec son phare jouet, et c'est une vraie femme qui se colle contre la porte d'entrée, fait crépiter ses ongles sur la vitre.

Dieu lui-même m'a inspiré d'allumer toutes ces lumières, pense la petite. Il y avait une personne perdue qui rôdait, sans doute aveuglée par l'averse, assourdie par le fracas du vent et des vagues, elle ne distinguait plus la terre de la mer. Je la soignerai bien, cette personne, je lui donnerai de la soupe chaude, je ferai bouillir pour elle des étrilles, et même un gros dormeur si elle a la patience d'attendre vingt minutes. Si elle veut, elle pourra prendre un bain dans la baignoire, s'envelopper dans mon peignoir, coucher dans mon lit.

Elle ouvre la porte.

Sur le seuil, la femme tressaille :

— Comment ! C'est vous ?

— Je vous reconnais aussi, dit Catherine. Vous étiez assise à ma gauche le jour de mon mariage. Nous avons parlé de choses extraordinaires qui n'arrivent qu'en Angleterre. Vous aviez promis de me montrer à composer des bouquets séchés avec des chardons bleus. Comme je suis contente de vous voir ! Fermez votre ombrelle, elle ne passe pas dans l'encadrement de la porte.

Jennifer Dickson obéit. Elle est très pâle. Des gouttes coulent sur ses joues. On ne sait pas si ce sont des larmes ou bien la pluie.

— Entrez, asseyez-vous sur le divan, je vous en prie.

— Mais je suis trempée, dit Jennifer, je ne voudrais pas abîmer...

— Oh ! ça ne craint plus rien, j'ai déjà renversé plein de choses dessus. Et même, un jour, toute une cassolette de beurre fondu, vous vous rendez compte ?

Jennifer Dickson fait oui de la tête. Elle consent à s'asseoir sur le divan, mais du bout des fesses comme quelqu'un qui ne va pas rester. Elle regarde autour d'elle et demande brusquement si Louis ne descendra pas.

— Il est à Amsterdam, dit Catherine en souriant.

— Comment peut-il être à Amsterdam ? fait Jennifer Dickson en imprimant un mouvement circulaire au manche de son ombrelle.

— Pour son exposition, explique Catherine. Il ne rentrera pas avant d'avoir tout vendu.

Jennifer Dickson paraît alors terrorisée. Elle se lève, tourne en rond dans la pièce comme si elle cherchait une issue, se heurte aux meubles — il n'y en a pourtant pas beaucoup, et ils sont sagement poussés contre les murs. « Eh bien, pense Catherine, c'est quand même un papillon de nuit que j'ai attiré, il est joli, mais énorme et maladroit. »

— Je dois partir, madame, dit Jennifer Dickson.

— Mais vous n'avez rien à craindre, dit Catherine. Quelle

importance, que Louis soit absent ? C'est moi, votre amie. Enfin, c'est ce que nous avions décidé au mariage. La maison est grande, on ne se gênera pas. Vous dormirez dans notre chambre. Moi, je serai très bien sur le divan. D'ailleurs, quand Louis n'est pas là, la chambre ne me plaît pas autant. Franchement, je vous assure...

L'Anglaise s'est adossée à la porte du salon. Son ombrelle dégouline, formant une petite mare sur les tommettes.

— Pourquoi me mentez-vous, madame Asfrid ? Louis est là-haut, je le sais.

Catherine regarde le plafond en lattes minces :

— S'il y était, on l'entendrait marcher. Louis peint debout, il s'agite, il est incapable de tenir en place. Pourquoi vous mentirais-je ?

— Il a honte, dit Jennifer. *He changed his mind.* Il a fait le signal, et puis il a regretté de l'avoir fait. Il croyait que vous dormiez, peut-être ? Mon Dieu, de toute façon c'était bien imprudent ! Il vous a suppliée de le sortir du piège, de m'éloigner. Les petites filles comme vous sont très douées pour inventer des histoires, madame.

— Calmez-vous, dit Catherine, je vais vous donner quelque chose à boire.

— Je ne veux rien.

Son dos glisse contre la porte. Elle se retrouve assise par terre, dans la flaque de l'ombrelle.

— Il y a des révélations qui vous coupent les jambes, dit-elle. Mais c'est peut-être mieux ainsi, après tout. C'est la phrase traditionnelle dans ces cas-là, n'est-ce pas ? Il ne vous aurait jamais abandonnée. Il n'a pas assez d'argent pour vous verser une pension, et il n'aurait pas accepté que vous manquiez de quoi que ce soit. Il se sent responsable de vous. La situation était donc sans issue, du moins jusqu'à ce que vous deveniez grande. Mais Louis a l'air de penser que vous resterez toujours une enfant. Nous étions trois à souffrir, maintenant il n'y aura plus que moi.

— Je ne comprends rien à ce que vous racontez, dit Catherine. Je ne veux pas que vous ayez mal. Où avez-vous mal ? Oh ! ajoute-t-elle en rejetant ses cheveux en arrière, je ne me rappelle plus comment je vous appelais : Jennifer tout court, ou miss Dickson, ou miss Jennifer Dickson ?

— Tout simplement Jenny.

Elle a une bouche dont les lèvres rentrent un peu au lieu de s'épanouir — sans doute la manie de se les mordre à tout propos — et un nez retroussé aux narines comme des fentes. Quand elle est enrhumée, pense gentiment Catherine, elle doit avoir un mal fou à respirer.

— Madame Asfrid, dites à Louis qu'il y avait d'autres moyens de me faire savoir que c'était *over*. Il a choisi une méthode très cruelle. Je dormais à moitié, j'ai deviné la lumière à travers mes paupières. Je me suis levée et habillée si vite... voyez ! ce n'est pas très raffiné, cette robe verte et ce gilet brun. Je me suis précipitée sans me soucier de la tempête. C'est pour ça que j'ai pris mon ombrelle au lieu d'un parapluie. Dans ma hâte, madame Asfrid, dans ma hâte.

Catherine s'est approchée. Du bout des doigts elle caresse le visage de la jeune Anglaise, s'étonne un peu de ne pas le trouver brûlant de fièvre tant Jennifer semble bouleversée.

— Où habitez-vous, Jenny ?

— Vous ne le savez pas ?

— Je vous croyais repartie en Angleterre.

— Je loge dans le bas du hameau, chez Danièle. Elle me loue une mansarde juste au-dessus de sa cuisine. Elle était si heureuse à l'idée de devenir votre bonne. Quand Louis est venu l'engager, elle s'est écriée : « Je suis sauvée ! » Je suppose que cela aussi vous allez le briser. D'une certaine façon, Danièle a été ma complice. A présent, c'est à vous de nous punir.

Catherine a enfin compris. Mais l'émotion de Jennifer Dickson est un spectacle si pitoyable qu'elle s'oblige à ne pas y céder elle aussi. C'est maintenant ses joues, et non plus ses doigts, qu'elle frotte contre celles de l'Anglaise. Elle respire l'haleine de la maîtresse de Louis, et c'est en effet le souffle un peu fade d'une femme réveillée dans son premier sommeil.

— De la mansarde, vous aviez la vue sur la fenêtre de l'atelier ?

— Oui, j'apercevais un coin de la lucarne. C'était indispensable, puisque c'était de là-haut que Louis devait m'envoyer le signal, une nuit où vous seriez absente, ou profondément assoupie, il n'avait pas précisé. Je croyais qu'il détenait des drogues pour vous faire dormir. Il y a trois semaines, j'ai appris par Danièle qu'une carriole était venue ici prendre des bagages, j'ai pensé que vous partiez. Alors, je me suis mise à guetter le signal. Nous étions convenus d'une chose toute simple : des éclats lumineux.

Dans l'atelier, plusieurs lampes se sont éteintes, sans doute soufflées par le vent qui, malgré les torchons, se faufile sous la fenêtre. Une bougie s'est même renversée, noircissant les bords de la feuille de lavis avec laquelle Catherine avait masqué puis démasqué sa batterie de lumières.

— C'est moi qui ai fait ça, Jenny, moi toute seule. Maintenant, nous allons ranger. J'ignorais tout, ce n'était pas un piège pour vous faire sortir de l'ombre.

Jennifer Dickson, silencieuse, l'aide à étouffer les mèches des lampes, à moucher celles des bougies.

— Il m'arrive de m'évanouir, dit encore Catherine. Ne partez pas. J'ai peur de rester seule.

— Ne me demandez pas ça.

— Si. Vous me surveillerez. Vous craignez que je vous tue ? Mais d'abord je suis sûre que nous sommes incapables de dormir, toutes les deux. Et puis les petites filles ne tuent pas.

— Qu'est-ce qu'elles font ?

— Je n'en sais rien, avoue Catherine. Elles s'en vont, non ? Quand on ne veut plus d'elles, elles s'en vont ?

— Louis vous aime.

— Vous aussi, il vous aime.

— Ce n'est pas pareil, dit Jennifer Dickson en inclinant légèrement la tête sur le côté (elle est persuadée que c'est le geste le plus distingué du monde). *It's not the same thing,* je suis une femme, *but you're quite his daughter,* presque sa fille. Nous nous rencontrions au bazar d'Urville-Nacqueville où il descendait acheter ses couleurs. Puis nous prenions le tramway jusqu'à Cherbourg. On se promenait le long des quais de l'Arsenal. Ça lui suffisait de marcher à mon bras, de voir les gens se retourner sur nous, de m'offrir le thé dans les hôtels chic. Il ne cherchait pas vraiment l'amour, comprenez-vous ? Il se contentait d'être fier de moi. Et c'est moi, à force, qui ai insisté pour devenir sa maîtresse. Mais nous n'avons pas été de grands amants : il prenait à me faire l'amour le plaisir que tout homme trouve à ces choses-là, rien de plus il me semble. Mes parents m'ont rappelée en Angleterre, mais je ne répondais plus à leurs lettres, alors ils ont mis l'affaire entre les mains de la police. C'est la raison pour laquelle je suis venue dans la Hague. Pour échapper aux détectives, et pas du tout pour vous narguer. Dès le premier jour, au mariage, j'ai eu pitié de vous. Cette robe blanche vous allait si bien, chacun de vos mouvements était si gracieux, mais vous paraissiez si fragile aussi ! C'est vrai, j'avais promis de vous apprendre à sécher les chardons et à les mettre en bouquets : je vous aurais appris n'importe quoi, même à faire l'amour. J'en ai eu envie, d'ailleurs. Vous rappelez-vous que nous avons dansé ensemble ? Ces messieurs n'osaient pas inviter la mariée, je suppose qu'ils auraient eu l'impression de commettre un sacrilège. J'allais vous demander laquelle de nous deux ferait le cavalier, vous m'avez devancée : « Dirigez-moi, Jenny, je n'ai jamais dansé de ma vie. » Plus tard, quand Louis a été mon amant, je n'ai pas cessé de penser à vous. J'avais besoin de vous blesser. Je vous revoyais dans votre belle robe, avec cette ridicule petite couronne de fleurs qu'on vous avait posée sur la tête, vous sentiez merveilleusement bon, vous aviez l'air d'un ange. Et Louis me répétait d'un ton désolé que vous ne changiez pas. Je suis un monstre. Mais vous aussi, d'une certaine façon, conclut-elle en s'asseyant sur le tabouret du peintre.

Catherine ne répond pas. Elle s'est blottie dans l'encoignure du mur, comme lorsqu'elle attendait que Louis finisse de travailler. Elle se souvient de sa danse dans les bras de Jennifer Dickson. Avait-elle alors deviné sa confusion ? Peut-être, mais c'est loin, un an déjà, et sans doute avait-elle mis le trouble de Jennifer sur le compte du soleil, du vin, de la fatigue du voyage.

A la Chandellerie, Catherine a vu quelquefois des religieuses parmi les plus pieuses, parmi celles qu'on considérait un peu comme des mystiques, perdre subitement la foi. Ou du moins la sensation de la foi. Elles parlaient de sécheresse, de désert et de nuit spirituelle. Tout leur être se durcissait, elles restaient des heures étendues les bras en croix sur les dalles de la chapelle. Quand elles se relevaient, leur corps avait cette ankylose des statues en marbre même les mieux réussies. Leurs yeux aussi, ternes et fixes, semblaient de pierre. Catherine a peur de leur ressembler. Il faut qu'elle se lève, qu'elle occupe vivement son esprit et ses mains si elle ne veut pas se laisser statufier elle aussi : Louis n'est pas Dieu, mais enfin il était son amour.

— La maison est à vous, Jenny. Faites connaissance. Un jour elle vous appartiendra pour de vrai, devant notaire et tout et tout. Je vais un moment dans ma chambre. Je crierai si je me sens mal.

— Et si vous n'avez pas la force de crier ? demande Jennifer sans se retourner.

— Je suis une grande fille, maintenant. Est-ce que je sanglote ?

— Je préfère ne pas vous regarder. Pas tout de suite.

— Peut-être est-ce vous qui pleurez, alors ?

— *May be.*

Catherine n'a pas grand-chose à elle, les affaires qu'elle mettait à Bayeux ne lui vont plus, alors tout ce qu'elle doit emporter tiendra facilement dans la mallette en carton dont Louis se sert pour ranger son matériel de peinture. Et pour cette nouvelle fugue, elle n'aura pas besoin de fracturer une serrure pour se procurer de l'argent : son mari lui a montré au fond de quel tiroir il cachait ses économies.

Elle scrute la nuit à travers une fente des volets. Baldung se laissera mener : le plus violent de la tempête est passé, simplement il pleut dru et l'obscurité est profonde.

Pourquoi attendrait-elle Louis pour s'en aller ? Jennifer Dickson lui a tout dit. Si elle patiente jusqu'au retour de Louis, la souffrance de Catherine risque de se décomposer. Pour l'instant, cette souffrance est comme quelqu'un qui vient de mourir : rigide et froide, mais pas encore répugnante, elle n'a pas commencé à pourrir de l'intérieur.

Cette nuit, Catherine est une victime frappée de plein fouet. Une accidentée, quelqu'un d'attendrissant et d'honorable. Tandis que devant Louis, avec le temps qui aura passé, elle ne sera déjà plus qu'une femme bafouée. Elle trimballera son humiliation à travers la maison, pourchassant l'homme comme une mauvaise odeur. Louis gardera d'elle un souvenir aigre et rance, et c'est ce qu'elle ne veut à aucun prix.

— Vous faites votre valise, dit Jennifer en entrant dans la chambre.

Ce n'est pas une question, elle constate. Mais ajoute :

— Je devrais peut-être vous demander où vous allez ?

— Non, dit Catherine.

Elle jette un regard circulaire dans la pièce, davantage pour se la rappeler que pour s'assurer qu'elle n'a rien oublié sur le lit, la commode ou la tablette de la fenêtre.

— Il va falloir que vous m'aidiez à seller Baldung, Jenny. Le vent le rend nerveux, d'habitude. Allez à l'écurie, parlez-lui doucement pendant que je prépare une lanterne.

A huit heures, elle est à Cherbourg. Elle tend la bride de Baldung à un porteur de la gare maritime :

— Un homme viendra vous réclamer ce cheval. Ou bien il mettra une annonce dans un journal, surveillez la presse. Sinon, dans un an et un jour, il est à vous.

Le porteur passe sa main protégée par une paumelle de cuir sur le flanc de la bête. La sueur remonte, mousseuse, entre les poils ras.

— Excusez-moi, madame, mais ce n'est pas ma profession.

— Sans doute. Mais ça vaut quand même la peine que vous vous occupiez de Baldung. Au pire, on vous donnera une jolie récompense.

Elle regarde s'éloigner le porteur le long du quai. L'homme et le cheval disparaissent derrière un convoi de wagons immobiles d'où descendent des hommes maussades et des femmes qui frissonnent. Catherine voit la tête de Baldung défiler de l'autre côté des vitres d'une voiture de première classe. Le cheval a l'air d'un voyageur qui cherche sa place. Catherine agite la main pour lui dire adieu.

Elle se mêle alors à la foule immense qui s'agglutine sous la marquise. La pluie tombe toujours, brouillant la mer, éclaboussant les costumes rouges des petits grooms qui font la navette entre le paquebot au départ et le train transatlantique en provenance de Paris.

L'un de ces enfants se réfugie quelques instants sous la verrière. Il se fourre dans la bouche un long serpentin de réglisse. Il le mâche comme un vieux marin fait d'une chique. Et même, il crache par terre. Il a un truc, déjà.

Il lève son visage vers Catherine :

— Vous voulez que je vous installe ? Quel est le numéro de votre cabine ? Sur quel pont ? A, B, C, D ou Sun Deck ? Vous êtes perdue ? Montrez-moi votre billet de passage, je vais vous dire. J'aurai peut-être la chance de travailler pour vous pendant la traversée.

— Pourquoi la chance ? murmure Catherine.

Le gosse désigne la fourmilière des autres enfants en rouge, vacillant sous les grappes de bagages :

— Ils veulent tous servir les passagers riches. J'ai essayé, ça ne rend pas mieux que les gens comme vous.

Catherine le repousse gentiment. Le petit s'écarte de l'abri de la marquise. Mais il ne s'en va pas tout à fait, il reste à dix mètres sous la pluie qui tambourine sur sa toque ronde. Il joue avec les boutons dorés de son uniforme.

— Va-t'en, dit Catherine. Je n'ai rien pour toi. Je n'ai même pas de billet.

— Vous l'achèterez à bord, plus tard, en mer.

— C'est possible ?

— Très possible.

— Alors aide-moi, dit-elle.

Il sourit. Il la prend par la main, l'entraîne vers le quai d'embarquement. Les fumées de charbon qui s'échappent des trois cheminées du paquebot font pleurer Catherine.

— Fermez les yeux, lui dit le groom. Puisque je vous tiens la main, vous ne risquez pas de vous flanquer par terre.

Elle obéit, docile.

L'enfant en profite pour la dévisager longuement. Il la trouve belle. Ce soir, dans le poste des grooms, après l'extinction des ampoules grillagées, il parlera d'elle comme de son premier amour. Il n'avouera pas que la fille avait à peine plus que son âge. Il en fera au contraire une *signora* italienne aux gros seins, au nez légèrement busqué et au parfum entêtant. Mais en se retournant pour dormir vers la paroi rivetée contre laquelle frappent les lames, c'est bien le visage de Catherine qu'il verra en rêve.

C'est la même nuit, à 22 h GMT, en doublant le phare d'Eddystone au sud-ouest de l'Angleterre, que Catherine pensera à demander comment s'appelle ce grand paquebot et où il va. On lui répondra qu'il s'agit du *Resplendent.* Il bat pavillon britannique, et sa destination est le Canada.

Troisième partie

L'avion peint en noir mat, le monomoteur Lysander *C for Cat* numéro officiel V 9637, arbore sur ses flancs l'emblème d'un personnage de Walt Disney — le chat Figaro, petit compagnon de Pinocchio.

Parti d'un terrain britannique, *C for Cat* est maintenant à moins de six minutes de son ETA [1]. La nuit est froide, des brouillards et des nuages masquent la terre, empêchant le pilote de voler aussi bas qu'il le voudrait pour échapper aux systèmes de détection allemands. Peter Graham n'ose pas non plus prendre trop d'altitude, car alors les ailes du Lysander se couvrent de givre. Il suit donc une ligne de vol en dents de scie : trois minutes de purée de pois, puis trois autres de grand froid, et ainsi de suite.

Recroquevillée dans le poste du mitrailleur, juste derrière les réservoirs d'essence et d'huile, la passagère grelotte. A chaque grimpée au-dessus des nuées, le pilote lui demande par l'intercom si ça va, si elle a assez chaud. Elle répond que oui, un peu agacée par la sollicitude de Graham : de toute façon, il ne peut rien faire pour empêcher qu'elle soit transie au point de n'avoir même plus le courage d'attraper et de déboucher le thermos qui roule à ses pieds.

1. *Estimated time of arrival :* heure estimée d'arrivée.

Carole Thibeault s'était présentée au mess de l'aérodrome en fuseau de ski, bottes fourrées et veste molletonnée. Peter Graham l'avait minutieusement examinée, puis priée de se débarrasser de son équipement :

— Aucune femme française ne pourrait posséder des vêtements aussi confortables. En cas d'atterrissage forcé et de capture par les Allemands, ceux-ci ne prendront même pas la peine de vous interroger. Ils vous colleront le dos au mur. S'il n'y a pas de mur, un arbre fera l'affaire. Même si vous avez arraché les marques de fabrique, ces habits vous trahiront. Allez vous changer.

Elle avait remercié ce grand garçon, rouquin comme elle, et qui portait un costume civil élimé sous sa veste d'aviateur. Elle était passée dans la petite pièce qui s'ouvrait derrière le comptoir du mess, un cagibi où l'on empilait les barils de bière. A travers la cloison en planches minces, elle entendait ronfler le moteur de la voiture qui devait les conduire, Peter Graham et elle, jusqu'à l'avion. Il ne lui restait que quelques minutes pour se transformer.

L'impression qu'elle éprouva alors était comparable à ce qu'elle avait ressenti le jour où on l'avait opérée : elle devait se dépouiller de tout ce qui avait été vraiment elle, c'est-à-dire sa façon d'apparaître aux autres, endosser un costume qu'on avait choisi pour elle, un costume en cas de souffrance. Pour l'opération, on lui avait mis des bottes de drap vert, une blouse de dentiste. Elle avait dit que c'était laid.

Dans l'avion, on la sanglerait probablement sur son siège. Exactement comme on l'avait attachée sur la table chirurgicale. Elle s'endormirait peut-être, et peut-être ne se réveillerait-elle pas. Même si tout se passait bien, elle aurait les muscles noués en descendant du Lysander. Elle marcherait comme une convalescente.

Elle prit dans sa valise la jupe plissée, les souliers à semelles épaisses, le corsage qu'on lui avait donnés. C'était encore plus laid que les bottes vertes et la blouse de dentiste. Ça puait l'antimite. A la place, elle plia et rangea ses vêtements chauds.

Il n'y avait pas de miroir dans le cagibi, mais elle réussit à entrevoir un vague reflet d'elle-même dans une bouteille au verre sombre.

Elle n'était décidément pas très jolie. Elle avait longtemps espéré le devenir, mais maintenant c'était fini. La beauté, enfin un certain charme assez pur, l'avait frôlée entre dix-sept et dix-neuf ans. *Frôlée* est le mot juste : elle avait senti quelque chose de doux et de soyeux se poser sur elle. Alors, ses cheveux volaient plus facilement au vent quand elle voyageait en voiture décapotable, elle n'avait presque plus besoin de poudre de riz pour raviver son teint, il lui suffisait de se lécher les lèvres pour qu'elles brillent, son visage un peu trop ovale s'arrondissait dès qu'elle l'encadrait d'un bonnet de fourrure. Mais sa maladie courte et violente, et surtout l'opération, avaient tout remis en question : depuis elle était trop pâle, les ongles mouchetés de taches blanches et les cheveux cassants.

Le déguisement qu'elle venait d'endosser n'arrangeait rien. Le béret de feutre piqué d'une stupide plume de faisan lui donnait l'air d'une orpheline endimanchée.

Quand elle revint dans le mess, les conversations s'arrêtèrent, et les hommes se tournèrent vers elle. Elle voulut leur demander comment ils la trouvaient ainsi, et rire avec eux. Mais sa voix s'étrangla, et elle murmura seulement :

— Je suis prête.

— Vous n'aurez pas besoin de votre valise, lui dit Graham. Elle vous gênera plutôt qu'autre chose. Là-bas, vous serez prise en charge à tous points de vue. Vos correspondants auront prévu jusqu'au moindre détail, je suis sûr qu'il y aura une brosse à dents toute neuve dans votre chambre.

Elle déposa sa valise sur le comptoir, noua un foulard autour de sa tête.

L'un des hommes ôta son calot, et Carole se demanda s'il allait le lancer en l'air en criant hip ! hip ! hip ! hourra ! Mais il se contenta de l'accrocher aux cornes d'un des trophées de chasse qui ornaient les murs.

— Ils ne connaissent pas le but de votre mission en France, lui chuchota Graham. Moi non plus, d'ailleurs. Ils savent seulement que vous allez risquer votre peau. Mais eux risquent la leur tous les jours. Pourquoi seraient-ils enthousiastes en vous voyant partir ? La guerre a assez duré, ajouta-t-il, et nous voudrions tous conclure. Ça ne vous arrive pas de sauter des lignes en arrivant aux dernières pages d'un livre ?

Elle ne répondit pas. A la suite du jeune officier, elle s'engouffra dans une vieille guimbarde incroyablement haute sur roues, et dont la banquette de velours brun était constellée de brûlures de cigarettes. Le chauffeur embraya, laissant le plafonnier allumé comme dans une ambulance.

Elle se demandait pourquoi tout le monde estimait normal et même nécessaire de prendre une voiture pour franchir les cinq cents yards séparant le mess de l'avion. Elle aurait préféré s'y rendre à pied, quitte à se tordre les chevilles sur le terrain détrempé : la voiture renforçait désagréablement son sentiment d'être devenue un colis.

Elle savait où elle allait, mais elle était en train de perdre de vue qui elle était. Depuis plusieurs semaines, elle vivait deux existences. D'abord parallèles, les deux destins de Carole Thibeault s'écartaient maintenant l'un de l'autre. Sa seconde vie lui était douloureuse. Elle pensa qu'elle se sentirait peut-être mieux si elle hurlait sauvagement, comme le bébé dont les poumons s'ouvrent et flambent quand l'oxygène les envahit pour la première fois. Mais que dirait Graham ? Alors elle se contenta de presser sur sa bouche un mouchoir rugueux, blanc, marqué à des initiales qui n'étaient pas les siennes.

Les mécaniciens l'aidèrent à s'installer dans l'habitacle. Comme elle l'avait prévu, ils l'attachèrent. Ils lui montrèrent comment déverrouiller le cockpit et la façon de déclencher l'ouverture de son parachute. Ils étaient avec elle doux et patients. Mais, se dit-elle, ni plus ni moins que des brancardiers. Évidemment, il était tard, et ces mécanos devaient avoir sommeil. L'un d'eux lui sourit :

— Miss, essayez de ne pas trop dégueuler dans cet avion. La tradition veut qu'on donne un sacré pourboire à l'équipe de nettoyage. Mais ce salaud de Graham ne respecte aucune tradition. Si le zinc fait des sauts de carpe, pensez que vous êtes à bord d'un yacht. Et si les bateaux ne vous réussissent pas non plus, persuadez-vous que vous êtes dans un train. Un putain de train, naturellement, qui roulerait sur les traverses, blam, blam, badablam, au lieu de glisser sur ses rails.

Elle promit de suivre ces conseils et de faire son possible pour ne pas être malade.

Les mécaniciens sautèrent au sol. Par le système intercom, Carole entendit le pilote égrener sa check-list : « Fletner sur position décollage, commande de pas d'hélice sur petit pas, déflecteurs ouverts... »

Les balises s'allumèrent à l'instant où le Lysander s'alignait face à la piste.

Les tirs sporadiques de la DCA ennemie au passage de la côte française n'ont pas effrayé Carole. Elle a eu beaucoup plus peur en voyant la glace apparaître sur le bord d'attaque des ailes, s'épaissir et gagner vers l'intérieur du plan : elle sait le poids du froid, elle a vu des wharfs, des embarcadères longs comme des jetées se briser net sous l'emprise du gel, là-bas où elle habite, à Chicoutimi, Canada. Et Peter Graham doit savoir aussi, car il a tout de suite mis l'avion en piqué, cherchant la tiédeur relative de la terre.

L'habitacle est étroit, sonore et nauséabond. Mais après deux heures de vol, Carole s'y est habituée comme elle s'est accoutumée aux lits, aux douches, aux bars lugubres des hôtels où elle faisait escale juste le temps d'une nuit, d'une rencontre avec un homme qu'elle appelle le Recruteur faute de connaître son vrai nom — de toute façon, elle a ordre de l'oublier, lui et tous ceux qui l'ont initiée, qui ont assemblé les phases de sa mission comme un puzzle, révélation après révélation, lambeau de carte après lambeau de carte, prudence après prudence. Le mot de passe était toujours le même : *« I'm a girl from Chicoutimi. »* C'est tellement inattendu, une femme qui vient de Chicoutimi. La plupart des gens ignorent complètement où diable est Chicoutimi, et même si ça existe. Il y a pourtant plus de dix mille habitants à Chicoutimi, deux rivières et de plus en plus de fabriques de pâte à papier dans les environs. A Scapa Flow, devant la rade où sont ancrés les navires de guerre de la *Royal Navy,* un capitaine de vaisseau a demandé à Carole si Chicoutimi était le nom de son chien favori. Elle a bien ri.

A travers le cockpit sur lequel se sont rabattues des projections d'huile et peut-être aussi deux ou trois oiseaux fracassés au cours de la plongée sous les nuages, Carole aperçoit des champs enchevêtrés. Ils ne forment pas un vaste damier régulier comme au Canada. Les villages sont extraordinairement rapprochés les uns des autres. Et si la France n'était qu'un grand hameau éclaté ? C'est un peu comme ça qu'elle se la représentait, qu'elle la dessinait sur ses cahiers d'écolière. Personne à Chicoutimi n'essayait de corriger cette idée qu'elle se faisait de la France. Tout se passait au contraire comme si ceux de Chicoutimi avaient une insatiable nostalgie de rues encaissées, de boulangeries qui n'ont pas de place pour s'agrandir, de campagnes où le cours du vent est sans cesse détourné par un obstacle humain.

Peut-on frissonner dans cette France où les maisons s'épaulent comme dans la ville où pique et coud *Mickey le brave petit tailleur ?*

Elle a pensé tout haut. Alors, dans l'intercom, le rire de Peter Graham :

— Sûr que oui, ma petite ! Regardez en bas, regardez le sale temps qu'il fait sur votre France.

« Pourquoi *votre* France ? Que sait-il de moi, se demande Carole, ce type qui n'est finalement rien d'autre qu'un conducteur de bus ? Mais peut-être est-ce par hasard qu'il a dit *votre* France. Avec cette pointe d'agacement qu'il aurait mise pour dire *votre* chien, *votre* gosse, ou même *votre chapeau me gêne pour voir l'écran, veuillez l'ôter s'il vous plaît.* » Elle doit être méfiante, oui, mais pas susceptible. On lui a recommandé de faire la guerre comme l'amour : en silence. Il n'y a que dans les films de propagande que les combattants exposent interminablement leurs états d'âme. Pour ça, ils sont d'habitude coincés au fond d'un trou d'obus et attendent un assaut ennemi, c'est la nuit, un sergent joue de l'harmonica à gauche de l'écran. Le scénariste a dû se dire : « Voyons, avant que ce bougre-là ne crève, il faut que je lui fasse avouer qui il est vraiment. »

Carole Thibeault n'aime plus le cinéma. Le Recruteur l'y emmenait presque tous les soirs. Ils voyaient parfois deux films, un avant et un après le dîner. Elle a maintenant l'impression que les grandes villes anglaises ne sont constituées que de salles de spectacle et de gargotes.

L'haleine du Recruteur se chargeait au fur et à mesure que la soirée s'avançait, une barbe rêche envahissait ses joues et son menton presque à vue d'œil, son imperméable se chiffonnait en exhalant une odeur mêlée de pluie, de friture, de tabac et d'essence. Comme il était différent, alors, de l'homme impeccable qu'elle retrouvait au matin dans le hall de l'hôtel, pressant nerveusement ses gants pendant qu'elle se faisait un ultime raccord de rouge à lèvres. Chaque jour, en somme, le Recruteur passait par toutes les phases du cycle de la vie, il était à la fois fascinant et terrifiant d'observer la façon dont il s'abîmait, dont il se décomposait pour n'être plus au milieu de la nuit qu'un vieux corps fripé vautré sur la banquette d'une voiture officielle noire comme un corbillard. Carole hésitait à lui tendre la main, elle se contentait d'effleurer la manche de son imperméable.

Le choix de ce Recruteur-là était excellent, sans doute : il vous donnait une telle idée des ravages de la mort naturelle qu'on ne ressentait plus le même effroi face aux brutalités de la guerre et qu'on avait parfois l'envie de s'y jeter.

Donc d'être recruté.

L'avion vole maintenant à quelques dizaines de mètres au-dessus de la lande. Carole voit des femmes en chemise de nuit sortir à la hâte de leurs maisons et s'éparpiller dans la nature.

Autant elle avait trouvé le Lysander dérisoire et grêle quand elle l'avait découvert sur l'aérodrome, autant son ombre qui court sur les champs lui paraît à présent monstrueuse. Comment font donc les Allemands pour ne pas repérer *C for Cat* et concentrer sur lui le tir des batteries anti-aériennes qui sont supposées pulluler dans la région ?

— Ils se réservent, dit Graham. Depuis Noël, les alertes sont continuelles, nos escadrilles se succèdent sur le Cotentin à un rythme infernal. Les guetteurs nous prennent pour un avion d'observation, ils attendent le gros de la vague pour ouvrir le feu.

Le Lysander file droit vers le phare de Goury qui sert d'amer au pilote, et qui se détache en gris clair, presque blanc sur la marcassite de la mer. A la verticale du phare, Graham abat brusquement sur la droite. Le terrain prévu pour son atterrissage est un des prés en bordure de mer, protégé du vent par des haies de tamaris. A la tombée de la nuit, il a théoriquement été nettoyé par les hommes du réseau Sophie, débarrassé des pieux inclinés à 45° que les Allemands disposent un peu partout pour éventrer d'éventuels planeurs transports de troupes. Si pour une raison quelconque ce travail n'a pu être mené à terme, l'appareil capotera, s'enflammera et explosera.

Le pilote se présente une première fois au-dessus de la zone d'atterrissage, s'éloigne en direction de la mer pour virer et effectuer une nouvelle approche.

Quelqu'un du comité de réception devrait normalement, en bas, faire clignoter une lampe de poche selon le code convenu.

— Est-ce que vous avez vu quelque chose ? demande Peter Graham.

— Rien du tout, dit Carole, comment expliquez-vous...

— Ce n'est pas mon job d'expliquer, coupe sèchement le pilote. On rentre, vos petits amis ne sont pas au rendez-vous.

— Encore une tentative ! supplie Carole. Leur lampe de poche peut avoir eu une défaillance. Il doit faire tellement humide au sol, *captain* Graham.

Le Recruteur lui avait appris à se défier du matériel : dans les cinémas qu'ils fréquentaient, il arrivait parfois que le film casse ou que la lampe du projecteur cesse de fonctionner à un moment palpitant ; une nuit dans le Sussex, le Recruteur avait même fait allusion à l'érection des hommes — qui n'était pas aussi automatique que les femmes le croyaient généralement.

Graham bascule sur l'aile le petit Lysander, se rétablit, descend au ras des haies et fonce à nouveau vers sa zone d'atterrissage. C'est juste au moment d'opérer sa ressource qu'il aperçoit les éclats de la lampe, mais beaucoup plus à droite qu'il ne s'y attendait. La lettre émise en morse est correcte. Graham répond en allumant ses phares. Aussitôt trois autres lampes clignotent à terre, dessinant la forme d'un L renversé.

Volets baissés, le Lysander prend contact. Graham attend encore un instant avant d'agir sur les freins. L'appareil rebondit sur le terrain durci par le froid, fait mine de se cabrer. Freinant cette fois franchement et réduisant les gaz au minimum, le pilote plaque l'avion sur ses roues comme s'il voulait le contraindre à s'agenouiller.

— Dépêchez-vous, maintenant ! hurle-t-il dans l'intercom.

Carole a déjà déverrouillé son cockpit. Par l'étroite échelle solidaire du fuselage, elle quitte le Lysander. Elle fait quelques pas sur l'herbe courte, en chancelant. Ses cheveux sont pris dans le vent de l'hélice.

Un homme a surgi de l'ombre, il se précipite vers Carole pour l'écarter de l'avion qui s'aligne face au vent, prêt au décollage :

— Je suis Leblond.

— *I'm a girl from Chicoutimi.*

Il rit :

— Bien sûr ! Livrée à domicile par un avion de la RAF, qui d'autre pourriez-vous être ?

Elle le dévisage, brusquement désemparée :

— Pourquoi riez-vous ? J'applique les consignes, c'est tout.

Leblond lui passe un bras autour des épaules.

— Moi je ris, dit-il, et vous... Eh bien, ça me donne l'impression que vous avez des larmes plein les yeux.

— C'est l'échappement de l'avion, balbutie-t-elle en se dégageant. Cette odeur de gaz brûlés, non, je ne supporte pas.

Leblond tend le bras pour désigner dans le ciel un point sombre auréolé de courtes flammèches bleues. Le bruit de *C for Cat* n'est plus qu'un ronronnement qui se perd dans le souffle de la mer toute proche :

— Le Lysander est déjà loin, mademoiselle Thibeault. Cela étant, je trouve normal que vous ayez envie de pleurer. Envie ou besoin, on peut discuter la nuance. Notre ami m'a parlé de vous, ajoute-t-il après un silence.

— Je n'ai pas d'amis en France.

— Quoi, la France ? Je faisais allusion au Recruteur. N'est-il pas votre ami ?

— Il l'a peut-être été, dit-elle.

C'est elle cette fois qui se colle contre Leblond pour se réchauffer un peu. Ses vêtements légers ne sont évidemment pas la tenue idéale pour une nuit de janvier. Le Recruteur l'aurait-il laissée partir avec ses bottes fourrées et sa veste molletonnée, ou bien se serait-il montré aussi impitoyable que Peter Graham ? Si elle pouvait répondre à cette question, sans doute saurait-elle précisément ce que le Recruteur pense et éprouve pour elle. Du moins ce qu'il *pensait* et *éprouvait,* car elle ne le reverra probablement jamais.

— D'habitude, chuchote Leblond, quand un agent descend du Lysander, la première chose qu'il demande c'est qu'on lui foute la paix le temps qu'il aille pisser derrière la haie. Vous, mademoiselle Thibeault, allez pleurer un bon coup.

Elle fait oui de la tête et s'éloigne. Sa réception par le réseau

Sophie avait été organisée dans les moindres détails et répétée sur le terrain de Tunbridge Wells, mais personne n'avait songé à lui dire qu'on lui accorderait un délai de quelques minutes pour se reprendre.

Personne ne lui avait dit non plus combien la Hague était belle par une nuit d'hiver, une nuit claire sous les hautes nuées, à croire que c'était la mer elle-même qui engendrait la lumière.

En revenant de derrière la haie, elle s'excuse :

— Pardonnez-moi, Leblond, je me conduis comme une petite fille.

Il l'aide à grimper sur une bicyclette.

— Vous n'êtes pas la première par ici, dit-il.

Carole pédale en louvoyant d'un bord à l'autre de la route. Elle a les jambes encore ankylosées, et la bicyclette est un vieux vélo de curé lourd comme du bronze. Leblond a passé deux heures à démonter et à graisser les roues jusqu'à satiété pour les empêcher de couiner, il a ôté la sonnette du guidon pour éviter toute tentation, mais il n'a rien pu faire pour alléger l'engin.

Traversée de flaques profondes, de ruissellements qui dévalent des collines saturées d'eau, la chaussée scintille comme une rivière.

Carole s'est d'abord étonnée qu'on ne prenne pas à travers champs, mais Leblond lui a expliqué que les Allemands n'avaient peur que de la mer, de ce qui pouvait leur arriver dessus depuis la mer :

— Toute leur artillerie est pointée vers le large. La terre, les landes, ils ne se méfient pas. D'ailleurs, s'ils devaient tirer sur tout ce qui bouge, ils n'arrêteraient pas : c'est plein de bestioles, dans le coin.

Carole sourit :

— Je suis moi-même une bestiole.

Autant que Leblond sache tout de suite qu'elle ne s'abuse pas sur elle-même, qu'elle a parfaitement conscience d'avoir des allures de petite bête avec son museau qui avance, ses canines un peu trop pointues, ses cheveux couleur renard. Ça coupera l'herbe sous le pied des moqueurs.

— Il me faut un pseudo, ajoute-t-elle. Alors si vous pensez à quelque chose comme Baby Fox [1], je suis d'accord.

Leblond appuie sur les pédales, remonte à sa hauteur :

— Comment le Recruteur vous a-t-il baptisée ?

Elle doit avouer que le Recruteur ne lui donnait pas de nom, qu'il lui disait simplement *vous*. Ce qui les mettait à égalité, puisqu'elle ignorait son identité et devait elle aussi se contenter du *vous* ou du *sir* passe-partout.

— Baby Fox n'est pas mal, admet Leblond. Je préviendrai les gars. C'est notre radio qui va adorer ça ! Il en a par-dessus la tête des noms de code à la noix — Héliogabale, Sarah Bernhardt ou Antigonos Monophtalmos. Frapper des pseudos pareils, ça prend un temps fou. On risque la faute d'orthographe, et que le message soit classé « douteux » par les Anglais.

Ils roulent en silence une dizaine de minutes. A l'entrée d'Auderville, Leblond prend à gauche l'embranchement de la D 401. Il donne quelques coups de pédalier, puis met pied à terre :

— Un peu plus loin, il y a une batterie de 88 et un abri bétonné creusé dans la colline. Il faut passer entre les deux. On devrait y arriver sans trop de mal : en entendant le Lysander, les Allemands ont dû s'enfouir, sûrs et certains que votre taxi annonçait l'approche d'une belle grosse apocalypse. La force de l'habitude, quoi ! On abandonne les vélos et on y va le ventre dans la bruyère. Un peu peur ?

— Pas mal peur, oui, reconnaît-elle. Vous croyez qu'on finit par s'en débarrasser ?

— De la peur ? Jamais vraiment, Baby Fox. Longtemps après la guerre, nous nous réveillerons encore en pleine nuit, dégoulinants de sueur comme des malades. Je suppose qu'il suffira de se lever et d'allumer une cigarette pour que ça aille mieux.

1. Bébé Renard.

Ils longent un muret bas, vers le sud. Mieux vaut appuyer du côté de l'abri que de s'avancer trop près de la batterie de 88 dont les guetteurs peuvent être sortis de dessous le filet de camouflage, à promener leurs jumelles dans tous les azimuts.

Carole aime ramper.

A l'exercice, le Recruteur la suivait debout, appuyant parfois le talon de sa botte sur les reins de la jeune femme pour l'empêcher de relever les fesses. Ou bien il lui écrasait subitement les doigts :

— *Warten Sie ein Momentchen* [1] !

— Je ne comprends pas. Vous me faites mal.

— Je sais, disait-il. Les mots n'ont aucune importance : c'est pour vous accoutumer à ces voix allemandes dans la nuit. Redressez-vous.

— Je ne peux pas, sir. J'ai la main coincée sous votre botte.

— Redressez-vous quand même. Vos doigts sont à vous. Pas à moi, ni aux nazis. Reprenez-les, vos doigts. A n'importe quel prix.

Alors elle vrillait son poignet pour se dégager.

Un jour, le Recruteur lui avait ainsi brisé l'auriculaire. C'était un matin à six heures, quelque part dans le Lake District. L'homme, encore impeccablement habillé et soigné, avait attiré Carole à lui et il avait pris dans les siennes la main blessée.

Pour Carole, le paysage s'était mis à tourner à une vitesse folle.

— Je vais m'évanouir, sir.

— Je pense que oui, en effet, vous êtes livide.

Avant de perdre conscience, elle avait eu le temps de voir qu'il faisait signe à sa voiture noire de s'approcher. Mais le chauffeur ne voulait pas, craignant de s'embourber. La montagne au fond, encore enneigée, devait être le Great Gable. Alors le Recruteur avait pris Carole dans ses bras pour l'emmener jusqu'à la voiture.

1. Attendez un moment !

Cette nuit, la jeune femme sent la douleur envahir à nouveau sa phalange. Comme si le Recruteur se rappelait à elle.

Après avoir contourné l'abri, Leblond remonte vers la ferme du Gros Mont pour se faufiler sous la batterie de 88 à l'abri des broussailles et déboucher sur le chemin des douaniers. Carole et lui se contorsionnent encore sur une cinquantaine de mètres, jusqu'à une sorte de lavoir.

— Si vous voulez vous débarbouiller ? propose Leblond. On ne s'amène pas comme ça chez les gens, hein ?

Il se retourne sur le dos, croise les mains sous sa nuque, aussi tranquille que s'il était dans son lit.

— Qui sont *les gens ?* Où allez-vous me cacher ? demande Carole.

— J'ai choisi pour vous une maison que les Allemands ne visitent pas, où ils ne perquisitionnent pas. Ils respectent votre hôte comme le Saint-Sacrement. Peut-être parce que certains de ses tableaux sont accrochés dans des musées de Berlin.

— C'est un peintre ?

— Un ex-peintre. Il est devenu presque aveugle. Il vous racontera. Il voit la différence entre la lumière et l'obscurité, il distingue de vagues contours, c'est tout. Même sous la torture, il serait incapable de décrire votre visage. Etes-vous présentable ? Eh bien, allons-y, Baby Fox.

Ils se faufilent à travers les ruelles, se collant contre les murs.

— Ce hameau s'appelle La Roche à cause d'un gros rocher, dit Leblond. La légende raconte qu'un géant revenait d'Angleterre en pataugeant dans la mer. A un moment, il a senti quelque chose dans sa chaussure. Ou dans ses bottes — au fait, qu'est-ce que ça pouvait bien se mettre aux pieds, un géant ?

— Des bottes, affirme Carole. Enfin, moi je les ai toujours imaginés avec des bottes

— Donc il a quelque chose dans sa botte. C'est un caillou. Un gravier, quoi ! Il l'enlève, le balance. Et voilà, c'est ça le rocher qui donne son nom au patelin.

Carole pense à un autre géant, qui va venir sur la mer aussi. C'est pour lui qu'elle est là, pour le faire trébucher, l'éventrer et le noyer.

Le géant de Carole Thibeault est un croiseur lourd, l'un des derniers dont dispose la Kriegsmarine. Il s'appelle l'*Admiral von Severloh*.

Quand l'avion est passé en rase-mottes au-dessus du toit de sa maison, Louis Asfrid s'est habillé précipitamment, il est descendu à la cuisine où il a allumé une torche électrique qu'il a placée debout sur la table ronde. Eclairant son visage par en dessous, le faisceau de la lampe durcit ses traits, souligne ses joues mal rasées, frappe son regard presque mort et lui procure un semblant de vision — c'est-à-dire qu'il perçoit un halo grisâtre, comme une lumière d'aube en hiver à travers une fenêtre tendue de tulle. Louis oblige ainsi ses yeux à se fixer au lieu de se révulser dans leurs orbites, les muscles cessent de se relâcher et contraignent les globes oculaires à prendre une position normale et digne.

Et Louis est satisfait. Car s'il a accepté sans révolte excessive de devenir aveugle, il refuse que les stigmates de sa cécité apparaissent aux autres. Ni canne blanche ni lunettes noires, il s'est exercé à se déplacer chez lui, jardin compris, sans jamais mettre les mains en avant.

Il entend grincer les ressorts du divan, dans le salon.

Danièle dort là depuis que les bombardements se sont intensifiés, depuis surtout le raid de novembre dernier sur les chantiers de l'Organisation Todt à Couville. Louis a bien essayé de persuader Danièle que les bombes frappaient au hasard et que sa maison n'était pas moins vulnérable qu'une autre, mais la femme s'est entêtée : ce qui la terrorise, c'est l'idée d'être ensevelie sous des décombres sans avoir personne à appeler, à guider jusqu'à elle.

— Mais quand bien même, Danièle, je n'y vois rien, je ne saurais pas quelle poutre soulever, quels gravats déblayer.

Elle lui a répondu avec une certaine logique qu'en cas de grand effondrement tout le monde serait logé à la même enseigne : les survivants du raid sur Couville ont raconté que, plus d'une heure durant, la poussière et la fumée étaient si denses et brûlaient si fort les yeux que c'était comme s'il avait fait nuit, que même les chiens allemands dans les ruines perdaient le sens de l'orientation.

Louis a donc accueilli cette femme chez lui, appréciant vite de n'avoir plus à laver la vaisselle, de n'être plus condamné à tâtonner stupidement pour retrouver sa pipe ou son carafon de marc. Maintenant, il lui suffit d'alerter Danièle. Elle est toujours là, assise non loin de lui sur le tabouret qu'elle traîne partout avec elle.

A quoi occupe-t-elle ses journées ? Elle dit qu'elle lit, et Louis entend en effet le petit bruit crispant qu'elle fait en mouillant son doigt pour tourner les pages. Ce ne sont pas de vrais livres qu'elle lit, mais les albums où Louis a collé les coupures de presse relatives à ses expositions, les entretiens qu'il a accordés à des journalistes, les quelques chroniques qu'il a écrites sur la peinture moderne. Tout est dithyrambique, pompeux, et faux de la première à la dernière ligne. Faux par omission davantage que par mensonge prémédité. Rien de ce que Louis Asfrid a réellement aimé, rien de ce pour quoi il a vécu et peint ne figure dans ce catalogue de l'inutile, du dépassé, du néant. Renier tout cela ? Ce serait continuer à mentir, car il a dit ces choses creuses, il a pris ces trains à travers les vitres desquels il n'a vu de l'Europe qu'une sarabande de masques mondains, il a rencontré ces gens aujourd'hui pour la plupart disparus dans la tourmente.

— Il y a une photo de vous avec Goering, monsieur, vous peignez un oiseau, c'est un aigle je crois, sur le flanc d'un avion allemand et Goering applaudit.

— C'était en Suède, Danièle, il n'y avait pas encore la guerre.

— Mais c'était bien Goering, hein ?

Elle insiste sans dégoût, plutôt admirative. Les célébrités l'impressionnent, elle donnerait du *monsieur* aux assassins qui font la une des journaux, elle prie Dieu mais avoue s'adresser parfois aussi au Diable.

— Oui, dit Louis, c'était Hermann Goering. Il m'avait invité à déjeuner. C'était une Chandeleur quelconque et nous avons fait sauter des crêpes. Il tenait un Reichsmark en or dans la main gauche.

Quand Danièle a fini les albums, elle les reprend et les épluche à nouveau. Elle y cherche sans doute les preuves que Louis Asfrid est le grand personnage qu'elle imagine, pas Dieu fait homme, non, mais presque, et qu'elle est dans sa maison comme dans une arche hermétique au déluge.

Louis l'appelle, elle accourt. Il l'entend fourrager dans ses cheveux, puis se gratter l'épaule à travers la soie d'une vieille chemise de nuit oubliée par Catherine Ozouf. Louis attend qu'elle soit assise sur son tabouret, il pose une main sur les genoux de la femme :

— Ecoutez, Danièle, on marche dans la rue. Non, ne craignez rien, je sais qui vient. Il faut que vous montiez préparer un lit dans mon atelier. Aérez la pièce, il se peut que ça sente le renfermé, il y a si longtemps que je n'y suis pas allé. N'oubliez pas de placer une carafe d'eau sur la chaise près du lit : ce sera la première fois que cette personne dormira chez moi, je ne voudrais pas qu'elle ait soif et se cogne partout en cherchant un robinet. S'il n'y a pas eu de changement de dernière minute, c'est une jeune femme. Elle passera quelques jours avec nous. Vous ne lui poserez aucune question, et dès qu'elle sera partie vous oublierez que vous l'avez vue. En somme, sauf pour la servir, sauf si elle a besoin de vous, faites exactement comme si elle n'était pas là. A présent, ouvrez le verrou de la porte. Il nous reste un peu de lait ? Alors mettez-le à chauffer avec de l'eau-de-vie et le bâtonnet de cannelle. Au fait, comment est la nuit ?

— Comme toutes les nuits.

— Vous ne comprenez pas, dit Louis avec une pointe d'agacement. Il y a des nuits plus claires ou plus sombres que d'autres.

— Des chiens aboient, monsieur, coupe Danièle.

— Oui. Nos visiteurs ne vont plus tarder. Peut-être sont-ils déjà dans le jardin. Voyez-vous quelqu'un ?

— Monsieur Leblond et une dame, monsieur. Ils marchent sur l'herbe, pas dans l'allée.

— Bien sûr, à cause du gravier. C'est bruyant, le gravier.

Il se lève en riant :

— J'ai voulu du gravier à cause de la Gestapo, pour ne pas être surpris s'ils venaient m'arrêter. Je suis stupide, ils auraient marché sur l'herbe eux aussi. Maintenant, ajoute-t-il, ouvrez complètement la porte.

Il reconnaît le bruit que fait Leblond en frottant ses semelles contre le paillasson. Il l'entend dire :

— Vous aussi, Baby Fox ; nous pénétrons chez un maniaque de la propreté.

Puis Leblond élève la voix — il ne peut pas s'empêcher de penser que les aveugles sont aussi un peu sourds :

— Louis, bonsoir. Sauf que nous sommes affreusement crottés, la demoiselle et moi, tout s'est déroulé sans anicroche.

Il prend la main de Carole et la glisse dans celle que Louis tient tendue droit devant lui.

— Vous tremblez, remarque celui-ci. Je présume que c'est de froid, pas de peur. J'ai cru comprendre que Leblond vous appelait Baby Fox. C'est charmant. Pour ma part, n'étant pas un professionnel de l'action secrète, je n'ai pas de nom de guerre. A moins que vous ne m'en trouviez un, il faudra vous contenter de me dire Louis.

Elle sourit, oubliant qu'il ne peut la voir :

— Si vous n'êtes pas un agent, moi je ne suis pas un personnage de dessin animé. Baby Fox, c'était une idée comme ça. Pour coller à l'ambiance, vous comprenez ? La petite rouquine frigorifiée rampant sous les énormes blockhaus... Mais je commence à me réchauffer, et votre maison n'a rien d'un blockhaus, alors mon nom c'est Carole.

— Pourquoi êtes-vous rousse ? demande-t-il en l'empêchant de retirer sa main.

— Je suppose que c'est une histoire d'hérédité, non ? Il y a tout un truc avec des fleurs de pois, ou des haricots, je ne sais plus. Et vous, pourquoi cette question ?

Il ne répond pas, mais la libère. Elle s'assied, brusquement lasse. Danièle dépose devant elle un bol de lait à l'eau-de-vie et à la cannelle.

— Louis était peintre, dit Leblond. Il s'intéresse aux couleurs. En fait, il s'est mal exprimé. Ce n'est pas *pourquoi êtes-vous rousse* qu'il voulait dire, mais plutôt quelque chose comme *quelle est votre nuance de roux*. Je vais te décevoir, Louis, je connais tes goûts : la petite Baby Fox n'est pas une flamboyante. Elle tire sur l'auburn bien sage. Satisfait ?

— Ma question était ce qu'elle était, dit doucement Louis. Carole a répondu ce que j'attendais.

Leblond sourit, s'assied à son tour devant la table et fait signe à Danièle de lui verser aussi un peu de lait à l'eau-de-vie. Il allume une cigarette dont il souffle la fumée dans le faisceau de la torche électrique :

— Je peux vous laisser seuls, Carole et toi ? Ou bien vous vous détestez déjà au point qu'il faille appeler Londres et annuler la mission ?

Il lève les yeux vers Louis qui se tient debout derrière Carole, les mains étreignant le dossier de la chaise.

— Pas drôle, dit le peintre. De toute façon, nous n'aurons le temps ni de nous déplaire ni de nous séduire. A peine celui de nous connaître. Cette jeune femme vient pour un *Blitzkrieg,* n'est-ce pas ?

Ses mains quittent le dossier de la chaise et se posent sur les épaules de Carole.

— Leblond vous a expliqué ? lui demande-t-il. Je n'aurai aucune part active dans votre travail. Question d'infirmité, pas de lâcheté.

Elle fait plusieurs fois oui de la tête, et il se penche un peu pour respirer l'odeur qui monte de sa chevelure. Elle sent la terre mouillée et l'essence d'aviation.

— Mon rôle, poursuit-il, se limitera à celui d'un gargotier.

— Tu peux dire hôtelier, proteste Leblond, on mange bien chez toi et il paraît que tu as des draps de coton.

— Je tiens à gargotier. Tu n'as jamais compris qu'il n'y avait rien de pire que la désillusion. Je voudrais essayer de ne pas décevoir Baby Fox.

Ses longs doigts se soulèvent légèrement de dessus les épaules de la jeune femme et frôlent ses boucles.

Il ne sait pas encore percevoir un ensemble, imaginer par exemple tout un visage à partir de touchers furtifs. Il faudra que j'apprenne, se dit-il, je perdrai comme ça un peu de mon égoïsme, la beauté n'a pas disparu au moment où la vue me manquait. Carole acceptera-t-elle de se prêter au jeu, de rester immobile et sage comme si elle posait et de me laisser caresser son front, l'arête de son nez, ses lèvres aussi ? Je le lui demanderai. Si ça lui répugne, elle pourra toujours m'opposer le temps qui lui est compté, dire qu'elle aimerait bien me rendre service, qu'elle lutte contre l'oppression, toutes les oppressions, ma cécité est une forme d'oppression, il faut libérer les aveugles de l'oppression comme les Juifs, les Tziganes, les bolcheviks et les homosexuels — mais elle ne peut pas aujourd'hui, *sorry,* trop occupée, repassez demain avec vos doigts fébriles.

— Va-t'en, Leblond, dit brusquement Louis. Profite de l'obscurité pour rentrer chez toi. Tu sais ce qui arrive quand le jour se lève ? Il y a des Allemands partout. Comment passeras-tu entre les mailles du filet ?

Leblond vide son bol. Il se dresse, fait quelques pas, titube un peu à force de fatigue — il en est à sa troisième nuit blanche consécutive.

— Va-t'en donc, insiste Louis.

Ce n'est pas qu'il craigne vraiment pour la sécurité de son ami :

obsédée par la menace du débarquement, la garnison allemande se préoccupe davantage de renforcer ses défenses que de contrôler les identités. L'efficacité nazie se mesure désormais en tonnes de béton, et non plus au nombre de suspects interpellés.

Mais Leblond est un obstacle entre Carole et Louis. Tant qu'il s'incrustera, la jeune femme se sentira dépendante de lui : on n'explore pas sa chambre d'hôtel avant le départ du bagagiste.

Et Louis veut savoir quelle sera l'attitude de Carole une fois seule, et comment lui-même se comportera. Il y a si longtemps qu'il n'a pas vécu dans l'intimité d'une femme — Danièle ne compte pas, elle n'utilise même pas la salle de bains sous prétexte qu'on n'a pas besoin de se laver quand on ne sort pas. Or Louis a dans l'idée de proposer un bain à Carole. Même si une baignoire n'est plus un accessoire extraordinaire en 1944, la sienne reste différente des autres : en plus des robinets d'eau chaude et d'eau froide, il y en a un troisième pour l'eau de mer. Louis a aussi dans un carton à chapeau une quantité d'algues séchées et broyées dont il se sert pour saupoudrer les bains. Ça sent alors l'iode et le varech dans toute la maison. Puisqu'il est aveugle, rien n'empêchera Louis de demeurer dans la salle de bains et de parler à Carole pendant qu'elle se prélassera au fond de la baignoire-océan.

Sauf qu'il est hospitalier, elle ne sait probablement rien de lui. Il pourra donc passer à ses yeux pour l'homme qu'il voudra, un homme neuf, ce qui lui est interdit depuis sept ans dans cette fin de Hague où tout le monde croit le connaître — et sa cécité l'empêche de s'en éloigner. Il dira à la jeune femme tout ce que les dossiers de presse ont omis de mentionner. Il devient nécessaire et urgent que quelqu'un sache qui il est : le débarquement anglo-américain fera des milliers de morts parmi la population civile, et Louis a le pressentiment qu'il en sera. Évidemment, Carole peut ne pas survivre à sa mission. Mais le souvenir qu'on laisse aux autres finit de toute façon par s'effacer, et Louis ne cherche pas tant une mémoire longue qu'une mémoire fraîche.

Jadis, c'est par le sexe qu'il aurait tenté de faire irruption, de se loger dans la mémoire de cette femme — comme c'est en étreignant

Catherine qu'il s'appropriait la chair et le souvenir de Babe Ozouf. Mais le voilà aveugle, et il n'a jamais su faire l'amour dans le noir.

Alors pour lui, pendant un temps, la sensualité a remplacé la sexualité. Il y voyait encore assez pour se rendre à Cherbourg dans une brasserie proche de la gare. Il avait choisi cet établissement parce que le soleil de midi y entrait à flots, lui permettant une vision presque normale des gens et des choses. Il s'accoudait au comptoir, attendait qu'une très jeune voyageuse se lève, et se hâtait alors d'aller s'asseoir à sa place. La moleskine de la banquette était encore tiède du contact des cuisses de la fille. Louis tâtonnait discrètement pour saisir le verre vide, parfois taché d'un peu de rouge à lèvres, et le portait à sa bouche.

— Monsieur, s'empressait le garçon, donnez, ce verre est sale.

Louis rendait le verre. Il avait eu ce qu'il voulait ; le goût de fruit mûr du rouge à lèvres de la petite nymphe.

Pardonné d'avance parce qu'il était aveugle, il franchissait sans ticket de quai les portillons de la gare et montait dans le train pour Paris. Il claudiquait dans le couloir, se cognant aux femmes en quête d'un compartiment inoccupé. Il leur barrait carrément le passage tout en balbutiant des excuses. Les voyageuses s'énervaient, soufflaient comme des chats en colère, il recevait alors au visage un peu de leur haleine, et quelques postillons charmants dans le meilleur des cas. A défaut de vrais baisers, il se contentait de ces ersatz acquis à force de petites ruses. Mais on était en plein règne du rutabaga et du café au gland de chêne, la France n'était plus qu'une poupée baragouinant docilement la langue des ventriloques de Berlin.

Il n'éprouvait pas plus de honte à pratiquer ces jeux que le clochard à fouiller les poubelles. N'était-il pas devenu une sorte de bonhomme misère puisqu'il avait perdu le droit au regard comme d'autres perdent le droit à la nourriture deux fois par jour ?

Bientôt, il fut incapable d'aller à Cherbourg. Alors il se mit à fréquenter les fêtes de famille, et surtout les premières communions. Il avait en effet remarqué qu'en ces temps difficiles les fillettes affamées se gavaient dès le début du repas, et n'avaient plus ensuite assez d'appétit pour terminer leur part de pièce montée. Il repérait tant bien que mal les gâteaux oubliés avec la marque des quenottes dans le caramel, il y mordait à son tour et rêvait.

Les gens qui ne comprennent jamais rien disaient qu'il vieillissait, que son organisme avait besoin de sucre.

La vérité, c'est qu'il chassait.

Puis ses yeux étaient morts presque tout à fait. Il s'était dit que la chasse était finie, impraticable pour cause de forêt décidément trop obscure. Il avait rappelé ses désirs comme on siffle ses chiens.

Mais Carole Thibeault est là. Elle est jeune, il le devine non pas au timbre de sa voix mais à ses inflexions. Elle prononce certains mots comme Catherine à quinze ans, en nasillant un peu. Alors il pense que, sur le territoire restreint de sa maison, une certaine forme de chasse très feutrée redevient possible.

Il se dirige vers la porte et l'ouvre :

— Allons, Leblond, adieu.

Les deux hommes s'embrassent. Avant de sortir, Leblond se tourne vers Carole :

— Je ne vous reverrai pas avant le pick-up [1]. Je me demande ce que le Recruteur vous a confié comme sale boulot. Je ne veux rien savoir, naturellement. Mais la question que je me pose depuis que vous êtes descendue du Lysander, c'est moins *pour quoi faire* que *pourquoi vous ?*

1. Opération consistant à récupérer par avion un agent en secteur occupé.

Aux ordres de son maître, Danièle fait la navette entre le cabinet de toilette et la cuisine où de l'eau bout en permanence sur le fourneau à bois.

— Pose le seau derrière la porte, ordonne Louis, mademoiselle est nue.

C'est lui qui se charge alors de verser l'eau chaude dans le bain ; il s'applique à ne pas en perdre une goutte.

Allongée dans la baignoire, une serviette pliée sous la nuque, Carole regarde le jour révéler peu à peu la masse grise de la mer au-delà des toits du hameau bas.

Un peu gênée au début, elle apprécie maintenant la présence de Louis dans la salle de bains. Elle n'était pas très sûre qu'il fût aveugle, elle a pris exprès quelques poses aguichantes en se déshabillant, il n'a pas réagi du tout, elle est tranquille à présent. Elle peut s'abandonner devant lui comme jamais encore depuis qu'elle a quitté Chicoutimi : malgré son handicap, c'est un homme aux gestes qui protègent.

Louis Asfrid est tout le contraire, en somme, du Recruteur près de qui Carole avait sans cesse l'impression d'être autopsiée vive.

Le Recruteur était déjà là, à Liverpool, quand elle était descendue du cargo *Tobermory* en provenance de Québec. Elle l'avait remarqué à son immobilité qui contrastait avec l'agitation des dockers. Il se tenait appuyé contre un pylône, observant le déchargement du matériel militaire, suivant d'un œil distrait les longues cohortes de soldats canadiens et les quelques civils qui débarquaient. Il semblait ne pas s'intéresser aux uns plutôt qu'aux autres, et pourtant Carole avait eu le sentiment qu'il était venu là pour la rencontrer. En montant dans le bus, elle l'avait aperçu qui s'engouffrait dans une voiture noire. La circulation était devenue intense, la buée avait envahi les vitres du bus.

Le soir même, Carole avait reconnu l'homme au restaurant de l'hôtel près du port, le *Liverpool and British Empire.* Il dînait seul à une table éloignée de la sienne. Il lui tournait le dos, mais il pouvait la voir dans les grandes glaces de la salle à manger. A plusieurs reprises, elle avait d'ailleurs croisé son regard. Ça ne voulait rien dire : n'ayant apporté ni livre ni revue, l'homme ne pouvait pas garder le nez dans son assiette.

Carole avait tout de même demandé au maître d'hôtel s'il connaissait ce solitaire, là-bas à la table face aux miroirs.

— Non. Il n'a pas de chambre chez nous. Je suppose qu'il est simplement là pour souper.

La nourriture du *Liverpool and British Empire* étant aussi prétentieuse qu'infâme, Carole en doutait.

Quand elle se leva, son repas terminé, l'homme aussi repoussa sa chaise et suivit la jeune femme. Il ne cherchait pas le moins du monde à se dissimuler. Il était désormais évident qu'il souhaitait aborder Carole, mais qu'il espérait encore qu'elle ferait le premier pas — en se retournant brusquement, en lui criant par exemple : « Et alors quoi ? vous voulez ma photo ? »

Empruntant le couloir lambrissé qui menait au bar, Carole obliqua brusquement et pénétra dans les toilettes pour dames. Il y avait là deux officiers sous-mariniers qui se lavaient les mains. Elle faillit leur rappeler qu'il existait juste à côté des lavabos réservés aux hommes. Mais devinant ce qu'ils répliqueraient probablement, elle ne dit rien. Elle avait une fâcheuse tendance à rougir à tout propos, et ne voulut pas se donner en spectacle. On l'avait prévenue que l'Angleterre ressemblait de plus en plus à une immense caserne où des centaines de milliers de combattants se piétinaient en attendant de s'entasser à bord des péniches de débarquement. Les portemanteaux des établissements publics pliaient sous le poids des casques où se déchiraient les fragiles voilettes bleues des chapeaux de dames. Il était donc normal que les pancartes *ladies* et *gentlemen* n'aient plus ici aucune signification. Elle s'enferma dans une cabine, disposa son mouchoir entre ses cuisses et la planche, et décida que la prochaine fois c'est elle qui irait pisser chez les hommes.

Quand elle sortit, son suiveur était toujours dans le couloir. Il tapotait sa cigarette, répandant la cendre sur une plante verte.

— C'est de l'engrais, dit-il en souriant. Nous vivons, mademoiselle, une époque qui voit le triomphe de l'engrais. Songez un peu à ces millions de morts. Les explosions abattent des arbres, retournent des prairies, mais en contrepartie...

Elle courut jusqu'au bout du couloir.

Le bar du *Liverpool and British Empire* était plein d'officiers parmi lesquels Carole reconnut les deux sous-mariniers des toilettes. Ils la saluèrent avec cette politesse obligée qu'on a pour un voisin de compartiment quand le train entre en gare. Ces deux-là pourraient faire de bons alliés, pensa-t-elle, au cas où l'homme qui me suit se montrerait trop entreprenant. Alors elle leur sourit, leur fit un signe amical de la main, s'arrangea pour s'asseoir près d'eux.

Le Recruteur traversa le bar, s'arrêta près de Carole et la prit par le bras :

— On est mal sur ces grands tabourets. Venez, j'ai réservé une table.

Elle jeta un bref regard aux sous-mariniers. Ils étaient en train de parler du fond de la mer qui devait être jonché d'épaves après quatre années de guerre — les submersibles risquaient désormais de s'éventrer sur des navires qu'ils avaient coulés.

— Je reviens, leur dit Carole, je suis assise là-bas, vous voyez ?

Ils ne répondirent pas. Elle accompagna le Recruteur. Il se frottait sans cesse les yeux, comme quelqu'un qui a sommeil. A peine installé, il avala d'ailleurs des pilules que Carole supposa être des somnifères. Si c'était le cas, il ne l'importunerait pas longtemps.

Un pianiste jouait des airs américains. Mais à cause des conversations et de la pluie diluvienne qui tambourinait contre les vitres, on n'entendait rien. Alors le musicien se leva, remit droit son nœud papillon et rabattit le couvercle du Steinway sur lequel il frotta la manche de sa redingote — exactement comme s'il s'agissait d'un chiffon à poussière. Il se dirigea vers le comptoir, et tout le monde vit qu'il avait une jambe artificielle, une prothèse mal fichue qui tenait avec des sangles de cuir.

— Encore une chance que ce ne soient pas ses mains qui aient pris, murmura quelqu'un.

— Ce type oublie simplement qu'un piano comporte un pédalier, dit le Recruteur en se penchant vers Carole. La bêtise revient en force, c'est le signe le plus évident qu'on va vers la paix. C'est curieux, mais il me semble que les gens sont plus intelligents en temps de guerre.

— Je n'ai pas d'opinion sur la guerre ni sur les gens, dit Carole. Sauf sur vous, ajouta-t-elle, et là mon opinion est plutôt défavorable.

Il voulut commander du champagne, elle secoua la tête :

— Vous aggravez votre cas.

Ils restèrent alors un moment à se regarder, allumant des cigarettes qu'ils écrasaient presque aussitôt. A la demande d'un client, le barman avait écarté les rideaux pour vérifier s'il pleuvait toujours. Raides d'un mélange de crasse et d'amidon, les voilages n'étaient pas retombés et l'on voyait clignoter l'enseigne de l'hôtel : la *Royal Air Force* ayant la maîtrise du ciel, on ne craignait plus l'incursion des bombardiers ennemis, le black-out était de moins en moins respecté ; mais la ville n'était pas illuminée pour autant et, avec ses avenues tantôt obscures et tantôt bordées de fenêtres éclairées, elle donnait l'impression d'un grand jouet déréglé.

— J'étais ce matin sur le port, dit enfin le Recruteur.

Elle haussa les épaules :

— Je sais, je vous ai aperçu. Vous avez même essayé de suivre mon bus. Vous vous êtes accroché deux ou trois minutes, et puis il y a eu les encombrements.

— J'espère que tout se passera bien pour vous en Angleterre, mademoiselle Thibeault.

— Vous connaissez mon nom ? Je me demande comment... Après tout, c'est sans importance : j'ai accompli les formalités de police et de douane, on ne m'a pas trouvée suspecte.

Elle lui souffla au visage la fumée de sa cigarette, et l'éventa aussitôt en lui agitant la main sous le nez :

— Que les choses soient claires, d'accord ? J'ai accepté de m'asseoir à votre table parce que je suis seule et que je n'ai pas encore envie de m'enfermer dans ma chambre — qui est lugubre, soit dit en passant. En somme, je comptais un peu sur vous pour meubler la soirée. Mais je n'ai aucunement l'intention de me soumettre à un interrogatoire. Ou alors, sortez vos cartes officielles et prouvez-moi qui vous êtes.

— Je ne suis personne, dit-il vivement. En tant qu'individu, je ne présente aucun intérêt.

Il se tut un instant, ferma les yeux en plissant les paupières comme quelqu'un qui éprouve une douleur soudaine et vive :

— Je suis clergyman.

Carole sourit, amusée. Sans doute séjournait-il à Liverpool à l'occasion d'un symposium ecclésiastique, ou quelque chose dans ce genre. Son ministère lui interdisant d'aller au bordel, il tournait la difficulté en cherchant l'aventure au débarcadère des bateaux d'Amérique et dans les hôtels proches du port. Elle songea qu'il s'y prenait mal pour la séduire, et fut heureuse d'avoir refusé le champagne — un clergyman a tout juste assez d'argent de poche pour offrir une bière.

— A Chicoutimi, dit-elle, notre pasteur s'appelle Paul Derdodonne.

Il releva ses paupières :

— Je sais cela aussi. Il est d'origine indienne. En fait, si je parle peu, c'est que je n'ai pas grand-chose à apprendre de vous. Il y a plusieurs mois que je rassemble une documentation à votre sujet.

Il fouilla dans les poches de son habit, en tira une enveloppe brune dont il sortit un jeu de photos écornées, aux coins percés de petits trous :

— Votre portrait était épinglé sur une planche de liège, dans ma chambre. J'observais ces clichés avec tant d'attention que je croyais entendre le son de votre voix. J'étais persuadé que vous aviez beaucoup d'accent québecois. Mais votre mère étant française, elle a dû corriger vos intonations.

Ce fut au tour de Carole de fermer les yeux. Elle avait l'impression que l'enseigne du *Liverpool and British Empire* allait s'arracher de son support, se précipiter à travers les fenêtres du bar, exploser et répandre comme du sang sa lumière rouge sur le tapis.

— Comment ces photos sont-elles en votre possession ? Je ne savais même pas qu'elles existaient.

— On vous a photographiée à votre insu en septembre dernier, lors de la kermesse de Grande Baie sur la rivière Saguenay. Vous teniez un stand, il s'agissait de deviner la quantité de rhubarbe au gramme près que vous aviez utilisée pour confectionner une tarte du diamètre d'une roue de vélo.

— Et naturellement, vous connaissez la réponse ?

— Oui.

Il consulta le cadran de sa montre :

— Le bar va fermer, mademoiselle Thibeault. Je propose que nous poursuivions cette conversation ailleurs. Ou que nous la remettions à demain si vous vous sentez fatiguée. J'imagine ce que signifie traverser l'Atlantique à bord d'un cargo qui se traîne au milieu d'un convoi.

Elle quitta la table sans un mot. Il se leva et la suivit du regard. Il n'esquissa pas le moindre geste pour la retenir. Même si elle changeait d'hôtel, même si elle tentait de lui échapper dans Liverpool ou sa banlieue, même si elle fuyait vers l'Écosse ou l'Irlande, il la retrouverait.

Carole se contenta de demander un somnifère au concierge.

Le lendemain, elle prit un taxi pour se rendre au siège de la société *Vicksburg Ltd.* Le chauffeur l'aida à porter jusqu'à la voiture une lourde caisse contenant des échantillons de tuiles révolutionnaires — sortes de lames, d'écailles de céramique colorées dans la masse.

Il pleuvait comme la veille.

La banquette de l'Austin exhalait une odeur détestable. Le chauffeur expliqua à Carole que ce taxi assurait aussi le service de nuit, qu'il transportait alors des soldats ou des marins ivres qui vomissaient dans les virages. Il ajouta qu'il garderait de la guerre le souvenir de cette puanteur, mais que ce n'était pas plus agressif après tout que l'odeur de la mort dans les carcasses des tanks incendiés.

Carole alluma une cigarette. Elle demanda au chauffeur si la police britannique était efficace et si elle s'intéresserait éventuellement au cas d'une jeune femme persécutée par un homme qui se prétendait clergyman.

— C'est vous, la jeune femme qu'on persécute ?

— Oui.

Il l'examina longuement dans le rétroviseur, hocha la tête :

— Je connais des flics qui pourraient vous écouter. Parce qu'ils aiment les jolies filles et détestent les clergymen. Est-ce qu'on y va tout de suite ?

— Non, dit Carole, je vous remercie, je vous posais la question pour information.

Le chauffeur parut vexé. Il referma sèchement la vitre de

séparation et accéléra. Peu après, il déposait Carole devant l'immeuble de la *Vicksburg Ltd.*

Le Recruteur attendait la jeune femme, adossé contre le mur de brique. Il tenait en laisse un chien pékinois dont l'averse avait collé les longs poils soyeux. Le chien gronda après Carole et fit mine de vouloir attaquer le taxi qui repartait.

— Chang est une peste, dit le Recruteur en tirant sur la laisse. Il n'est pas à moi, vous vous doutez bien ! Mais doit-on abandonner les chiens errants sous prétexte que c'est la guerre ? Je crois d'ailleurs qu'il appartient à une certaine lady Seeger. Mais où est passée lady Seeger ? Sa belle résidence blanche n'est plus qu'un tas de ruines. On prétend qu'il y a encore des cadavres de domestiques sous les décombres.

— Je vais avertir la police, dit Carole, et vous serez arrêté. Laissez-moi tranquille.

— Je savais que vous aviez rendez-vous chez *Vicksburg*. La preuve : je suis là. Ça ne vous fait pas réfléchir ?

Elle était au bord des larmes. Elle ne savait pas du tout comment elle allait réussir à traîner sa caisse jusque dans le hall de *Vicksburg Ltd.*

— Ne vous noyez pas dans un crachat de poule, dit le Recruteur. Tenez le chien, je m'occupe de vos échantillons.

La caisse glissa sans peine sur le trottoir mouillé.

Carole Thibeault reçut à la *Vicksburg Ltd.* un accueil aussi enthousiaste qu'inattendu. Du président à la standardiste, tout le monde semblait passionné par cette idée nouvelle de recouvrir les maisons de toitures en céramique colorée. Dès que le débarquement allié aurait eu lieu, on pourrait envisager sérieusement la reconstruction des cités démolies par les avions et les bombes volantes. Alors pourquoi ne pas envisager en effet des toits en couleurs ? Ce serait une rupture avec l'architecture fonctionnelle de la guerre, un signe visible du changement d'époque. Sans compter que, lorsque la lumière du jour se reflétait là-dessus, ça devait être à couper le souffle.

On passa dans une petite pièce aménagée en salle de projection. Carole commenta un film en 16 m/m sur la fabrication et les emplois infinis du nouveau matériau — on pouvait même l'utiliser pour tapisser et enjoliver les stations de métro.

Sitôt qu'une circulation normale des cargos serait rétablie sur l'Atlantique Nord, la société qu'elle représentait serait en mesure de livrer chaque semaine plusieurs tonnes d'écailles de céramique.

Un membre du directoire de la *Vicksburg Ltd.* révéla un chiffre impressionnant : le nombre recensé des habitations détruites sur le territoire britannique. Et si on maîtrisait le problème des coûts de transport, le marché des écailles de céramique pouvait s'étendre jusqu'à l'Europe continentale, voire dans certains pays du Commonwealth.

Carole se retira seule avec le président Sandfell pour établir un premier protocole d'accord. Sandfell lui fit remarquer qu'elle n'avait pas affronté en vain les U-Boote tapis au fond de l'océan.

— Nos techniciens vont maintenant analyser vos échantillons, dit-il, mesurer leur résistance aux intempéries, au feu du soleil, à la lune, aux acides contenus dans les déjections des oiseaux. Ce soir, nous dînons ensemble. Dans une quinzaine, nous signons le contrat définitif.

— Je doute de pouvoir accepter votre invitation à dîner.

— Déjà prise, mademoiselle Thibeault ? Voulez-vous téléphoner pour remettre votre engagement ?

— Je suis prisonnière, dit-elle.

Elle alla jusqu'à la fenêtre, regarda au-dehors. Le Recruteur faisait les cent pas sur le trottoir. Il se penchait parfois vers le pékinois, le caressait et lui murmurait quelque chose. Peut-être devina-t-il le regard de Carole posé sur lui, toujours est-il qu'il leva la tête vers le quatrième étage de l'immeuble de la *Vicksburg Ltd.* et adressa à la jeune femme un signe amical.

— Demain soir, alors ? proposa le président Sandfell.

— Je n'ose pas promettre, dit Carole.

Après ce voyage interminable et dangereux où elle avait été livrée à elle-même et maintenant que sa mission commerciale venait de réussir au-delà de ses espérances, elle avait envie de s'abandonner. Il serait si reposant que quelqu'un, soudain, se mît à décider pour elle.

Comme lorsqu'elle était une très petite fille et s'amusait à être esclave le temps d'un week-end avec ses parents sur les bords du Saguenay — elle secouait le tapis de la tente, ramassait du bois mort et dressait des bûchers parfaits pour cuire des truites, lavait les chaussettes dans la rivière, s'interdisait de prononcer un seul mot pendant une heure même si elle mourait d'envie de réclamer une barre de chocolat.

Son père détestait ce jeu, mais Catherine, sa mère, disait :

— Laisse faire la petite, Grand Jacques, ça me rappelle des choses.

Personne ne savait quelles choses, Catherine était silencieuse sur tout ce qui concernait sa vie avant son arrivée à Chicoutimi et son mariage avec Jacques Thibeault.

Quant à Carole, elle sortait chaque fois plus forte de ces périodes d'autosoumission. Elle se transformait alors en une sorte de chat sauvage, aussi folle de liberté qu'elle l'avait été de docilité.

A naviguer ainsi entre l'humiliation et la révolte, contrôlant à sa guise l'une et l'autre, Carole avait acquis un impossible équilibre. Les jeunes hommes de Chicoutimi qui l'emmenaient le samedi dans une cabane ou un motel, selon qu'ils travaillaient aux scieries ou aux installations hydroélectriques, ne pouvaient jamais prévoir ce que Carole exigerait d'eux : qu'ils lui attachent les mains derrière le dos avec les fils d'acier servant à lier les troncs, ou qu'elle les oblige à lui lécher les orteils.

Le père continuait de ne pas apprécier, et Catherine de répéter que ça lui rappelait des choses.

Le jour où l'ingénieur Boisrenaud avait créé l'usine de céramique, il s'était empressé d'engager Carole. Celle-ci avait accepté à condition de pouvoir travailler alternativement aux fours et dans les bureaux lambrissés de la direction. Ce n'était pas conforme aux théories que Boisrenaud avait apprises aux Etats-Unis, mais Carole était aussi efficace en combinaison grise protégée par un rabat d'amiante qu'en tailleur de laine.

— Clergyman, dit-elle, je renonce. Faites ce que vous avez à faire. Où allez-vous me conduire ?

Il la dévisagea en souriant, lui prit le bras :

— Les grosses têtes de la *Vicksburg* vous ont reçue comme une reine, pas vrai ? J'entends craquer du papier dans votre sac. C'est le contrat ?

— Un protocole seulement.

— Le contrat sera signé. J'en connais d'avance tous les termes, à la virgule près : c'est moi qui l'ai dicté au président Sandfell.

— Alors vous n'êtes pas clergyman, vous êtes Dieu lui-même.

Carole éprouvait brusquement le besoin de valoriser cet homme à l'imperméable mouillé, dont la grisaille se confondait avec celle de la rue. Sinon elle n'irait pas jusqu'au bout, refuserait de se livrer totalement à lui.

— Si Dieu décide de la vie et de la mort, dit le Recruteur, je suis Dieu d'une certaine façon. Mais d'après moi, Dieu serait plutôt comme un steward qui accueille des voyageurs et leur désigne telle ou telle cabine. N'auriez-vous pas un mouchoir à peu près propre pour éponger un peu le pauvre Chang ?

Elle dénoua son foulard et le lui offrit. Il s'accroupit pour essuyer le pékinois.

— Au fait, demanda-t-il, ne deviez-vous pas prévenir la police ?

— J'ai réfléchi. Si j'appelle à l'aide, si je vous accuse, c'est moi qu'on arrêtera — n'est-ce pas ? Je ne sais pas d'où vous tenez votre puissance, mais elle est effrayante. Vous êtes comme les arbres, clergyman, vos racines ont des milliers de kilomètres de long, elles ont fouillé jusqu'à Chicoutimi. Elles ont aussi des ramifications à la *Vicksburg Ltd.* Et ailleurs. Je pourrais me mettre à courir, mais je suppose que je n'atteindrais pas le bout de la rue.

Il se releva, après avoir essoré le foulard :

— C'est bien, Carole, de devenir raisonnable.

— Lucide, rectifia-t-elle.

Il appuya d'un hochement de tête. Il agita en l'air le foulard de la jeune femme. Une voiture noire quitta alors son stationnement et vint se ranger près d'eux.

Carole y monta sans attendre qu'on le lui demande.

Quittant Liverpool en direction de Manchester, la voiture longea le cours de la Mersey. A quelques miles de Salford, elle obliqua sur la droite et s'engagea sur une petite route de campagne avant de stopper devant une demeure isolée.

Une croix de fer forgé surmontait les grilles du portail, à travers lequel on apercevait une vaste prairie dont les herbes folles étaient figées par le gel. De vieux pneus empilés faisaient comme des tours branlantes au-dessus des orties.

— Récupération, expliqua le Recruteur. Le caoutchouc est un des nerfs de la guerre. Et dire que des régiments de petites secrétaires imbéciles mâchouillent des élastiques et les jettent au panier !

Sans doute y avait-il eu jadis une allée qui menait des grilles au perron de la maison. On en devinait encore les vestiges, à des zones où l'herbe était plus clairsemée. Mais après que la pluie eut chassé les graviers et les taupes bouleversé le terrain, l'indifférence avait donné le coup de grâce. La voiture dut cahoter sur les mottes de terre, secouant ses passagers.

Une femme en manteau bleu — simple capote d'aviateur à laquelle elle avait ajouté des poches et cousu une ceinture — aida Carole à descendre.

— Cette maison est mon presbytère, dit le Recruteur.

Les pièces intérieures n'offraient pas le même air d'abandon que le parc. Le chauffage était correct, les meubles cirés, et les rabats de dentelle sur les dossiers et les accoudoirs des fauteuils avaient été amidonnés de frais.

La femme au manteau bleu mena Carole jusqu'à une chambre à l'étage, lui montra l'emplacement des interrupteurs, ouvrit une commode où s'empilaient un oreiller et des couvertures supplémentaires.

— J'espère que Sir Winston ne vient pas dîner ce soir, plaisanta Carole, parce que je n'ai pas apporté de robe longue. En fait, je suis partie comme ça, c'était presque un enlèvement.

— Le Premier nous a fait l'honneur d'une visite, dit la femme en bleu. Mais il n'est resté qu'une heure ou deux. C'était à l'époque de son fameux discours, vous savez ? quand il nous a promis des larmes et du sang. J'avais préparé un pudding à l'orange. Malheureusement, il était trop cuit.

— Je suis désolée, j'imagine ce que ça a dû être : votre confusion, tout ça...

— A la place, le Premier a bu du sherry. Pas mal de sherry. A la fin, la carafe était presque vide. Ce n'était pourtant pas un sherry d'une qualité remarquable.

Avant de sortir, elle déposa une clé sur le chevet et recommanda à Carole de verrouiller sa porte :

— Nous sommes loin de tout, ici. J'ai toujours pensé que des maraudeurs viendraient nous cambrioler. Et il n'y a pas de chiens, pas d'armes non plus.

Carole ôta ses chaussures et s'allongea sur le lit. A travers la fenêtre elle apercevait un bouquet de trois cyprès dont la neige, qui maintenant commençait à tomber, faisait ployer les branches. Elle entendit qu'on fourrageait dans une cheminée à l'étage inférieur, et bientôt une odeur de fumée se glissa dans sa chambre.

Elle n'avait plus qu'à attendre.

Cette attente elle-même suffisait à l'occuper puisqu'elle ignorait par quoi elle se dénouerait. C'était comme aux environs de Chicoutimi quand elle arrêtait des camions de grumes et ne savait pas, en grimpant dans la cabine, si le chauffeur tenterait de l'embrasser ou lui parlerait de ses enfants qui prenaient des habitudes d'indépendance à force de fréquenter les jeunes Indiens.

Au crépuscule, elle fut tirée de son engourdissement par des bruits de moteurs dans le parc, des portières qui claquaient. Elle effaça la buée sur la vitre, devina dans l'ombre des voitures avec des fanions sur les ailes. Mais ces fanions étaient enfermés dans des housses en cuir noir.

Quand elle entra dans la salle à manger, cinq hommes entouraient le Recruteur.

Le premier lui dit qu'elle était très belle, le deuxième qu'elle était bien jeune, le troisième qu'elle avait une petite mine lasse, et les deux autres lui baisèrent simplement la main.

Ils ne se présentèrent pas, et elle ne chercha d'aucune façon à savoir qui ils étaient.

La femme en bleu servit le dîner. Il y eut du vol-au-vent, puis un brochet qui avait paraît-il été pêché en amont de la Mersey, et des côtelettes de mouton accompagnées d'une purée de betteraves.

— Vous n'êtes pas plus clergyman que moi, lança Carole au Recruteur. Les hommes de Dieu ne mangent pas comme ça. Ou alors, les archevêques.

— Vous vous trompez, répondit-il avec douceur. Je suis réellement pasteur. Mais il est vrai que nous ne soupons pas ce soir aux frais de mon Église. Ce dîner est une coproduction, comme disent les gens de cinéma.

— Je ne vous demande pas de vous justifier.

— Je ne le pourrais pas, de toute façon. Je suis peut-être votre meurtrier. Tout à l'heure, vous comprendrez.

Étouffée de neige, la campagne autour du presbytère était

silencieuse. On n'entendait que le grésillement bref des flocons tourbillonnant dans la cheminée, se posant sur les braises.

Le Recruteur s'essuya les lèvres. C'était une nuit à la Wilfred Simpson, une de ces nuits où le berger l'appelait pour sélectionner à sa place les agneaux destinés à la boucherie. Ce fou de Simpson était probablement capable d'éventrer un homme, on le soupçonnait d'ailleurs de l'avoir déjà fait, mais il n'était pas fichu de tâtonner sous les brebis endormies, de dénicher les agneaux à terme et de leur tracer sur le front une grande croix bleue.

— Je préférerais les étrangler là tout de suite, grognait Simpson en braquant sa lampe électrique sur le troupeau. C'est leur putain de confiance, à ces bêtes, que je n'encaisse pas.

Le Recruteur regarda Carole, longuement. Elle ne ressemblait pas aux agneaux du berger : perpétuellement sur la défensive, elle faisait seulement semblant d'avoir confiance. Les rapports qu'il avait reçus sur elle en provenance de Chicoutimi ne la présentaient pas exactement comme une enfant martyre. Alors il ne devait pas se laisser prendre à son apparence de fille simple et sage, à sa jupe douce et à son chemisier blanc, à sa façon charmante de grignoter ses os de côtelettes ou de lécher ses lèvres après avoir bu un peu de vin.

— Le 27 février, dit-il, un croiseur lourd allemand, l'*Admiral von Severloh,* quittera son mouillage de Norvège pour se rendre à Brest. Il suivra un itinéraire qui le fera passer par Cherbourg. A un certain moment, il longera les falaises de la Hague. En soi, ce bâtiment n'inquiète pas l'Amirauté : il est d'un modèle dépassé, il est plus lent et plus vulnérable que nos navires récents. Sans compter qu'il ne disposera pour sa traversée d'aucune couverture aérienne, sinon symbolique. Mais à Brest ses canons seront démontés, installés sur des wagons et sans doute envoyés vers le futur front du débarquement. Le grand bateau lui-même sera désossé, et vous n'imaginez pas ce que cela suppose comme quantité de métaux de récupération. Si l'*Admiral von Severloh* n'atteint pas Brest, il se peut que la guerre soit plus courte de quelques jours.

» Ce mouvement du croiseur allemand est connu de l'état-major des Opérations Combinées depuis longtemps — en fait, depuis que l'ennemi a perdu la maîtrise des mers et qu'il doit rapatrier ses unités les plus importantes sous peine de les perdre stupidement au fond d'un fjord, écrasées sous un tapis de bombes ou éventrées par les torpilles des sous-marins de poche. La décision a donc été prise d'attaquer le croiseur au cours de son voyage de retour, de l'endommager aussi gravement que possible, voire de le couler. Mais sans pour autant faire intervenir la *Home Fleet* : à quoi bon engager et risquer des navires dont nous aurons bientôt un besoin précieux dans une mission où une personne seule peut se montrer aussi efficace qu'une escadre ?

» Je suis l'un de ceux qui ont réfléchi et travaillé sur ce projet. Et je vais maintenant vous dire, mademoiselle Thibeault, pourquoi je pense que vous êtes cette personne seule.

» Tout est parti d'un livre, si l'on peut appeler ainsi une suite brouillonne de feuillets non numérotés, écrits tantôt à l'encre et tantôt au crayon, parfois illisibles pour avoir été détrempés par la pluie. Ce livre n'a pas de titre. Moi, je lui en ai donné un : *Histoire de Babe Ozouf*. Il était à vendre chez un libraire de Portbail, en Normandie, une boutique spécialisée dans les documents de littérature régionale. Ce libraire avait d'abord songé à éditer le manuscrit, puis il avait renoncé car l'ouvrage est inachevé. Babe Ozouf ne dit pas comment finit son histoire.

» J'ignore comment les choses se passent au Québec, mais en Europe les ecclésiastiques sont souvent de remarquables archivistes. Grâce à mes relations parmi les prêtres catholiques du Cotentin, je suis parvenu à reconstituer la suite manquante du manuscrit.

» Une nuit de 1893, Babe Ozouf alluma un grand feu sur une haute falaise dominant la mer. Elle provoqua ainsi le naufrage du trois-mâts allemand *Altenbrüch*. Conduite à la prison de Saint-Lô, elle fut jugée et condamnée à mort. Mais avant d'être exécutée, elle mit au monde une petite fille qui fut confiée à des religieuses de Bayeux. Babe Ozouf lui avait donné le nom de Catherine...

Le Recruteur parla longtemps.

L'un des hommes s'était assoupi, sans doute entendait-il ce récit pour la énième fois. D'ailleurs, s'adressant à Carole, le Recruteur y mettait moins de passion que lorsqu'il était venu exposer son plan à l'état-major des Opérations Combinées et devant les Lords de la Mer. Il s'exprimait d'une voix aussi monotone et feutrée que la neige qui tombait sur le presbytère et sur le parc.

Carole l'écoutait sans émotion.

Tant que le Recruteur continuerait à lui raconter l'histoire de Babe et de Catherine, ce serait comme si elle était chez le médecin. Celui-ci vous explique de quoi vous souffrez, mais la maladie ne vous appartient pas encore vraiment. Ce n'est qu'ensuite, dans la solitude de la rue, dans le wagon de métro ou le couloir de bus, que le mal en vous devient un mal à vous. Pour l'instant, il vous semble que le médecin assume une part importante de votre souffrance, ne serait-ce que parce qu'il la décrit avec une précision merveilleuse et tranquille.

Le moment vint tout de même où le Recruteur n'eut plus rien à dire. Le brusque silence réveilla l'homme qui somnolait, sir Alexander Spillerton K.C. [1]. Il se pencha vers Carole :

— Sans désavouer notre ami, disons que je tiens sa théorie pour hautement fantaisiste. En vous désignant pour affronter seule le croiseur lourd *Admiral von Severloh,* il obéit à des pulsions que les états-majors n'ont pas l'habitude de prendre en considération : il s'agit ni plus ni moins d'admettre que le passé se recompose au fur et à mesure que le temps l'efface, qu'il stagne en dessous de nous, et peut-être même en nous, nauséabond, fluide. Mais quels étranges poissons mutants pouvons-nous pêcher dans cet égout ? Seuls les Soviétiques, autant que nous le sachions, se livrent à des expériences de ce genre, à des recherches sur les forces parapsychiques et leurs applications éventuelles dans le domaine de la guerre. Les

1. K.C. : Conseiller de la Couronne.

Américains préfèrent travailler sur la fission de l'atome, et je les comprends.

La femme en bleu entra pour annoncer que les liqueurs étaient servies dans la bibliothèque.

On joua au bridge jusqu'à une heure avancée de la nuit. Il y avait une table de quatre, et une autre de trois où le bridgeur qui faisait la plus forte annonce prenait le mort pour partenaire.

A la respiration de Carole, Louis Asfrid devine qu'elle s'est endormie. Il se penche sur la baignoire, passe ses bras sous les épaules et les genoux de la jeune femme. Il la soulève et l'emporte vers sa chambre à lui, il entend les gouttes d'eau glisser de son corps nu et s'écraser sur les lattes du parquet.

Abandonnée contre lui, il pense qu'elle ressemble à la noyée de son tableau le plus célèbre, qui a été exposé dans un musée de New York et rapatrié juste avant la guerre : *la Femme à l'état de corps mort survolée par des goélands noirs*. Cette toile est sa seule huile, il l'a peinte dans les jours qui ont suivi la disparition de Catherine. Il ne savait pas encore que celle-ci s'était embarquée pour le Canada. Il croyait, et tous les gens de la Hague le croyaient aussi, que Catherine avait eu l'imprudence de jouer au bord de la mer et qu'une lame l'avait entraînée.

Le canot de sauvetage était sorti trois jours de suite, fouillant les rochers à l'ouest jusqu'à Flamanville, à l'est jusqu'à la pointe Jardeheu.

Dans l'atelier dont il avait obturé la grande lucarne en signe de deuil, Louis s'était attelé à la tâche. Il utilisait le dessus de sa main gauche en guise de palette. Il peignait rageusement sans se soucier cette fois des jeux de la lumière, s'obligeant seulement à rendre dans leur vérité le visage et le corps de Catherine. Il cherchait surtout la transparence du regard, certain que la petite n'avait pas fermé les yeux au moment de mourir. Il s'acharnait à fluidifier ses teintes, la pièce empestait la térébenthine. Une mystérieuse correspondance s'établissait presque à l'insu de Louis entre le vert des vagues et le gris-bleu des yeux de la jeune morte. Le tableau lui ayant paru trop limpide pour la gravité du sujet, il avait couronné Catherine d'un vol de goélands sombres.

Au septième jour des recherches, Jennifer Dickson avait avoué en sanglotant que Catherine était partie pour Cherbourg avec le projet de prendre une couchette à bord du premier navire en partance.

La Femme à l'état de corps mort survolée par des goélands noirs était alors achevée, datée, signée. Bien sûr, elle n'avait plus de raison d'être. Louis décida de détruire son tableau, de le lacérer. Il monta à l'atelier avec un couteau de cuisine. Mais l'œuvre qui séchait sur le chevalet avait quelque chose d'éblouissant malgré les oiseaux noirs qui faisaient de l'ombre au soleil. Louis n'eut pas le courage de frapper. Il y avait aussi Jennifer Dickson qui se pendait à son bras en hurlant qu'il n'avait pas le droit de faire ça, que rien n'était à lui, ni Catherine ni ses tableaux ni même sa vie.

— La seule chose qui t'appartienne, disait-elle, c'est moi. Je veux être punie. Qu'est-ce qu'on fait aux papillons de nuit attirés par la lumière qui cognent sous l'abat-jour ? On les écrabouille.

Elle se roulait par terre, agrippant la jambe de Louis, le forçant à poser sa botte sur son visage.

Il s'écartait. Jennifer Dickson s'était jetée sur les lampes allumées par Catherine comme le voilier *Altenbrüch* sur le feu de Babe Ozouf. Elle avait raison de se comparer aux papillons de nuit : comme eux, elle était exaspérante et maladroite — mais innocente aussi.

Louis Asfrid ne révéla à personne que Catherine avait pris passage à bord du *Resplendent*.

Et à chaque cadavre que ramenait le canot de sauvetage, il se précipitait comme aux premiers jours. Tout le village l'escortait, la cloche d'Auderville sonnait le glas. On soulevait la bâche, Louis se penchait, réprimait une nausée :

— Le corps est tellement abîmé. Déchiqueté par les poissons, hein ? Peut-être est-ce Catherine, peut-être n'est-ce pas elle. Je ne peux pas me prononcer. Pas avec certitude. Mais je prends les funérailles à ma charge.

Officiellement déclaré veuf, il épousa le papillon de nuit. Sans enthousiasme et sous la pluie. Bien lui en prit : Jennifer se chargea d'administrer la carrière de son mari, et commença par rompre avec les Hollandais Van Dewoucker pour se tourner vers l'Amérique. C'est ainsi que *la Femme à l'état de corps mort survolée par des goélands noirs* fut expertisée pour huit mille dollars à Philadelphie et neuf mille cinq cents à New York, et que Louis reçut des propositions pour illustrer *The Horror of Dunwich* et *The Whisperer in Darkness* de Howard Phillips Lovecraft.

Carole se réveille dans les bras de Louis au moment où il la dépose sur son lit. Elle frissonne :

— J'ai froid, je vais tout tremper.

— Je suis un idiot, ne bougez pas, je reviens avec un peignoir.

C'est exprès qu'il l'a couchée sur son lit sans l'essuyer : la trace humide de son corps s'inscrira sur les draps, il suffira à Louis d'y passer la main pour en connaître les contours. Il sourit en songeant qu'il lui sera facile de trouver chaque jour un nouveau stratagème pour s'approprier un peu de Carole sans qu'elle le sache.

Il lui présente le peignoir ouvert.

— Je ne suis pas tranquille, murmure-t-elle. Quelle drôle d'idée a eue Leblond ! Autant dire que je suis chez vous comme au milieu du nid de frelons. Je suis sûre que les Allemands peuvent me voir depuis la route.

— Oui, admet Louis. Ils savent que vous êtes là. J'ai raconté que j'attendais la visite d'une nièce. Bonjour, ma nièce. Un de ces soirs, il faudra d'ailleurs que nous soupions avec l'Oberleutnant Kulp qui commande le secteur. Le vrai danger, croyez-moi, c'est la clandestinité. Quand on a un bouton sur le nez, on le montre. Et comme par enchantement il cesse d'attirer les regards. Pour plus de sûreté, nous ferons en sorte que Kulp ait des doutes, des doutes qui l'occuperont. Il ne faut pas qu'il avale vraiment cette histoire de nièce, mais qu'il s'imagine que nous cherchons à l'entortiller et que vous êtes en réalité ma petite amie. Ça vous paraît si peu plausible ? Les hommes de mon âge s'entichent de filles comme vous, on voit ça tous les jours. Mais *quid* de la réciproque ? Qu'est-ce qui pourrait vous attirer en moi ? La fortune ?

— Vous en avez ?

— J'ai mes tableaux. Ça marchait plutôt bien pour moi, avant la guerre. Si je suis seul au moment de mourir, j'en ferai don aux musées nationaux. Mais si quelqu'un se trouvait là pour me tenir la main...

— Votre femme, dit Carole. Il y a une alliance à votre doigt.

— Jennifer était d'origine anglaise. Comme suspecte, les Allemands l'ont assignée à résidence loin d'ici. C'était au commencement. Je lui écrivais, elle ne répondait pas. Kulp a fini par m'avouer la vérité : ils l'ont déportée. Où ? lui ai-je demandé. *Nacht und Nebel* [1], voilà sa réponse. Et c'était pourtant une femme qui aimait la lumière.

— Excusez-moi, dit Carole.

Louis a un geste vague — depuis qu'il a perdu la vue, ses mouvements sont un peu comme ceux des très jeunes enfants : imprécis, parfois excessifs.

— Je vais ébaucher votre personnage, reprend-il. Ça vous ennuie de coucher avec moi, mais vous vous faites une raison en pensant aux tableaux. Vous êtes un compromis entre la maîtresse et l'infirmière.

— Et la putain.

Il sourit :

— Oui, mais digne. Vous interrogerez discrètement l'Oberleutnant sur mon état de santé et sur la valeur de mes œuvres — leur valeur marchande bien sûr. Il comprendra où vous voulez en venir, quelle piste vous reniflez. Alors, il vous méprisera. Quelle meilleure garantie, quel meilleur *Ausweis* que le mépris de l'Oberleutnant ?

1. Nuit et brouillard.

Le vieillard libidineux, la petite fille vénale : couple banal, mais passionnant pour un Kulp qui sera bientôt rendu à la vie civile et qui doit songer à se recycler.

Carole ne répond pas.

Le Recruteur aurait apprécié Louis Asfrid. Ils ont la même conception du combat : l'imagination doit l'emporter sur l'action.

C'est un raisonnement purement intellectuel qui a conduit le Recruteur à sélectionner Carole Thibeault comme étant la personne la plus apte à envoyer par le fond le croiseur lourd *Admiral von Severloh*. C'est d'ailleurs pour cette raison qu'il n'a pas été totalement suivi par les officiers des Opérations Combinées, qu'il a dû préparer l'opération en marginal, puiser dans les caisses noires et utiliser les structures de l'ombre.

— C'est désormais le temps du Nombre et du Matériel. L'Amérique produit, l'Angleterre stocke : l'usine et le grand magasin contre la lassitude allemande. Il y aura encore des héros, mais ils passeront presque inaperçus au milieu de tant d'acier et de béton.

Il lui avait dit cela à l'entracte, dans un cinéma de Manchester où l'on donnait un film vieux de deux ans déjà, *Fires Were Started* de Humphrey Jennings.

— Et les petits fantômes comme vous, avait-il ajouté, on les envoie jouer ailleurs.

— Je n'aime pas que vous m'appeliez fantôme.

— Pardon, c'était affectueux. Mais il y a des fantômes en vous, sans quoi vous ne seriez pas ici.

Il semblait ce soir-là particulièrement désabusé.

Dans tous les états-majors, y compris chez les Français et les Polonais, le mot d'ordre était : *A partir de maintenant, soyons impitoyablement conscients de ce que nous entreprenons* — or c'était avec l'inconscient que le Recruteur prétendait venir à bout d'une des plus formidables masses de ferraille ayant jamais labouré l'océan. Ce qui attristait les militaires. Carole et lui devaient patienter de plus en plus longtemps dans les antichambres des ministères et services divers, on les recevait à l'heure de partir déjeuner, en tout cas quand les dossiers importants étaient rangés et que les dactylos avaient recouvert de housses leurs machines à écrire.

Un ministre considérable leur fixa même rendez-vous tard dans la nuit, et après l'entretien il les fit sortir par une porte dérobée.

— Avez-vous déjà été humilié, monsieur Asfrid ?

Il s'assied près d'elle, sur le bord du lit :

— Il y a longtemps, une petite fille m'a quitté. Je l'aimais. Je reconnais que j'étais coupable envers elle. Mais là n'est pas la question. Si elle avait été une femme, je suppose que je me serais senti humilié. Mais, je vous le répète, ce n'était encore qu'une petite fille. Alors, j'ai été malheureux. Très. Ça me revient parce que vous êtes là, plus ou moins à la place qu'elle occupait.

— Mais moi je suis une vraie femme, j'ai vingt-huit ans.

— Votre haleine ressemble à la sienne. Vous allez me dire que ce n'est pas comme une empreinte digitale, une haleine, que plusieurs personnes peuvent avoir la même. N'empêche. Et puis, ajoute-t-il, je préfère qu'on ne parle plus de ça.

Carole se lève, marche à travers la chambre, le plancher craque sous ses pieds nus. Elle va jusqu'au mur et revient, comme ces femmes que la Gestapo mortifie avant de les supplicier.

— Pourquoi vos murs sont-ils vides, monsieur Asfrid ? Où sont les tableaux que vous avez peints ? Il faut que je les connaisse pour bluffer l'Oberleutnant, pour lui faire croire que c'est le butin que je guigne.

— Venez, dit-il, et donnez-moi le bras dans l'escalier.

La Femme à l'état de corps mort survolée par des goélands noirs est sur le chevalet, recouverte d'un drap blanc comme un travail inachevé.

— Ce n'est pas la poussière qui me fait peur, dit Louis, c'est le sel de la mer. Il s'infiltre partout. Il est dans le vent : posez un plat sur la table un jour de tempête, il se salera naturellement, même avec les fenêtres fermées.

Il arrache le drap d'un mouvement sec et demande :

— Qu'est-ce que vous en pensez ? Avant toute chose, dites-moi si l'humidité n'a pas fait trop de dégâts ? Ça pourrait se traduire par des espèces de plaques blanchâtres. Une moisissure, en quelque sorte. J'ai demandé à Danièle, mais elle ne veut pas regarder le tableau, elle refuse de l'examiner de près : il l'effraye, à ce qu'elle raconte. Passez légèrement votre doigt sur la peinture. Oui ou non, est-ce que vous recueillez une vague poudre ?

Carole contemple la toile en silence.

— Laissez-moi seule, dit-elle enfin.

— Allons ! je ne vous dérange pas, on ne dérange pas les gens qu'on ne voit pas.

— Je veux être seule.

— Parce que vous aimez mon tableau à ce point-là ? C'est à cause de l'émotion ?

— Je vous en prie.

Elle se retourne, lui touche l'épaule. Alors il se met en marche, il s'en va vers l'escalier à la façon d'un jouet mécanique qu'on vient de remonter.

On ne se souvient pas, pense Carole, de la première fois où l'on a dit maman. On ne se rappelle pas ce qui a provoqué cet appel, ce cri, cette reconnaissance. C'était quoi ? Une couche mouillée, un élastique qui serre, une épingle qui pique, la faim, l'envie de dormir et pas possible de garder les yeux fermés ? C'est pourtant l'un des mots les plus importants de toute la vie, et on le lance comme ça, sans le savoir, dans le brouillard terrible de la petite enfance.

Elle sourit à *la Femme à l'état de corps mort survolée par des goélands noirs*. Elle va redire maman comme si c'était la première fois, mais aujourd'hui elle sait pourquoi.

— Maman, dit-elle.

Des bombardiers de la RAF arrivent au ras des vagues, ils ouvrent leurs soutes et les bombes explosent sur la lande au-dessus de la Chasse à Percy et des Herbages de la Fontaine.

Le chevalet tremble, se déplace de quelques centimètres sur le parquet.

Carole égrène en cascade, de plus en plus fort, presque jusqu'au cri :

— *Bullshit, bullshit and bullshit* [1] !

L'injure s'adresse aux avions anglais, mais aussi à ces maisons de la Hague bâties sans fondations, donc sans caves, donc sans abris.

Elle maintient le tableau, ses doigts crispés sur le cadre.

— Descendez ! lui crie Louis. Même si la maison tient bon, le toit peut s'effondrer. Le souffle des bombes, vous savez ?

Elle hausse les épaules, va claquer la porte de l'escalier. Louis Asfrid, homme incohérent qui redoute la moisissure mais qui laisserait sa toile exposée aux éclats chauffés à blanc !

Elle arrache le tableau du chevalet, le pose par terre et après l'avoir recouvert du drap elle s'allonge dessus.

Les batteries de DCA, mitrailleuses lourdes et canons de 37 mm, tonnent au Hubélin, aux Costils, aux Maresquiers, à la Croix du Mont Fiquet et sur la lande du Grand Clos.

Ils dînent dès le coucher du soleil. Après le bombardement, Louis a envoyé Danièle jusqu'au port de Goury où un pêcheur lui avait promis du poisson frais. Il suffit qu'une bombe perdue explose en percutant les vagues, et les bars remontent à la surface, le ventre en l'air.

Danièle est revenue toute blanche, comme si elle s'était roulée dans la farine :

— Il y a de grandes colonnes de poussière, ça retombe sans fin, ça saupoudre les champs. Ce coup-ci, je vois bien à quoi ça peut ressembler, la neige. Il y a eu un tué au hameau de Laye. On me donnera dix francs si je vais le laver.

— Tu iras, dit Louis. J'appellerai l'Oberleutnant, qu'on te permette exceptionnellement de sortir après le couvre-feu.

1. *Bullshit* : connerie, en argot américain.

Danièle se sauve après la vaisselle. Louis vient tout juste de raccrocher le téléphone :

— L'Oberleutnant se réjouit de te rencontrer Carole. Oui, je te dis tu, il faut s'y habituer. Kulp viendra samedi, il apportera du pain, un gâteau, du vrai café. Toi, tu n'as presque rien mangé ce soir. Tu as fait tout un boucan avec tes couverts, mais je ne suis pas dupe. C'était bon, pourtant. Tu n'avais pas faim ?

— Le raid, Louis. Ça m'a impressionnée.

Elle a décidé de ne pas lui parler de *la Femme à l'état de corps mort survolée par des goélands noirs.*

Au cours de son enquête, le Recruteur avait suivi la trace de Catherine jusqu'à son départ de la Chandellerie. Là, il y avait un blanc. La piste reprenait sur un quai de Cherbourg, au moment où Catherine embarquait à bord du paquebot *Resplendent.*

Le très beau et très effrayant tableau d'Asfrid constitue-t-il l'une des pièces manquantes du puzzle ? Carole en est certaine. Mais elle n'en dira rien — pas même au Recruteur si elle le revoit jamais. C'est le passé de ma mère, songe Carole, personne d'autre qu'elle n'a le droit de le faire resurgir. Le Recruteur comprendra, car il disait :

— Les gens s'empêtrent dans leur mémoire comme un chien dans sa laisse. Voyez le pékinois Chang, comme il est grotesque quand il s'embrouille autour de mes jambes. A quoi bon savoir qui est qui ? Dans l'Apocalypse de saint Jean, il y a cette révélation admirable : notre nom est gravé sur une pierre, au ciel de Dieu. Ce nom nous l'ignorons. Seul Dieu le sait. C'est pourquoi, je suppose, les hommes sont capables de se blesser ou de se lécher mutuellement leurs plaies : parce qu'ils ne connaissent pas leur vrai nom.

Il devait avoir raison. Pendant deux mois, Carole avait vécu près de lui et il était resté l'homme mystérieux du premier soir à Liverpool. La plupart des questions qu'elle se posait à son sujet étaient sans réponse. C'est alors qu'elle s'était mise à l'aimer.

Un soir dans le Kent, comme d'habitude, le Recruteur emmena Carole au cinéma. Le film était ennuyeux et la projection sans cesse perturbée par des coupures de courant. Ils sortirent avant la fin, coururent sous la pluie et se réfugièrent dans la voiture. Ils s'amusèrent un moment à imaginer des conclusions possibles au scénario, mais aucune n'était vraiment satisfaisante.

— Nous avons peut-être eu tort de partir, dit Carole en riant. La fin devait être astucieuse. Je propose que nous y retournions demain, juste pour voir la dernière bobine.

— J'ai peur que non, dit le Recruteur. Car c'est précisément demain que vous vous envolez pour la France. J'en ai eu la confirmation tout à l'heure.

L'essuie-glace de la voiture était en panne. Il fallait s'arrêter tous les cinquante mètres et descendre nettoyer la vitre, ce qui créait des moments de silence obligé.

— Je n'ai pas signé le contrat définitif avec la *Vicksburg*.

— Ne craignez rien, le document sera directement envoyé au siège de votre entreprise à Chicoutimi. J'y veillerai. A titre de prime, les quantités seront doubles. Essayez de ne pas pleurer.

Elle esquissa quelque chose qui ressemblait à un sourire :

— Vous vous êtes beaucoup inquiété de ma préparation physique. Mais pas tellement de mon moral. De ce qui se passe dans ma tête, je veux dire. Vous ne savez pas pourquoi j'ai envie de pleurer.

— La trouille, fit-il avec une certaine vulgarité. C'est très normal.

Il tira le frein à main. Carole insista pour descendre s'occuper du pare-brise. Assis derrière le volant, il la regarda. Elle était encore plus petite sous la pluie, les cheveux collés comme les poils du pékinois. Il eut envie de la caresser. Quand elle revint s'asseoir à côté de lui, essorant la peau de chamois à même le tapis caoutchouté de la voiture, il continua de la dévisager.

— Vous ne démarrez pas ? demanda-t-elle.

— J'étais en train de penser que rien ne vous obligeait à grimper dans le Lysander. Dans le fond, le sort de ce croiseur allemand doit vous être complètement indifférent. J'ajoute que, si la mission est annulée parce que vous ne vous présentez pas sur le terrain, l'Amirauté sera plutôt soulagée. Ils enverront des bombardiers. De toute façon, je suis sûr qu'ils en enverront. Ils ne croient pas que vous ayez la moindre chance de réussir.

— En ce cas, pourquoi ont-ils accepté que j'essaye ?

— Au fond, qu'est-ce qu'ils risquent ? Un avion, un peu d'essence, et votre petite vie de femme de Chicoutimi. Quand on y réfléchit, c'est une expérience terriblement bon marché pour eux. Si vous voulez renoncer, ouvrez la portière et filez. Je tourne la tête.

Carole desserra le frein à main. La voiture commença à glisser dans la rue en pente. Le Recruteur n'embrayait toujours pas : il serait plus facile et plus tentant pour Carole de se sauver si ça ne roulait pas trop vite. Mais après avoir tripoté nerveusement la poignée de la portière, la jeune femme ramena ses mains sur ses genoux :

— Rentrons à l'hôtel, sir. Je dois dormir pour être en forme demain.

— Je vous dis de vous tirer ! cria-t-il avec violence. Je suis sûr que ça aurait pu marcher, que vous auriez pu venir à bout de ce croiseur. Alors moi, ça me suffit. Qu'est-ce que vous voulez prouver d'autre ? J'ai pensé que vous vouliez peut-être racheter Babe Ozouf, mais...

Il ajouta quelque chose qui se perdit dans le fracas d'un convoi militaire qui passait tous feux éteints. Les soldats chantaient à tue-tête sous les bâches des camions.

— Il ne vous est pas venu à l'idée que je faisais ça pour vous ? hurla Carole à son tour. Babe Ozouf, je m'en fiche pas mal ! Ça n'a rien de bouleversant, vous savez, de se découvrir une grand-mère morte il y a cinquante ans. Guillotinée ? Et alors ? En Amérique, beaucoup de gens ont des pendus parmi leurs aïeux. Mon père a un grand-oncle qui a été lynché, ficelé dans un sac et coincé sous un barrage de castors.

En arrivant à l'hôtel, ils étaient furieux l'un contre l'autre. Ils avaient l'intention de descendre de la voiture en claquant très fort les portières, de monter dans leurs chambres sans se saluer, sans même convenir de l'heure à laquelle ils se retrouveraient le lendemain matin pour le petit déjeuner.

Ils avaient prévu de se tourner le dos dans l'ascenseur, mais celui-ci était en panne, victime des coupures de courant comme le cinéma.

— A quel étage êtes-vous ? demanda le Recruteur.

— Au quatrième, dit Carole.

— Montez en courant. Considérez cela comme un entraînement.

Elle le regarda, stupéfaite : elle ne jouait plus au petit soldat après dix-huit heures, jamais, c'était leur convention — sauf quand il y avait un exercice de nuit. Après les galopades en sous-bois, les reptations dans la boue, les franchissements de réseaux barbelés, il était entendu qu'elle disposait d'une heure pour se débarrasser de sa gangue de boue, démêler ses cheveux, calmer son cœur affolé. Elle redevenait alors femme jusqu'aux nouvelles épreuves du jour suivant.

Carole aimait passionnément ces soixante minutes au cours desquelles elle opérait sa métamorphose, et la surprise émerveillée qu'elle lisait chaque fois dans les yeux du Recruteur quand elle le rejoignait au bar de l'hôtel. C'est alors qu'il commençait à se recroqueviller, comme si brutalement il était devenu indigne d'elle. De toute la journée, elle n'avait contemplé que l'ourlet de son imperméable, le bas de son pantalon, la pointe de ses bottes. A présent elle décidait du choix du film et du restaurant, le houspillait quand il faisait gicler de la sauce sur sa cravate, lui reprochait d'avoir trop bu pour être en mesure de conduire et s'installait à sa place au volant. Elle martyrisait la boîte de vitesses, freinait sur l'obstacle, éraflait les ailes contre les réverbères.

— Dieu, Carole, que vous êtes brutale !

— Chacun son tour, non ?

Elle esquintait sa voiture très sciemment. Mais lui, des heures durant, ne se plaisait-il pas à la torturer sans jamais lui demander pardon ?

— Grimpez ces quatre étages au pas de course.

— Sir, dit-elle à voix basse, vous ne parlez pas sérieusement ?

Il s'approcha d'elle. A la lumière jaunâtre des lampes de secours, elle voyait sa lèvre inférieure devenue molle, pesante, qui semblait vouloir retomber sur son menton comme une fleur qui se fane.

— C'est le dernier ordre que je vous donne, Carole. Vous ne comprenez pas que c'est fini, que nous ne nous reverrons plus ?

Elle refusa, en secouant le tête. Il était si près d'elle qu'il prit ses boucles dans la figure.

— Très bien, dit-il, je n'existe plus pour vous. Ai-je d'ailleurs jamais compté ?

— Vous savez bien que oui.

Il eut un geste de colère :

— Je ne sais rien du tout ! J'ignore même ce que vous allez devenir : cadavre ou petite femme décorée au son des flonflons ?

— Il y a des chances que ce soit cadavre, non ?

— Sûrement, fit-il avec une méchanceté voulue. Vous êtes d'une maladresse invraisemblable. En tout, insista-t-il, vous êtes maladroite.

Elle aurait encaissé plus facilement des injures comme douillette, ou peureuse. Maladroite, cela lui fit mal. Alors elle tourna le dos au Recruteur et commença à monter l'escalier. Très lentement, exprès. Il n'eut pas un mot pour la retenir, sans doute parce qu'il n'en trouva aucun.

Une fois seule dans sa chambre, Carole but au robinet de longues rasades d'une eau tiède et trop chlorée. Jusqu'à la nausée. Puisque le Recruteur n'avait pas jugé bon de célébrer au champagne son départ en mission, elle s'offrait avec les moyens du bord l'illusion d'une ivresse.

L'estomac gonflé et douloureux, elle décrocha le téléphone et demanda le standard :

— Voulez-vous me mettre en communication avec le 307, opérateur ?

— Le 307 ne répond pas, miss.

— Il ne *veut pas* répondre, dit-elle. Merci de vos efforts, opérateur.

Elle se déshabilla, passa un pyjama et une robe de chambre, noua ses cheveux avec un élastique et descendit un étage. Elle franchit des portes coupe-feu qu'elle laissa délibérément ouvertes — si un incendie se déclarait quelque part dans cet hôtel minable, au moins les choses iraient-elles plus vite ainsi. Elle s'arrêta devant le 307 et gratta au panneau :

— C'est moi, sir. Je souffre.

— D'où souffrez-vous ? questionna-t-il sans ouvrir.

— Il me semble que c'est du ventre. Et si j'avais une crise d'appendicite, sir ?

— Vous avez déjà été opérée de ce truc-là. A Chicoutimi, en mars 1928. Vous voulez que je vous rappelle le nom de votre chirurgien ? Le numéro de votre lit à l'hôpital ?

— Et la longueur de ma cicatrice au millimètre près, vous savez ça aussi ?

— Non. Allez vous coucher.

Elle s'assit sur le tapis du couloir, appuya son front contre la porte close de la chambre 307 :

— Je viens de penser à quelque chose, sir : je ne connais pas votre prénom. Ça n'a pas été gênant jusqu'à présent, vu nos relations très business-business. Mais que va-t-il se passer quand vous allez me prendre dans vos bras ? Et peut-être me faire jouir ? Est-ce que je vais devoir crier *sir ! sir ! oh... sir !* J'essaye depuis un moment de me persuader que *sir* est un prénom comme les autres, un prénom en trois lettres comme il y a des Max, des Bob, des Dan, des Ken, mais...

La porte s'ouvrit avant que Carole ait eu le temps de se relever.

Une fois de plus, son regard buta sur les bottes du Recruteur. Et puis elle vit une main descendre jusqu'à son visage, caresser ses joues, frôler ses lèvres.

— Vous allez regretter ça comme le reste, dit le Recruteur, parce que je ne sais pas faire l'amour.

C'était exact, il ne savait pas. Elle, si.

Elle lui montra les fines écorchures et les hématomes que deux mois d'entraînement avaient laissés sur son corps. Il ne s'excusa pas, mais compta une à une les petites blessures :

— Dix-huit, dit-il.

En s'enlaçant, ils cherchèrent à déterminer si ce nombre était bénéfique ou maléfique. Dix-huit, c'était deux fois neuf, et dans neuf il y avait trois fois trois, et trois était un nombre discutable :

— C'est le chiffre de la Trinité, dit le Recruteur, celui du Père, du Fils et du Saint-Esprit. Positif.

— C'est le nombre de feuilles d'un trèfle normal, dit Carole. Or ce sont les trèfles mutants, les trèfles à quatre feuilles, qui portent bonheur. Négatif.

Ils passèrent à un autre jeu. Elle fut douce avec lui, attentive et patiente comme elle ne l'avait jamais été. Elle le toucha surtout avec sa bouche et sa langue, le laissant emprisonner ses poings fermés dans ses grandes mains.

En l'aimant ainsi, elle ne songeait à aucun des hommes qui avaient été ses amants à Chicoutimi, mais à sa mère telle que le Recruteur la lui avait révélée : une gosse mal fagotée avec des chandelles plein les bras, qui prenait la pose le vendredi soir pour un marchand d'estampes et s'en retournait sous la pluie.

Demain, se promit-elle, j'écrirai deux lettres d'amour : une pour maman, 77 B Golden Mine Road à Chicoutimi, et une autre pour *sir* que je lui enverrai au presbytère sur la route de Salford.

Le Recruteur poussa un cri comme s'il naissait, sauf que sa voix était grave et rauque. Son menton brillant de salive et de sueur retomba sur la bouche de Carole, qui y enfonça aussitôt ses dents de chat.

— Dors, dit alors l'homme. Je suis apaisé, heureux et malheureux.

— Moi aussi, dit-elle.

Quand la fille d'étage entra à sept heures trente avec le plateau du petit déjeuner, Carole gémit, se tourna sur le côté et étendit le bras.

Il n'y avait plus personne dans le lit à côté d'elle, l'armoire aussi était vide, un parfum de mousse à raser flottait dans le cabinet de toilette.

— Monsieur l'officier est parti, confirma la fille d'étage. Il faut envoyer la note à l'Amirauté, paraît-il. Mais à qui exactement ? A quel numéro de bureau ? Les choses se perdent dans les administrations, surtout les factures.

— Il n'était pas officier, dit doucement Carole.

— Un escroc, alors ? Avec tous ces étrangers, on en voit de plus en plus. Je ne vous conseille pas de raconter ça au patron, ma petite, il vous obligerait à payer cash.

— Ce n'était pas non plus un escroc, et ne vous inquiétez pas pour la note, elle sera réglée.

Il faisait beau, un ciel pur et lointain, une lumière qui sentait le froid.

Carole raccompagna la servante jusqu'à la porte de la chambre et revint s'asseoir devant la table où trônait le plateau. Elle prit l'enveloppe coincée entre la théière et la pile de toasts. Il y avait marqué dessus : *Remettre à la personne de la chambre 307, avec un thé complet et une double ration de marmelade.* Elle reconnut l'écriture du Recruteur, attendit un moment avant de décacheter la lettre — essayant d'en deviner le contenu.

Ce n'était qu'un plan pour se rendre à l'aérodrome, avec les horaires des bus et quelques indications pratiques comme : *Votre pilote s'appelle Peter Graham. Ne vous inondez pas de lavande* Yardley *comme d'habitude, cette marque n'est évidemment pas vendue en France. Ne tentez pas de voyager à l'œil dans les bus, ce n'est pas le jour d'avoir des ennuis, vous disposez d'ailleurs de plus d'argent anglais qu'il ne vous en faut pour tenir jusqu'à l'heure du décollage.*

Il avait pourtant dit qu'il l'accompagnerait jusqu'à l'avion, et même qu'il resterait pour voir s'envoler le Lysander. Mais sans doute avait-il finalement pensé qu'en la laissant livrée à elle-même toute une longue journée, elle réfléchirait et choisirait peut-être de ne pas se présenter sur le terrain. Eh bien, elle prendrait sa décision en toute liberté, il ne serait pas là pour l'influencer dans un sens ou dans l'autre.

Était-ce une façon de lui faire comprendre qu'il tenait à elle, ou bien au contraire une preuve d'égoïsme, un moyen habile de se débarrasser de ses remords afin de pouvoir dire plus tard en toute sérénité que Carole Thibeault était partie de son plein gré vers la mort ?

La jeune femme s'habilla en hâte et quitta l'hôtel. Elle refusa les services du seul taxi qui stationnait devant la porte tournante. Malgré le poids de sa valise, elle marcherait toute la journée, elle rôderait jusqu'au soir dans la ville et retrouverait le Recruteur : elle était certaine qu'il se cachait quelque part, qu'il resterait sur place tant qu'elle y serait aussi.

C'était une petite cité avec juste deux cinémas, un music-hall et une douzaine de pubs. Les cinémas n'ouvraient qu'en soirée, le music-hall affichait relâche. Quant à explorer douze pubs, à raison d'un établissement par tranche de trente minutes, cela n'entraînerait pas Carole au-delà de trois ou quatre heures de l'après-midi. Il serait alors encore temps de louer une chambre n'importe où et de faire l'amour pour la dernière fois.

Elle ne serait pas experte et sensuelle comme la veille au soir, ça n'aurait pas d'importance s'ils ne jouissaient ni l'un ni l'autre, ce serait un simple câlin, elle ne l'embrasserait pas tout le temps, elle lui dirait beaucoup de choses dont il ne se doutait même pas :

— Pourquoi vous habillez-vous en sombre ? Parce que vous êtes un peu clergyman et un peu au service des ombres de Sa Majesté ? Combien vous reste-t-il d'argent ? Tout ça ? Bon, c'est assez pour vous acheter un costume. Je choisirai la coupe, la couleur. La cravate pour aller avec, je vous l'offre. Il vous faut aussi un rasoir qui rase correctement, vous avez toujours les joues qui piquent. Peut-être que ça fait viril à l'écran, mais au lit c'est agaçant. Vous pourriez être beau, si vous vouliez. Vous vous en fichez, moi pas. Je veux emporter de vous une certaine image. J'en ai marre des hommes bottés qui puent l'alcool et la fumée, il n'y a que ça à Chicoutimi. J'ai terriblement envie d'un dandy, sir. Quand on meurt à mon âge, ce n'est pas pour n'importe qui. Les officiers allemands sont élégants, il paraît. Mais ce ne sont pas les Allemands qui vont me tuer : c'est vous. Oh ! inutile de vous tortiller dans tous les sens, de souffler comme un matou furieux. Je n'oublie pas ce que vous m'avez dit le premier soir au presbytère : *je suis peut-être votre meurtrier*. Les criminels en gris foncé, taciturnes, avec les commissures des lèvres pas nettes, c'est bon pour les films. Mais je suis une vraie fille, et vous un vrai homme. Dépêchons-nous, les tailleurs vont fermer et j'ai cet avion à prendre.

Elle ne lui dit rien de tout cela, car elle ne le trouva pas. Il n'était dans aucun des douze pubs, sa voiture ne stationnait dans aucune des rues de la ville.

Le soir tombait, un des cinémas ouvrit ses portes. On donnait toujours le vieux film de Jennings. Carole acheta un billet. Elle n'entra pas dans la salle mais se dirigea vers les toilettes des hommes. Elle sortit de son sac sa boîte de rimmel avec son petit pinceau et au-dessus de l'urinoir, parmi les autres graffiti, elle inscrivit le sien : *Je vous aime, sir.*

Peut-être le Recruteur viendrait-il pisser ici un soir, ou peut-être jamais. Et s'il venait ici, peut-être lèverait-il les yeux ou peut-être pas. Et s'il les levait, peut-être comprendrait-il ou peut-être pas.

Elle remonta l'escalier.

— Ne partez pas, lui dit l'ouvreuse, on attend juste qu'il y ait un peu plus de monde et le film va commencer.

— Je l'ai déjà vu, dit Carole.

L'Oberleutnant Kulp déballe ses trésors sur la table. Il y a ce qu'il avait promis — pain blanc, gâteaux, café — et aussi une surprise : un quartier de viande.

— Ce sont les Anglais qu'il faut remercier, dit-il en riant. Leurs bombes ont encore tué trois vaches, ce matin, à la bergerie des Etennevaux.

— On n'ose plus sortir, gémit Danièle.

— Elle a raison, dit Kulp en se tournant vers Carole. C'est très bien, les vaches, très avantageux. Mais jusqu'à quand ? Un jour, il y aura des pertes parmi la population. Désolant pour vous, mademoiselle. Car j'imagine que vous aimeriez visiter la région ? Et nous ne sommes pas capables de garantir votre sécurité ! Je ne comprends pas pourquoi Cherbourg ne met pas en place le plan d'évacuation des civils.

— Vous auriez la conscience plus tranquille, dit Carole.

Ce n'est pas une question, aussi Kulp ne se sent-il pas obligé de répondre. Il se lance dans un long discours d'où il ressort que le débarquement allié est maintenant imminent, que c'est une question de semaines. Par chance, il aura lieu dans le Pas-de-Calais, tous les indices concordent. Ce qui lui permettra, à lui Kulp, d'organiser dans le calme et l'efficacité l'abandon des positions qu'il tient entre Jobourg et Dannery. Il y a peu d'hommes, mais pas mal d'artillerie : les pièces seront emmenées à Aurigny, l'île juste en face qui sert pour le moment de camp de concentration.

— Et ensuite ? interroge Carole.

— Nous pilonnerons les divisions qui se risqueront dans la Hague.

— Alors ça suppose que vous croyez à la réussite du débarquement ?

Kulp s'assied devant la pièce de viande. Il la poivre, mais ne la sale pas :

— Pour empêcher le sang de fuir pendant la cuisson, comprenez-vous ? J'ai un grand respect pour les aliments. Surtout les viandes. Il ne faut pas que cette vache soit morte pour rien. D'une manière générale, il faut que personne ne meure pour rien. Pendant les premières années, on ne savait pas du tout comment cette guerre allait tourner. A présent, on sait. Ce n'est même pas un secret militaire : il y a des probabilités, très fortes, pour que nous la perdions. Encore un peu, et ces probabilités deviendront des certitudes. Ou plutôt une seule certitude. Lancinante.

— J'aime bien Kulp, dit Louis en posant sa main sur l'épaule de l'Oberleutnant.

Celui-ci donne maintenant des petits coups de la pointe du couteau dans la couche de gras qui entoure la viande. Il sourit :

— Je suis votre *bon Allemand*, Asfrid, n'est-ce pas ?

— Certainement, Kulp. Parce que vous êtes bête.

— Votre oncle dit la vérité, déclare l'Oberleutnant en levant son visage vers Carole. Je suis bête, et figurez-vous que c'est ma joie. Toutes les femmes veulent être ravissantes, tous les hommes veulent avoir du génie. Il est tellement rassurant d'être moche et idiot, pourtant ! On est enfin comme tout le monde. Moi, depuis deux ans que je suis là, je n'arrive pas à être comme tout le monde. Ma voiture est différente des autres, il y a un immense drapeau sur le toit de ma maison. Des tas de choses, encore. Alors j'adore quand votre oncle dit que je suis bête. Quand il ose me dire ça, à moi. Il est le seul, vous vous en doutez. Pour un peu, je le payerais pour qu'il le dise. Après tout, il y a bien des gens qui payent une putain pour se faire cracher à la figure, le soir en sortant du bureau. Après, ils sont rassurés. Enfin, je crois.

— Mais vous me payez, Kulp, dit Louis. En me donnant à bouffer, en me fichant une paix royale, vous me payez.

— Je sens que le dîner va être passionnant, dit l'Allemand.

Pour qu'il y ait à table un nombre égal d'hommes et de femmes, le peintre a invité Danièle à s'asseoir avec eux. Il l'a prise à sa droite. Elle a gardé son tablier ; ses sabots font un bruit affreux quand elle remue ses jambes sous la nappe.

Carole ne quitte pas l'Allemand des yeux. C'est sans doute lui qui l'arrêtera après qu'elle aura coulé le croiseur *Admiral von Severloh*. Il sera tout à la fois son Guillaume Dubosq et son Jean Le Nackeis, il lui confisquera ses chaussures, ses bas, sa ceinture et sa chaîne en or, il lui liera les mains. Peut-être préférerait-il d'ailleurs que ce soit le contraire, car il y a en Kulp un masochiste qui s'ignore — oh ! qui s'ignore à peine... Mais les hasards de la guerre ne se contentent pas de vous faire naître dans un camp qui n'est pas forcément celui que vous auriez choisi, ils donnent aussi à d'autres le soin de rêver vos rêves.

Trop fraîche, la viande est dure.

Après le repas, Louis met un disque sur le phonographe. C'est un vieil appareil à manivelle déniché chez un antiquaire, nasillard à souhait mais bien commode pendant les coupures de courant :

— On n'a pas tellement besoin d'y voir pour danser. J'ai peint un bal où tous les danseurs avaient les yeux fermés, et c'était la vérité.

— Je vous abandonne votre nièce pour la première valse, dit Kulp. Prenez-la dans vos bras.

Louis remercie. Il va pouvoir ainsi épouser le corps de Carole, éprouver sa souplesse, lui prendre la taille et se rapprocher d'elle au cours de la danse — de façon délibérée, excessive, pour amener Kulp à penser que cette nièce n'en est peut-être pas une. Les mains ouvertes, les pieds marquant déjà la mesure, il attend que Carole le rejoigne.

Mais elle dit brusquement :

— Non, mon oncle. L'Oberleutnant est notre hôte, c'est à lui de commencer. Moi, vous m'avez fait danser si souvent. Vous rappelez-vous la nuit de mes vingt ans ? Car je suis née en pleine nuit, ajoute-t-elle en se dirigeant vers Kulp. J'exige qu'on célèbre mon anniversaire avec exactitude : à deux heures du matin moins sept minutes. Seuls ceux qui m'aiment vraiment tiennent jusque-là, car avant deux heures moins sept il est interdit de boire, de manger des petits fours, et même défendu de sourire.

— Vous êtes un peu folle, dit Kulp en se levant pour l'enlacer. Et quand tombe votre anniversaire, que je me tienne à l'écart ?

— Bientôt. Mais rassurez-vous, je serai loin. Au fait, je ne sais pas danser la valse. Ou plutôt, je la danse comme un slow.

Kulp affirme qu'il en est enchanté, il presse contre la sienne la poitrine de la jeune femme.

Carole laisse faire, s'abandonne.

Après son arrestation, elle n'aura pas l'occasion de se venger de l'Oberleutnant : elle ne sera probablement détenue que quelques heures à la Kommandantur de Saint-Germain-des-Vaux, le temps que la Gestapo de Cherbourg soit alertée et envoie une voiture la chercher.

— S'ils sont persuadés que vous avez agi seule, avait précisé le Recruteur (c'était cette fois dans un cinéma où l'on jouait *Un de nos avions n'est pas rentré*, de Michael Powell), vous ne serez pas torturée. Ils stopperont la voiture dans les bois après le carrefour du Bacchus et vous abattront proprement. Il y a souvent du brouillard, par là.

Il s'était raclé la gorge et avait essuyé ses yeux du coin de son mouchoir comme si le brouillard en question l'irritait.

— La plupart des nazis que nous capturons, avait-il ajouté, dorment aussi bien que vous et moi. Nous leur demandons s'ils ont tué des gens, ils répondent que non. Et c'est vrai, ça ! Ils n'ont pas appuyé sur la détente. Ils ont massacré autrement, avec des papiers, des rapports, des formulaires où ils cochent des cases. Élimination intellectuelle, pas physique. Alors si vous êtes prise et que vous vouliez le leur faire payer cher, obligez-les à vous toucher ; la peau, la peau seule a une mémoire inaltérable.

C'est pourquoi, en dansant tout contre lui, Carole prépare un châtiment pour Kulp. Elle frotte doucement sa joue sur la sienne, pose son front sur le menton de l'Allemand, à la limite des lèvres. Il a d'ailleurs instinctivement le geste de l'embrasser. Elle lui fait sentir combien elle est vivante et douce, et le parfum de son corps chaud, pour qu'il n'oublie jamais, pour que ça le poursuive quand il aura regagné sa ville allemande et rendossé ses vêtements civils.

— Vous faisiez quoi, dans la vie ?

Il rit :

— Quelle question banale ! Avant la guerre, on disait : « Vous venez souvent dans ce dancing ? »

— Il faut bien parler de quelque chose.

— Eh bien, j'ose à peine l'avouer, je... j'étais administrateur d'un orchestre à Munich. On se produisait dans les foires, dans les fêtes. Trois véhicules : un pour les musiciens, l'autre pour les instruments, le troisième pour les guirlandes. Parce qu'on devait aussi fournir les lampions, vous vous rendez compte ? Dans certains villages, la tension électrique était très approximative et les petites lampes sautaient par dizaines à la fois. On engloutissait des fortunes en ampoules.

— Vous allez reprendre ce job ?

— Qu'est-ce que c'est « job » ?

— Métier, boulot.

Il rit à nouveau, la tête renversée en arrière :

— Oui, oui, mais avec d'autres musiciens. J'ai reçu de mauvaises nouvelles de mes camarades de Munich : ils ont été envoyés sur le front de l'Est. Les engelures, c'est fatal quand on joue du saxo. Et Stalingrad aussi, c'est fatal — quel que soit l'instrument. Ce qui m'amuse, c'est ma chance à moi.

Donc il croisera encore des femmes en sueur à force de danser. Il en frôlera dont les parfums lui rappelleront celui de Carole ce soir. Il se demandera où il a déjà respiré une odeur semblable, à la fois sucrée et citronnée. Il ne s'en souviendra peut-être pas tout de suite, alors tant mieux, ça l'obsédera toute la soirée. Et quand il trouvera enfin, ce sera le petit matin, l'heure où les rêves prennent le mieux, vous marquent pour toute la journée.

Il se lèvera en titubant, il s'empêtrera dans ses draps et il dira : « Ah, putain, cette connerie de guerre ! » En tout cas les premières fois. Ensuite, quand presque plus personne ne parlera de la guerre, il dira : « Ah, putain, cette connerie de fille avait un nom — quel nom, déjà ? Ça commençait par un C, c'était pas Corinne, c'était pas Clotilde, c'était quoi ? »

— Carole, murmure-t-elle. Appelez-moi Carole.

Le Recruteur serait fier d'elle.

L'Oberleutnant s'en va à bord de sa voiture pas comme les autres, une Citroën noire réquisitionnée avec un fanion sur chaque aile. Deux motards devant, un derrière. Les phares sont occultés par des rondelles de bois percées d'une fente horizontale, on dirait des yeux de chat.

— Merci pour la viande, dit Louis.

— Et aussi pour la danse, dit Carole.

Blottis l'un contre l'autre comme deux châtelains aux grilles de leur domaine, ils font au revoir en agitant la main, et même longtemps après que la Citroën a disparu derrière le virage. Ensuite, traînant un peu les pieds dans les graviers, ils remontent vers la maison.

— On l'a bien eu, se félicite Louis. Et c'est comme ça depuis le premier jour. Ce n'est pas qu'il soit un imbécile, malgré ce que j'ai dit. Mais il s'en fout. Un jour, il est venu m'apporter une couverture en laine — pure laine, est-ce que tu imagines ? Alors on a déplié la couverture, on l'a étalée sur la table de la cuisine, je l'ai palpée, reniflée. Pendant ce temps, il y avait un aviateur américain planqué dans le placard à balais. Il toussait, le pauvre type ! « Vous avez des petites souris chez vous », a dit Kulp. J'ai répondu que oui, que les souris s'enrhument et toussent comme tout le monde. Je lui aurais raconté que ces sacrées souris se frisaient les moustaches tous les matins, ça ne l'aurait pas fait sursauter. « Il faudra faire attention à ce qu'elles ne grignotent pas votre belle couverture », a-t-il dit. N'importe qui aurait ouvert le placard aux balais, non ? A mon avis, Kulp avait tout compris.

Ils entrent dans la maison. Louis se penche au-dessus de l'évier, prend de l'eau dans ses mains réunies et baigne son visage, surtout ses paupières qui le brûlent :

— J'ai des yeux comme un tableau de Miró, des yeux comme ceux que Miró fait aux arbres. Rouges.

A la façon dont il s'est exprimé, on pourrait croire que ce sont les arbres de Miró qui sont rouges. Arbres rouges, arbres en feu, pense Carole :

— Louis, je vais avoir besoin de bois.

— Quel genre de bois ?

— Bois à brûler.

Il se redresse, le visage ruisselant d'eau :

— On ne t'a donc rien appris en Angleterre ? C'est devenu pratiquement introuvable. Il n'y a pas d'arbres sur la lande. Il faudrait aller en tronçonner dans la Vallée des Moulins. Mais comment le rapatrier jusqu'ici ? De toute façon, avec les embruns, il mettra des mois à sécher. Qu'est-ce que tu veux en faire, de ce bois ?

— Un feu.

— Tu as tellement froid dans ta chambre ? Je vais te donner la couverture en laine. Parlons d'autre chose. Voyons, pourquoi n'as-tu pas dansé avec moi ? Il n'y en a eu que pour cet Allemand. Peur que je te marche sur les pieds, ou quoi ?

Elle s'avance vers lui, noue ses mains derrière sa nuque.

— Kulp ne me lâchait pas. Mais c'est votre tour à présent. On n'a pas besoin de musique. On ne danse pas vraiment, on se colle et on fait ce que vous voulez. La seule chose que je vous demande en échange, c'est de ne pas parler.

— Tu vas penser à un autre homme ?

— Bien sûr. Et vous aussi, ajoute-t-elle, vous allez penser à une autre femme.

Assise sur son tabouret, Danièle les regarde un moment. Mais cette danse en silence n'est pas aussi belle que la valse de tout à l'heure quand il y avait de la musique. Cette fois, c'est un peu effrayant, c'est sûrement comme ça que dansent les fantômes entre eux.

— Je préfère aller me coucher, dit la servante. Si vous n'avez pas besoin du salon, évidemment.

Elle s'éloigne, ses sabots à la main pour ne pas faire de bruit. Personne ne dort dans la maison, mais c'est une habitude qu'elle a : passé minuit, Danièle chuchote, feutre ses gestes, se déplace avec une discrétion de grillon.

On l'entend quand même bloquer la poignée de la porte avec le dossier d'une chaise.

— Le jour elle a peur des bombes, dit Louis, la nuit elle a peur de moi. Autant que tu le saches : j'ai mauvaise réputation. Mes pauvres yeux morts, il paraît que c'est un châtiment : je les aurais trop posés là où il ne fallait pas. Mais si Dieu a voulu me punir, il s'est rudement trompé : je n'ai jamais joui par les yeux. Le regard, c'était seulement mon outil de travail. Les sens auxquels je suis le plus sensible sont le toucher et l'odorat. C'est te dire que Danièle n'a rien à craindre de moi : elle pue et sa peau est granuleuse. Tout le contraire de toi, ajoute-t-il en enfouissant son nez dans le cou de Carole et en caressant ses bras nus. Tu es très jeune, n'est-ce pas ? Enfin, il y a longtemps que je n'ai pas approché une fille aussi jeune. Tu me rappelles quelqu'un. Tu devines qui ? *La Femme à l'état de corps mort survolée par des goélands noirs.* Ne te raidis pas, reste dans mes bras. Allons ! tu sais bien qu'il y a en toi quelque chose de cette femme. Tu as été bouleversée quand je t'ai montré la toile. Et même, tu m'as chassé.

— Louis, dit-elle, tout à l'heure vous m'avez demandé de ne pas parler du feu. Moi je vous demande de ne pas parler d'amour.

— Rassure-toi, ma nièce. On continue à danser ?

— Oui.

— Jusqu'à ce que l'un de nous deux s'endorme, alors. La danse jusqu'au premier sommeil, comme il y a des duels jusqu'au premier sang.

Le lendemain à midi, elle dort encore. Il la réveille tandis que Danièle ouvre les volets sur un paysage de tempête.

— Aujourd'hui, déclare Louis, tu m'expliqueras ce que tu es venue faire ici. Je ne t'oblige pas. Mais si tu te confies, je pourrai peut-être t'aider.

— Vous faites partie de mon plan, dit-elle.

Elle se lève et marche longuement dans la chambre, comme quelqu'un qui réfléchit. En fait, c'est tout le contraire : elle vide sa tête, elle a rêvé au Recruteur toute la nuit, il avait enfin consenti à s'acheter un costume correct, mais c'était un complet constitué de plaques blindées et il y avait des obus de marine dans son mouchoir quand il le sortait pour s'essuyer les yeux.

Les pieds nus de Carole frottent sur le parquet où il y a toujours un peu de sable apporté par le vent.

Une heure plus tard, tenant Louis par le bras, elle le conduit sur le chemin des douaniers qui longe la côte face au large.

A un moment, elle voit se profiler sur la crête la Citroën de Kulp escortée de ses trois motos hideuses — les gens de la Hague ont baptisé les motos le Hanneton, la Punaise et la Sauterelle.

L'Allemand ouvre sa portière et crie quelque chose. Mais il a beau mettre ses mains en porte-voix, on n'entend rien à cause du fracas de la mer. La marée montante et le vent de sud-ouest brisent les vagues sur les rochers, sans interruption. Une poussière d'écume, parfois même une langue d'eau épaisse et flasque passent le barrage de la rocaille et retombent en crépitant sur les plantes rabougries qui fixent la falaise. Là-haut Kulp renonce, hausse les épaules et fait signe aux motos de démarrer.

— C'était Kulp, dit Carole.

Louis hoche la tête :

— Il m'avait semblé reconnaître sa voix. Tu remarques ? Il aboie, mais il n'insiste pas. Je sais pourquoi il gueule comme ça : ce sentier est interdit. Kulp s'est excité parce qu'il ne pouvait pas perdre la face devant ses motards, parce qu'il ne veut pas être accusé de fermer les yeux sous prétexte qu'une jolie fille...

Il enfonce ses ongles dans le poignet de Carole :

— Au fait, es-tu une jolie fille ?

— Je ressemble à ma mère.

Il n'insiste pas. Quelle importance que Carole soit jolie ou non, puisqu'il peut l'imaginer comme bon lui semble et que rien ne viendra jamais le démentir ? Il décide qu'elle est simplement charmante, un peu troublante, comme il convient à une jeune femme qui conduit à la promenade un vieux monsieur aveugle. Si l'on était aux beaux jours, elle porterait une robe en percale claire et ferait tourner entre ses doigts le manche d'une ombrelle. Elle aurait l'air de s'ennuyer, un roman sentimental alourdirait son sac de plage, il y aurait des miettes de biscuit entre les pages. Il lui parlerait peinture, elle l'écouterait la tête ailleurs, répondrait par monosyllabes et pousserait de fréquents soupirs. Son souffle sentirait le lait et les cigarettes blondes.

Mais Carole n'est rien de tout cela, il le sait.

D'ailleurs, on est loin des beaux jours. Les Américains n'ont pas débarqué, alors les cigarettes blondes sont introuvables.

Du tranchant de la main, il fauche rageusement les fougères qui cachent le chemin — de plus en plus étroit maintenant qu'on a dépassé la toute petite baie de Sary et le Creux Mauvais Argent.

— Jadis, je passais par là à cheval. Et au galop, encore !

— Vous ne le pourriez plus, dit-elle. Désormais il y a juste la place pour mettre un pied devant l'autre.

— J'ignore toujours ce que tu viens faire dans la Hague. Si c'était pour m'exécuter ? J'ai de mauvaises fréquentations, le parfait profil de l'agent double. Leblond m'a prévenu : Londres redoute des infiltrations et exige que les réseaux soient vérifiés avant le grand jour, purgés si nécessaire. Il te suffirait de me pousser : un aveugle qui fait une chute mortelle du haut d'une falaise, quoi de plus normal ?

Elle s'interpose aussitôt entre l'abîme et lui :

— Si quelqu'un tombe, ce sera moi. Je n'ai pas l'habitude.

Il pose sur elle ses mains qui tremblent :

— J'aurais dû te fouiller, tu as peut-être une arme. Ça m'est égal de mourir, mais je ne veux pas que tu me tues ici. Tu n'as jamais vu de noyés, toi ? C'est abominable, ce que leur font les poissons est abominable. Ma première femme est morte noyée, la pauvre petite fille. On n'a jamais retrouvé son corps. Ou alors, si on l'a retrouvé, je ne l'ai pas reconnu.

Carole repousse les mains qui s'accrochent à elle :

— Elle n'est pas morte, elle a cinquante-trois ans.

— Elle *aurait* cinquante-trois ans.

— D'accord, dit Carole.

C'est la deuxième fois qu'elle donne à Louis Asfrid une chance de connaître la vérité. Loin de la saisir, il se dérobe, il se réfugie dans l'incertitude — et même au-delà, dans le mensonge qui a si bien fait les choses.

— Quand elle a disparu, dit Louis, j'ai été désespéré. Je passais des heures à insulter la mer. Il y a toujours du grotesque dans une vraie grande souffrance. Mais le temps a filé, et je pense aujourd'hui qu'il vaut mieux que Catherine soit morte. Cela te semble une parole terrible, n'est-ce pas ? J'avoue que c'est une parole terrible. Mais Catherine ne pouvait pas vivre, elle était née maudite. Nous sommes tous maudits, Kulp est maudit, je suis maudit aussi, mais ma femme l'était encore plus que ça : elle était la fille d'une louve et d'un chien policier, conçue dans des ruines, mise au monde au cachot.

Carole rit en silence, trompant l'aveugle qui croit qu'elle frissonne de froid.

Si elle rit, c'est en songeant à cette paix rayonnante posée sur le visage de sa mère — qui a été élue à l'automne dernier la femme la mieux maquillée de Chicoutimi. Elle a reçu son poids en produits de beauté importés des États-Unis. Et Thibeault, dit Grand Jacques, a remporté l'épreuve la plus rude au concours des Arts de la Forêt : celle du flottage des bois sur la rivière Saguenay. C'était le même jour, Carole revoit son père et sa mère assis sur le capot d'une énorme Hudson roulant doucement sous une pluie de confettis. Elle-même courait derrière la voiture au milieu des musiciens de la fanfare. La procession avait traversé la ville et ses faubourgs :

— Allons dans une clairière, criaient les gens, on fera un feu de joie, alertez les charcutiers et les marchands de volailles, il nous faut de quoi nourrir un peuple !

C'est alors que Catherine était descendue du capot de la Hudson. Elle avait remonté la foule à contre-courant, cherchant Carole, l'entraînant loin de la fête en marche :

— On n'ira pas, nous autres. Tu sais bien que j'ai peur du feu.

A la maison on n'allumait jamais de bougies, même pas pour Noël, même pas pour les anniversaires.

En arrivant à Ecalgrain, l'aveugle tressaille en sentant les galets rouler sous ses pieds :

— Nous voilà sur la plage ? Il ne faut pas, elle est sûrement minée. Et les blockhaus la prennent en enfilade. Ces salauds tirent à vue.

Carole ne répond pas. Elle regarde les rochers que la marée n'a pas encore recouverts, qui s'allongent en travers de la grève avec des formes d'animaux endormis. Ils sont d'un brun luisant, une odeur puissante monte de la fourrure d'algues qui les drape. Plus loin, c'est tout un chaos d'éperons qui s'avance dans la mer.

Carole reconnaît immédiatement la formidable lame de pierre dont elle a étudié les stries sur une carte marine.

— Ton arme, avait dit le Recruteur. Elle est fiable. A la fois si simple et si puissante. Ton glaive. Créé par Dieu lui-même, parfaitement aiguisé siècle après siècle, il a fait ses preuves.

— Contre l'*Altenbrüch,* n'est-ce pas ? Mais c'était un voilier en bois.

— Ce récif n'a pas crevé que l'*Altenbrüch.* Les calculs démontrent que le blindage de l'*Admiral von Severloh* s'ouvrira comme de vulgaires planches. A une condition : que le croiseur se jette dessus à grande vitesse. Aussi devras-tu allumer ton feu à la dernière minute, afin que le commandant allemand n'ait pas trop de temps pour réfléchir, et surtout qu'il ne ralentisse pas la course de son bâtiment. Quelques heures auparavant, il aura reçu un message radio — un faux, naturellement, émis depuis un Lancaster volant très haut au-dessus des nuages — lui signalant que le phare du cap de la Hague serait exceptionnellement remis en service pendant deux heures afin de l'aider à passer le Raz Blanchard. Ton feu doit prendre vite et briller clair. Moins longtemps tu le feras flamber, moins tu courras le risque d'être repérée et interceptée par une patrouille allemande.

— Ce dernier point est secondaire, sir.

— Oui, avait admis pensivement le Recruteur, ce dernier point est secondaire.

Des nuées basses, épaisses et déchiquetées, glissent maintenant sur la mer et viennent s'accrocher aux aspérités de la côte.

— Le brouillard se lève, annonce Carole. Bientôt, on n'y verra plus à dix mètres. Alors nous remonterons sur la lande de Verbec pour éviter les blockhaus et redescendre ensuite vers l'anse du Culeron. Nous ferons cette promenade tous les jours sans jamais en dévier, jusqu'à ce que nos jambes l'aient apprise par cœur. Demain nous emporterons une serpette et nous commencerons à couper des genêts. Avez-vous peur ?

Il fait non de la tête. La nausée violente qui vient de l'envahir et qui le plie en deux ne doit rien à la peur.

Le soir même, Louis dit à Carole d'ouvrir un certain tiroir, d'y fouiller et d'y prendre une image, une gravure de la fin du siècle dernier protégée par deux feuilles de papier de soie :

— C'est le seul souvenir tangible que j'aie gardé de Catherine. Elle tenait infiniment à ce dessin. Elle le conservait serré sur sa poitrine, les taches que tu y verras sont dues à sa sueur. C'est à cause de cette gravure qu'elle est venue dans la Hague, que je l'ai rencontrée et épousée. Eh bien, l'as-tu trouvée ?

— Oui, dit Carole. Je suis en train de la regarder. La femme est Babe Ozouf.

— En effet, il s'agit de Babe Ozouf. J'étais certain que tu connaissais ce nom, que tu connaissais cette histoire. Quel est le Lord de la Mer qui a eu l'horrible idée de recommencer Babe Ozouf à travers toi ?

— Ce n'est pas un Lord de la Mer, mais un clergyman. Il n'a l'air de rien. Si : d'un cocker lugubre. Et il a toujours un pékinois avec lui. Un chien qui remorque un autre chien, c'est ridicule. Comment peut-on aimer quelqu'un d'aussi insignifiant ?

Louis lèche les bords de son verre d'eau-de-vie : c'est toujours comme ça, Catherine aussi était insignifiante quand elle est arrivée, il paraît que les clients de l'auberge Lecadrot, des ingénieurs pourtant, ne la voyaient même pas, c'est-à-dire qu'ils n'allongeaient pas la main pour lui toucher les fesses ou les seins — il est vrai qu'elle n'en avait pas beaucoup, et qu'elle ne réussissait pas à devenir femme malgré tout ce qu'elle mangeait, malgré tout l'amour que Louis lui faisait. Elle donnait toujours l'impression d'être ailleurs, comme ces plantes qui n'ont pas vraiment de racines et qui dérivent à la surface des étangs.

— Tu vas accomplir cet acte parce que tu es amoureuse d'un clergyman qui n'est qu'un chien sinistre ?

— Je ne vois pas d'autre raison, dit-elle en replaçant l'image entre les deux feuilles de papier de soie.

Elle n'imaginait pas Babe Ozouf aussi fine, aussi frêle. Le graveur lui a courbé la taille, comme si Babe était l'un de ces arbres du littoral auxquels le vent donne parfois des silhouettes de petites filles penchées sur une marelle.

— Louis, ajoute-t-elle, je voudrais être comme vous : aveugle quand le croiseur viendra se crever sur les récifs.

— Demande plutôt à Dieu d'être sourde. Le pire, c'est le vacarme. Un navire est vivant, et pas seulement par les hommes à son bord. Il crie quand on le blesse, il hurle par toutes ses tuyauteries, et il en a des kilomètres dans le ventre. Maintenant, aide-moi à me coucher.

Elle s'agenouille devant lui pour lui ôter ses sandales à lanières.

Louis ne bouge pas tandis qu'elle achève de le déchausser et de déboutonner sa chemise. Ses yeux vides, dont ce soir le blanc seul est visible, le font ressembler à une statue. Mais quand il est presque nu, il se penche lentement et enfouit ses narines dilatées dans la chevelure de Carole.

Toute une semaine, malgré un temps épouvantable, ils s'astreignent à accomplir la longue randonnée qui les conduit à l'anse du Culeron.

Sur ordre de Kulp, les sentinelles postées sur la ligne côtière les laissent circuler librement. L'Oberleutnant prépare ainsi ses arrières : encerclé par les Anglo-Américains dans la poche de la Hague, probablement capturé, il demandera à rester en France pour rendre service aux personnes âgées — il connaît des rudiments de maçonnerie, il sait bêcher les plates-bandes et mastiquer les carreaux. Le peintre et sa nièce seront alors d'excellents témoins de moralité : « Je ne suis pas comme certains, plaidera Kulp, je n'ai pas supplicié les infirmes, pas violé les femmes. » Bien sûr, il y a tous ceux qu'il a fait arrêter et qui ont été livrés par ses soins attentifs à la Gestapo. Mais ceux-là sont morts, ils ne se relèveront pas pour accuser. Le tribunal n'entendra que la voix des vivants.

Carole et Louis semblent d'ailleurs bien peu redoutables, lui trébuchant dans les bruyères, elle voltigeant comme un papillon d'une touffe de genêts à un bouquet d'ajoncs, maniant la serpette avec une grâce un peu languide de glaneuse à la fin du jour.

Louis et sa nièce herborisent le long du ruisseau des Vaux, ils sont les premiers à faire comme si la guerre n'existait presque plus. Les soldats qui les suivent des yeux à la jumelle se prennent à les envier, et ils sont désormais plus nombreux à aller pisser dehors sur la lande au lieu de se soulager dans les recoins des blockhaus. Il y a parmi eux des luthériens qui se réunissent au crépuscule et commentent avec une sorte de gourmandise ce passage de la Bible où il est dit que Noé, voyant que les eaux baissaient sur le monde et qu'apparaissaient déjà les sommets des montagnes, lâcha une colombe.

Un après-midi, une vague de bombardiers à basse altitude surgit de l'horizon et vient pondre ses œufs effroyables sur les ouvrages que l'Organisation Todt dresse contre la future invasion. Carole et Louis se réfugient en hâte dans une casemate bétonnée, parmi les soldats aux yeux écarquillés par la peur.

Carole a des branches plein les bras.

— Ah ! s'écrie-t-elle, si c'était l'été ! Mais à défaut de fleurs, il paraît que les Japonais font des compositions ravissantes avec le bois sec.

Dans l'abri où d'habitude la puanteur atteint les limites du supportable, monte alors une odeur vive, une senteur de sève et de haies. Peut-être est-elle imaginaire, il n'empêche que la peur des soldats se dissipe avec elle. Un sous-officier enfonce en riant un casque sur la tête de Carole :

— Nos chimistes à Berlin cherchent le remède contre la terreur. Car la voilà, la véritable arme absolue : une troupe dont les hommes seraient vaccinés contre l'effroi. Mais ça ne vient pas, on ne trouve pas. Et pourtant, j'ai appris qu'on multipliait les expérimentations.

— Sur l'homme ?

— Sur l'homme et sur la femme, et même sur l'enfant.

Si les Allemands patrouillaient sur la lande, comprendraient-ils à quelle entreprise mortelle se livrent l'aveugle et la femme qu'il appelle *ma chère nièce* ? Non, sans doute. La préparation de l'attentat contre le croiseur *Admiral von Severloh* n'a rien d'un geste de guerre, du moins de guerre moderne.

Louis et Carole se contentent de couper des branches et des tiges, de ramasser des brindilles sèches. Le vieil homme tend les bras, et

Carole le charge comme un baudet. Armée d'une badine, elle lui fustige parfois les cuisses. C'est Louis qui a voulu cela :

— Attention aux excès d'innocence. Nous devons saupoudrer nos balades d'un peu de perversité. Tant que les guetteurs seront intéressés par le spectacle, nous pourrons continuer. Pour ça, il faut qu'ils me méprisent et qu'ils te désirent.

Il se contorsionne sous les coups cinglants qu'elle lui inflige, il fait parfois mine de se révolter, d'envoyer son fardeau au diable.

Au fond, il ne déteste pas qu'elle le frappe. Il éprouve la sensation rassurante de régler une dette, et il lui est agréable de pouvoir encore faire partie de ceux qui payent. Il se demande si ce n'est pas pour la même raison que Babe Ozouf, au lieu de s'enfuir, a tranquillement attendu les gendarmes assise derrière sa fenêtre et leur a tendu ses poignets pour qu'ils les entravent. Avant la naufrageuse, Louis n'avait jamais vu une personne punie. Il en a conçu un grand respect pour Babe, et même un grand amour. Il serait heureux d'inspirer un peu de ce respect et un peu de cet amour à Carole Thibeault.

Pour de tels jeux, Hanna était trop lourde, Catherine trop naïve, Jennifer s'effarouchait d'un rien. Peut-être me suis-je égaré, pense-t-il, en aimant de très jeunes filles : ces petites ne savent pas blesser les hommes comme ceux-ci rêvent de l'être. En découvrant Babe Ozouf emmenée sur la lande, quel a été mon vrai désir ? Être un des gendarmes qui la tenaient en laisse, ou être cette femme ? J'étais si jeune, je ne m'en souviens plus.

Il ramasse à tâtons les branches qui lui ont échappé, se redresse.

— Il est déjà trois heures, dit Carole, dépêchez-vous un peu.

Elle l'entraîne, tantôt derrière une haie, tantôt derrière un muret bas. Là, il laisse tomber sa brassée de bois sec. A l'abri des jumelles allemandes, Carole assemble et noue des fagotins.

Deux ou trois nuits avant celle qui sera décisive, Louis grimpe l'escalier et s'introduit dans la chambre de Carole.

Il écoute sa respiration, si lente et si régulière qu'elle épouse exactement le rythme du ressac.

Il avance la main, frôle le front de la jeune femme endormie. Elle ouvre les yeux, le dévisage en silence.

— Tu m'entends ? demande-t-il.

— Comment vous entendrais-je ? Vous n'avez encore rien dit.

Il s'allonge tout contre elle et la supplie alors de renoncer au croiseur de bataille. L'homme sans nom, le clergyman aux allures de chien pour qui elle fait cela ne lui en tiendra pas rigueur : il ne saura jamais ce qui se sera ou non passé à l'anse du Culeron, du moins pas avant longtemps ; il imaginera que Carole a été interceptée par Kulp, ou que le commandant de l'*Admiral von Severloh* s'est montré moins ingénu qu'on l'espérait.

— Reste avec moi jusqu'à la fin de la guerre, dit-il. Ce ne sera pas long. Ensuite, je te donnerai tout l'argent que tu voudras, et tu iras rejoindre ce type à Liverpool. Si l'argent te fait honte, je te donnerai mon tableau, *la Femme à l'état de corps mort survolée par des goélands noirs*. Juste la toile, je la déclouerai du cadre, c'est plus pratique, tu pourras la revendre à des Américains. Habite encore un peu avec moi, je t'en prie.

— Mais je ne vous aime pas, dit-elle en tournant son visage vers lui et en l'embrassant légèrement sur la tempe.

— Danièle non plus ne m'aime pas. Et pourtant, tu vois, elle vit chez moi. Il y a aussi des souris, des araignées, tout un tas de bêtes dans cette maison. Est-ce que ces bêtes m'aiment ? Elles sont là.

— A cause des miettes, dit Carole en souriant dans l'obscurité.

— Précisément, je suis une miette, la miette d'un homme.

Elle l'embrasse à nouveau, cette fois au coin de la bouche :

— Ne vous humiliez pas, Louis.

Du bout du nez, il lui caresse les lèvres. Il voudrait qu'elle les entrouvre, mais elle les serre très fort comme un enfant qui ne veut pas manger. Il finit par s'écarter d'elle. Alors elle consent de nouveau à lui parler :

— Il est temps que vous soyez un homme. C'est quelque chose à quoi on ne peut pas échapper toute sa vie. Et puis un homme, c'est beau.

— C'est fort, dit-il, je n'ai pas envie d'être fort.

Elle rit doucement. Fort, un homme ? Très fragile, au contraire ! Ça vous laisse dans une chambre d'hôtel — après avoir pensé, il est vrai, à commander le petit déjeuner. Ça ne vous abandonne pas pour vous faire mal, mais parce que ça ne sait pas dire au revoir. C'est aussi la raison pour laquelle ça ne sait pas non plus mourir. Et ensuite, ça vous guette de derrière une fenêtre. Peut-être bien que ça pleure. Enfin, ce qu'un homme appelle pleurer : la gorge coincée, les poumons pas assez vastes pour accueillir tout l'air qu'il voudrait, c'est ça un homme qui pleure, quelqu'un qui s'étouffe avec l'air qu'il respire, ça ne sanglote pas mais ça soupire et ça chuinte. Et ça n'ouvrirait pas la fenêtre pour tout l'or du monde. En ce moment, ça boit dans un bar de Liverpool, ou ça persécute une nouvelle recrue.

— Vous pouvez rester là jusqu'à demain matin, Louis, si vous me promettez d'être sage.

Il promet sans être sûr de tenir : un aveugle peut avoir des gestes maladroits qu'il ne faut pas confondre avec des gestes irrespectueux. En attendant ce qui peut arriver, il garde son visage tourné vers celui de Carole et respire son souffle.

— Vous ne ressemblez pas à votre légende, dit-elle. N'étiez-vous pas une sorte de cow-boy autrefois ? Vous faisiez des prisonnières, des captives aux yeux clairs dans votre désert. Oh ! excusez-moi, je suis allée beaucoup trop au cinéma ces temps-ci. Un peintre doit avoir du mépris pour le cinéma, je suppose : ces images trop réalistes, et qui disparaissent à peine apparues, et qu'on reproduit à la chaîne.

Il ne sait pas, il ne se souvient pas d'avoir jamais vu un film. Il a passé sa vie dans cette maison, sur cet étroit territoire des landes, à contempler les herbes rases, la mer qui se soulevait parfois si haut qu'elle donnait l'impression de prendre ses racines dans le ciel, à essayer d'apprivoiser des filles enfantines. Ses seules escapades l'entraînaient encore plus au nord, vers des pays où même les grandes dames ont des blondeurs puériles, où la nuit déborde sur le jour au point que toutes les expositions ont lieu à la lumière électrique — ce qui fausse souvent les teintes délicates des aquarelles.

Il apercevait les frontons des cinémas à travers les vitres du train ou de la voiture qui dérapait sur la neige. Les affiches ensanglantées lui paraissaient vulgaires, les femmes sur ces affiches étaient démesurées, d'une beauté trop violente, elles se découpaient sur des décors d'incendies, de chevauchées ou d'armes automatiques. Il n'avait aucun désir de les connaître, il était sûr de ne pas les aimer.

Il leur préférait Babe Ozouf dont la silhouette se rapetissait sur la lande que les ténèbres envahissaient à la fin.

— Vous ne répondez pas, constate Carole. Vous dormez ?

— Je pensais à une femme, avoue-t-il, celle qui est sur la gravure que je t'ai montrée.

— Vous l'aimiez ?

— J'étais un gosse.

Et il crie :

— Mais oui, bien sûr que je l'aimais !

Elle pose une main apaisante sur son front, immobilisant sa tête qu'il agite comme une bête qui a mal.

Après le cri, voilà qu'il chuchote :

— Tu vas refaire le geste de Babe, n'est-ce pas ? Rigoureusement le même geste, au même endroit, et la fumée sentira pareil. Tu seras prise et emmenée comme elle. Il ne faut pas. Dis-moi plutôt à quelle heure le feu doit être allumé, dans quelle direction orienter sa lumière. Avec une couverture je le masquerai et puis je le démasquerai, j'imiterai les éclats du phare. Je le connais tellement mieux que toi, ce phare, il éclairait ma chambre. Vis-à-vis de Kulp, j'aurai une excuse imparable : « Je suis aveugle, Oberleutnant Kulp, c'est pour ça que je n'ai pas remarqué ce grand bateau qui s'approchait. » Kulp m'épargnera.

Il se redresse avec la brusquerie de quelqu'un qui tente d'échapper à un cauchemar, le visage contracté, la respiration devenue rauque. Dans le mouvement qu'il a fait, il a repoussé la main de Carole posée sur son front, cette main se retrouve à présent plaquée contre ses lèvres, la paume ouverte pressant sa bouche desséchée par la fièvre soudaine.

— Vous êtes malade ! s'écrie la jeune femme. Vous avez pris froid dans le vent, sur le chemin des douaniers.

Louis secoue la tête, de plus en plus violemment : il n'est pas malade, il mue.

Il est comme les crustacés tapis au fond de la mer, au moment où ils viennent dans un soubresaut qui ressemble à la mort de rejeter leur ancienne carapace. Une angoisse extrême les fait trembler car leur nouvelle cuirasse est encore molle, il suffit qu'ils frôlent le bord tranchant d'un coquillage pour la déchirer. Nul ne sait quelle est exactement la vision des crustacés, mais leurs yeux noirs demeurent fixés avec une insistance pathétique sur la dépouille qu'ils ont abandonnée et que les mouvements de l'eau entraînent déjà loin d'eux, en la faisant rouler sur le sable.

— Et si Kulp ne m'épargne pas, dit encore Louis en ramenant sur sa poitrine un peu creuse les draps qu'il inonde de sueur, je serai très content quand même. Tu acceptes, n'est-ce pas ?

— Non, murmure-t-elle.

Mais le sang qui bat à ses tempes l'assourdit, il n'entend pas le refus de Carole :

— Bien sûr, tu ne peux faire autrement que d'accepter. Tu es jeune, tu as ta vie à vivre. D'où m'as-tu dit que tu venais, au fait ?

— Je ne vous l'ai pas dit, Louis. C'est Chicoutimi, au Canada, sur la rivière Saguenay.

— Le Canada ? Catherine s'est enfuie au Canada. Elle a joué à Babe Ozouf, elle aussi. Mais ce n'est pas un grand navire qu'elle a attiré avec sa lumière, c'est une femme. Même résultat, sauf que c'est la naufrageuse qui a naufragé. *La Femme à l'état de corps mort,* la noyée sur la grève et les goélands noirs n'ont jamais existé ailleurs que dans mon imagination. Mais c'est un secret que je te confie. Il ne faut pas qu'on sache que mon tableau est une tromperie. D'ailleurs, je ne t'ai rien dit. Je délire, tu sais.

— Oui, Louis. C'est la fièvre. Recouchez-vous, reposez-vous, je vous laisse le lit, je vais m'asseoir à côté de vous et veiller.

Elle ferme la fenêtre, approche une chaise au chevet de l'homme.

— Crois-tu que tu pourrais rencontrer Catherine, là-bas au Canada ?

— Calmez-vous. Non, c'est un si grand pays. Et puis, je la reconnaîtrais comment ?

— Impossible que tu la reconnaisses, dit-il, apaisé. D'autant plus qu'elle est morte.

Sans doute Carole ne retrouvera-t-elle plus une occasion aussi favorable de révéler à Louis Asfrid qui elle est. Mais c'est une vérité qu'elle ne souhaite plus rétablir. Chacun de son côté, chacun à sa façon, Louis et Catherine ont effacé le passé qu'ils avaient en commun : elle en se taisant, lui en laissant croire à l'accident. Le silence et le mensonge prennent bien ensemble, comme briques et ciment. Cette petite muraille qui court sur leurs deux vies ne dérange personne. Carole l'a enjambée, pourquoi la détruirait-elle ?

— Oui, dit-elle, je sais : elle est morte, et la mer n'a pas rendu son corps.

Louis sourit et se recroqueville au fond du lit : des débris d'épaves charriés par la houle viennent de déferler au-dessus de sa cuirasse neuve et tendre, aucun fragment ne s'est fiché dans sa chair.

— Tu vas vivre, Carole. Il y aura bientôt toute une armada de navires anglais dans nos ports. L'un d'eux finira bien par te conduire à Liverpool. Tu reverras le clergyman, même si tu dois faire toutes les églises pour lui remettre la main dessus.

— Il gîte plutôt dans les bars, dit-elle. Peut-être parce que les chiens sont parfois admis dans les bars et jamais dans les temples.

Louis ne répond pas, il vient de s'enfoncer dans le sommeil. Carole se retourne vers la fenêtre pour observer la mer et les ténèbres.

Le lendemain, l'aveugle restera couché. La fièvre subite qu'on pouvait prendre pour une manifestation émotive est peut-être le symptôme d'une maladie vraie, car elle n'a pas baissé. Il semble même qu'elle soit montée, mais il n'y a aucun moyen de vérifier : Louis n'a jamais possédé de thermomètre, et il refuse obstinément qu'on appelle un médecin.

— Je sais ce que j'ai, répète-t-il. Le clergyman est un chien, moi je suis un homard, voilà tout. Tu ne peux pas comprendre, Carole, tu ne connais pas la grande aventure des homards, tu les bouffes, tu ne t'intéresses pas à ce qui leur arrive sous les vagues. Aucune importance. Je serai en forme pour allumer le feu, je te le promets. Cette nuit-là, j'irai dîner à la Kommandantur. Kulp me signera un laissez-passer spécial pour le retour. Mais évidemment je ne reviendrai pas à la maison, je filerai droit à l'anse du Culeron. Quand je vais chez Kulp, je n'accepte jamais qu'il me fasse raccompagner — je ne sais pas pourquoi, mais toutes ces voitures allemandes puent affreusement. Kulp me laisse partir à pied. Privilège ou ironie ? Le seul homme autorisé à se promener malgré le couvre-feu est un aveugle.

Carole ne dit rien, écarte un peu les draps pour masser la poitrine du vieil homme qui se plaint d'avoir les poumons dévorés par une bête encore plus fébrile que lui :

— Elle me tient chaud, c'est intolérable. Je veux dire : elle me brûle, la garce. Oh, j'ai deviné sa manœuvre : elle essaye de se nourrir à mes dépens, mais c'est elle qui se consume. Quand elle sera ratatinée en cendres, et ce n'est plus qu'une question d'heures, je me lèverai. Je voudrais faire le chemin, répéter en somme, pour être bien certain de retrouver tous les fagots. Tu sais à quoi j'ai pensé ? Il doit me rester du pétrole et de la térébenthine, je m'en servais pour mes pinceaux. Je vais en balancer sur les fagots, pour que le feu parte sec et sans fumée.

La jeune femme continue de le masser en silence. Pourquoi le détromper ? Il est heureux ainsi, en tout cas il s'est trouvé une raison de lutter contre son mal, et peut-être aussi une raison de vivre.

Malgré ses lèvres craquelées par la fièvre et ses cheveux blancs qui ont pris au cours des dernières heures une couleur de foin pauvre, malgré les veines noueuses qui saillent maintenant sur le dessus de ses mains, il est devenu presque beau. Car ce que la pneumonie dégrade en lui, c'est la vieillesse, laissant apparaître la force des traits, la puissance du squelette.

Carole peut l'imaginer tel qu'il était lorsque sa mère le vit pour la première fois.

Louis surgit de sa maladie comme il a jadis surgi de la lande, arrêtant le galop de son cheval à quelques mètres de Catherine. Son visage se détachait peut-être alors contre le soleil, tandis qu'il ne tranche plus aujourd'hui que sur la blancheur relative d'un oreiller. Mais ses doigts admirables devaient fourrager dans la crinière du cheval comme ils se crispent à cette heure sur les draps. Et qui sait s'il n'y avait pas dans ses yeux qui cherchaient à déchiffrer le mystère de la petite Catherine autant d'absence et de tendresse involontaire ?

Carole se tait aussi parce que, tant que Louis parlera dans son délire d'être celui qui allumera le feu sur la falaise, elle pourra croire encore que rien n'est joué pour elle ; qu'il lui suffit pour vivre de continuer à passer pour la nièce d'Asfrid et à attendre l'invasion et les bateaux amis.

La seule fois où elle avait évoqué ce qui lui arriverait après le naufrage de l'*Admiral von Severloh,* le Recruteur avait posé sa cuiller en travers de son verre comme on fait pour prévenir quelqu'un qui raconte une histoire qu'on en connaît dejà la chute, et qu'on ne rira pas.

— Je crois vous avoir fait part de mon sentiment à ce sujet, avait-il dit. Auriez-vous oublié les bois après le carrefour du Bacchus ? Vous devez vous concentrer sur l'acte à accomplir, ne penser à rien d'autre. Un combat n'a ni passé ni avenir, ce n'est qu'une succession d'instants présents. La seule liberté laissée au combattant est de haïr ces instants présents ou d'en jouir.

Si Carole a un peu peur de la mort le matin, cette impression s'estompe et disparaît au fil des heures. Et le soir quand elle s'endort, la mort lui est devenue tout à fait familière. Indésirable sans doute, mais sans vertige. Toute la journée, la jeune femme se surveille, s'analyse en train d'exister. A chaque geste qu'elle fait, à chaque sensation qu'elle éprouve, elle s'interroge : « Serait-ce réellement tragique si je n'avais pas eu ce geste, cette émotion ? » Forcément, la réponse est non. Elle sourit du nombre prodigieux d'inutilités qu'un être vivant réussit à accumuler de son réveil à son sommeil. La mort sera comme un appartement vide. Tout simplement il n'y aura rien, et surtout aucune conscience pour percevoir ce rien et s'en épouvanter. Il est même souhaitable que Dieu n'existe pas, car une lumière quelle qu'elle soit rendrait alors plus cruel le vide de l'appartement : on se mettrait à rêver d'une table pour y poser la lampe.

Le cinq mars vers le milieu de l'après-midi, Carole avale deux tasses d'un thé léger dont la saveur s'est éventée depuis trois ans qu'il traîne dans une boîte au couvercle faussé.

Danièle a d'abord protesté :

— Je ne vous servirai pas. On garde ce thé pour quand madame Jennifer reviendra. C'est son thé à elle, elle le faisait venir d'Angleterre.

— Je n'en prendrai qu'un tout petit peu.

Carole a mis l'eau à bouillir.

— Vous savez, a-t-elle ajouté, Jennifer ne reviendra jamais.

Danièle l'a dévisagée longuement, avec ce regard patient et respectueux qu'elle a pour contempler la mer. Elle a hoché la tête, et puis elle s'est assise sur son tabouret, a sorti son mouchoir et s'est mise à pleurer. C'est l'habitude chez ces femmes de verser quelques larmes quand on annonce au village qu'un bateau ne rentrera pas. A présent que les autorités allemandes empêchent les marins d'aller assez loin pour risquer un naufrage, elles pleurent sur toutes les victimes, même si elles n'ont rien à voir avec la pêche.

— J'en boirai avec vous, dit la servante en s'essuyant les joues du revers de la main comme font les enfants. Puisque ça ne peut plus priver madame Jennifer.

Elle pose bruyamment son bol sur la table à côté de la tasse de Carole. Elle sirote son thé les yeux clos, comme s'il s'agissait d'une ineffable gourmandise.

— Il me faudrait une robe, dit soudain Carole. Une robe large et ample. Une sorte de robe du soir, comprenez-vous ? Louis a-t-il donné celles de Jennifer ? Les a-t-il brûlées ? C'est ce qu'on fait parfois quand on veut oublier.

Danièle ouvre un placard, une niche profonde dans la muraille devant laquelle on a scellé des gonds et posé une porte — il y règne une odeur de cave. Les robes sont là, non pas pendues à des cintres mais pliées et empilées comme des linges. Carole amorce le geste de tendre la main, Danièle s'interpose :

— Non, on ne touche pas. C'est moi qui les ai rentrées, c'est moi qui les sortirai. Elles sont comme neuves. C'était une dame très soigneuse. Elle restait enfermée à la maison, quel dommage ! On aurait bien aimé la voir se promener avec ses jolies affaires. Vous choisissez avec les yeux.

— La grise. Comment est-elle, la grise ?

— La plus belle, dit Danièle, c'est la bleue.

Elle l'extrait du placard, la défroisse grossièrement du plat de la main, la présente à Carole en la tenant devant elle. La servante a dû souvent profiter de la cécité et des somnolences de Louis pour passer en cachette les robes de Jennifer.

La toilette bleue, ornée de broderies discrètes aux épaules et sur la poitrine, sent l'humidité. Mais aussi un parfum vague et chypré. Elle est froide au toucher.

— Vous l'abîmerez ? demande Danièle.

— Moi, non. Mais Kulp et les autres — eh bien, eux, je ne sais pas.

Dans la salle de bains où elle s'est enfermée pour essayer la robe de Jennifer, Carole regarde le soir tomber à travers la fenêtre étroite.

Légère encore, l'obscurité semble venir de la terre tandis qu'une clarté laiteuse s'obstine sur la mer. La nuit sera idéale, avec juste assez de vent pour que le balancement de la houle dissimule les récifs sans pour autant s'y briser en bouillonnements révélateurs.

De l'autre côté de la cloison aux planches bombées et mal jointes, la jeune femme entend Louis gémir et se retourner dans son lit. Elle a échangé quelques mots avec lui tout à l'heure. A présent c'est fini, elle ne le reverra plus jamais. Le dernier souvenir qu'elle emportera de cette maison sera le visage de Danièle, lunaire et agité de tics.

Décidément, elle rate toutes ses sorties.

Elle observe un instant son corps nu dans le miroir. Elle ne s'aime pas, mais après tout c'est aux autres de l'aimer — et ils ne s'en sont pas privés. Ce soir pourtant, elle éprouve une nostalgie proche de l'angoisse à l'idée que sa chair est condamnée, que sa corruption est programmée et commencera dans quelques heures. Elle a toujours été si pointilleuse sur le chapitre de l'hygiène qu'elle a un haut-le-cœur en pensant aux liquides fétides qui vont s'échapper d'elle et la noyer dans sa fosse.

Elle se pince les joues aussi cruellement qu'elle peut : alors comme ça, dans la mort, le pire c'est donc de ne plus pouvoir bouger le bras pour se brosser les dents et se laver les fesses ?

— Carole, dit-elle à son reflet, tu es futile.

Il est vrai que Babe Ozouf aussi semblait obsédée par sa propreté corporelle en prison, elle l'avoue souvent dans son manuscrit. On a les défis qu'on peut, conclut Carole en cessant de martyriser ses joues.

Elle se hâte d'enfiler la robe bleue, d'effacer dans le miroir l'image de ses seins et de son ventre où la cicatrice de son opération de l'appendicite fait une petite étoile claire.

Sur cette étoile, le Recruteur a posé ses lèvres. Il a longuement léché et mordillé l'étoile, il est le seul, les autres amants de Carole évitaient au contraire de la toucher. Les hommes d'Amérique du Nord ont peut-être peur des stigmates, ils sont d'un pays si neuf.

Et elle, d'où est-elle ? Elle est née à Chicoutimi, elle a vécu à Chicoutimi, mais qu'est-ce que cela prouve ? La Hague est autrement belle, ce soir, empourprée et toute retroussée de vent comme une fille qui danse. Je suis moi-même une fille qui danse, pense Carole, je vais danser devant un feu, danser devant un grand bateau, un navire orgueilleux qui a fait régner la terreur dans les fjords, à la fin je le faucherai d'un croc-en-jambe et il se couchera sur le flanc, mais avant qu'il ne sombre je verrai son étrave se dresser vers le ciel, c'est-à-dire vers la falaise, c'est-à-dire vers ma poitrine. Très peu de gens ont droit à de pareilles visions avant de s'endormir. La plupart doivent se contenter d'entrevoir dans l'opaque un médecin, un curé, un notaire parfois, et une table de chevet encombrée de médicaments, de fioles aux goulots poisseux. Ils voient une famille, c'est vrai. Moi aussi, j'aurai une famille — ma famille gestapiste ouvrant les portières d'une voiture noire arrêtée sur le bas-côté après le carrefour du Bacchus, une heure ou deux après l'aube, dans le joli brouillard naissant. Pourquoi auraient-ils de sales gueules, mes hommes en imperméables ? Les oncles, les nièces et les cousins ont aussi quelquefois des têtes d'assassins. D'ailleurs, je n'aurai pas besoin de les regarder : ils marcheront derrière moi. Je m'enfoncerai dans la forêt. J'aime les arbres en hiver parce qu'on voit ce qu'ils sont vraiment, la façon merveilleuse dont ils sont agencés. Mais je ne pourrai pas beaucoup les admirer, il faudra que je surveille mes pieds, on a si vite fait de buter contre une racine, de s'empêtrer dans des ronces. Ma dernière vision du monde sera peut-être celle de mes souliers, ça me rappellera le bout des bottes du Recruteur. Comment s'arrangeait-il pour les avoir toujours propres ? Emportait-il un chiffon et du cirage, leur donnait-il un coup de brillant pendant que j'avais le nez dans la gadoue ? Ça, je n'ai jamais compris. Les mystères les plus insondables ne sont pas tous métaphysiques.

Entre la robe bleue et sa peau, Carole glisse de vieux journaux. C'est bruyant, mais il n'y a rien de mieux pour couper le vent. Peut-être devra-t-elle attendre plus longtemps que prévu l'apparition du croiseur, elle risque alors de s'ankyloser et d'être incapable de virevolter correctement devant le feu. Or c'est justement la phase la plus délicate de l'opération, car il est vraisemblable que le commandant allemand comptera le nombre des éclats et qu'il chronométrera leur durée : une seconde en trop ou en moins peut l'inciter à se méfier, à réduire la vitesse de son navire avant de donner l'ordre fatal de mettre la barre à droite.

La robe de Jennifer se boutonne dans le dos, Carole descend l'escalier pour prier Danièle de l'aider.

Il fait sombre à présent. Dans une trentaine de minutes, les autorités allemandes couperont l'électricité. C'est chaque soir la même chose, et chaque soir Carole a l'impression que la maison se détache du reste du monde, se libère doucement de la falaise où elle est ancrée pour s'en aller dériver dans une autre dimension. Au matin, c'est le contraire : les volets qu'on repousse, les pas des pêcheurs sur la sente qui se coule vers la mer à travers les potagers, le grondement des motos et des camions de la Wehrmacht, et aussi l'odeur âcre de l'ersatz de café — tout cela suggère un retour au port. C'est l'heure où il ferait bon dormir dans un nid humain, peut-être souillé et ruiné mais humain quand même.

La nuit sur la Hague, qu'elle soit feutrée par les brumes ou pleine du hurlement des tempêtes, libère de singuliers démons. Il ne se passe pas de saison sans que la presse locale rapporte le témoignage de telle ou telle personne qui, égarée ou simplement retardée sur la lande, a vu des Dames Blanches jouer au furet assises en rond sur la bruyère, ou des roues de feu descendre en tournoyant au ras des fougères. Kulp et les siens ont beau dire que les Dames Blanches ne sont en réalité que des parachutistes anglais enterrant leurs voilures et les roues de feu des fragments de bombardiers abattus par la DCA, les gens haussent les épaules : ces hantises existaient déjà avant la guerre et elles lui survivront, il n'y a pas de Solution Finale contre les fantômes.

Pour l'armer contre ces terreurs diffuses, le Recruteur avait emmené Carole dans un manoir près d'un lac, à la lisière de la forêt de Bowland, où l'on donnait une réception.

— Nous n'avons pas été invités personnellement, avait-il précisé, aussi devrons-nous sans doute coucher dans la voiture après le souper et le bal qui suivra. Parmi les convives, vous remarquerez un homme en habit lie-de-vin. Quand l'orchestre jouera, lui restera assis. Il ne saurait valser pour la bonne raison qu'il est mort depuis quelques siècles déjà. Comment ferait-il pour enlacer une femme, cet inconsistant ? Je veux que vous alliez vers ce personnage, que vous conversiez un moment avec lui. Faites en sorte qu'il vous désire et que, oubliant son état spectral, il esquisse le geste de vous prendre dans ses bras. Dominez-vous, ne criez pas quand vous sentirez se refermer sur vous du froid, uniquement du froid.

L'homme en habit lie-de-vin était là comme prévu, et il avait posé ses mains sur les bras nus de Carole. Ces mains-là n'étaient pas du tout glacées, mais brûlantes au contraire. La jeune femme avait cherché à se dégager, et en reculant elle avait entraîné loin de la table l'homme en habit lie-de-vin.

C'était un ancien *group captain* de la RAF abattu dès le commencement de la guerre. Il avait été amputé des deux jambes. Il trônait sur une sorte de chariot à roulettes caoutchoutées, dissimulant sa terrible infirmité sous les plis de la nappe. Voilà pourquoi il ne pouvait pas danser comme les autres invités du bal. Naturellement, Carole avait hurlé.

— Sir, avait-elle soufflé en rejoignant le Recruteur, je vous hais. A cause de vous, je viens d'humilier un homme. Qu'allez-vous inventer pour vous faire pardonner ?

Il avait attiré la jeune femme à travers le parc obscur, loin de la lumière et des violons :

— Je voulais vous enseigner la peur, vous faire toucher du doigt que sa substance n'est pas l'épouvante comme beaucoup de gens le croient. La peur, ou du moins le choc de la peur, vient de la différence entre ce qu'on a supposé être et ce qui est réellement. Rien de moins redoutable, rien de moins dangereux que cet infirme. Et pourtant vous avez eu peur de lui, car vous vous attendiez à un revenant et ce n'était qu'un cul-de-jatte. Songez-y quand vous serez sur la lande.

Elle s'y prépare dès maintenant, alors qu'elle est encore à l'abri dans la maison de Louis et que les ongles de Danièle griffent sa peau en voulant insérer les minuscules boutons de nacre dans les brides des boutonnières.

— C'est fait, dit enfin la servante en se reculant. Vous êtes si belle. Plus belle que madame Jennifer, je trouve.

— Et plus que Catherine ?

— A l'époque, madame Jennifer logeait chez moi tandis que madame Catherine habitait ici. On cause toujours mieux de son âne que de celui du voisin, pas vrai ?

La lumière vacille, jaunit puis s'éteint.

— De toute façon, dit Danièle, à présent on n'y voit plus rien. Je dois vous laisser, monter près de monsieur. Même aveugle, il sent quand il fait noir. Alors il s'agite.

Tâtonnant les mains en avant, elle se dirige vers l'escalier.

— Vous lui direz... commence Carole.

— Oui ?

— Non, rien.

Elle ouvre la porte de la cuisine et court dans la nuit.

Les bombardements quotidiens ne tuent pas seulement les bêtes, ils disloquent les clôtures. Dans le bas du hameau, quelques moutons échappés sont venus boire au lavoir.

Carole passe près de la margelle ; elle n'a pas la tentation de s'arrêter pour regarder son reflet dans l'eau.

Elle sait que son corps habillé de bleu nuit se confond avec l'obscurité. Quant à son visage, il est triangulaire, lisse et doux. Ses narines sont un peu plus écartées que d'habitude pour respirer l'air vif qui contraste avec l'atmosphère confinée de la chambre de Louis où la jeune femme est restée enfermée presque trois jours, ses pupilles se sont agrandies comme celles des chats pour voir à travers les ténèbres, le froid a déjà rougi ses pommettes et l'ourlet de ses oreilles, elle humecte constamment ses lèvres desséchées par le vent.

Elle est tendre, humide et fraîche. Tout le contraire en somme de son adversaire le bateau, qui est blindé, où l'on traque les moindres gouttes d'eau suintant des rivets, dont les chaudières ronflent, gorgées du mazout enflammé qui fait tourner les hélices.

Disparité des forces ? Le Recruteur pensait que non :

— Si vous entrez dans l'église où j'officie, vous remarquerez que la corniche est fêlée juste au-dessus du baptistère. Ce sont les bébés qui l'ont mise dans cet état en hurlant. Bien sûr, il aura fallu des siècles de bébés pour provoquer cette lézarde. Tandis que vous ne disposerez que de quelques minutes. Mais vous aurez les vagues, les écueils et le feu pour compenser les siècles qui vous manquent.

Des lueurs sourdes filtrent à travers les fentes ouvertes dans le béton des blockhaus. Le vent pousse jusqu'à Carole les bribes d'une musique zézayante, la voix de deux sentinelles échangeant un mot de passe, le heurt d'une arme contre un rocher.

La jeune femme suit le chemin des douaniers, se penchant parfois pour regarder la mer en contrebas. Parfois aussi, par jeu, elle chasse un caillou du bout de son soulier. La pierre finit toujours par lui échapper, dévale les pentes de la falaise et rebondit sur les récifs. Il arrive que cela déclenche un tir d'armes automatiques, une brève rafale qui part des casemates. Mais rarement. Il y a toujours quelqu'un pour gueuler que les munitions coûtent cher et qu'il faut les réserver aux Anglo-Américains — les lièvres n'en ont que foutre, *Gott mit uns !*

A un certain moment, un engin à chenilles d'un modèle déjà ancien cahote sur les hauteurs à gauche de Carole. Éraflée par les épines, rongée par le sel de la mer, la croix gammée sur ses flancs est presque complètement effacée.

Carole continue d'avancer, sans frayeur : par son allure déhanchée, le petit blindé à l'air d'un insecte qu'une chiquenaude suffirait à faire tomber de la falaise où il s'accroche.

De place en place, la jeune femme récupère les fagotins préparés à l'avance. Elle s'est munie d'une longue corde qui lui sert à les attacher et à les remorquer par grappes.

La marée achève de monter, noyant les éperons rocheux. Une sorte de phosphorescence irise le dessous des vagues, tandis que le ciel et la terre se confondent en une épaisse masse brune, striée des luisances fugitives du granit là où la poussière d'eau le saupoudre et coule sur lui comme une suée.

L'odeur de la mer est plus froide, plus lourde, plus métallique qu'au moment du reflux, elle vient de loin et de profond, elle est riche de toute la puissance des hautes lames qui déferlent. L'océan n'est plus quelque chose qui s'ouvre, qui se creuse, qui fuit entre les doigts, mais un trait d'union gras et plein, presque solide, entre la Hague et les côtes d'Angleterre.

— *Good evening, sir,* murmure Carole. C'est bête, on n'y a pensé ni vous ni moi : j'aurais pu jeter une bouteille avec un message dedans, il paraît que le courant va de la France à votre hippocampe.

Hippocampe est le nom qu'elle donnait, pour taquiner le Recruteur, à l'Angleterre qui a en effet plus ou moins la forme d'un hippocampe sur une carte de géographie retournée. Lui, il tenait à *United Kingdom,* à *Great Britain,* il en avait plein la bouche.

A condition de choisir une bouteille assez grande, Carole aurait pu écrire une longue lettre. Son histoire, comme jadis Babe Ozouf. Et pour faire enrager davantage encore le Recruteur, elle l'aurait accompagnée d'un fragment de la robe bleue, d'une mèche de cheveux, d'une rognure d'ongle. Reliques, sir ! Elles valent bien celles des saints de votre église.

— Sir, dit tout bas Carole en commençant à empiler son bois mort, ce serait un jour dans longtemps. Vous ne seriez plus clergyman ni entraîneur de filles à tuer, plus rien qu'un vieil homme qui se promènerait au bord de l'eau en songeant au passé. Je vous imagine sans canne, mais vous vous tenez les reins. Maintenant que la guerre est finie, les douleurs de vertèbres sont devenues mal du siècle. C'est une station balnéaire hors saison, avec du blanc d'Espagne partout sur les fenêtres des villas, les verrières des restaurants qui ont vue sur la mer. Même les mouettes ont l'air de dormir en volant. Vous êtes à cette époque complètement éthylique. Pardonnez-moi, sir, mais vous en prenez le chemin. Alors tout ce qui est bouteille vous attire, vous magnétise. Vous repérez les flacons de loin, comme le hibou les mulots. Même les cassés, les vides, les enfouis. C'est ce qui est arrivé à ma bouteille, c'est une enfouie justement, il n'y a que le goulot qui dépasse du sable fin. Vous vous approchez, vous vous penchez, aïe ! mon lumbago, vous êtes sur le point de jeter la bouteille parce qu'elle vous paraît vide, mais une bouteille vide est une offense qui mérite un châtiment pire que ça. La prenant par le goulot, vous la brisez sur le plat-bord d'une barque échouée là pour le folklore. La lettre tombe avec le petit sachet aux reliques. Combien de chances y a-t-il, et sur combien de milliards, pour que les choses se passent ainsi ? Aucune. Sauf si, à la place de Dieu, il n'y a qu'une immense ironie.

A présent, le bûcher est prêt. Carole aligne à côté les bidons de térébenthine dérobés dans l'atelier du peintre.

A vingt-deux heures quarante, elle allume le feu.

Attiédie par le soleil de mars qui a brillé presque toute la journée, la côte laisse fuser une légère buée sous la morsure des vagues qui sont très froides au contraire.

Cette buée s'intensifie, devient brume grise, immobile entre terre et mer. La fumée du brasier monte en torsades et s'y perd.

Encore accroupie près des fagots incandescents, Carole regarde la silhouette du navire déchirer le fin brouillard.

Il s'avance en silence, on n'entend même pas le froissement des vagues écartées par l'étrave.

Le bâtiment est illuminé. Par erreur sans doute, car l'*Admiral von Severloh* est supposé naviguer tous feux éteints.

Le croiseur se présentant pour l'instant face à elle, Carole ne peut voir les tourelles d'artillerie se découper sur la surface étrangement claire de l'océan. Elle ne distingue que la proue qui plonge dans les lames, fait naître comme un immense V d'écume qui s'élève jusqu'aux écubiers et tonne en s'écrasant dans le puits aux ancres — tonnerre hypothétique, puisque Carole n'entend toujours rien.

Jusqu'à cet instant, tout au fond d'elle-même, la jeune femme doutait de la réalité du rendez-vous. Une infinité d'événements, petits et grands, pouvaient retarder le bateau. Ou la retarder, elle.

Pour la première fois, elle a envie de pleurer.

Pleurer d'admiration devant la perfection de ce mécanisme qu'a mis en marche le Recruteur avec autant de tranquille certitude que Dieu-qui-n'existe-pas a disposé les mondes dans l'univers et leur a imprimé des mouvements qui les fait s'attirer, se frôler, s'équilibrer au milliardième de seconde près, et même en deçà.

Le prodige est né dans un presbytère des environs de Liverpool, de la réflexion et de la patience d'un homme apparemment sans importance. Pourquoi chercher l'absolu dans les livres saints, pourquoi le traquer dans l'ombre des temples ? Cette nuit, il niche dans le cerveau d'un clergyman aux bottes impeccables, que Carole a vu nu, qu'elle a caressé et troublé.

— Sir, dit-elle en se levant pour faire face au grand bateau, je te le dédie.

Elle danse.

A vingt-trois heures et huit minutes, au moment où le navire éperonne le récif, des centaines de verres et d'assiettes s'écrasent sur le plancher des offices, des deux salles à manger et du salon de musique. Les lustres du fumoir se heurtent et se pulvérisent. Les vitres de la passerelle de commandement sont expulsées de leurs logements, planent au-dessus du pont et se fracassent contre les manches à air.

Les lampes s'éteignent, se rallument, puis s'éteignent à nouveau.

Tout de suite après, c'est le bruit écrasant des tôles éventrées. Les rivets sautent et crépitent sur les flancs du navire, sur l'eau qui bouillonne et sur la roche qui se couvre d'écume.

Puis les tuyauteries rompues laissent échapper la vapeur. De chaque point de rupture monte un hurlement suraigu.

A vingt-trois-heures quatorze, soit six minutes après le choc initial, les machines s'arrêtent. Le navire cesse alors de tressauter contre le pal qui l'a déchiré, un long frisson le parcourt et il s'apaise enfin.

Des projecteurs de secours s'allument alors sur la passerelle. Dans leurs pinceaux livides qui tournent avec une sorte de frénésie et illuminent les ponts, apparaît soudain toute une foule surgie des profondeurs du bateau.

L'un de ces projecteurs, dont la tige d'orientation a cédé, bascule en avant. Il pend au bout de son câble d'alimentation, son faisceau éclaire la proue du bâtiment échoué et son nom en lettres de cuivre.

Ce n'est pas l'*Admiral von Severloh,* mais le paquebot de 16 665 tonnes *Rheinland.* Lancé en 1937 dans l'estuaire de la Weser, destiné à emmener en croisière des travailleurs méritants inscrits au Parti national-socialiste, il avait coûté à l'époque vingt millions de Reichsmarks. Malgré la peinture de camouflage dont on l'a hâtivement barbouillé, on voit qu'il était tout blanc.

Le feu s'est éteint de lui-même. Seuls quelques brandons étincellent encore quand une saute de vent les ravive. Des cendres monte une odeur absurde de pique-nique à la campagne.

Carole a vomi, puis elle s'est blottie tout près des dernières braises pour tenter de conjurer le froid insupportable qui l'envahit. Mais ce froid est en elle, chaque battement de son cœur le propulse un peu plus profondément dans son corps. Sa chair se durcit et devient grise.

Elle n'entend plus le hululement sans fin de la sirène du *Rheinland,* ni les cris de ceux qui se jettent à la mer de peur de rester prisonniers du navire qui se couche lentement sur le côté.

Seuls ses yeux continuent à voir, et encore lui restituent-ils le spectacle brut du naufrage sans que son cerveau soit capable d'analyser ni de juger les images qui lui sont transmises. L'essentiel du drame échappe à la jeune femme, qui n'en retient que des détails qu'elle ne parvient pas à relier les uns aux autres. Comprendre lui est aussi difficile que de reconstituer un rêve interrompu par un réveil subit.

Sa mémoire de tout ce qui a précédé la catastrophe s'est comme disloquée, ses souvenirs sont dans un tel désordre et se présentent à elle avec une telle incohérence que Carole préférerait l'amnésie totale : il faut qu'elle sorte de scène un moment, qu'elle avale une longue gorgée de vide et d'absence comme l'acteur épuisé boit avec avidité l'eau que lui tend un régisseur.

Ne devrait-elle pas fermer les yeux ? Elle s'enfoncerait ainsi plus aisément dans cette nuit qu'elle désire par-dessus tout. Mais même pour un geste aussi infime elle n'a plus assez de volonté. Ses paupières restent obstinément ouvertes, et son regard fixé sur le paquebot qui bascule.

Les uns après les autres, les projecteurs du *Rheinland* se sont éteints. Mais il arrive que quelqu'un tire une fusée éclairante. Alors, le temps que celle-ci redescende en chuintant sur la mer, Carole voit des boules sombres danser sur les vagues. Ce sont des têtes. Au lieu de les pousser vers le rivage proche, le courant les entraîne vers la Basse de la Noire et la pointe du Houpret. Les nageurs s'abandonnent, il est évident qu'ils ne font rien pour résister à la puissance du flot. Seuls quelques-uns frappent l'eau furieusement, des bras et des jambes. Mais ça ne dure jamais longtemps. Soudain ils cessent de gigoter, disparaissent sous l'eau. Quand ils remontent, soulevés par une lame, ils sont curieusement posés sur la mer, leurs membres sous eux.

Le plus étonnant est le nombre des boules sombres. Plus les vagues en emportent, et plus le navire en dégorge. C'est un phénomène qui fait penser à la ponte de quelque poisson monstrueux qui se serait déchiré mortellement en remontant un fleuve et libérerait ses œufs sans en avoir conscience, au rythme des sursauts de son agonie.

Là-haut sur la lande, le petit blindé à chenilles que Carole a entrevu tout à l'heure se dirige en pétaradant vers l'anse du Culeron. Il escalade les murets bas à la façon d'un jouet culbuteur, franchit sans ralentir les rideaux de haies vives.

Il s'immobilise à quelques mètres de la jeune femme.

Elle se retourne vers lui, contente qu'il soit là ; car ses oreilles se sont réveillées au grondement de son moteur, et les gaz d'échappement l'environnent enfin d'une chaleur bienfaisante.

— Kulp ? appelle-t-elle.

L'Allemand descend de l'engin, la main posée sur la crosse de son pistolet. Il dévisage longuement Carole, sans un mot.

— Kulp, dit-elle, pourquoi ce bateau est-il là ? Il ne devrait pas s'y trouver. Où est l'*Admiral von Severloh* ?

— Il se traîne quelque part en mer du Nord, sévèrement endommagé par des avions anglais. Vous n'écoutiez donc pas Radio-Londres, avec Asfrid ?

— Louis est en dehors de tout ça.

— Naturellement, dit Kulp sans conviction.

Il s'accroupit face à elle. Du canon de son arme, distraitement, il remue les braises.

— J'ai bien essayé de mourir, murmure Carole, mais ça ne venait pas.

L'officier agrippe la jeune femme aux poignets, comme pour la rapprocher de lui. Mais il y a entre eux ce qui reste du feu, un large cercle de cendres encore fumantes. Alors Kulp rabaisse ses lunettes de tankiste sur ses yeux qui commencent à larmoyer et il repousse Carole aussi violemment qu'il avait cherché à l'attirer.

— Louis ne sait rien, répète celle-ci, je n'ai pas de complices. Je suis une folle, voilà tout.

Elle tente de se relever, et Kulp lui tend la main. Parce que je suis en robe du soir, se dit Carole. C'est un habitué des bals, il a le respect instinctif des toilettes de gala. Sitôt qu'on aura jeté une couverture brune sur mes épaules, il osera me frapper. Le clergyman aussi me traitait avec plus de déférence quand j'étais à peu près élégante.

Elle trébuche en direction du petit blindé, s'appuie contre sa carapace qui sent bon les plantes qu'il a massacrées dans sa course, il y a encore de grands parasols de fougères pris dans ses chenilles :

— Pourquoi vous taisez-vous, Kulp ? Qu'est-ce que je dois faire à présent ? Il faut que je monte dans cet engin, je suppose. Mais je ne sais pas comment on y entre, je ne vois pas de portières.

Toujours silencieux, l'Allemand l'aide à escalader le véhicule. En se glissant à travers le trou d'homme, elle accroche la robe bleue à un rivet. Un long pan de tissu se déchire avec un bruit soyeux.

Une fois à l'intérieur, écœurée par l'odeur fauve et les relents d'huile chaude, Carole vomit à nouveau. Elle s'excuse, le pilote hausse les épaules sans se retourner — la puanteur est le premier inconfort de la guerre, le soldat s'est entraîné à ne respirer que par la bouche.

— Nécessité de vous lier, dit brièvement Kulp en se penchant sur la jeune femme, en attachant ses bras et ses jambes au strapontin d'acier à l'aide d'une suspente de parachute.

Ensuite il la regarde, sans pitié et sans haine :

— Ce que vous avez commis n'est pas un acte de guerre, mais de sauvagerie. Le *Rheinland* n'était pas armé. Il venait de Saint-Malo et se rendait à Bremerhaven, sans cargaison d'intérêt militaire : il avait à son bord six cent cinquante auxiliaires féminines de la Kriegsmarine. Ces filles ont habituellement entre dix-sept et vingt-cinq ans. Certaines sortent tout juste de l'école, d'autres ont travaillé dans des bars ou des boîtes à matelots. Quelques-unes se sont échappées des bordels. Il y en a de jolies, il y en a de vulgaires. J'en ai connu une à Cherbourg, elle s'appelait Paula Schüller. Elle a été affectée à Gdynia, je crois. C'est en Poméranie. J'ai aimé Paula Schüller.

— *Töte mich* [1], murmure Carole.

— *Späterhin* [2], dit Kulp.

Le blindé file sur la lande dans un ferraillement de chenilles, et pique du nez pour s'engager sur le chemin raviné qui relie la D 401 à la plage d'Ecalgrain. Il s'arrête à mi-pente. De nombreux véhicules stationnent sur la route, moteurs tournant au ralenti. Ils n'y restent que quelques instants, le temps que les soldats les chargent de corps. Puis ils repartent en direction de Merquetot pour rejoindre la départementale vers Beaumont et Cherbourg.

1. Tuez-moi.
2. Plus tard.

— Je veux que vous descendiez, dit Kulp en tranchant d'un coup de poignard la suspente qui entrave Carole. Je veux que vous marchiez sur la plage.

Elles sont en uniformes bleu-gris. Kulp se penche parfois pour rabattre une jupe que les vagues ont retroussée au-dessus des genoux.

— Vous savez, dit-il à voix basse, elles ont aussi des calots. Avec l'aigle et la svastika. Mais elles les auront perdus en se jetant à la mer.

La plupart des victimes sont étendues sur le ventre, les mains crispées sur les galets, le visage tourné sur le côté. Les fronts sont tantôt marqués d'hématomes et tantôt admirablement lisses. L'eau salée a dissout le fond de teint, le rimmel, le rouge à lèvres dont les jeunes filles s'étaient maquillées avant de se rendre au salon de musique du *Rheinland* où devait avoir lieu ce soir-là la projection d'un film en couleurs de Hans Steinhoff, *la Ville dorée*. Les gouttelettes d'eau qui continuent de glisser sur leurs joues, tombant des chevelures détrempées, remplacent avantageusement le maquillage perdu car elles scintillent sous la lumière des projecteurs que la Wehrmacht a mis en batterie.

Beaucoup de ces jeunes filles sont inanimées, mais quelques-unes remuent faiblement quand les pas de Kulp ébranlent les galets instables.

— Couchez-vous au milieu d'elles, ordonne soudain l'Allemand en serrant violemment le bras de Carole.

Elle obéit. Elle ressent un étrange soulagement en sentant la fraîcheur humide des pierres sur son ventre et sa poitrine à travers la déchirure de sa robe bleue. Et elle aussi, elle tourne son visage sur le côté. Les bottes de Kulp sont à quelques centimètres à peine de sa bouche. Va-t-il les poser sur sa nuque, comme faisait le Recruteur quand il prétendait lui apprendre la manière dont les Allemands traitaient leurs prisonniers ? Mais Kulp s'écarte, il s'agenouille près d'une fille et enfonce ses doigts gantés entre ses lèvres pour retirer les algues qui encombrent sa gorge.

Le Recruteur n'aura pas eu raison une seule fois.

Même sur la mort de Carole, il s'est égaré : on ne l'emmènera pas sur la route de Cherbourg jusqu'aux bois après le carrefour du Bacchus, c'est sur la plage qu'elle sera exécutée, probablement dès que l'Oberleutnant aura fini de délivrer l'adolescente des touffes de varech qui l'asphyxient et qu'elle n'a plus la force de recracher.

Mais Kulp se redresse, il dévisage Carole et fait non de la tête comme s'il avait lu dans ses pensées :

— Pas encore. Et ce ne sera pas moi. Comment ai-je pu danser avec vous ? Comment ai-je pu rêver de vous toute la nuit qui a suivi ? Nous n'avons rien en commun. Les gens disent que je suis un salaud. Et même une ordure, j'ai lu ça barbouillé sur un mur. C'est encore humain, tout ça. Oui, répète-t-il avec gravité, encore humain. Vous, vous êtes une maudite. J'ai prévenu Cherbourg, on va venir vous chercher, une voiture sera là à l'aube. En attendant, ne bougez pas. Sinon, je mets le feu à vos cheveux. Il n'y a que les vôtres qui soient secs, sur cette plage.

Tout en écoutant Danièle lui faire d'une voix saccadée le récit des événements de la nuit, Louis Asfrid s'est levé et il a entortillé dans une couverture son corps tremblant de fièvre.

Dirigé par la servante, il gagne son atelier. Là, parmi les papiers vierges qui lui restent, il choisit le plus grand. Il le pose à plat sur la table et enfonce à travers des dizaines d'épingles dont il relie les têtes par groupes de trois avec du fil très fin. Il dispose ainsi des séries de rings minuscules qui ont des formes de triangles. Il va maintenant remplir de touches colorées l'intérieur de ces petites clôtures dont chacune figure une des filles rejetées sur la grève.

Il y a longtemps qu'il songe à utiliser ce procédé, somme toute dérivé du Braille, pour peindre sans y voir.

Il prie Danièle de bien vouloir aligner ses pastilles d'aquarelle dans l'ordre des teintes de l'arc-en-ciel. Simplement, chaque nuance sera démultipliée par quatre ou cinq, allant du plus clair au plus foncé. Les pastilles sont vieilles et craquelées, mais il suffit d'un peu d'eau pour les revigorer, les rendre à nouveau onctueuses et douces.

— Combien y avait-il de petites, dis-tu ?

— On parle de sept cents environ, fait la servante.

— C'est beaucoup. Évidemment, elles ne tiendront pas toutes sur ce papier.

Mais quel peintre a jamais réussi à enfermer toute une vie, ou toute une mort, sur la surface d'un seul tableau ? La peinture est un art des fragments.

— Guide ma main, dit Louis. Pose-la à l'endroit où Carole Thibeault a allumé son feu. Si l'on considère que je peins la plage vue de la mer, il me semble que ce doit être en haut et à droite.

Danièle soulève le poignet du peintre et le déplace en effet vers le coin en haut et à droite. Elle sent battre sous ses doigts un sang rapide et brûlant.

— Monsieur, supplie-t-elle, vous reprendrez demain. Vous allez vous tuer. Ce n'est pas comme autrefois, quand il fallait finir les commandes à l'heure. Ce n'est pas non plus comme quand une tempête s'annonçait et que vous deviez terminer avant que la lumière change.

— Tais-toi, gronde Louis. Obéis et tais-toi. Tu n'y comprends rien, il va y avoir une espèce de tempête, pire qu'une tempête, nous sommes minutés. La règle générale est de peindre de haut en bas, je vais donc commencer par ce feu là-haut. Allons-y. Jaune intense. Est-ce un jaune intense que je tiens ? Je t'explique : c'est le jaune citron tel qu'il est sur la pastille, mais un peu épais. Pas trop d'eau, beaucoup de pigment.

— Il est bien jaune, confirme la servante. Oui, monsieur, d'un beau jaune. Comme le jaune des genêts.

Louis sourit, satisfait. Tout en appliquant la couleur, il sent un tic ancien crisper de nouveau son visage — il cligne légèrement de l'œil gauche, tandis que les commissures de ses lèvres s'étirent en un demi-rictus.

— Terre de Sienne, annonce-t-il. Observe attentivement le papier d'essais. Du carmin, un peu de bleu, pas mal d'eau. Il faut que ce soit plus carmin que bleu. Correct ?

— C'est violet, plutôt.

— Violet carminé. Excellent. Guide ma main, je dois déposer un peu de ce lavis sur mon jaune intense, comme ça j'aurai ma terre de Sienne. Est-ce que j'y suis, à présent ?

— Oui, dit Danièle, oui, vous y êtes. Mais jamais nous n'irons au bout. C'est une folie.

— Continuons. C'est l'affaire de deux heures, trois au plus. Si ça devient laid, tu me le diras.

Il fait encore nuit. Une pluie fine ruisselle sur les carreaux où se dépose en buée l'haleine trop chaude de Louis Asfrid.

Une profonde déchirure s'est ouverte dans la poitrine du peintre, reliant les deux poumons comme un pont douloureux. Là-dedans, l'air cascade et siffle à la façon de la mer s'engouffrant dans les échancrures des falaises. Mais Louis ne se soucie vraiment que des gouttes de sueur qui tombent de son front penché sur le papier. Il craint que ces gouttes ne dissolvent ses couleurs et les dégradent contrairement à sa volonté. Il prie alors la servante de lui éponger le front de manière systématique.

Et puis, un peu plus tard, se sentant faible au point de basculer et d'écraser son visage sur son travail, il se fait attacher au dossier de sa chaise.

Quand il a peint le feu, puis le ciel, puis la mer, et enfin la masse trouble des falaises, il en vient aux jeunes filles sur la plage.

Danièle lui a dit que beaucoup avait été ranimées, sauvées. Mais sur le tableau elles seront toutes figées dans l'immobilité, on pensera qu'elles sont mortes.

Du bout de son pinceau en poils de mangouste n° 8, Louis effleure l'un après l'autre les corps des auxiliaires de la Kriegsmarine. Quelle pouvait bien être l'odeur de ces filles après qu'elles eurent été brassées par la mer ? Subsistait-il sur leur peau quelque chose de ce parfum mi-lacté mi-fruité qu'on respire derrière les oreilles et dans la nuque des adolescentes ? « Certainement oui, pense Louis, ce parfum-là a persisté dans ma maison longtemps après le départ de Catherine et il flottait encore à Amsterdam dans la chambre de Sarah. »

C'est pourquoi, guidée par celle de la servante, sa main souligne d'un trait de carmin et d'une touche imperceptible de gris lumineux le cou des noyées.

— Est-ce assez beau ainsi ? demande-t-il. Tu t'enivres d'elles, ma Danièle ? Moi, il me semble que je les tiens dans mes bras. Elles vivent, ces petites mortes. Mais, attention, nous entrons en précision, surtout dirige-moi sans trembler. Car à présent je leur dessine des lèvres souples. Surveille la pâleur de mon rose, qu'il reste aux limites du livide. Ces jeunes filles étaient presque toutes blondes, n'est-ce pas ?

A huit heures, alors que la zone pluvieuse s'éloigne vers l'intérieur des terres, les Allemands font irruption dans la maison.

Conduits par Kulp, ils montent jusqu'à l'atelier où ils trouvent Louis Asfrid effondré et haletant devant sa grande aquarelle.

L'œuvre est achevée, mais pas encore signée ni datée. Elle ne le sera d'ailleurs jamais, et figurera dans une salle écartée d'un musée autrichien avec la mention suivante : « *Anonyme français, portant au dos et au crayon le titre " Six cent cinquante jeunes filles sur une plage ". La déchirure au centre, dont on remarquera les bords brûlés, serait due à un projectile de fort calibre (arme de guerre probablement) tiré dans des circonstances mal définies.* »

Quand Kulp et les autres enfoncent la porte à coups de crosse, la servante Danièle marche de long en large dans la pièce. A la demande de Louis, elle lit un poème extrait d'un recueil de Pär Lagerkvist que le peintre a rapporté de son dernier voyage en Suède, en 1937 :

Peut-être le Mal a-t-il une demeure éternelle,
Une aire lointaine, désolée, inaccessible
Où l'on aspire en vain à la rédemption,
Quelque chose d'impérissable, comme la lumière même.

La Roche-Chaufour,
juin 1981 — mars 1983.

IMPRIMERIE MAME À TOURS.
DÉPÔT LÉGAL MAI 1984. N° 6832 (10262).

Du même auteur

CHEZ D'AUTRES ÉDITEURS

AUX ÉDITIONS JULLIARD

Il fait Dieu
Essai, 1975

AUX ÉDITIONS RAMSAY

Il était une joie, Andersen
Essai, 1982

AUX ÉDITIONS BALLAND

La Dernière Nuit
1978

La Nuit de l'été
d'après le film de J.-C. Brialy, 1979

LITTÉRATURE POUR ENFANTS

O'Contraire
Robert Laffont, 1976

La Bible illustrée par les enfants
Calmann-Lévy, 1980

Le Clan du chien bleu
Masque Jeunesse, 1983

Collection Points

SÉRIE ROMAN

R1. Le Tambour, *par Günter Grass*
R2. Le Dernier des Justes, *par André Schwarz-Bart*
R3. Le Guépard, *par G. T. di Lampedusa*
R4. La Côte sauvage, *par Jean-René Huguenin*
R5. Acid Test, *par Tom Wolfe*
R6. Je vivrai l'amour des autres, *par Jean Cayrol*
R7. Les Cahiers de Malte Laurids Brigge *par Rainer Maria Rilke*
R8. Moha le fou, Moha le sage, *par Tahar Ben Jelloun*
R9. L'Horloger du Cherche-Midi, *par Luc Estang*
R10. Le Baron perché, *par Italo Calvino*
R11. Les Bienheureux de La Désolation, *par Hervé Bazin*
R12. Salut Galarneau !, *par Jacques Godbout*
R13. Cela s'appelle l'aurore, *par Emmanuel Roblès*
R14. Les Désarrois de l'élève Törless, *par Robert Musil*
R15. Pluie et Vent sur Télumée Miracle *par Simone Schwarz-Bart*
R16. La Traque, *par Herbert Lieberman*
R17. L'Imprécateur, *par René-Victor Pilhes*
R18. Cent Ans de solitude, *par Gabriel Garcia Marquez*
R19. Moi d'abord, *par Katherine Pancol*
R20. Un jour, *par Maurice Genevoix*
R21. Un pas d'homme, *par Marie Susini*
R22. La Grimace, *par Heinrich Böll*
R23. L'Age du tendre, *par Marie Chaix*
R24. Une tempête, *par Aimé Césaire*
R25. Moustiques, *par William Faulkner*
R26. La Fantaisie du voyageur, *par François-Régis Bastide*
R27. Le Turbot, *par Günter Grass*
R28. Le Parc, *par Philippe Sollers*
R29. Ti Jean L'horizon, *par Simone Schwarz-Bart*
R30. Affaires étrangères, *par Jean-Marc Roberts*
R31. Nedjma, *par Kateb Yacine*
R32. Le Vertige, *par Evguénia Guinzbourg*
R33. La Motte rouge, *par Maurice Genevoix*
R34. Les Buddenbrook, *par Thomas Mann*
R35. Grand Reportage, *par Michèle Manceaux*
R36. Isaac le mystérieux (Le ver et le solitaire) *par Jerome Charyn*
R37. Le Passage, *par Jean Reverzy*
R38. Chesapeake, *par James A. Michener*
R39. Le Testament d'un poète juif assassiné, *par Élie Wiesel*
R40. Candido, *par Leonardo Sciascia*

R41. Le Voyage à Paimpol, *par Dorothée Letessier*
R42. L'Honneur perdu de Katharina Blum, *par Heinrich Böll*
R43. Le Pays sous l'écorce, *par Jacques Lacarrière*
R44. Le Monde selon Garp, *par John Irving*
R45. Les Trois Jours du cavalier, *par Nicole Ciravégna*
R46. Nécropolis, *par Herbert Lieberman*
R47. Fort Saganne, *par Louis Gardel*
R48. La Ligne 12, *par Raymond Jean*
R49. Les Années de chien, *par Günter Grass*
R50. La Réclusion solitaire, *par Tahar Ben Jelloun*
R51. Senilità, *par Italo Svevo*
R52. Trente mille jours, *par Maurice Genevoix*
R53. Cabinet portrait, *par Jean-Luc Benoziglio*
R54. Saison violente, *par Emmanuel Roblès*
R55. Une comédie française, *par Erik Orsenna*
R56. Le Pain nu, *par Mohamed Choukri*
R57. Sarah et le Lieutenant français, *par John Fowles*
R58. Le Dernier Viking, *par Patrick Grainville*
R59. La Mort de la phalène, *par Virginia Woolf*
R60. L'Homme sans qualités, tome 1, *par Robert Musil*
R61. L'Homme sans qualités, tome 2, *par Robert Musil*
R62. L'Enfant de la mer de Chine, *par Didier Decoin*
R63. Le Professeur et la Sirène
par Giuseppe Tomasi di Lampedusa
R64. Le Grand Hiver, *par Ismaïl Kadaré*
R65. Le Cœur du voyage, *par Pierre Moustiers*
R66. Le Tunnel, *par Ernesto Sabato*
R67. Kamouraska, *par Anne Hébert*
R68. Machenka, *par Vladimir Nabokov*
R69. Le Fils du pauvre, *par Mouloud Feraoun*
R70. Cités à la dérive, *par Stratis Tsirkas*
R71. Place des Angoisses, *par Jean Reverzy*
R72. Le Dernier Chasseur, *par Charles Fox*
R73. Pourquoi pas Venise, *par Michèle Manceaux*
R74. Portrait de groupe avec dame, *par Heinrich Böll*
R75. Lunes de fiel, *par Pascal Bruckner*
R76. Le Canard de bois (Les Fils de la Liberté, I)
par Louis Caron
R77. Jubilee, *par Margaret Walker*
R78. Le Médecin de Cordoue, *par Herbert Le Porrier*
R79. Givre et Sang, *par John Cowper Powys*
R80. La Barbare, *par Katherine Pancol*
R81. Si par une nuit d'hiver un voyageur, *par Italo Calvino*
R82. Gerardo Laïn, *par Michel del Castillo*
R83. Un amour infini, *par Scott Spencer*
R84. Une enquête au pays, *par Driss Chraïbi*
R85. Le Diable sans porte (*tome 1 :* Ah, mes aïeux !)
par Claude Duneton

R86. La Prière de l'absent, *par Tahar Ben Jelloun*
R87. Venise en hiver, *par Emmanuel Roblès*
R88. La Nuit du Décret, *par Michel del Castillo*
R89. Alejandra, *par Ernesto Sabato*
R90. Plein Soleil, *par Marie Susini*
R91. Les Enfants de fortune, *par Jean-Marc Roberts*
R92. Protection encombrante, *par Heinrich Böll*
R93. Lettre d'excuse, *par Raphaëlle Billetdoux*
R94. Le Voyage indiscret, *par Katherine Mansfield*
R95. La Noire, *par Jean Cayrol*
R96. L'Obsédé (L'Amateur), *par John Fowles*
R97. Siloé, *par Paul Gadenne*
R98. Portrait de l'artiste en jeune chien
par Dylan Thomas
R99. L'Autre, *par Julien Green*
R100. Histoires pragoises, *par Rainer Maria Rilke*
R101. Bélibaste, *par Henri Gougaud*
R102. Le Ciel de la Kolyma (Le Vertige, II)
par Evguénia Guinzbourg
R103. La Mulâtresse Solitude, *par André Schwarz-Bart*
R104. L'Homme du Nil, *par Stratis Tsirkas*
R105. La Rhubarbe, *par René-Victor Pilhes*
R106. Gibier de potence, *par Kurt Vonnegut*
R107. Memory Lane, *par Patrick Modiano*
dessins de Pierre Le Tan
R108. L'Affreux Pastis de la rue des Merles
par Carlo Emilio Gadda
R109. La Fontaine obscure, *par Raymond Jean*
R110. L'Hôtel New Hampshire, *par John Irving*
R112. Cœur de lièvre, *par John Updike*
R113. Le Temps d'un royaume, *par Rose Vincent*
R114. Poisson-chat, *par Jerome Charyn*
R115. Abraham de Brooklyn, *par Didier Decoin*
R116. Trois Femmes, *suivi de* Noces, *par Robert Musil*
R117. Les Enfants du sabbat, *par Anne Hébert*
R118. La Palmeraie, *par François-Régis Bastide*
R119. Maria Republica, *par Agustin Gomez-Arcos*
R120. La Joie, *par Georges Bernanos*
R121. Incognito, *par Petru Dumitriu*
R122. Les Forteresses noires, *par Patrick Grainville*
R123. L'Ange des ténèbres, *par Ernesto Sabato*
R124. La Fiera, *par Marie Susini*
R125. La Marche de Radetzky, *par Joseph Roth*
R126. Le vent souffle où il veut
par Paul-André Lesort
R127. Si j'étais vous..., *par Julien Green*
R128. Le Mendiant de Jérusalem, *par Elie Wiesel*
R129. Mortelle, *par Christopher Frank*

R130. La France m'épuise, *par Jean-Louis Curtis*
R131. Le Chevalier inexistant, *par Italo Calvino*
R132. Dialogues des Carmélites, *par Georges Bernanos*
R133. L'Étrusque, *par Mika Waltari*
R134. La Rencontre des hommes, *par Benigno Cacérès*
R135. Le Petit Monde de Don Camillo, *par Giovanni Guareschi*
R136. Le Masque de Dimitrios, *par Eric Ambler*
R137. L'Ami de Vincent, *par Jean-Marc Roberts*
R138. Un homme au singulier, *par Christopher Isherwood*
R139. La Maison du désir, *par France Huser*
R140. Moi et ma cheminée, *par Herman Melville*
R141. Les Fous de Bassan, *par Anne Hébert*
R142. Les Stigmates, *par Luc Estang*
R143. Le Chat et la Souris, *par Günter Grass*
R144. Loïca, *par Dorothée Letessier*
R145. Paradiso, *par José Lezama Lima*
R146. Passage de Milan, *par Michel Butor*
R147. Anonymus, *par Michèle Manceaux*
R148. La Femme du dimanche
par Carlo Fruttero et Franco Lucentini
R149. L'Amour monstre, *par Louis Pauwels*
R150. L'Arbre à soleils, *par Henri Gougaud*
R151. Traité du zen et de l'entretien des motocyclettes
par Robert M. Pirsig
R152. L'Enfant du cinquième Nord, *par Pierre Billon*
R153. N'envoyez plus de roses, *par Eric Ambler*
R154. Les Trois Vies de Babe Ozouf, *par Didier Decoin*
R155. Le Vert Paradis, *par André Brincourt*